U0006864

穀雨 32

便衣警察‧上

海岩◎著

馥林文化

一

萌萌不會生爐子，沒人會嘲笑她。她是女孩子，本來就該不會。

可是，他也不會。他是男的，一米七八的個兒，居然也不會擺弄這只小小的、看上去是那麼簡陋的鐵爐子。雖說這爐子和他家裡使著的完全一樣，可是從吃過晚飯到現在，小廚房裡已經青虛虛地浮了一頂子的煙，他也沒能把蜂窩煤的火眼兒給弄紅。

儘管萌萌已經說：「算了，明天再生吧！」但他還是半跪半趴在爐子跟前，不甘心爬起來。

這下，在萌萌面前又露了一個怯！萌萌最近好像一下子知道了他的許多短處，說話的口氣裡，時不時地要帶一點嘲弄的味道了。他說不清是氣惱還是難堪，背脊上竟刺刺地冒出些躁汗來。

「倒風。」他悻悻地爬起來，拍拍手，揮揮衣服，看了萌萌一眼，「真是倒風。」他很認真地補了一句，隨即又覺得愚蠢，這不是「此地無銀三百兩」嗎？

萌萌果然笑了，「我又沒說你不會生。」他盯著萌萌略帶戲謔的笑容，等著她說出自己最忌諱、最提防的那類話來，活像阿Q縮著脖子在等假洋鬼子的棍子。

「——你呀，剛認識你的時候，還真以為你特別能幹呢，其實你好多還不如我呢，太笨了。」

他乾瞪著眼，一時又找不出什麼證明自己不笨的論據來，臉上紅得很難看。

「這能怪我嗎?」他糊裡糊塗地冒出這麼一句。

「你笨,還能怪別人?」萌萌奇怪他居然說出這種傻話來。

怪別人,怪誰呢?要怪,就得怪他的家,怪父親。說這話就算有點沒良心吧,可事實就是這樣,他的低能,他的懦弱,他的孩子氣,全是父親給慣出來的,沒錯!

「哎,志明,今天到醫院看你爸爸去了嗎?」萌萌一邊收拾著爐鏟、火筷子之類的家什,一邊問他。

「去了。」他說,「過幾天要給他會診,醫生說他鼻子大出血,可能不完全是高血壓引起的。

「今天還給換了個小病房,兩人一間的。」

「是嗎?那可真不容易。」

「可不是嗎,像父親這樣一個當初的「走資派」,現在的「逍遙派」,有職無權的人,能住上兩人一間的小病房,確是不容易的。給父親看病的女大夫人挺好,就是當初父親挨門遊校的時候,硬叫他敲那面破鑼的那一位。也許小病房就是這女大夫給想的辦法,就是替她愛人道道歉吧。誰能在前些年那種「你死我活」的日子裡過一輩子?誰沒有一點善良和同情?可謂人同此心,心同此理吧。

是他陪父親到那個小病房去的,房子挺不錯。父親的情緒也格外好起來,新鮮地環視著粉白的屋子。像個土氣的鄉下人那樣用手試著按了按軟軟的病床,好像從來沒有享受過這種待遇似

的。父親能有這樣一個安頓，的確是件大喜過望的事，可事情也並不都那麼盡如人意。負責這個病房的那位上了年紀的護士長和那位年紀很輕的護士，就叫周志明大大地不痛快。護士長大概快六十歲了，眼力卻很拙，竟然用又細又軟的聲音對父親問道：「是您兒子嗎，在哪個中學念書啊？」

「哈──」父親大笑起來，響亮的聲音簡直就不像個病人，「你看，我說你一身孩子氣吧，誰見了你都把你當成中學生哩。」父親對護士長說：「他都工作七八年了，在公安局工作七八年了。這孩子從小沒出過門，沒獨立生活過，都快二十二歲了，還像個孩子。」

「爸！」他氣惱地皺起眉頭，「高血壓是不能這麼大聲說笑的。」

「呵，還懂得挺多呢。」年輕的護士也打趣地笑起來，那神情，活像是在逗個小孩玩。

他心裡惱羞不平，索性扭過臉，不說話。

真的，是不是他的外表太富孩子氣了？為什麼別人總會對他有這種誤會呢？直到現在，望著眼前冒青煙的倒楣爐子，他還在為那個年輕護士嫣然的訕笑感到彆扭。

其實，在單位裡，在工作中，在一本正經地板起臉的時候，他已經很像個二十七八歲的大漢子了，這兩年在科裡同事中間甚至還博有一點老成持重的印象。可一在父親身邊，為什麼總給人一種中學生的感覺呢？父親總說他是個孩子，總說他不知什麼時候才能成個大人，可父親又總不拿他當大人對待，總是習慣當著外人用手去摸他的頭，拍他的臉蛋，前幾年，連在澡堂子裡洗

澡都怕他洗不乾淨，非要親手給他搓一搓背才放心。一個大小夥子在眾目睽睽之下叫一個老頭子搓背，該是多麼難為情的場面啊。他開始常常違拗不過，只得紅著臉由他去搓，把頭勾得低低的，生怕熟人看見恥笑。這幾年，由於他一再固執地拒絕父親這一傳統的寵愛，才算從那種尷尬中解放出來。

人們常喜歡這樣概而論之：對孩子，爸爸總不如媽媽……

哦！媽媽，對他來說是多麼遙遠、陌生而又繞口的字眼兒啊！

母親是在他三歲時病死的，她留給他的全部印象都來自那幾張半黃照片上清秀文靜的面容。父親為什麼一直沒有再續，他是不盡了然的，只聽說母親在彌留之際曾要求父親等兒子長大一點再結婚。母親死後，父親是很愛他的，超過了一般父親對兒子的愛，把父性的寬懷慈厚和母性的溫柔細緻混合在一起傾注在他的身上。他儘管沒有母親，但在心靈上卻並沒有喪母的痛苦和壓抑，他仍然得天獨厚地度過了黃金般的童年和少年時代，如果不算「文化大革命」頭幾年做為走資派子女的那段經歷的話。

也許正因為這些，正因為他是從小在一個精神上和物質上都不感到欠缺的環境中生活過來的，在上了中學以後才顯出那麼低能和軟弱，飯也做不好，爐子也安不好，幹什麼都笨手笨腳的。學校到工廠學工，到農村學農，幹起活來他總比別的同學差一截。

「過來，我給你掃掃。」萌萌手裡拿起一把小笤帚，在他的胸前和兩肩輕輕刷起來。「你知

道嗎，我頭一次見你的時候，怎麼也想不到你會是個員警。」

「那我是什麼？」

「什麼，」萌萌笑起來，臉上的酒窩兒真好看。「你是個小少爺。轉過身來。」

他繃著臉，一聲不響轉過身去，笒帚又在背上響起來。

「你怎麼會是員警呢？我又怎麼偏偏認識了你呢？」萌萌像是問他，又像是自問。「我姐姐是最恨員警的，我原來也不喜歡。員警都是粗人，從汗毛孔裡冒粗氣的人，是嗎？」

「唔。」他含混地應了一聲，懶得去解釋了。女孩子不喜歡當員警的，就如同她們不會生爐子一樣，也算是自然而然，無可非議之事。她們哪兒能體會得到，那鮮紅的領章，燦爛的國徽，威武的大蓋帽對於男孩子來說，該有多麼大的吸引力啊。

在他初中快畢業的時候，先是北京軍區在他們這一屆學生中招兵，那會兒，幾乎所有的男生都癡狂地捲入了應徵入伍的競爭之中。「當兵去」，成了當時最值得嚮往的道路，這不僅因為學生們整天掛在口頭的那句名言：「解放軍是個大學校」，可以在其中鍛鍊成才，更主要的，是大家暗地裡浮於心頭的那句實話，「不用下鄉插隊了」。並且等將來復員回來，還能由國家分配工作，似乎那簇新的綠軍裝一經穿在身上，一輩子的前途便有了可靠的保障。

那時候，他雖然也參加了體檢，卻並沒有真的去做關於綠軍裝的夢，這種事對他來說猶如海市蜃樓一樣可望而不可即。在送別入伍同學的火車站上，看著那幾個雄赳赳的幸運兒，他也並沒

有像其他送行的同學那樣為自己灑下幾顆遺憾的眼淚，還沒等別人的淚跡乾掉，他已經默默地準備起下鄉的行裝了。

沒想到，接兵的解放軍剛剛走，穿著藍色制服的人民警察接踵開進學校。解放軍既然招了這幫十五六歲的娃娃做小兵，公安人員當然更需要從小培養。對於看過《祕密圖紙》、《鐵道衛士》這些影片的少年來說，做一個全能的公安戰士，這是同樣大的誘惑。於是，更大的競爭在全校席捲而來。

奇蹟就在這時候發生了。在他們學校招人的那個公安局幹部是個年紀不過三十多歲的黑臉大漢，他的形象和一般學生們理想中的偵查英雄十分接近。當時他僅僅知道這個人姓馬，不像其他男生那樣閃電般地就同他混熟了。然而出人意料，這位姓馬的黑臉大漢對那班外表孔武有力而又在他身邊躍躍欲試的學生不屑一顧，偏偏看上了他，一個最不引人注目的瘦弱的男孩子。

黑大漢的全名叫馬三耀，是市公安局刑警隊的一個組長，他有一個與其神形頗為貼切的外號——「大黑馬」。大概緣於周志明清秀的容貌和靦腆的性格，黑大漢給周志明起了個親熱的稱呼「村丫頭」。但這個外號並沒能在人們嘴裡留多久，因為僅僅兩三年的功夫，周志明已經大大地變了一個樣子。這兩三年是他的青春期中一段陡升的發育曲線，身高從一米六〇一下子竄到一米七八，肩膀加寬了將近一半兒，胸脯扇面似的微微凸起，一位原來在他們班裡身量最高的「力士」後來和他邂逅相遇時，竟要仰著臉同他寒暄了……

他靠在碗櫃上，呆呆地看著萌萌收拾著地上的東西。這間小廚房太窄了一點，萌萌每轉一次身，都要碰到他的腿。她身上那件深灰色的毛衣也很小，緊緊裹著還沒有完全發育開的苗條的身子。他很想去抱抱她，親她一下。他們認識好幾個月了，他沒真正碰過她，他不敢。萌萌收拾著廚房裡的東西，顯得那麼自如，那麼有條不紊。他原先沒想到像萌萌這麼一個俏麗溫柔的姑娘，竟會是這麼本分、勤快，正像萌萌過去也沒想到他是這麼沒能耐一樣。

「你姐姐，她不喜歡員警，那她對我是什麼看法？」他想起了這麼一句問話。

萌萌直起身來，笑而不答。

「我知道，你姐姐對我沒好話。」他故意試探著說。

「她對你說好說壞有什麼要緊呢？你怎麼從來不問我對你怎麼看。」

他也笑了，「你呀，不用問，我頭一次見你就知道你對我是什麼看法了，要不然你幹嘛老要我一次次領你去醫院複檢呢。」

「那是你騎車把我撞了，當時援朝哥哥也在，你溜不了賴不掉，當然得領我上醫院啦。」萌萌撒嬌般地爭辯，反倒證明他說得不錯，他差點沒把下面的潛臺詞兒也給說出來：「明明是你頭一眼就看上我了。」可這話就是說了，萌萌也不會承認，她準要說：「誰讓你那時候總拎個水果籃子上我家來呢，是你看上我了。」他輕輕吹了聲口哨，咳，管他誰看上誰了呢。

萌萌家的房門響了一下，他聽見有人向這邊走過來了。宋阿姨、季虹和盧援朝全都擠進了這

間小廚房。

「萌萌、小周，」宋阿姨笑眼迷離地不住打量著他們，「一個爐子，這麼半天還沒生好呀，都快十點鐘了。」

季虹剛剛洗過頭，濕濕的頭髮披在肩上，她總是那副大模大樣的口氣，「他們？哪是在生爐子呀，是圖這個小廚房的清靜。」

聽著宋阿姨會意地咯咯笑，周志明臉上噴了一層紅，挺尷尬。他不喜歡萌萌這個厲害的姐姐。無論什麼事，到了她嘴裡，總要把人家蠻有情趣的那點遮掩拆穿，彷彿大家都赤條條的才好看。

還是盧援朝嘟囔了一句，才把話隔開了。「別在這兒煙薰火燎的了，到屋裡坐著去吧。」

「行，」季虹揮了一下手，「都快半夜了，小周也該回去了。」季虹是這個家裡的天之驕子，對誰都習慣用這種近於命令的口氣。

周志明看了萌萌一眼，不過意地說：「我早該走了，可爐子一直沒生著。」

「不要緊，」宋阿姨還是笑容可掬，「明天援朝還來呢，他會生。」頓了一下，又說：「你看，現在我們家這個條件，真沒辦法，要是多有一間屋子，你就在這兒住一夜，省得這麼晚再跑回去了，你家裡又沒人。」

季虹攏了攏肩上的頭髮，接過話說：「以前我們家自己一個獨院，平房還有暖氣……」她當

著周志明發這類懷舊之慨已經不止一次了，每次都被神經敏感的宋阿姨打斷，怕她帶出什麼今不如昔的牢騷來。

「小周明天來吧。」宋阿姨果然打斷了季虹的話，說：「明天，給你施伯伯講講湘西的情況，他有二十多年沒回他那個老家了。」

「好吧，我明天來。」他說。

關掉小廚房的燈，大家一齊走出來。他靠近萌萌，輕輕問了句：「送我嗎？」

二

記不清他們從這裡走過多少次了。誰能想到，短短幾個月的光陰，這條彎彎曲曲、路面殘破的小胡同，這條擁擠著這個城市裡最下層的人群和那些尚未改悔的走資派的小巷子，竟會留下他這麼多真實的快樂，可觸、可感，使人依依。

他們默默地走了一段路，不知是誰先停下來的，萌萌問：「還要我再往前送嗎？」

他的心咚咚跳，臉發燒，他甚至不敢正視她的眼睛，囁嚅了一下，才終於鼓鼓氣說：

「我……咱們親親，行不行？」他呼吸急促，聲音發著顫，是他的心在顫。

半天沒有回答，他幾乎是屏住氣在等待。

「你看，那邊過來人了。」

他只等來這麼一句，屏住的氣全洩了下來。他有點自恨，就連在萌萌面前，他也是這麼膽怯嗎？他們在一起有好幾個月了，彼此相處又是那麼融洽、貼切，沒有一絲一毫的拘束和費力，這已經使他破天荒地相信了命運的安排。在她面前，也許早就用不著這樣畏縮了，也許早就應該更直率、更豪放，或者乾脆，來點兒魯的……可有時靜息想想，又發覺這些念頭有多麼可笑，簡直有點沒正形。才幾個月，不算長，何況他們的緣分又是那麼偶然、無意，以至於叫人到現在都要疑為夢中的故事，惴惴然不敢相信呢。這在哲學上該怎麼講？必然的長河大概都是由這些無窮無

盡的偶然的水滴所組成——他的自行車撞了她的腿，於是他送她上醫院，送她回家，都不過是一個「交通肇事者」必須承擔的「民事責任」而已，要不是那天晚上無意對同院的大福子說起了這件事而引起大福子那番危言聳聽的話來，他大概絕不會在第二天就拎著個水果籃子又跑到萌萌家來看她的傷。大福子也是無意，一切都是天緣湊巧。

大福子是他同院對門王煥德大爺的兒子，比他大五歲，在南州市冶金機械廠當司機。不知道是不是汽車司機都有這麼個共同脾性，一提到馬路上的官司，總要擺著深明此道的神態說上一通不可。

「你呀！」大福子拍著他的肩膀，「就是老實，要是我，醫藥費就得一人一半！怎麼著，那女的就沒責任啦，她憑什麼在慢車道上逆行？我就膩歪這號人，有便道不走，偏要在車道上大搖大擺，知道你不敢軋他。」

當時王煥德大爺正坐在他家的床沿上洗腳，沙啞著嗓子插嘴說：「醫藥費是小事，再說又是交通警察判的，只要人沒傷著筋骨就不礙事。」

「喊！」大福子一撇嘴，「您哪知道現在的事兒啊，要我看，那女的說不定還得訛志明一下呢。」

「訛我，怎麼訛？」

「這種事兒，你沒經驗，你看我給你算算。」大福子把筷子往桌上一撂，掰著手指頭說：

「今天看病的醫藥費就不算了，下星期得複檢。不是扭了腿嗎？她要一個勁兒喊疼，醫生摸不出來就還得拍片子，四、五塊錢這就出去了；過一星期要是還不說好，你還得帶她複檢，她要說走不動，你每次還得給她叫計程車，她家住在哪兒？神農街，好嘛，從神農街到那個醫院一個來回就得小十塊，她養傷這三天要是給扣了工資也得你給補，你算算這得多少錢？花錢不說，還得搭精神，你要想躲著她，她就找交通隊，交通隊一個電話撥到你們單位，你還是得去。」

王大爺的老伴鄭大媽正在稀溜稀溜地喝著麵兒粥，這時也放下碗插嘴道：「志明，甭聽他瞎白乎，什麼事兒讓他一說，邪了！」

「媽，您甭不信，去年我們廠一個小夥子讓卡車給刮了一下，足歇了小仨月。本來就是腿上有點兒傷，你猜怎麼著？他看了外科看骨科，看了骨科看內科，連神經科都看了；你沒轍呀，他硬說他頭痛，內科大夫查不出毛病來，只好轉到神經科，看看是不是腦子受了刺激，這小子，撈著不花自個兒錢的機會，把身體全面檢查一溜夠！」

「得得得！」鄭大媽翻著眼睛說，「都像你們廠的人那麼缺德，咱們國家早垮了。」

大福子不理他媽，衝著目瞪口呆的志明說：「要想消了這一災，也有轍，你呀，趁早提上個點心盒、水果籃，三天兩頭勤去著點，你看得勤點兒，她就好得快點兒，就這麼回事。」

第二天，他真的買了些高價蘋果，去了。可他心裡也說不清，他跑到萌萌家來，除了大福子那個歪主意的作用外，是不是還有點別的因素。

他那回是第一次見到施伯伯、宋阿姨、季虹，還有季虹的男朋友盧援朝；也是第一次留心潛意地看了看萌萌的家。憑著一個偵查員特有的觀察力，他幾乎是一眼就猜出了這個家庭的身分。

施家是住在神農街頭條深處的一個大雜院裡的，院子很髒。大概因為家家都習慣把髒水潑在門前，所以院內的地上，似乎永遠是濕漉漉的。萌萌家是一個裡外套間。屋裡東西挺多，幾乎沒有給人留出一點可以轉腰的地方，除了那一對實際上已經蹦了簧的小沙發還像點樣之外，差不多全是破爛傢俱。牆壁儘管剛剛刷了灰，可仍然遮不住土舊寒酸的色質。牆上空空的，只掛了一張毛主席的彩色畫像和一張周總理的黑白照片，照片的鏡框上垂著剛剛披起來的一尺黑紗。

施伯伯的年齡大概和父親差不離，臉上表情不多，卻很有氣度。他原以為施伯伯是大學教授一類的老知識份子，但很快又發覺不像，在施伯伯的聲貌中所顯露出來的那種嚴肅氣派，是純粹知識份子所不具有的。他從小就住在爸爸工作的南州大學裡，早見熟了那些個學究氣的教授們。

宋阿姨看不出多大歲數來，樣子不老，卻有了絲絲銀髮，身體瘦瘦的，像是很弱；季虹呢，穿一身勞動布工作服，長得沒肖萌好看，可也是個大家閨秀的氣質。

他猜得不錯，這是個走資派的家，而且是一個還沒有安排工作的走資派。

去萌萌家的一個星期之後，他又接她去醫院複檢了一次。那天萌萌帶了一本書頁已經發黃的《普希金詩選》，說是要在候診的時間看，結果，那天他們之間的主要話題就是普希金了。他一向是偏愛中國的古典小說的，《三國》啦，《水滸》啦，都喜歡看，而對普希金之類卻所知不

多。可他挺樂意聽萌萌給他講，他的興趣鼓勵著萌萌幾乎把她知道的所有關於普希金的知識一股腦傾倒出來了，什麼《葉甫蓋尼・奧涅金》啦，《上尉的女兒》啦，《鮑利斯・戈都諾夫》啦，還有別林斯基、萊蒙托夫他們對普希金如何如何評價啦，她一邊講，一邊還要加上許多自己的評價：「普希金是最富於同情心的，同情弱者。他那部有名的詩《致西伯利亞書》，知道嗎？就是交給一個罪人的妻子帶給那些囚徒們的。」

最後，萌萌自己也笑了，「你看，我簡直是在講演了，我今天講話太多啦，你早煩了吧？」

「沒有，你挺有口才的。」他說：「真的。」

萌萌略帶難為情地說：「你不知道，我中學畢業四年了，老是一個人在家待著，同學們都有了工作，彼此都不太來往了。我媽媽管我可嚴呢，不許我出去跑，我沒有夥伴，悶死了，你不知道我多想和咱們這樣的年輕人說說話呀。」

他帶點詼諧地笑笑，「你是『養在深閨人未識』啊！今天我可見識了，你講得真不錯，能吸引人。」

萌萌笑了，他看出來，那是一種感激的笑。

臨分手，萌萌乾脆把那本《詩選》借給他了，讓他看完後到她家去還。但剛剛過了兩天，她就性急地打來電話，問他是否已經看完。這本書，簡直就成了他們聯繫的媒介，或者說，成了他們聯繫的藉口了。他雖然至今也沒有把書還給她，卻早已成了這個「衰微」之家的常客，並且很

快就同這個家庭的所有成員以及這家裡屈指可數的那幾個朋友混熟了。常來這裡串門的，除了季虹的男朋友盧援朝以外，還有施伯伯的老友，九四一廠「靠邊站」的總工程師江一明、九四一廠的團委書記安成，都是些很好相處的人。他對這個家裡的氣氛和規矩幾乎是無師自通的，這大概是他和他們的某些相似經歷所使然吧。儘管在表面上看，他的條件比萌萌好得多，萌萌一家四口，真正在職工作的，只有在九四一廠當倉庫保管員的季虹一個人。而他，是公安幹部，父親又是南州大學的革委會副主任，雖然在其位而不能謀其政，但讓人看起來，畢竟是個「結合幹部」，算是改悔了的走資派吧。

他和萌萌繼續往前走去，好像是為了消除剛才的那場窘迫，萌萌主動扯起一個話頭來。

「你們單位那個女的，我看對你挺不錯的。」

「你說誰？嚴君？」

「你出差去湘西前，不是託她打電話來告訴我一聲嗎，她沒打電話，倒專門來了一趟。」

他的心又咚咚跳起來，幾乎揣摩不出萌萌這話是隨口無意還是另有用心。他低頭說了一句：

「嚴君呀，我們科裡的內勤，大家出差在外，私人的事一般都託她代辦。」停了一下，他又補上一句：「我們組的小陸看上她了，還託我做媒呢。」他不知道後面這句話，是不是又一個「此地無銀三百兩」。

嚴君跟與周志明同組的小陸，都是一年前從南州大學畢業分配來的工農兵大學生。她高高的

身量，人很漂亮，一到處裡，立即引起了一幫年輕幹部的注目，背地裡稱之為「五處之花」。其實在周志明看來，就算是花，也是一顆刺梅，嚴君生就了一副假小子脾氣，為人硬朗爽利。他和嚴君雖在一個屋子辦公，私交原也不深，可是最近幾個月，他暗暗發覺情況有點不對，嚴君總是在想法接近他，顧盼之間，一顰一笑，似乎都有些異樣，她該不會生了那方面的念想吧？不會不會，處裡想追她的人多了，可是情形又確實有點不對，不然，那天他給小陸提媒，她怎麼會有那樣的反應呢？她居然哭了，在這以前，他一直以為嚴君是一個不知哭為何物的女孩子。還有，她跑到萌萌家來這件事，也是有些古怪的，本來一個電話就可以解決了的事情，何苦疲於奔命地跑到萌萌家來這件事，也是有些古怪的，本來一個電話就可以解決了的事情，何苦疲於奔命地一趟呢？他從湘西回來的那天晚上，嚴君故意磨磨蹭蹭不回家，他心裡也是有些感覺的，難道她就為了等大家都走光了，她向他說那番話嗎？她當時的態度是那麼鄭重，使得他也莫名其妙地鄭重起來了。

「你託我辦的事，我辦了。」

「是嗎？」他以為出了什麼問題，「那個胡同的傳呼電話不好打？」

「我沒打電話，我去了一趟。」

「噢？」他迎住嚴君的目光。

嚴君卻躲開他的注視，低聲說道：「你知道她的父親是誰嗎？」

「誰？」

「舊市委的政法部長，施萬雲。」

「我知道，南州市第一任檢察長嘛，老頭兒現在沒什麼問題了。」不知為什麼，他竟然問她

解釋起來了。而她卻迎頭潑了一瓢冷水……

「還沒做結論，掛著呢！」

嚴君特地去萌萌家，又特地把施伯伯的身分告訴他，這裡面的意思，他能感覺出一點來，但

又不能太肯定。現在萌萌提起嚴君來，會不會也有什麼特別的意思在裡邊呢？誰知道。

幸好，萌萌自己把話引開了。

「哎，志明，過幾天就是清明節了，去不去十一廣場？」

「十一廣場，幹麼？」他明知故問。

「安成他們廠團委要往十一廣場給總理送花圈，咱們一起去助助威。」

他猶豫了一下，沒搭腔。

萌萌又站住了，像是明白了什麼似的哼了一聲：「難怪我姐姐不喜歡當員警的，你們都是些

冷血動物。」

「我也是？」他低頭問了一句。

「你，你是一杯溫吞水。」停了一下，萌萌又問：「你不敢去，是不是怕你們領導知道？」

他張了半天嘴，不知該如何一言以蔽之。十一廣場，他並不是不想去，也不是怕領導的什麼

臉色。他的隱衷，怎麼和萌萌說得清楚呢？

這幾天，南州市空氣中瀰漫著的那股火藥味兒，已經越來越刺鼻子了。幾乎滿城都在議論十一廣場出現的那幾個不大尋常的花圈，議論上海港工人悼念總理的「汽笛事件」和《文匯報》文章的風波。今天下午，從市局辦事回來的組長陳全有又悄悄向他透露了一個駭人聽聞的消息：南京有人把反動標語用柏油和水氯松刷在火車上帶到了北京；北京，據說也是人心浮動，有人往天安門廣場送了花圈……

「市局大樓裡，氣氛緊張得很。」身高體胖的陳全有和志明的辦公桌對面緊挨著，雖然辦公室裡只有他們兩個人，但陳全有還是把大半個身子探過來，壓低了聲音說：「我在裡面剛待了五分鐘就覺出來了，大家誰也沒心思正經辦公，都在底下議論紛紛。」

周志明沒動聲色，他當然明白大陳的所指，但卻故意問了一句：「議論什麼？」

「你不知道？十一廣場上也有人送花圈了，還有人輪流守在那兒呐，你不知道？」

「那不是悼念周總理嗎，有什麼不好？」他仍然故做糊塗地說：「市局機關那幫人，就是愛大驚小怪。」

「咳咳。」陳全有也笑笑，附和地點點頭，不再解釋了。周志明心裡知道，大陳這個人，工作上滿有魄力，但在政治和人事方面，卻是明哲保身的。無論什麼事，都是心裡有數，嘴上一向難得說出來。既然自己一味裝糊塗，大陳當然更不願明言了。

對十一廣場上的事，萌萌不會像大陳那樣閃爍其辭，但她似乎也從來沒有今天這樣尖銳過，

「你們有些幹公安的，就是讓人看不慣，他們不怕老百姓，也不怕客觀事實和自己的良心，就是怕他的頂頭上司，你承認不承認，就有這種人？」

怎麼沒有呢，他心裡當然是承認的。可在感情上卻不舒服。他不希望萌萌是個尖刻的人，儘管她在你們「幹公安的」面前，很有分寸地冠了個「有些」的限制詞，但物傷其類，畢竟使人不快。就他自己來說，他沒有爽快答應清明節陪萌萌一起去廣場，就絕不是緣於對頂頭上司的懼怕，他要是想去，完全可以搞得單位裡人神不知。說實在的，別看他是幹公安的，他倒是真心希望現在人們都出來鬧鬧事才好，這些年，大家在感情上是太不痛快了。有時當著一些同學朋友的面，他甚至還忍不住要說幾句懲惡的話呢！但是在理智上，他又清楚地意識到，在這個當口上去廣場送花圈，絕非一件平常小事。他是替萌萌、季虹和安成他們擔心，他已經意識到的那種不安，他們似乎並沒有意識到；他要是真的跟隨他們前去吶喊助威，豈不是火上澆油嗎？但若不去，又會招致萌萌反目相視，這種矛盾的心情，怎麼向萌萌說清呢？說我不去是為了你們？那萌萌非送他一頂冷笑不可。

他沉默了一會兒，輕輕吁了口氣，「再說吧，到清明節再說。」

萌萌也吁了口氣……「你要為難，就別去了，沒事。」

他能分辨出來，萌萌這話是真心的，萌萌不忍難為他。可是最後她卻又饒上了一句……

「看來員警也跟軍人一樣，沒有自己的思想，上級的思想就是他的思想；沒有自己的感情，上級的感情就是他的感情；沒有自己的意志，上級……」

「得了。」他不耐煩了，「你根本不瞭解員警，你們都不瞭解，員警也有各種各樣的。」

萌萌笑了笑，「有冷血動物，有提線木偶，有行屍走肉……」她注意到了他的臉色，收住了話頭，笑著看他，「我要把你逗哭了吧？」

遠處，電訊大樓的鐘聲沉悶地響了，他們不再說話，似乎都在各自的心裡默數著鐘響的次數。啊！十點了。胡同口，一輛用北京吉普改裝的宣傳車徐徐開過，高音喇叭裡放送著一個語調激昂的聲音：「……教育戰線的一場大辯論波及到全國各個領域。當前，社會上一小撮『隱士』和『逸民』製造謠言，妄圖渾鬥爭的……」

汽車走遠了，廣播的聲音漸漸聽不見了，街上又恢復了夜晚的寧靜，萌萌不往前走了。

「我回去了。你明天什麼時候來？」

「來，聽你和你姐姐罵員警？」

「瞧！」萌萌一臉緩解的微笑，「我說是逗你嘛，你還真急了。明天早點來，給我爸爸說說湘西吧。」

萌萌的笑能使一切變得溫和、美好。可他仍然用一種不甘奚落的口吻回了她一句：「你又沒罵我，我急什麼？」

三

周志明到現在才隱隱約約地有點明白了，工具，用工具這個詞兒來形容他們公安人員，並不是什麼好話。和人們常說的公安機關是無產階級專政的工具這種機構的性質定義全然不是一回事，而像萌萌說的那樣，等於是在罵他們當員警的不是人，或者只是一群徒有四肢而無靈魂的人，一群物化了的人。他明白了這個詞兒所包含的那種鮮明的貶意和蔑視。

然而，這能怪誰呢？專政機關就是這麼一個「準軍事」的性質，公安人員就應當養成服從命令的習慣，怎麼能憑著個人的意志和個人的主張而隨心所欲呢？不能，公安就是公安，它的紀律就是服從，這是無可置疑的。可是，在周志明內心深處的感情上，在最樸素的，甚至於接近本能的直覺上，他常常又覺得萌萌的話也有某些道理。他在湘西同陸振羽的那場辯論中，不也是持了同萌萌一樣的觀點嗎，然而孰是孰非呢？

他不由又想到那個案子上來了，他一直拼命躲避而又躲避不掉對這案子的回憶，這是在他七年公安工作的履歷簿上的一個最大最怵目的驚嘆號。這幾天，他的腦海裡怎麼也離不開那一疊子棕黃色的卷宗，離不開那卷宗的封面上，嚴君用秀麗而不沾脂粉氣的字體寫下的案號——

三一一。真是「剪不斷，理還亂」。這案子的結局，究竟是肯定了陸振羽，還是肯定了他呢？

三一一案的案犯徐邦呈是三月十一日發現的，而周志明實際接觸到這個案子，卻是在這前一

天，三月十日。

那天晚上他是在鄰居王大爺家裡吃的晚飯，自從父親住院以後，他就一直在王大爺家裡湊飯局。王大爺是城東區房管處看大門的，平時愛喝兩口，量雖然有限，可每天每頓都不能斷。聽他老伴鄭大媽說，三年自然災害那會兒買不到酒，把酒精兌上水也得喝，足見嗜酒如命。那天王大爺照例喝到半醉，腦袋晃晃地突然對他說了這麼一件事。

「哎，志明，你說怪不怪，我們單位一個老太太，前兒個在街上碰見她死了好多年的姪子啦，看得真真著著的，還說她姪子比年輕的時候胖了點，可嘴唇上那顆痦子還那樣兒，大夥都說她是見了鬼了。」

「你們那兒的人，都迷信，哼！」鄭大媽一臉不屑的樣子。稍停，又忍不住地問：「那老太太沒跟她姪子說話嗎？」

「她剛要說，一晃，沒啦！真邪性了。」

王大爺的小女兒淑萍向來寡言少語，這時卻悶頭插了一句：「我就不信。」

「人家親眼看見的，你還不信？」王大爺急赤白臉地說：「老太太嚇得今兒晚上都不敢回家啦。志明，你說可信不可信？這死而復生的事兒，自古就有，那牡丹亭……」

他笑笑，調解似的說：「說不定那老太太平常想念她姪子，由於大腦生物電流的作用，突然產生幻覺，像真的見到活人站在面前，也是可能的。要說死而復生，那得看是什麼樣的死，我們

上法醫學課的時候講過，人死有兩種：一種只是呼吸停止，脈搏中斷，就是心不跳了，醫學上叫臨床死亡，俗話叫假死，這種死也許還能活過來。另一種是真死，就是身體從根本上喪失了新陳代謝的能力，醫學上叫生理死亡。她的姪子既然已經死了多年，那當然不會再活了。」

他當時並沒把這當回事，以為不過是王大爺酒後無聊，擺擺龍門陣而已。誰知道第二天剛一上班，科長段興玉在機關大門口把他給截住了。

「剛才紀處長從局裡來了個電話，城東分局昨天接待了一個要求協助尋找親屬的來訪群眾。市局馬局長認為有點兒怪，要我們處派人去談一下，分局的同志今天又把那個來訪的人找去了，你跟我去一趟吧！」

城東公安局離五處不過七、八里地的路程，他和段科長乘了一輛北京吉普，穿過幾條繁華的街道，不一會兒便開進了一座古舊的大院子裡。

段興玉同兩位分局的幹部簡短交談了一下，便和他走進了接待室。接待室很小，約莫和他們組的辦公室差不多寬窄，靠裡牆的窗下擺了張桌子，桌子對面是兩條沒有靠背的長條凳，長條凳上坐著兩位來訪者——一個中年男人和一個上了年紀、胖得出奇的女人。

周志明坐在桌子一角，整個談話過程中，他除了偶爾插問幾句外，只是集中精力把段興玉和那兩個人的「問答」詳盡地記在稿紙上。

中年男人情緒鬆弛，和胖老太太的忐忑不安形成鮮明對比，他說話的時候態度隨便，臉上幾

乎始終笑呵呵的。

「唉呀，我們這老太太還有點兒迷信呢，昨天嚇得都不敢回家了，我們找人陪了她一宿，她還有心臟病……」中年人當著老太太的面毫不顧忌地揭她的短。

老太太發著瘧疾似地搖著頭，不住地嘟囔：「我不怕，我不怕，我怕什麼？我是他嬸子！我一個人懶得回家住……」她說話的時候，臉上的肉像是要炸開一樣抖動著。

「您是城東區房管處的負責人？」段興玉向中年人問道。

「我是房管處的工會幹部。昨天就是我陪她到這兒來的。她在我們食堂裡是年頭最老的炊事員了。」

段興玉把目光移向老太太：「您能不能把情況再談一遍。昨天您在哪兒，怎麼見到他的？」

「我都說過了，就在興華路，興華路的津味包子館那兒。我每天上班路過那兒都要買包子，那兒的包子……」

「是靠火車站的興華路嗎？」周志明一邊在本子上飛快記著，一邊問。

「是呀，是呀。那兒有個包子館，我每天……」

「那時候大約幾點鐘？」段興玉問。

「也就是六點鐘，我每天七點上班，食堂本來是六點上班的，領導上照顧我年歲……」

「您六點鐘看到您的姪子，對嗎？他當時在幹什麼？」

「他？他在九路電車站看站牌子吶，後來電車來了，他就上車去啦。」

「他是獨身一個人嗎？」

「好像是，反正我沒看見別人跟他在一起。」

「那麼——」您來找我公安局，是不是想讓我們幫助找到您這位姪子？」

「是呀！」老太太愣了一下，不無恐懼地又說：「可他明明已經死了呀，死十年了，怎麼又活過來啦？我知道現在沒有鬼，我不迷信，可他怎麼又活過來啦？」

屋裡靜了一會兒，段興玉問：「會不會是因為您總想念您的姪子，迷迷糊糊地看錯人了？您再仔細回憶回憶。」

「迷糊？我不迷糊。您別看我那姪子念大學那會兒總住在我家裡，其實我一點兒也不想他。昨個兒我真的沒看錯。他比過去胖了點兒，可嘴邊上那顆黑痦子還在那兒，我一眼就認出來了，我還叫了他一聲吶，他小名叫四遠，我叫他一聲四遠，他扭過臉朝我這邊看了一眼，正趕這寸勁兒，九路電車來啦，他急急忙忙就上去了。我不會看錯的。我這麼大歲數，還能瞎說嗎？」

周志明一邊記錄一邊想著，王大爺果然不是酒後胡言，還真是有人「死而復生」了。段科長沒再耽延，草草結束了談話，向分局的同志要了資料，行色匆匆地離開了分局。周志明跟著段興玉後面鑽進了吉普車，沒有多問。雖然他還不能從這場談論中立即得出什麼明確具體的判斷，但從段科長的臉色上，卻已經意識到了事情的急迫。果然，在回去的路上，段科長從分局給的那疊

資料裡抽出一張紙來，遞給他，說：

「你看，分局的動作還是滿快的。」

這是一張字跡潦草的電話記錄稿。他在車座的顛簸中看下來。

來電話單位：湖南省湘西吉首縣公安局；來電話人：李代遠。通話內容：昨日你局來電查詢徐邦呈下落一事，據我暸解，徐邦呈，一九四〇年生，原係我縣城北甲村人。一九五八年考入南州大學西語系，一九六〇年因亂搞兩性關係問題受到留校察看處分，畢業後分配往新城地區做外貿工作，又因反動言論問題被開除工職遣回湖南原籍。一九六六年九月五日徐上山砍柴時失蹤，經當時我縣公安局軍管會調查，將徐按自殺死亡處理。特告。

看完，他的眉頭緊鎖起來，段興玉看了他一眼，問道：「明白了嗎？」

周志明的視線又落在這張電話記錄上，琢磨著說：「從這個電話上看，這位元老太太的姪子在十年前的死亡並沒有確實可靠的佐證，大概當時那個軍管會查不出究竟來，就馬馬虎虎定個死亡結論了事。可是……」他遲疑了一下：「如果這人還活著，這十年流浪到哪裡去了呢？」

「從老太太看到的情況分析，他的衣著整潔，並不像個浪跡無定的『盲流人員』。」段興玉翻著分局同老太太頭一次的談話記錄，思索著說：「我們是反間諜部門，馬局長要我們過問這件

事，恐怕是……」

周志明恍然大悟，接過話頭說：「這傢伙在地處邊境的新城地區工作過，對邊境情況熟，會不會在六六年跑出去了？」

段興玉點一下頭，說：「如果你這個估計不錯的話，我們現在是一刻不能耽擱，得馬上有所動作了。」

他們回到處裡的時候，處長紀真已經等候在他們的辦公室裡了。共同的經驗使得這些老偵查員常常會產生相近的判斷，紀處長見到他們的頭一句話就問：

「情況如何，是人，不是鬼吧？」

段興玉並沒有立即回答紀真的問話，把資料一一取出，等紀真瀏覽了一遍，才說：「分局幹得不錯，已經和吉首公安局取得了聯繫，還根據來訪人的描述繪製了摹擬畫像，跟徐邦呈六十年代在南州大學上學時的照片相比，有點像。」隨後，又轉臉對陳全有說：「大陳，你過去是搞外線偵查的，據你看，如果查找這個人，照片和畫像哪一個價值大些？」

陳全有是六二屆公安學校的畢業生，畢業後做過兩年外線跟蹤工作，六四年才調到五處搞內線偵查，因此號稱「裡外一把手」。他接過照片和畫像，來回看了幾遍，說：「畫像嘛，價值可能更實際些，因為是根據目擊者記憶猶新的印象製作的，當然更有利於外線偵查員的識別。雖然和本人十多年前的照片距離遠了些，可是固定特徵基本沒有改變。你們看，眉距、眼寬、鼻翼的

形狀、嘴形、耳形、髮際五官骨骼的比例等等，都和照片很接近，從這幾方面分析，這幅像畫得可能還是比較成功的。」

紀真揮手打斷了大陳的話頭，叫段興玉收拾起資料，兩個人急急忙忙坐車趕到市公安局去了。

中午時候，段興玉回到科裡，他們才知道局裡已經正式批准立案。徐邦呈的摹擬畫像已開始複印下發。周志明現在回想起來，這個案件的開端還是順利的，雖然外線因為當天下午的批鄧大會「雷打不動」，致使飛機場、火車站和長途汽車站在晚上七點二十分之前一直未能封鎖，但那天夜裡城區各分局以治安檢查的名義，對大小旅店和住客的洗澡堂進行的清查，還是滿認真的，結果在夜裡四點多鐘，城南分局在「為民旅館」四層樓的一間客房裡，發現了徐邦呈。不過，根據他們的要求，分局的同志沒有驚動他。

於是，這個案件的第一個矛盾就出來了——對徐邦呈，捕，還是不捕。

周志明知道，段興玉是不主張馬上逮捕徐邦呈的，因為不許外線和分局擅自驚動徐邦呈這一條，就是他先提出來的，紀真當時也贊成，他們在向馬局長彙報時，馬局長也沒有提出異議，如此分析，段科長、紀處長和馬局長都屬於「不捕派」。但是，第二天上午的決策會一開，卻決定對徐立即逮捕。這個會的參加者，除開三個「不捕派」之外，就只有主管偵查工作的副局長甘向前了。顯然，甘副局長是「捕派」。

周志明從刑警大隊調到五處已經有五年了，以他對反間諜鬥爭的那點知識和經驗看，徐邦呈顯然是不應當匆忙逮捕的。他不知道決策會上這個反常的決定究竟是出於什麼原因和背景。那天中午紀處長和段科長開會回來，雖然並沒有向他們說起會上的情形，但這沉默本身，就足以使人想像出這個會是怎樣一種不愉快的氣氛。

周志明和甘副局長的直接接觸，就是在這個案子上才開始的。甘副局長自從「文革」到南州市公安局參加軍管算起，在地方上工作已經快有十年了，但他身上那種軍人的威風和乾脆果斷的個性卻絲毫沒有改變。對這種個性，周志明似乎並不太喜歡，總覺得有點獨斷專行，近於跋扈。

記得那次在邊境的那個小招待所裡，甘向前不知怎麼看見了他手提包裡帶著的那本《普希金詩選》，拿過去翻了幾頁，皺著眉頭問他：「普，普什麼，普希金？」

他當時有點不知所措，慌慌張張地「啊」了一聲。

甘向前把書還給他，卻問：「局黨委佈置的今年內通讀《毛選》一至四卷的任務，你的進度怎麼樣了？」

「已經開始讀第二卷了。」

「筆記都按要求完成啦？」

「完成了。每篇文章我都做了筆記，每篇筆記都超過了二百字。我們出發前，處裡的政治處專門把我們幾個人檢查了一遍。」

「哦！」甘局長臉上掛出些微笑，這才指指那本書，說：「這種書，批判地看一點不是不可以，不過還是少看為好。」

他不知道該怎麼解釋，「噢，這書……列寧也很喜歡讀的。」

「是嗎？叫什麼來著？普希金，啊——蘇聯作家吧？」

「俄國作家。」

「哈呀，你們這些年輕人啊！」甘局長笑起來，「起碼的常識也得多一點才行嘛，蘇聯就是俄國，一回事兒，啊！」

他哭笑不得。從那以後，他對甘局長的印象便大大地又打了個折扣。

逮捕徐邦呈以後，先是段科長負責這個案件的審訊工作，審了兩輪，甘局長突然來了興趣，親自出馬把審訊接了過去。這一下，周志明倒真是覺得自己成了名符其實的「工具」了。他、大陳、小陸、小嚴，他們幾個參加這個案件工作的人，都成了孫悟空脖子上的汗毛，只是隨時被拔下來一吹，化做一些沒有靈魂和血肉的小猴來烏合衝殺一陣，而自身並無任何責任和擔子。這個案子究竟應該怎麼看、怎麼搞，他們完全沒有發言的機會，也完全不允許討論，一切都要聽甘局長的吆喝，在甘局長忙得連吆喝也顧不上的時候，他們就只有閒著……

四

晚上十點半鐘，周志明才回到了家。

和萌萌家住的神農街頭條一樣，他家住的化龍巷——西夾道，在南州市裡也是條僻陋的小胡同，自從「文化大革命」的第二天改名叫立新巷以後，就更沒有多少人知道它了。

周志明把自行車推進小院的時候，對門王大爺家裡的日光燈還亮著，聽見他的聲音，鄭大媽推門出來了。

「才回來呀？」她問。

他一看就猜出鄭大媽是找他有話說。果然，還沒容他搭腔，鄭大媽就接著說道：

「剛才，吃飯的時候，你們單位的那姑娘又來了。」

「我們單位的？」

「就是模樣兒挺不錯的那個高個兒，叫什麼來著？瞧我這腦子。」

他明白她說的是嚴君，便問了一句：

「她說什麼來的？」

「沒有，我讓她上家坐一會兒，她沒坐，走啦。」

聽見他們說話，大福子披著衣服也出來了，神神祕祕地衝他說道：「志明，你們公安局的現

在是不是又該忙了？據說往十一廣場送花圈的不少呢！」

他讓大福子沒頭沒腦插的這一槓子給弄笑了，「送花圈，和我們什麼相干？」

「不是說不讓送嗎，我們廠就不讓送，你說這叫什麼事呀！」

「誰說不讓送。」他推開自己家的門，這門平常是不鎖的，鄭大媽和淑萍每天都要進來幫他收拾收拾屋子。他一腳門裡一腳門外地說：「過兩天清明節，我還去呢！」

鄭大媽的神情倒是掛上了幾分鄭重，「志明，你興許還沒聽傳達吧？廣場那兒，可是有壞人破壞呢，轉移批鄧大方向。」

哎，志明，回頭要去咱們一塊去啊。」

周志明還沒回答，大福子倒先數落開了。

「媽，您又聽傳達了是不？得了得了，人家志明是公安幹部，人家聽剩下的，才輪到您吶。」

「瞧瞧，衣服也不穿好，感冒我可不管你。」鄭大媽也把話岔開了。

看著鄭大媽和大福子回去了，周志明關好門。他懶得去開燈，四肢鬆懈地倒在床上，漫不經心地遊目四睹。眼睛很快適應了屋裡的黑暗。甚至能很輕易地看清靠門邊的桌子上放著的那個乳白色的牛奶瓶子。自從去年巷口的奶站剛一恢復訂奶業務，父親就給他訂上了奶，其實喝到現在也未見得補了多少力氣，每天還得排隊去取，麻煩得很。他幾次要停，父親都執意不從，幸好淑萍從農村病退回來在家閒著，取奶的差事便由她代勞了。

在桌子的上方，掛著他的一張放大照片，是他六歲那年照的。黑暗中早已看不清照片背景上那爬滿紫藤的小樓了，那就是他過去的家，南州大學校園內一座庭徑幽樸的院落，環境雖不豪華，卻充滿了詩一般的浪漫。小院裡種了各色各樣的花，陽光斜射進來，滿目繽紛。這小院是他兒時的樂園和天國。

從小，他就是被這種優越的生活嬌寵慣了的，以致那個翻天覆地的時代咣地一聲來到眼前的時候，他便像個不諳水性的孩子被一下子拋進洶湧的大海那樣無以自援。父親第一次被強迫敲著鑼遊校時，那張慘白的臉給他帶來的刺激，幾乎是他的年齡所難以承受的。那幾年「人下人」的日子完全改變了他，到現在他都習慣地不敢大笑、大叫、大喜、大怒，無論高興還是生氣，都不敢撒開來幹，都要瞻前顧後，看著周圍的臉色，留著充分的餘地。也許小時候受了刺激和壓抑的人，都會落下這種夾著尾巴做人的後遺症吧。

他從那張照片上移開眼睛，往黑暗中看看，叫了聲：「白白。」不一會兒，下面窸窸窣窣響了幾下，白白用牠尖尖的小爪子勾著床單上床了，徑直地走到他的胸脯上，漫不經心地伸了個大大的懶腰，然後趴下了，舒服自得地打著小呼嚕。

他和父親都喜歡貓，原來因為白天家裡沒人才一直沒養。去年反擊右傾翻案風的運動一開始，父親在學校裡實際上被奪了職，等於在家賦閒了，這才下了決心，索性徹底閒情逸致，養！貓是他跟父親一起去一個熟人家裡挑的，他喜歡白毛的，而父親卻看上了那只純黑的，爭了半

天，還是父親讓了步，他們把白白抱了回來。父親還開玩笑說：「黑貓白貓，能抓耗子就是好貓。」父親也喜歡白白。

他在床上躺了一會兒，想著該去洗把臉，鋪床睡覺，可身子卻懶得動彈。他想想剛才大福子的話，心頭忽然有點發熱。大福子是向來不通政治的，現在居然也在關心著十一廣場上的事態，在施、王這兩個截然不同的家庭中，竟蘊存著同樣的感情與愛憎，細想起來，的確是激動人心的。人非草木，孰能無情，誰不愛總理呢。

鄭大媽是鄰近幾個院子的聯合向陽院主任，常在街道辦事處和派出所走動。難道街道上已經傳達了什麼「精神」了嗎？可細琢磨一下，他又覺得不會。因為對廣場上那些花圈，除了在市公安局辦公室編的《社情動態》裡被褒貶含混地提過幾句外，還沒有見諸任何正式的和權威的檔局裡的頭頭們也都未曾做過任何公開的明確的評價。看來，鄭大媽的所謂「傳達」，即便不是空穴來風，也不過是誇張之辭罷了，老太太自從當上向陽院主任以後，小題大作，已屬常事，難怪大福子都要噎她了。

然而這件事的本身，恐怕也難以稱其為小題。大福子是準備去廣場的，萌萌、季虹、安成他們也是準備去廣場的，過幾天就是清明節，帶著不謀而合的默契到廣場去掃墓的人誰知有多少？市裡的頭頭和中央那些人該怎麼想？會不會這一股股細細的暗流到那時會不會聚為澎湃的洪水？會不會像鄭大媽聽到的傳達那樣，把這些統統看做是破壞批鄧運動？他突然覺得答案似乎明擺著，那些

個頭頭們一定會這麼想的，連徐邦呈，甘局長不是也認為是外國特務機關派進來破壞批鄧運動的嗎？

徐邦呈潛入南州市的任務到底是什麼，雖然現在局、處兩級都沒有對以往的結論做出更動和說明，但周志明卻覺得這實際上是一個並沒有真正解開的謎。頭兩次審訊，他是參加了的，徐邦呈兩次撒謊撒得都不高明。特別是頭一次的供述，低劣得簡直無法自圓。誰能相信，像他這樣一個非法越境，而且已經深入到南州這樣的腹地城市來的特務，僅僅是為了泛泛搜集沿途所見的一般性情報、搞幾份不公開發行的地方報紙呢？不要說周志明自己，就連頭一次參加大案審訊的陸振羽和小嚴，也能一眼識破其詐！

周志明這幾天倒是常常在琢磨從徐邦呈身邊繳獲的那幾件東西——偽裝成素描本的密寫紙、偽裝成去痛片的密寫藥、藏在鋼筆裡的密碼、印在民用氯化乙烯膠紙裡的盲發電臺收聽時刻表，還有那三千一百三十一點六四元人民幣，這些東西都是準備派做什麼用途呢？縫在手提包夾層中的那張地形圖和偽裝成熊貓牌半導體收音機的信號機又該作何解釋呢？

第二次審訊是在大部分物證都已檢驗出來以後進行的，按照段科長的佈置，審訊中他們沒有做記錄，答錄機也是藏在審訊臺後面的。因為對一個尚未繳械的特務來說，答錄機和記錄員都會使他變得小心翼翼，說話增加斟酌。這對審訊自然不利。然而，儘管那次審訊的氣氛經過這樣刻意淡化，可段科長的發問卻仍然是咄咄逼人的。

審訊臺的臺面上，擺著密寫紙、密寫藥、密碼和那卷已被拆開的氯化乙烯膠紙，還有錢，在全部繳獲的特工用具中，只有信號機和那張神祕的地形圖因為還沒有檢驗分析出結果而沒有拿出來。

徐邦呈被帶進來了，沒等許可就一屁股坐在屋子當中為受審者預備的方凳上。那是周志明第二次見到他，看上去約莫三十五六歲，有點虛胖，淚囊已微微腫起，下巴頦上的肉也開始鬆垂。他臉上沒有多少表情，只是用眼睛往審訊席上掃了一下。周志明隱隱覺得，那目光是老辣的，他對徐邦呈原有的那個愚蠢的印象，似乎就是在那一剎那間開始動搖的。

段科長向徐邦呈指指擺在桌面上的物證，開門見山說：「你還堅持原來的供述嗎？」

徐邦呈臉上飄過一陣慌張。不過志明覺得，這慌張多少有點兒做作。徐邦呈微微欠起身，挨個把那些物證仔細看過，好像是在辨認一堆不相識的東西。然後重重地吁了一口氣，卻不說話。

「搜集沿途所見，找幾份不公開發行的報紙，恐怕用不著這些裝備吧？」

徐邦呈的頭似點非點地動了一下。

「你真正的任務是什麼？」

徐邦呈眨眨眼睛，仍然沉默。

段科長的聲調依然是徐緩的，但徐緩中卻暗藏著尖銳的鋒芒，「徐邦呈，我勸你別拖著，時間對我們來說是重要的，而對你，則是性命攸關的，你不要耽誤了挽救自己的機會。好，我再問

一遍，你的任務是什麼？」

周志明當時確是沒有想到，徐邦呈竟出人意料地小聲說出兩個字來：

「接頭。」

段科長不動聲色，問：「和什麼人接頭，在什麼時間和什麼地點接頭？」

「接頭人是誰我不清楚。地點在北京，王府井百貨大樓旁邊有個儲蓄所，就在那個門口，時間是三月十五日晚上七點鐘，有個人戴眼鏡，左手三個指頭拿一份《紅旗雜誌》，這就是同我接頭的人。接頭的暗語是，我問他：『北京有橄欖樹嗎？』他答：『不，只有冬青和劍蘭。』如果十三號沒接上，就再順延一天。」

「你的派遣單位是哪裡？」

「D3情報總局。他們叫我和那人接上頭以後，一切聽他的指揮，這些東西，」徐邦呈的手向桌上指了一下，「就是我們今後和總局聯繫的工具。具體怎麼聯繫，我也不清楚，一切由我那位領導人安排。」

「就這些？」

「我只知道這些。」

「你不去北京接頭，到南州來幹什麼？」

「我在邊境沒有買到去北京的火車票，就先到南州中轉一下。因為是十三號接頭，我原來是

準備今天從這兒去北京的。」

段興玉沉默了片刻，最後問：「你對這兩次的供述，還有什麼需要更正的嗎？」

徐邦呈斷然搖頭，「沒有。」

這就是第二次審訊的結果，看上去比第一次要「像樣兒」多了，似乎並非全無可信之處，難怪小陸在那天晚上的分析會上，會那樣激烈地立主出擊呢。

小陸一向是不甘寂寞的人，凡事都喜歡先出頭，那天更是搶先發言。他本來從不抽煙的，那天卻一般地點起一支「大前門」來，可見他的確是來了情緒。

「總的來說，」他把吸進嘴裡的煙全噴出來，「總的來說，我認為，今天的口供是可信的。說不定，我們要是派個人冒名頂替去接頭，還能打到潛特組織的內部去呢。可以肯定那個人不認識徐邦呈，要不然，就不會使用接頭標記和暗語了。」他觀察了一下別人的反應，又說：「也許，我的想法太大膽了，有點兒冒險，不過偵查工作本身就是一種冒險活動。」

倒是出語驚人，周志明看得出來，連嚴君也有點兒來精神了。

「你認為口供可信的理由呢？」段科長卻淡淡地問。

小陸又連吸了兩口煙，顯然是在倉促現想，「第一，口供基本符合情理，接頭地點說得也對，王府井那兒是有個儲蓄所，我在北京見過的。第二……第二，這個……」

「嚴君有什麼看法？」段科長轉而問嚴君。

嚴君略加思索，儘量從容地說：「從繳獲物品的用途上看，和他這次交代的任務倒是相符的，不過這裡也可能有真有假……」

段興玉又把目光移向大陳。

大陳翻來覆去地翻著那幾頁審訊記錄，搖著頭說：「不可信，我看全不可信。」

周志明當然也看得出來，再如，徐邦呈的某些說法是不可信的。比如，那張地形圖是幹什麼用的，徐邦呈就沒有交代清楚，再如，徐邦呈並不具備潛伏的條件，為什麼卻負有長期潛伏的任務呢？現代間諜戰中對情報員的使用講究量力而行，一般很少強人所難，所以徐邦呈在這方面交代的可信性是不大的。不過大陳對口供採取了全盤否定的態度，詞色比他估計的還要乾脆，這倒也引起了他的興趣，他於是問：

「全不可信，為什麼？」

大陳從座位上站起來，揮著手說：「就算北京有個潛特吧，可是把徐邦呈這種人派給他有什麼用處呢？一沒合法戶口，二沒公開職業，根本不具備潛伏條件，這是一；從間諜工作的常識來看，接頭時，應當由身分高的一方處於主動地位，以便能視現場情況自由進退。既然去接頭的那個人是徐邦呈的領導人，為什麼要安排那個人持有識別標誌呢？這樣一來，被領導者豈不是比領導者更安全了嗎？這是二；《紅旗雜誌》是發行量很大的刊物，用它來作識別標誌很容易被偶然的巧合破壞，這也不合常理。敵人是不會這樣疏忽的，這是三；還有，那個地形圖我琢磨了一下

午，」大陳把圖取出展開，指點著說：「圖的上方有一條貫穿的曲線，曲線以南畫得比較詳細複雜，以北，除了幾個簡單標誌外什麼也沒有。看來，有點兒像邊境地區的方點陣圖，不管怎麼說，這張圖和北京接頭這個任務之間是看不出什麼聯繫的。」

大陳講的是有道理的，段科長也點頭補充道：「接頭的標誌肯定是有問題的，據我看，接頭暗語也不對，這種類型的暗語早在二次大戰前就被淘汰了。在現代間諜戰中，使用暗語必須符合周圍環境和人物身分，而且得選擇日常生活中常見的問答句。像他們這樣，跑到王府井去談什麼劍蘭、橄欖樹這類風馬牛不相及的瘋話，不要說被我們碰上，就是一般人聽見，也要奇怪。還有一點，他第一次所供的姓名和在國內時的歷史都是假造的，我們當時沒有戳穿他。如果他今天是老實交代的話，那就應該把假姓名和假歷史一併更正過來，可他沒有更正，僅從這一點上看，其他口供的真實性就值得懷疑。不過……」段科長沉吟了一下，接著說：「我倒是還有另外一個想法。昨天我一見到這個人，從開頭幾句話中，就感覺到此人不是個等閒之輩。他在答對時，用詞很恰當，很準確。這說明他有相當的文化修養，從他的舉止和我們繳獲的特務器材的用途看，他也像個受過正規訓練的骨幹特務。可他的這兩次供述卻如此荒誕不經，漏洞百出，這和他的實際水準之間距離太大，這不能不說是個很矛盾的現象……」

段科長最後的這幾句分析，的確是很精彩的。周志明現在躺在床上，在事過境遷之後再來回味這段推理，仍然要佩服段科長的細心和敏銳。但是這段推理後面應當引出的結論，他卻一直沒

能揣摩透。段科長那天還沒把話說完，就被甘局長和紀處長的突然到來打斷了。

也許因為甘局長是第一次臨幸他們的小辦公室，所以大家都感到有點意外。當紀處長說明了甘局長的來意之後，周志明也弄不清是該高興還是該撓頭。他還從來沒有跟局長一起搞案子的經歷呢。

「甘局長這麼晚專門趕到這兒來，是準備明天親自參加這個案件的審訊工作的。」紀處長說，「甘局長進城以前就搞過審訊工作，應該說是老經驗啦。」

「啊，啊！」甘向前坐下來，擺擺手，「老經驗靠不住，還要靠毛主席的革命審訊路線嘛。我接觸審訊工作還是在東北剿匪那陣子。過去審土匪也好，現在審特務也好，總不外那麼幾條嘛，政策攻心啊，指明出路啊，分化瓦解啊。」甘向前停了一下，又說：「這個案件，市委亦得同志很重視，點名要我親自動手，當然，你們這兩天的審訊，成績還是主要的。不過，目前還沒有把敵人的氣焰打下去，審訊錄音我粗粗聽了一下，我個人認為，這個人根本沒有向我們繳械。市委亦得同志對這個案件的工作有很重要的指示，要求我們把審訊室變為大批國際反動派的戰場，把大批判貫徹始終，首先要讓他低頭認罪，只有在這個基礎上，才能使審訊順利進行下去。」

甘局長講話的時候，大家都一聲不響，只有紀真哼呀啊呀地隨聲應酬著。甘局長說完，又坐了一會兒，問了問物證檢驗的情況，就走了。周志明還等著聽段科長剛才那段分析的下文呢，誰

知道段科長卻悶悶地說了句：「散會吧。」

「科長還沒說完吶！」他禁不住問道：「下一步咱們怎麼搞啊？」

「怎麼搞？」陳全有站起來，戴上帽子，用一種無可奈何的口氣說：「聽甘局長的唄。」

周志明看看段科長，又看看紀真，他們都沉著臉不說話，似乎是默認了大陳的說法。小陸、小嚴也鎖抽屜戴帽子準備回家了。

在那一刻，周志明的嘴裡是切切然地嚼出一股子難言的苦味兒的。他一向看重的那個職業榮譽感彷彿也變得索然無味了。甘局長一來，也不和大家認真研究研究，只憑著「粗粗聽了一下」審訊錄音，就不容商量地把審訊方略確定了，既不徵求一下紀處長和段科長的意見，也不問問他們這些偵查員的看法，彷彿他們這些做具體工作的幹部全不過是拉磨的驢，只能聽喝！這倒真是應了小陸在湘西時對他說的那句話了：「什麼叫好偵查員？別叫領導膩歪，就是好偵查員！」

周志明離開辦公室的時候，紀真和段興玉仍舊默然坐在椅子上沒動窩。他反手帶上門，才聽見他們在屋裡說起話來，紀真的聲音低沉不清，段科長則顯得激動些，聲音裡帶著點暴躁。

「……審訊室又不是批判會，審訊的目的是搞清問題，又不是辯論是非，這怎麼叫單純軍事觀點呢？」

段科長在科裡同志的面前，從不這樣動容，大概，也只有在紀處長這個老上級面前，他才會如此直抒胸臆吧。

因為甘局長主持的審訊，是從局祕書處帶了個順手的幹部去的（也是個沒搞過偵查的），而他們五處這個承辦案件的小組只須出一個做記錄的。所以第二天上午，段科長和大陳便帶上那張神祕地圖的複製件，乘飛機往邊境地區的Ｈ市去了，他們想在那一帶公安機關的幫助下，解開這張地圖的謎。嚴君從一上班就埋頭桌前，把前兩次審訊的錄音謄寫在審訊記錄紙上，周志明自己，則開始著手整理那些個物證，把它們登記、剪貼起來，所有「物證檢定分析書」也都裝訂成冊。小陸平時最怵這類煩瑣枯燥的工作，他經過拼命要求，終於被段興玉同意派去給甘局長的審訊做記錄，一大早就被甘局長的汽車接走了。

那天晚上快下班的時候，小陸回來了，周志明從他的臉色上，看出審訊仍舊不順利。

「這小子，裝瘋賣傻，遲早是挨槍子兒的貨。」小陸咕咚咕咚喝下一大杯涼開水，抹了把嘴，說：「審到最後，連甘局長都給惹火兒了。」

「下一步怎麼辦，甘局長沒說嗎？」周志明憂心忡忡地問道。

「接著審唄，非把小子敲開不可。甘局長剛才到技術處去了，好像是那個熊貓牌半導體查出點兒什麼名堂來了。」他停了一下，又說：「看來，甘局長懷疑他的潛入任務可能和批鄧運動有關。」

「和批鄧運動有關？」嚴君很是不以為然了，「人家管你批鄧不批鄧啊，不可能！」

周志明卻並沒有太往心裡去，因為甘局長只審了一天，一切都只不過主觀分析而已，何況他

們當頭兒的，滿腦袋都是「批鄧」，但凡有點風吹草動，難免要往那方面去琢磨，就連現在十一

廣場上那幾個小小不然的花圈，他們也要疑神疑鬼，好像天下的人全都是為了破壞批鄧才活著似

的。

晚上，小陸回家去了，嚴君自告奮勇陪他加了一個小班，他們剛剛把那個印在膠紙裡的盲發

電臺收聽時刻表抄在格紙上，就被紀真從辦公室裡轟回家去了。那些天，查店、審訊、開會，連

軸轉，按說是夠累的，可他晚上卻睡不著，從盲發電臺收聽時刻表上看，距第一個收聽時間——

三月二十一日夜間零點十五分，只有八天了，如果八天之內案情仍無突破，就是收到了特務機關

給徐邦呈的什麼指示，他們也沒法動作。那可就真不知道這案子將如何了了，他想弄不好也就是

不了了之了。

可是他完全估計錯了。第二天段科長和大陳那方面雖然仍舊沒有什麼消息，可甘局長的審訊

卻出現了誰也沒有料到的進展，到中午，小陸帶回來一個振奮人心的消息。

「他全招了！」他一進門就興沖沖地宣布，「好傢伙，果然是條大鯊魚。」

他和嚴君全都目瞪口呆地望著小陸，小陸扯過一把椅子坐下來接著說：「技術處把那個小收

音機給查出來了。那是用咱們熊貓牌半導體改裝的小型信號機，可以發射和收接信號，有效範圍

一公里，他到王府井接頭，要這玩意幹什麼。今天我們一上去，先把這玩意跟那張圖往他眼前一

擺，這小子立時就傻眼了，甘局長把桌子一拍，幾句硬話往他頭上一壓，這小子就堅持不住了。

嘿，我發現甘局長還是挺有氣勢的。」

「到底怎麼回事？」嚴君忍不住打斷他的話。

小陸衝她笑笑，趕快說：「外國特務機關派他來，是為了執行一個龐大的計畫。他的任務是先進來摸摸情況，探探路子，看看邊境地區需要什麼證件，買火車票要什麼手續等等。其實這些特務機關原來也知道，只不過是為了慎重看看有沒有變化。在三月二十五日，他要返回邊境，就是那地圖上畫的那個地方，那地方叫仙童山，山的本身就是國界線，在那兒接應一支特遣小分隊進來，分散到幾個大城市去搜集情報，同時散發一些偽造的我內部檔，破壞批鄧運動。整個計畫的代號叫『三月行動』，他本人的代號是『一一二七』，敵人規定他入境後冒用一個外僑的名義給使館寫封密寫信，彙報他執行任務的情況，然後再用盲發電臺把指示傳達給他，這封信他還沒來得及寫呢。看來，下一步咱們要有大戲唱了。」小陸不停氣地說著，臉上的興奮是不能掩飾的。

下午，小陸又去看守所了，審訊還在繼續。傍晚的時候，段科長也從H市打來專線長途，證實了那張圖正是仙童山的方點陣圖。

真是一天之內，風雲突變！

晚上下班的時候，小陸沒有回來。吃過晚飯，紀處長接了一個電話便立即坐車到市委去了，臨走匆匆跑來叫他們給哈爾濱掛長途催段興玉和大陳回來。從處長的臉色上，他和嚴君不約而同

地感到了事態的緊迫。果然，當天夜裡十點鐘紀真從市委彙報回來，就決定了他和小陸的湘西之行。「三月計畫」是一個如此之大的行動，為萬全計，紀處長認為必須去湘西把徐邦呈的老底查實……

白白突然站起來了，用力甩了甩腦袋，把他的思緒打斷，它東張西望了一會兒，一隻小肉爪竟然踩到他的臉上來了，冰涼，倒是讓人挺舒服，他沒動。隨著一陣細小的呼嚕聲，白白那不但冰涼而且濕呼呼的小鼻子也觸到了他的鼻尖上。不行，這傢伙給臉上鼻梁，竟然要在他的臉上打坐了。他抓住它的腰，把它放到床下去了。

他的思路岔開去，對了，明天還要去萌萌家，給施伯伯講講湘西。講什麼呢？那可是施伯伯闊別了二十多年的老家呀！

五

天花板低垂著，呈銀灰色，薄薄地貼著層暗光，不知是寒月清輝還是鄭大媽家裡那盞二十五瓦日光燈的折射，使人更加感到周圍的壓抑和狹小。

周志明家的這間屋子，原來是個二十多平米的大房間，在他們搬來以前，就被人在當中打起一條隔斷牆，成了裡外套間。二十多平米，照著兩口人的標準，平均居住面積是不算窄的，可自打從湘西回來，他就常常感到周圍空間的擁擠和色彩的單調，常常要情不自禁地嚮往起那青山秀水的天地了。

他從小沒離開過城市，就是出差，也不外是北京、天津、上海、廣州一類的繁華去處，和南州大同小異。應該說，湘西，是第一個用大自然的雄渾和優美給他以薰陶的地方。

他和小陸是下午三點多鐘乘飛機飛抵長沙的，傍晚又乘上了長沙至懷化的火車向西而行。雖說那時候春節已經過去了半個多月，火車上的擁擠風潮卻還在持續。擠在探親期滿的職工、士兵和度完寒假的學生中間顛簸了一夜，真是精疲力盡的一夜。第二天早晨又在懷化改乘長途汽車，不到中午，汽車便已經攀援在湘西蜿蜒而潮潤的公路上了。

日夜兼程的疲倦被藏懷的一點好奇和嚮往淹沒了，這就是湘西嗎？一個交通不便、荒野偏僻的地方；一個漢人、苗人、土家人雜居的地方；一個缺少文化、土地貧瘠而又多匪的地方，古老

而神祕，混和著原始的野蠻和自然的優美⋯⋯這就是周志明過去對湘西的近於荒唐的認識，一個從未到過湘西的人在一本又黃又舊且失佚了篇首的書中得來的認識。

一條與公路平行的無名小河在腳下縈迴，淺薄的河水清澈見底，在卵石細沙間無聲流過。隔著霧濛濛的車窗遠眺，山外有山，群峰羅列，如屏如障的崇山峻嶺中，蔓延著長年凝綠的大杉樹。時有幾幢接瓦連椽的房屋隱傍在山林的轉折處，宛如畫家點上的幾筆極巧的跳色。剛剛從色彩單調，儼然一派冬日景致的南州來到這鬱鬱蔥蔥、積藍堆翠的南方山區，雖然坐在車裡頭，卻恍若覺到一股暖融融的春風撲在臉上，引人到一種陶醉的意境中。他記得那時候竟胡思亂想起來了，將來要是有機會，一定得和萌萌一起來這兒好好悠遊一番，沒想到萌萌的老家竟是這樣一個宜於談情說愛的美地方。

不知是不是也因為美景的誘惑，陸振羽也發起了情思，扯扯他的衣服，故作隨意地說：

「哎！你幫我參謀參謀，嚴君這人到底怎麼樣？」

「不錯呀！」他笑笑，「你們現在到什麼時態了？是『進行時』呢，還是『過去時』呢？」

「噢，這個⋯⋯」小陸尷尷尬尬地說，「『將來時』吧！」

「怎麼，你還沒跟她談？」

「談是談了⋯⋯」

「她怎麼個意思？」

「含含糊糊，誰知道。」

「她不同意？」

「我沒跟她明著提，不過意思是到了。她好像，咳——她開始說現在對這種事不考慮，後來又說她早有了，真真假假的。」

「啊！」他笑了，「可能你的功夫還沒到家吧。」

「哎！以後有機會，你再幫我說說怎麼樣？我發覺她還挺聽你的。」

「行，我試試。」他嘴上答應著，旋而又後悔起來，這種事照理該由老同志去說的，老同志面子大，至少應該大陳……

他們坐了四個小時的汽車，到了湘西土家族、苗族自治州首府——吉首。

吉首是個只有四萬人口的小城，依山傍水，充滿了江南市井的誘人風采。吉首公安局就坐落在臨河不遠的一條大街上。接待他們的是個年輕的土家族幹部，還是個大學生。戴著一副白架子眼鏡，活潑熱情。在他的幫助下，他們很順利地查到了徐邦呈的檔案。

「真是，我們以為這傢伙早死了，搞了半天還活著！我算算，從六五年到現在，乖乖的，整整十一年了。」年輕的土家人說一口富於韻味的湘西話。

正在摘抄檔案資料的小陸揚起臉說：「十一年前你們沒有找到屍首，怎麼就斷定他死了呢？」周志明把目光從檔案資料上移向主人，他覺得小陸這話問得有點兒生硬，容易被對方誤解為指責，

可那年輕人似乎一點兒沒有在意，反而爽朗地笑起來。

「他是因為犯錯誤開除公職的嘛，所以原來以為他太想不開了。我們這兒的人要想死方便得很呀，連根上吊繩都可以不買的，山上有的是洞洞，誰也不曉得有好多深，沒人下去過。要自殺往裡一跳，連個聲響也不會有。解放前還有這樣的風俗迷信，沒出嫁的姑娘要是得了什麼病，常常會被族親們說成是讓洞神看上了，把她扔下洞去，叫做落洞，聽說過嗎？」

小陸放下筆，「我以前倒聽說過湖南的地主把女的沉潭處死，還沒聽說什麼落洞的。」

「被沉潭的女人大都是因為犯了閨戒，落洞的女子卻不同，多數是自願的，還真以為給洞神愛上了，落洞的時候眼睛亮亮的，臉上紅紅的，含笑去死。湘西這地方過去愚昧落後，神怪觀念是很強大的。解放後當然沒有這種事了，但本地人也都曉得這洞洞的厲害，要想死也都還是這個死法。上山去，隨便找個洞子一跳，屍首是沒法子尋找的。我想十一年前這傢伙一失蹤，人們便是這樣想當然地以為他死了吧。」

直到吃晚飯的時候，他們才把資料抄完。在招待所裡吃了晚飯，就急急忙忙跑到長途汽車站，買了第二天一早回懷化的汽車票，因為他們必須趕在第一次收聽盲發電臺的時間之前回去，所以不能在這裡耽擱。

買了車票，他們在河邊那些小村子裡轉了轉，等拐上大街，陸振羽突然指著對面一座紅磚樓房，笑著說：「你看，真捨得下功夫，搞成永久性的了。」

他順指看去，那房子的牆壁上，用隆起的磚砌成了一條「萬壽無疆」的標語，笑笑，沒說話。小陸又說：「我們家原來有個鄰居，在南州市第二醫院工作，他們醫院有個技術員，前些年因為不小心把萬壽無疆的萬字寫成無字，意思弄了個滿擰，結果讓市西分局抓了，判了七年，真是不值。」

「判七年？」他驚訝地咋了一下舌頭，「太過分了，寫錯一個字批判一通不就完了嗎？」

「那哪兒完得了啊！」小陸說：「一直捅到劉亦得那兒去了。劉書記一句話：嚴肅處理！市西局趕緊把他給抓了，按現行反革命判了七年。」

「反革命？哼。我看市西分局也未必相信他真是反革命。現在總這麼幹也不是個事兒。全憑領導一句話，叫抓誰就抓誰。」

陸振羽見他一臉不平的樣子，笑了，說：「你這個人呀，最大的毛病就是太認真，遲早要吃虧的。咱們當小兵的，還不是拉磨的驢，聽吆喚！」

「服從上級是應當的，可也得服從真理，服從黨的原則，上級講的又不都是真理。」

「哎喲，哎喲，大道理嘿！你怎麼忘了這句話呢：偵查員只有理智，沒有感情。」

「荒唐！你哪兒聽來的？」

「好了，好了，不跟你爭了，沒意思。反正到了工作上，還是上面說了算，下面只管幹。再說，領導畢竟站得高些，情況看得全面些，水準也跟咱們不一樣。就拿這次來說吧，對三一一，

我聽說處裡、科裡原來的意見是不捕，可局裡叫捕，你能不捕嗎？現在看來，還真是捕對了，要不然，三月二十五日的殲滅戰還不得耽誤了。」

「那是另一回事。」他也覺得詞窮了。

這就是他這些天來一直不能忘置的那次論戰。

其實他自己也是明白的，他不是外行人，城西分局那些同志的心理，他是不難體會和揣摩的。就說他們自己的這個三一一案吧，對甘局長的某些做法，大家不是沒有意見，可卻沒有誰吭過一聲，他提過一次意見，還是鼓了多大的勇氣才說出口的，沒得到任何結果自不必說，在領導的腦子裡，說不定還留下了個「僭越」的印象。

那是從湘西回來的那天，大陳同他們寒暄剛過，就宣布說：「有件事要和你們說一下，段科長現在不管這個案子了，以後所有情況我們直接向紀處長彙報。」

「為什麼？」他覺得詫異，「段科長病了？」

「調到處裡的追謠辦當副主任去了，算是臨時幫忙。」

他腦門上擰起一股疑惑，「眼下這麼大案子，這不是釜底抽薪嗎？」

還是陸振羽腦袋轉得快，輕輕笑了一下，說：「段科長這個人，怎麼說呢，能力強，水準高，可就是有點兒……哼，和你是一個毛病，太認真了點兒，其實何苦呢？」

周志明也隱然明白了是怎麼一回事，有點忍不住了，忿忿不平地直著脖子說：「這算什麼，

偵查員對工作就該像醫生對病人那樣，不認真一點兒還得了嗎？」他轉向大陳問道：「你不能跟處裡提提嗎？你是組長嘛。」

「咳！」大陳息事寧人地擺擺手，「算了吧，段科長對甘局長搞案子的某些作法有意見，我看現在調走了倒舒坦，眼不見為淨啦。」

周志明沒有再說什麼，但他對把段興玉從案子上拉下來這件事著實是不痛快的，這不痛快的心情一半是出於對甘局長這種跋扈作風的厭惡，另一半則是因為他格外喜歡和段科長在一起搞案子的緣故。當然，論起經驗和水準來，紀處長應該是比段科長略勝一籌的。但是對他們這些年輕幹部來說，段科長卻另有一番獨到的魅力，因為他在工作中能和你展開平等的討論，能很耐心、很鄭重地聽任何沒有經驗的偵查員發表自己的意見，能使大家都自動地把一切心思撲在案件上，願意和敢於大膽地去懷疑、去假設、去建立自己的責任心，而不是被動地去完成領導的意圖，附和領導的判斷。

也許正是因為這點兒不痛快，他那天才不知道哪兒來那麼大膽兒，在向紀真彙報完湘西之行以後，他竟然鼓起勇氣提起了科長調走這件事了。

「處長，我有個意見。」他一緊張，把想好的一大堆拐彎抹角的繞詞都給忘了，竟然直通通地說了出來：「這時候幹嘛把我們科長撤下來呢？」

大陳剛剛從椅子上站起來，被這個突如其來的局面弄得有點兒張皇無措。紀真倒是很平靜，

但還是很快地打斷了他的話，說道：「追謠辦現在也很需要人。」稍停頓了一瞬，又補上一句：

「對科裡領導的工作安排，你不要亂插嘴。」

一句話，把他弄得滿臉通紅，也不敢再接什麼話了。一出了處長辦公室的門，還沒等大陳說什麼，小陸倒先嘿嘿地笑了兩聲，挪揄地說：「我說什麼來著，你還非去碰一鼻子灰，真有種。」

離預定出發到邊境的日子只有兩天了。徐邦呈以南州市一個外僑的名義向使館寫的信也發出去了，信的明文不外是一套僑民向使館要錢要補助之類的常見內容，信中的密寫是：「經H市、南州、天津、北京，一切順利，計畫可行。」後面署了徐邦呈的代號「一一二七」。看起來，已是萬事俱備，下一步只看特務機關在盲發電臺中如何答覆了。

在他們臨出發的那天，一直很少在科裡露面的段興玉突然到他們組的辦公室來轉了轉。小陸想跟他說幾句這次行動的一些安排，他擺擺手沒讓他說下去，「不在其位，不謀其政。」他衝他們笑了笑，又說：「反正你們機靈點兒就行了，在邊界捕特，不比在南州市裡，得多注意注意地形。」段科長講這話的口氣看上去很隨便，可在周志明聽來，卻感到有種語重心長的意味。下午，去火車站的汽車已經等在樓下，他跑到處長辦公室去叫紀真，走到門口就聽見段科長和紀處長在屋裡唧唧咕咕地說話，聲音很低，聽不清什麼，但似乎感覺到他們是在談這個案子。段科長

和紀處長的私交之深，是他早就了然的，大約他們之間是無話不談的吧。他正要敲門，門卻自己開了，他們兩個人一起走了出來，紀真身披軍棉大衣，手裡拎著個鼓鼓的大皮包，一副行裝齊備的樣子，看見他便說：「到點了，走吧。」他跟在紀處長後面走了兩步，又回過頭看了看站在辦公室門口的段科長，段科長伸出手來和他握了一下，只說了一句：「祝你們馬到成功！」他深深地點了點頭，他辨不出科長的臉上這會兒是沒有表情還是表情複雜，只覺得他的寬大的手掌裡有一層冰涼的汗水⋯⋯他忘不了當時那個情形，不知為什麼，那時他突然覺得心裡沒底，雖然紀處長也和他們同去。

六

追查反革命政治謠言辦公室設在五樓圖書室的那三間屋子裡。追謠辦的主任是處裡一位副處長掛名的，三個副主任都是科級幹部。段興玉雖然是最後一個走馬上任的，但因為他在全處科長之中「約定俗成」的頭牌地位，所以一來就掛了個第一副主任的銜，辦公室的人還自動給他安排了個單間。

離開了三一一案，他的生理節奏似乎也一下子鬆懈下來了。早上，姍姍而來，晚上，早早離去，從來不加班，也不讓下面的幹部加班。最近他愛人出差到上海去了，他得顧著給上中學的兒子弄飯，所以還免不了常常藉口去局裡看看什麼的，一溜溜到菜市場去，隨後就從那兒直接溜回家了。上行下效，追謠辦的人於是也全都吊兒郎當起來，反正大家樂得輕鬆。

段興玉表面上是一副隨遇而安的鬆閒勁兒，而骨子裡，卻浸著股心酸。人當盛年，壯心不已，連古人都說，士不可一日無事，可他這麼多年就沒有幹多少正經事。長期不能務正業，而且還得做出這麼種逍遙自得的樣子來自我撫慰，孰能沒有一點心酸呢？雖說從砸爛公檢法以後，公安基礎工作毀壞殆盡，發現敵情線索的能力低得可憐，偵查單位無事可做，也是自然。可沒想到這次三一一案一立，他才緊張了幾天，就又脫了手，成了「有閒階級」。他不知道這輩子是不是就這麼泡過去了。

也許，他真該變得圓滑些，或者沉默些，不那麼鋒芒畢露，讓甘向前覺得他棘手，也讓老紀替他捏著把汗。跟著甘局長搞案子，如果只能在違心的附就和沉默之間進行選擇的話，那沉默也許更好些。

三一一案一開始，就是叫人不痛快的。外線處行動遲緩，險些貽誤戰機，可人家是在開批鄧大會，你還不能說一句二話；夜裡城南分局在「為民旅館」發現徐邦呈之後，急等著局領導快拿主意，可直到第二天上午九點鐘，局裡才通知他和紀真去開會「研究」。他是帶了一肚子氣去的。

參加那個會的人不多，除了他和紀真之外，就只有馬局長、甘副局長和局祕書處一個做記錄的幹部。可那間會議室裡的空氣卻很壞，像長年沒有打開過窗戶似的，茶几上的油漆味兒，沙發套子的焐味兒，以及不斷濃厚起來的煙草味兒，給人一種窒息感。

會開了整整一上午。馬樹峰和甘向前是你說你的，我說我的，相決不下，說完之後就是長時間的沉默，誰也不肯讓步。

段興玉這些年本來已經習慣於忍耐這種慢吞吞的會議了，和許多人一樣，開會常常成為他打盹養神的好機會。然而他那一天的心情卻不同，分局和外線的同志正在「為民旅館」外面盯著，情況每分鐘都可能發生意想不到的變化，而決策者們卻還在這暖烘烘的沙發裡噴雲吐霧，臨陣不決。他望望局長馬樹峰緊皺的眉頭，又望望副局長甘向前冷漠得毫無表情的臉，心裡交織著一股

焦急和惱忿。

「我看，是不是可以決定了？」最後還是馬樹峰用蒼啞的聲音打破了維持了很長一段時間的沉默，說：「我的意見是暫時不捕。這個人是哪裡派來的，潛入的任務是什麼，是單線，還是複線？這一切情況目前都不清楚，都需要通過一系列偵查活動來發現，來搞清楚。」馬樹峰說完，用被皺紋包圍著的眼睛向其他人環視了一圈，最後當然還是要把目光落在甘向前的身上。

「也許，剛才我還沒有把意思說明白。」甘向前放下手中的筆記本，粗大的喉結在緊扣著風紀扣的衣領裡滾動了一下，慢吞吞地卻是堅定地說：「我再重複一遍，我們今天研究這個案件，我的意見是不能簡單就事論事的，應當首先考慮到當前階級鬥爭的動向。當前的批鄧、反擊右傾翻案風的運動是全市，也是全黨、全國的中心工作，這個鬥爭和國際上的階級鬥爭必然是互相聯繫，互相呼應的。國際反動勢力不甘心他們在中國代理人的滅亡，必然要千方百計地進行破壞活動。所以，我們看待今天這個案件，不能不以當前階級鬥爭這個總綱為出發點來安排工作。因此，我建議對這個潛特，應該立即逮捕，迅速而有效地制止敵人可能的破壞活動。」

馬樹峰的眉頭皺得更緊，動作煩躁地點起一支煙，從會一開始，他幾乎是一支接一支的吸煙，他明顯地控制著自己的聲調，竭力平靜地說：「這幾年，我們也抓到了一兩個特務，但總是剛一發現就迫不及待地抓起來，缺乏必要的偵查過程。沒有偵查過程的反間諜工作當然又痛快又省事，可我們能從中得到什麼呢？敵人的情報意圖是什麼，使用什麼活動手法，聯繫人是誰？往

往搞不清楚。」

「問題不能這麼看吧？這幾年，我們局在對敵鬥爭上的成績還是很大的嘛，怎麼能說什麼也沒得到呢？」甘向前針鋒相對的口氣使氣氛變得更加僵持起來。「我承認，搞公安我是新手，但是反特工作就是抓特務，就像我們過去打仗是為了消滅敵人一樣，這個淺顯道理是小孩子都懂得的。敵人派多少特務，我們就抓多少特務，抓一個就少一個，既打擊和震懾了敵人，也維護和發展了大好形勢，這難道不是很大的勝利嗎？」

馬樹峰消瘦的臉上浮起一絲若隱若現的苦笑。他偏過頭對紀真說：「不要光是我們兩個人開會嘛，老紀，你也談談看法。」

紀真從一開會就沒怎麼說話，這完全不是他過去的習慣，等馬樹峰問到了頭上，才勉為其難地向兩位局長望望，遲疑著說：「呃——如果從偵查工作的角度上看，目前還是以不捕為宜，對這個人確實需要觀察一下。但是……」他停頓了一會兒，似乎斟酌著下面的話。

「但是剛才甘代表的意見，呃，我想，也是很重要的。如果這個人真是個搞破壞的『行動手』，在我們市裡搞點兒什麼亂子，這個風險還是有的。要是由此影響了當前的運動，那就得不償失了。所以，究竟捕不捕，我還有點吃不準。」

從馬樹峰的臉色上，段興玉已經看出他對紀真一反常態的模稜兩可是不滿的。馬樹峰又把臉轉向自己，帶著疲倦的神情問道：「小段的看法呢？你是在第一線作戰的，說說你的看法吧。」

段興玉記得，他當時一點沒有猶豫，用不容誤解的口吻說道：「我看還是捕起來好。」

馬樹峰臉上微微現出了驚訝的表情，這是段興玉不難預料的。從道理上講，他當然贊同馬樹峰的主張。馬樹峰是建國以來第一代偵查工作的專家，而這會上論及的問題在偵查工作中又實在屬於初等常識，可這年頭就這樣，許許多多本來屬於常識的問題卻不斷地被人們爭論不休。「反特工作就是抓特務」，這在包括小孩子在內的外行人眼裡的確是想之當然的定義，其實真正的反特工作完全不是那麼回事。在現代反間諜戰中，反間部門的主要任務，是設法瞭解敵方的情報要求和行動意圖，掌握敵人的活動手法，控制敵特組織及其陰謀活動，那種不管三七二十一，見一個抓一個的做法是最笨的，也是最要命的做法。常常除了一個活屍之外什麼也得不到。就比如說徐邦呈吧，他到南州市裡來到底是什麼任務？沒有偵查過程就很不容易搞得清楚。可段興玉也懂得，當一個簡單的問題又被人們重新鄭重地提出來加以討論的時候，問題就不再是簡單的了。這幾年，他雖然很少和局領導打交道，但由於局上下熟人遍佈，所以對領導們之間的關係也常有預聞的機會。他知道，馬樹峰在去年官復原職後，名義上是局裡的第一把手，可事無巨細，要是沒有甘向前這位軍代表的贊同和默許，都是絕難行通的。甘向前和市委第一書記劉亦得那裡一嘀咕，照保持著極為密切的熱線聯繫，就是在局常委會上已經形成決議的事，他到劉亦得那裡一嘀咕，照樣可以推翻。一向，段興玉把一切從實效出發做為工作上的第一信條，時間已經不允許他們拉開架子爭論下去，而且有實權而又不怎麼內行的甘副局長偏偏又分管偵查工作，如果不把徐邦呈捕

起來，那麼下一步工作還是要由他來抓。可想而知，他們這些做具體工作的幹部還不定要碰上多少叫人左右為難的命令呢，弄不好，這個案子就真要難飛蛋打了。所以，段興玉當時的主導思想就是，先捕起來再說。

馬樹峰悶悶地抽了兩口煙，對他說道：「捕，光是這麼一句話嗎？說說你的理由嘛！」

段興玉早就想好了，不慌不忙地說道：「捕起來，通過審訊，或許還可以得到些東西，如果不捕，那就全得靠外線跟蹤來控制了。外線處現在新手多，這幾年沒上過什麼要緊的案子，技術上粗得很，不是曝露了自己就是丟了敵人。所以我覺得這個案子全靠他們靠不住，沒跟兩個小時就給你曝露了，還不是照樣喪失跟蹤觀察的意義？萬一再給丟了梢，那就……」

「誰丟了梢誰負責嘛。」馬樹峰有些發火地說：「工作不能不負責任，要是總這樣……」他大概習慣地想說「軟、懶、散」，幸好頓住了沒把這句不合時宜的話說出口：「要是總這樣馬虎，還怎麼搞偵查呢？」

屋裡沒有人回應他的激動，段興玉也沒有說下去。現在工作上普遍沒個章程，丟了梢拿個別偵查員是問也不合理，況且外線工作受場所、氣候、光照條件、技術水準和敵人測梢甩梢的能力等多種因素的限制，即便是在「文化大革命」以前，丟梢漏梢的現象也難免有所發生，而且從那一兩天外線處的表現看，段興玉更加相信自己的判斷，靠他們不行！

表面上，他那次是贊成甘向前的，可甘向前卻沒有對他有絲毫滿意。在那次會議以後，幾次

點著名地批他：「我可不贊成你把我們外線處的大好形勢說得一無是處。事實，什麼叫事實？恐怕是我們衡量事實好壞的眼光不同、標準不同吧！」

甘向前後面的這句話，任何一個「文革」前參加公安工作的老公安人員都不難揣摩出其中的鋒芒。他們是被砸爛的舊公安局培養出來的人，也許的確是習慣拿過去的眼光來看現在的事物吧。而在這方面，甘副局長向來是敏感的，並且是不留情面的。他一個科長算什麼，在那天的會上，當著馬、紀這兩位「文革」前舊市局當權派的面，甘向前也同樣是咄咄逼人的。

「是的，對革命工作當然要負責，我同意，可問題就在於，要是真的丟了梢，給革命工作帶來了損失，我看，究竟該由誰來負這個責呀？恐怕不能光叫下面的同志負責吧！我們可不要再走舊市局的老路，重蹈『通敵縱敵』的覆轍啦！」

一討論工作就扯到舊市局的老帳上去，就像小孩兒打架似的，一打急了就要尋對手的痛處罵一通，馬局長也只有鐵青著臉，不能再說一句話了。會，一直僵到中午，最後還是甘向前跑到隔壁一間辦公室，給市委第一書記劉亦得撥了個電話，討來了「聖旨」，像小學生背書似的給他們宣讀了兩遍，才算結束了這個不愉快的僵持。

劉書記的指示，當然是支持甘副局長的，總共十六個字：「當斷不斷，反受其亂，迅速取勝，保衛批鄧！」這兩年自從樣板戲《杜鵑山》的臺詞用了韻白之後，連領導們作指示也動不動就押韻了。

捕了徐邦呈，審訊工作不久也由甘副局長全盤接管，而在審訊方略的確定上，馬局長被架空不能插手；紀真也只是有心無口，妥否都不敢說話的；段興玉自己當然就更顯得其人微言輕了。

一夜之間，他從這個案件的主管科長變成了無事一身輕的閒人，簡直有些百無聊賴了，他只好給自己安排了個差事，同大陳一起到Ｈ市去查那張地形圖。等他們從Ｈ市趕回來，徐邦呈差不多已經審結了，他只能從擔任記錄的小陸嘴裡，知道一點審訊的情況。

小陸是帶著明顯的敬佩口氣，向他敘述徐邦呈被突破的過程的。

「甘局長還真是老經驗，三繞兩繞就把那小子給繞進去了，逼得他沒話說了。」

「怎麼繞的呢？」

「一條一條給他擺呀，第一，你不可能是到王府井和什麼人接頭，接頭要信號機幹什麼用？要地形圖幹什麼用？第二，你不可能是速進速出，速進速出用不著帶那麼多東西、那麼多錢；第三，你也不可能是長期潛伏，長期潛伏這點東西這點錢又太少了；第四，你有大學文化程度，所以肯定受過專門訓練，絕不是負有一般性的任務，這麼不惜工本地潛入進來，肯定有重大政治目的，當前我們國家的反右鬥爭也觸動了國際反動勢力的痛處，他們不會無動於衷。甘副局長後來乾脆跟這小子講明瞭，政治陰謀不交代清楚，別想蒙混過關！」

段興玉幾乎要拍桌子叫出聲兒來了：「這是典型的引供，是審訊的大忌！」但是他控制住了，依然平靜地問：「甘副局長還怎麼問的？」

「反正是一條一條把這小子想鑽的空子都給他堵死，甘副局長說，他們過去審土匪就創造了這條經驗，否定全部不可能之後，剩下的就是事實。」

他叫小陸把審訊錄音拿出來，一盤一盤地聽完了。他跑到紀真辦公室裡來了。

「老紀，甘副局長那麼提問題可是違反審訊工作原則的，沒掌握多少證據就把人家一條一條都定死，非逼著人家往咱們預想的路子上走，這容易出錯啊！咱們得跟甘副局長提提呀。」

紀真沉吟了半晌，反聲問他：「怎麼，你認為徐邦呈的口供有詐？」

「有詐我不敢說，這麼審是不對的，容易出毛病。」

紀真似乎斟酌了一會兒詞句，待了片刻，才緩緩地說：「副局長親自審的，我們怎麼好去挑眼呢。甘副局長半路出家搞公安，審訊方法上有毛病，也在所難免嘛。可這話我們不好說，說了，又是外行不能領導內行了。我看，咱們還是『為尊者諱』吧。好在徐邦呈這次的口供大部分還可信，地形圖也對上了。」說到這兒，紀真把聲音輕輕壓低了些，「仙童山接頭還是可以姑且一信的，至於那個特遣小分隊的任務是不是破壞批鄧，就難說了。我想也可能是這傢伙怕掉腦袋，立功心切，因而故意投我們所疑，以便引起我們對他的重視吧，我和他接觸了兩次，他現在的保命思想還是很明顯的。小分隊的具體任務，暫不必急著搞得那麼清，我心裡有數就行。」

紀真雖然如此說，可段興玉還是不放心，小分隊的任務沒搞清倒還猶可，萬一徐邦呈還留了其他一手兒呢，不能不防。於是在第二天部署下一步工作的小會上，段興玉搶先發了個言，提出

了下一步工作的一整套方案，總的思想是，誘捕敵特小分隊的這張弓，不能拉得太滿了，滿了不容易收回來，特別是對考察徐邦呈，多方驗證口供的工作設計，他講得很具體。你甘向前不是不懂嗎，那好，我都一條一條地先給你「參謀」出來，然後你再「決策」，省得你先說出一通外行話，下面幹部既不好執行，你也窘於收回成命；另一方面，段興玉也是想用這個辦法來防備可能有的隱患，預備好退路。審訊結果已然如此，不可能推倒重新再來，仙童山的誘捕計畫，也不可能再做太大的修訂，就像一隻即將出海遠航的小船，張了帆，拔了錨，已成離弦之勢了，段興玉也只能這樣搞些貼貼補補的措施，盡量促使不致擱淺和傾覆吧。現在回想起來，當時他的話裡話外大概免不了流露了一些對審訊結果不放心的傾向來，甘向前雖然沒說什麼，可態度上十分冷淡。散了會，紀真把他叫去了。

「興玉，你說話說得太多了！」紀真有點氣急敗壞，用手指頭噔噔敲著桌子，「咱們是舊市局的老人，一舉手一投足人家都要看看是不是老一套，你怎麼還敢張口閉口過去怎麼個搞法，以前怎麼個經驗呢？甘副局長今天是客氣，他要是給你翻翻砸爛公檢法的老帳，你有什麼話說！」

他一聲不響，心情極度敗壞，他沒想到現在搞案子這麼複雜，這麼掣肘，這麼叫人討厭！

「哼！我們現在倒像是『留用人員』了。」他冷冷地說：「好了，我以後是徐庶進曹營，一言不發了。」

「那倒也用不著，反正少說為佳吧。」紀真的情緒也不高。

可是到了晚上快下班的時候，紀真又把他給叫去了。

「我考慮了一下，你那毛病，也是難改呀，回頭要真跟副局長衝突起來，我就不好為你說話了。我看乾脆，你上追謠辦幫幫忙得了。放心，這案子有我呢，出不了大差池。」他笑

紀真的口氣是不容商量的，他知道事情已無可挽回，這時候也只能拿得起放得下了。他笑笑，說：「為什麼偏讓我去追謠辦？還不如去分房辦、公用傢俱折價辦呢，反正處裡現在各種辦公室一大堆，都要人去。」

「那些個地方，矛盾太多，你一個業務幹部犯不著攪進去，搞一身糾紛。」

就這樣，他成了追謠辦的第一副主任。

回想起來，紀真和他的交情是在解放前就建立的。那時候，他們同在南州市那所最大的教會大學裡讀書。紀真是高年級學生，地下黨員，後來因遭到國民黨特務的通緝，離開了學校，還在他的家裡避宿過一個多月，可以算得上生死之交了。那時的紀真，在他眼裡是個何等了得的英雄！南州解放了，黨從大學生中挑選了一批骨幹加入到公安機關，段興玉恰好分配到紀真所在的五處。在五十年代反美蔣特務的鬥爭中，他們這一對上下級之間的友誼和默契，至今還能引起段興玉的無限感念。那時候的紀真就如同那個年代一樣，是那麼富於朝氣，那麼精神抖擻，好像完全不知疲倦和發愁。一九六〇年當上五處的第一把手以後，誰都認為他是一個在事業上極有前途的接班幹部。「文化大革命」頭幾年，紀真雖說也戴過高帽，也住過「牛棚」，嚐了幾天

「牛鬼蛇神」、打翻在地的滋味，但是在一九七二年就隨著老局長馬樹峰官復原職了。儘管這幾年總是處在「業務上的骨幹力量，政治上的統戰對象」這樣一個難堪境地，但是他的復出，在砸爛公檢法以後，市局各業務處的第一把手全被軍代表和造反派壟斷的局面下，就像宋朝南人做了宰相、清代漢人入了一品一樣，畢竟是一件引人注目的事情。然而最熟悉紀真的他，卻早就看出紀真「出山」以後這幾年，的確在慢慢地變，圓滑了，沒有稜角了，無論幹什麼，總要瞻前顧後一番。有時甚至謹慎得連對他這個生死之交也不敢敞開心扉了。

給他印象最深的是今年春節他在紀真家喝酒的那次，當他和紀真的愛人說起江青去小靳莊的事時，紀真突然冒了一句：「唉！可惜楊開慧同志死得太早了。」這一句話，引得他和紀真的愛人、孩子都放膽地發起不合時宜的議論來了。他覺得那是這許多年來唯一一次大家在一起都敢說心裡話的聚會，所以心裡特別痛快。可是紀真，大概是悔於酒後吐真言吧，事後幾次在他面前言不由衷、拐彎抹角地說了些補救的話，顯然是怕他在外面多嘴，這使他感慨繫之，心裡有種說不出來的難過。倒不是因為自己不被紀真信任，而是因為他看到了紀真內心裡孤獨得已經沒有一個可以坦誠告白的知己了，人到這個份兒上，還有什麼更可悲的嗎？

對十一廣場烈士紀念碑下的那幾個花圈，他也向紀真問過看法，紀真是一副故作輕描淡寫的神情，「清明節快到了，送花圈很正常嘛。」他當然不相信，憑紀真這樣一個老偵查員的敏銳眼光，還能看不出這是黨內鬥爭表面化、群眾化的一個跡象，紀真不過是意會而不明言罷了。但這

件事畢竟又使段興玉心裡稍稍溫暖了一些，因為他深知紀真性格的本質，並不是慣於模稜兩可的，紀真一向乾脆、喜歡一針見血，現在既然故意把花圈的實質掩蓋為正常現象，並無焦憂痛惡之慨，也就足見其內心的傾向了。

今天上午，他們追謠辦公室的一個去北京出差的同志回來了，跟他彙報完工作後，順帶講了講北京的情況。看來，北京也有不少人在醞釀著清明節搞點活動。南京的事態未平，各地已先不穩，南州的形勢會怎麼發展呢？唉，這個風雨飄搖的多事之秋啊，真到了老百姓要上大街說話的劫數了嗎！

七

將近一天沒有說話了。

這是施萬雲近幾年才形成的習慣。在南州舊市委的領導幹部中，他一向被認為是位出色的演說家。在文革前的十七年中，做檢察長就做了十三年，作為檢察長，重要審判常常免不了要親自出庭支持公訴，親自參加法庭辯論，沒有一副好的口才是不行的。他的出名的雄辯，一直延續到文化大革命開始後的那幾年，在批鬥會上常同「革命群眾」激烈舌戰，侃侃之勢不減。以後，當然是低頭認罪了。再以後，下放到了農場。直到一九七三年打農場回來在家這麼一住，他才真正的變成了半個啞巴，連相隨了幾十年的宋凡也常常要為他的沉默而發慌。

快吃晚飯的時候，江一明來了，手裡提著一包松花蛋，一定又是他那個在部隊工作的兒子給他帶來的，這玩意在南州的市場上差不多絕跡快十年了，的確是稀罕之物。江一明倒是有個不甘寂寞的嘴巴，三十年代他們同在大學裡讀書的時候，他這個學工科的，倒比自己這個學法學的還要健談，不管和什麼對象談論什麼問題，一概滔滔而來。當時曾因此得了一個洋名字：「巴尼僚斯」，取的是漢文「把你聊死」的諧音。幾十年了，學生時期的往事早被歲月的泥沙埋掉。也許，這些年他作為九四一廠的頭號資產階級反動學術權威，比自己這個全市政法系統的頭號走資派所受到的衝擊，江一明那樂天達觀的性格和愛發議論的毛病，卻如同根性一般地保留下來。

到底要小些吧。

「怎麼樣？又聽到什麼小道消息了嗎？」江一明把松花蛋往桌上一放，第一句話便這樣問。

施萬雲微微笑了笑，沒有說話。記得剛從農場回到南州市的時候，江一明是頭一個找到這間招嫌。江一明呢，老伴在「文革」初就驚病交加去世了，兒女們又都在外地，老頭子一個人鰥寡孤獨，就常到他這兒走動走動，吃吃便飯，也常常帶來些松花蛋這類的精貴食品和一些來路複雜的小道消息。

聊遮風雨的小屋來看他的，好在他們不屬於一個系統，只以老同學的關係相來往，倒也不會過於

「坐吧！」他對江一明說了一句，指了指旁邊的小沙發。這一對小沙發還是他從原來的住處掃地出門以後，市委一個管倉庫的老工人，從他原來的一堆傢俱中揀出來悄悄還給他的。這幾年，他和宋凡的大部分時光都是在這對小沙發上度過的。沙發的外表已經破舊不堪，很寒磣，不知裡面的簧是不是歪倒了，坐上去有一種凹凸不平的感覺。

江一明沒有坐，指指裡屋的門簾，「宋凡和孩子們不在？」

「季虹今天休息，和援朝一起出去了，萌萌在外邊小廚房做飯，她媽媽剛也去了，你來時沒看見？」

「啊！沒有。」

江一明話音沒落，宋凡和萌萌端著菜走進屋來。

「喲，一明怎麼這麼有口福，知道我們今天打牙祭？」宋凡的臉上露出些難得的笑容。

「有什麼好東西？」

「薑汁肘子，我媽的手藝。」萌萌掀開沾滿油汙的大砂鍋蓋子，一股很好聞的熱氣飄滿整個房間。

江一明活潑地眨動著疑問的眼睛，「啊！你們準是約了什麼客了吧。老施這幾年可是個苦行僧喲。」

「沒外人，一會兒就是援朝來，這肘子就是他搞來的。還有萌萌的那個小朋友，也來。」

「哈，我今天是沾了孩子們的光了。」

江一明的笑聲，使施萬雲的胸中倏然熱了一下。

季虹今年二十六歲了，這個年齡對於一個沒有出嫁的姑娘來說，有時難免會成為一種苦惱。在這幾年的沉默中，他常常在內心深處覺得對不起孩子，特別是對虹虹，更有種沉重的負疚感。他還能很清楚的記得，「文化大革命」剛剛開始的時候，虹虹是怎樣果斷而又自然地投入到那股狂熱的潮流中去，和她那班年輕的同學一樣，整天興奮到了一種「虛脫」的狀態。大串聯！一句話，就像風一般地走了。可是當她披滿征塵地回來，看到的卻是一個被抄得七零八落的家。在他和宋凡都被關進「隔離班」以後，她就被扒走了紅袖章，從光輝浪漫的頂尖跌進暗淡痛苦的淵底。擺在她面前的最大生活題目，是要靠自己的力量養活自己也養活妹妹。不容易呀，那時候是

外無援兵，內無糧草，萌萌才只有十二歲，完全不能自立，就靠虹虹給人家洗衣服、帶孩子、揀大字報紙賣錢苟以活命。虹虹是什麼都幹了，一個只有十八歲的、靠保姆帶大的女孩子，實在是不容易的啊！那時她還來隔離班看過他，給他帶來了一小瓶鹽炒辣椒吶！有八年了，他一想起來便禁不住熱淚盈眶。作為父親，他是有負於孩子的，至今也無力補救和挽回。他看到虹虹現在有時候愛無端地發脾氣，有時思想偏激得失去節制，而這一切又常是發端於對個人不幸的怨尤，他卻難以表示一點兒稍微嚴厲的責備。小時候感情不快樂的人，難免會變得古怪和脆弱。孩子是受了刺激受了委曲的，是難怪的。江一明倒是很喜歡這兩個孩子，虹虹能到九四一廠做倉庫保管員，他是幫了很大忙的。而且像盧援朝這樣的年輕人，在九四一廠那種大型企業中做外文資料翻譯工作，身價和眼光都是不低的，要不是一明的一力保媒，愛上虹虹這樣一個父親還被「掛著」的姑娘，恐怕也是要大費躊躇的。

現在，他們這一對兒看來是成了，總算了卻了他和宋凡的一樁心事。萌萌暫時還小，還不到著急的時候，可宋凡說得也有道理，早一點兒找好找，有機會也不要耽誤。是的，他已經連累孩子們了，怎麼會再耽誤她們呢？宋凡這話是幾個月以前說的，她當時就留意了那個用自行車撞傷萌萌的男孩子。萌萌對那男孩兒的好感是著於言表的，現在竟已經發展到有點離不開他了。沒想到，萌萌這麼個溫慢的性子，竟然會陷到一個一見鍾情的浪漫故事裡去。不過那男孩子倒確是有一副迷人的外表，他是公安局的幹部，政治上會十分可靠。可是，一個公安人員大凡也不願意在

自己清白的社會關係中半路摻進一點兒囉嗦，弄得將來填個登記表都要皺眉頭的。何況萌萌至今還沒有工作，這些情況，在兩相愛極時自可不顧，日久天長了，人家會不會心生嫌棄呢？

虹虹回來了，他的思緒中斷下來。盧援朝今天戴了副很深的眼鏡，顯得老氣些。兩年多了，他一直搞不清他和虹虹是同歲還是比她大二歲。作為一個在「文革」初走進外語學院大門的掛牌大學生，這十年來要不是靠自學，怕是連ABC都唸不準呢。個人有個人對生活的態度，盧援朝看來是個不大關心政治的人，對當前的運動沒興趣倒還猶可，可居然連馬克思主義的來源和組成部分這樣基本的知識都不知道，雖說現在不少工人家庭出身的青年都這樣，但畢竟也不是個優點吧。

周志明是最後一個到的，這孩子每次都先要向他和宋凡問候幾句禮貌的套話，為此常惹得虹虹背後譏笑，說他沾了一身市民俗氣。其實，這也是虹虹的古怪之一端吧。

大家圍著桌子入了座。這張又大又難看的舊桌子，幾乎占去這間屋子五分之一的空間。桌上很豐富，除了薑汁肘子、松花蛋之外，還有肉片土豆、雞蛋韭菜、肉炒胡蘿蔔絲。透過從砂鍋裡升上去的片片熱氣，他的目光從大家笑意融融的臉上掃過，那個悲涼的嘆息又在心中滾動了一下。

「唉！妻子、兒女、小康之家、蟄居生活，如此了卻殘生，也算是種『善終』了吧！」

「萌萌，有酒嗎？這麼好的菜不喝一點兒豈不太可惜了。」江一明的聲音把他的注意力又吸

引過去。

「還有一瓶啤酒，我姐姐喝的。」

「拿出來，啤酒也行。」

除了他之外，每個人的面前添了一個斟著鮮黃酒汁的小杯子。江一明端起杯子，先衝他說了一句：「萬雲還是不破戒嗎？」又對孩子們說：「來，祝你們，啊，早一點兒……哈哈。」

大家端起杯子來，笑著正要喝，宋凡說：「你們也不祝祝江伯伯嗎？」

萌萌把杯子往前一伸：「祝江伯伯身體健康。」

虹虹也伸過杯子：「永遠健康，永遠健康！」連宋凡都跟著笑起來。

江一明停住笑，用手在剛剛白起來的鬍子上抹了抹說：「這句話現在倒成了絕響了，再聽起來，真覺得好笑，可當初天天喊的時候，八億人有幾個不是誠心誠意？八億人啊！」

的確，一明的話是不錯的，可施萬雲聽了總覺得不舒服，好像有點兒什麼不對勁兒。哪兒不對勁兒呢？也許是自己太過正統了吧。

他把目光又移到孩子們身上，虹虹就是在吃飯的時候，也是那副大大咧咧的樣子，別看她當了幾年「黑五類」，可幹部子弟那種優越感仍然是根深蒂固的，聲音動作，都還是那麼張揚，這使得坐在她身邊的盧援朝更顯出沉默寡言來。他搞不清像盧援朝這種一帆風順的青年，何以總是這麼一副心事重重、老氣橫秋的神情。萌萌呢，每當周志明一來，就照例要拘謹些、老實些、莊

夥子問：「聽說你去了湘西了，施萬雲唯恐她又要借題發揮，來一通牢騷，忙把話引開，他對那小

看，她又扯到這兒來了，真是……」

連個房子都不給解決，真是……」

能吵呢。我現在最能吵架，看什麼都不順眼，都想吵一通才解氣。爸爸幹了一輩子革命，到現在

他會在外邊和誰吵架，果然，虹虹跳出來揭他的底了。

「你這書呆子也會吵架嗎？」她的插話又引起一片笑聲。「真的，真到了外面，他還不如我

盧援朝難得地笑了一下，「那天，他撞了小萌，我正在那兒呢，我還差點兒跟他吵起來。」

盧援朝是個典型的多一事不如少一事的人，對任何糾紛都是退避三舍的，施萬雲想像不出來

工作。」

「你和他也早就熟悉了吧！」施萬雲又指指盧援朝，說：「肖萌姐姐的朋友，也在九四一廠

「見過好幾次了。」小夥子也慌忙欠了一下身。

「見過。」江一明用他那種老知識份子特有的禮貌微欠了一下身。

你們見過面的。」

「來，你不要客氣，這都是我家裡人，這位是我三十年代的老同學，九四一廠的總工程師，

腆腆、巴巴結結的，菜也不多吃。施萬雲不由用手指指砂鍋，對那小夥子說：

重些，當然，那是一種樂孜孜的拘謹、老實、莊重。而周志明似乎比她還要老實，端坐著，靦靦

對湘西感覺怎麼樣？」

「很好，那地方風景特別美。」

「湘西的確很美，五十年代我去過一次。」江一明很快搶去了這個話題，「那是種樸實的，天然去雕飾的美。之所以名不見經傳，我看是由於偏處一隅，不為外人所知的緣故。哎，你不要客氣，吃菜呀。」他也像主人似的招呼周志明。

「來，」盧援朝在周志明碗裡夾了一些雞蛋韭菜，他今天彷彿格外活躍了些，笑著對周志明說：「你是搞公安的，多吃一些韭菜有助於提高邏輯思維的能力。」

「哦？」江一明笑道：「這是什麼奇談怪論？」

「前幾天我在廠資料室看了本外國雜誌，上面有篇文章介紹了挪威學者阿拉弗・林德里特列姆關於蔬菜對人的某些影響的研究情況。這位學者認為，胡蘿蔔和菠菜容易引起憂鬱；土豆使人安寧，還有……」

「還有什麼，你說說我適合多吃什麼？」虹虹挑釁般地問。

「你應該多吃萵苣，可惜現在沒有。萵苣可以幫助提高音樂才能。」

「虹虹現在還常練聲嗎？」江一明問。

宋凡替女兒說道：「有時候到公園去練練，家裡沒法兒大聲練，左右鄰居要罵的。要我說，練了半天有什麼用呢？上星期市歌劇院一個熟人給她聽了聽嗓子，說不錯。可不錯又能怎麼樣，現在的事還不就是這樣，你就是比郭蘭英唱得好，沒門路照樣進不了歌劇院。哎！虹虹，那天劉

老師聽了唱了怎麼說來著？」

「說我嗓音條件不錯，中音區尤其好，高音部分毛病多些。」

「年輕人嘛，有興趣你就讓她練，多一手本領沒壞處。依我看，虹虹將來是會有出息的，萌萌也會有出息的。現在的年輕人呀，老宋，和我們那時候不一樣啦，愛學習的真是不多。一個民族的文化水準是這個民族最穩定、最有連續性的物質力量。年輕人如果總像現在這麼不刻苦，國家就無望了。唉！」江一明抖抖鬍子，又說：「可惜現在總有那麼幾個人，想要重演秦始皇和中世紀歐洲神學家們的慘烈，偌大的中國竟找不到幾本書。知識是人類發展的記錄，怎麼扼殺得了呢？前兩天我們鄰居家的小孩子，不知從哪找來本舊雜誌，唉呀！殘篇斷頁，破得不成樣子了，可我看他讀起來還是那麼吮吸有聲，真是個悲壯的畫面……」

施萬雲不無擔心地看了一眼周志明，他對這位來自公安局的小夥子畢竟是不甚知底的，那小夥子也專注地在聽，還不時地點著頭，但他還是打斷了江一明的長篇大論，以免他再說出什麼危言聳聽的話來。

「愛學習好嘛，你們江伯伯就是個鑽學問的人，不僅在航空機械方面是國內一流的專家，而且旁通別類。一明，最近還有興做詩嗎？」

「唉！老啦，江郎才盡啦！」江一明說了一句，把臉轉向幾個年輕人，「我年輕的時候幾乎什麼書都看，追求博覽，可每每不能竟學，差不多成了半吊子雜家，及至上了大學，才專攻了工

科。寫詩嘛，業餘愛好，不過是興之所至，隨口胡謅幾句罷了。萌萌最近又看了什麼好詩嗎？」

「看了一本《普希金詩集》，寫得真好。」

「你喜歡看些什麼書呀？」江一明又向周志明問。

「中國的古典文學比較喜歡一些，《紅樓夢》、《水滸》……」

「晚清四大譴責小說看過嗎？」

「看過《官場現形記》和《二十年目睹之怪現狀》，《老殘遊記》和《孽海花》沒看過，搞不到書呀！」

「詩詞讀一些嗎？」

「不大讀，我不懂詩。」

「詩詞在我國古典文學的長河中是一條主要的流脈，喜歡古典文學就一定要讀詩詞。毛主席對古典詩詞是極為精通的，他自己也工習韻文，戎馬倥傯之中仍不廢吟詠……」

「一明，快吃吧，肘子一涼就不好吃啦。」這回是宋凡打斷了他的話。

「好，我差不多飽了。」

晚飯吃完，已經是八點多鐘了。施萬雲本來還打算好好向周志明問問湘西的變化，沒想到江一明嘴裡冷丁冒出一個爆炸性的新聞來。

「你們知道嗎，又有人往十一廣場送花圈了！」

「誰送的？」好幾個人異口同聲地問。

「呵，可不是一兩個，比原來足足多了三倍，我剛坐公共汽車從那兒路過，只是遠遠地看了那麼一眼。」

施萬雲的注意力馬上被吸引了，「沒有人干涉嗎？」他首先問這個。

江一明尚未答話，季虹先搶著說：「這干涉什麼？送花圈悼念總理，一不偷二不搶的。」

江一明跟著笑道：「還是虹虹乾脆，還有兩天就是清明節了嘛，送花圈祭奠烈士，既是人之常情，又是革命傳統，何罪之有？萬雲，你是搞法律的，你說說看？」

「法律？」施萬雲本來想說：「法律還管什麼用啊。」但他只是揮了一下手。

江一明又把話鋒移向周志明，「你是搞公安的，你們公安局是什麼看法？總不至於說送花圈的都得抓起來吧？」

施萬雲注意到，小夥子支吾了一下，沒說出話來。

「他呀，一個小員警，他有什麼看法管什麼用。」虹虹是一副輕蔑的口氣，「他們還不是聽上面的，上面說好，他們就笑臉，上面說壞，他們就瞪眼，就這麼回事。」

施萬雲嘴上沒說什麼，心裡卻埋怨虹虹傷人太過，尤其是對妹妹的朋友，怎麼能沒有一點做姐姐的寬讓呢。

果然，萌萌出來袒護了。

「我和志明約好了，清明節那天我們一起到廣場去的。」

江一明又跟下去說：「是嘛，員警也是人啊，也有血肉之軀，七情六慾，凡事也總要有自己的看法嘛，對吧？」他向那小夥子問道。

施萬雲看到周志明像個小學生似的機械地點頭答是，樣子單純可感。也許這孩子對江一明話中的內涵尚不能洞然領悟，也許他的年齡還不能使他有太深的思考，看上去他的確還是個孩子。可是，這些年，年輕人能保持一種單純的思想，也就算難能可貴了。

已經是九點半鐘了，周志明起身向大家告辭。施萬雲沒有忘記約他再來談那個沒有談成的湘西。萌萌當然要送他幾步。趁兩個孩子不在，宋凡便趕快把話題引到萌萌的事情上來了。

「一明，你看這男孩子怎麼樣？」

季虹又是搶在了江一明的前頭，說：「小孩兒嘛，形象倒不錯，我就怕有點小市民習氣，將來咱們家可受不了。」

江一明倒是很認真了，問：「小市民習氣，何以見得呢？」

宋凡說明道：「周耘田，一明聽說過嗎？」

「聽說過，不熟。這孩子看著還老實，我倒沒覺出什麼小市民來，老宋，萬雲，和萌萌我看

「他開始來看萌萌傷的時候，每次都提著點水果點心之類的禮品來，那些小市民家庭就喜歡這樣。再說，幹員警的，我總有點不喜歡，這些人頭腦大概都簡單得很。」

「聽他說他爸爸是南大的老黨委書記。」

「這種事，又不好一廂情願，小周還沒有正式和我們提過。」宋凡嘆了口氣，又說：「不知道他是不是真願意，你看，現在我和他爸爸這個樣子……」她看了一眼盧援朝，沒再說下去。

施季虹卻一下子聽出母親的潛臺詞，大聲說道：「你們怎麼啦，又沒問題，有什麼配不上別人的。在外面只要有人問我，我就說爸爸是老革命，怎麼著，理直氣壯！那些小市民，小業主家庭，那些頭頭腦腦暴發戶的孩子，我還看不上呢！」

江一明想起了什麼，對施萬雲說：「馬樹峰不是又回公安局了嗎，你們過去那麼熟，何不讓他幫你做這個媒？至少可以幫你瞭解瞭解這小夥子的表現嘛。」

施萬雲沉默少頃，悶悶地說：「人家是身在其位的人，不去麻煩了吧！孩子們的事，還是讓他們自己做主意。他們有他們的眼光，再說萌萌和他也已經相處了這麼久，他們也許早就心照不宣了。我看，成與不成，順其自然吧。」

又聊了一會兒，江一明和援朝也走了。施萬雲有點兒倦，進了裡屋，躺在床上。萌萌回來了，在外屋跟她媽媽、姐姐一問一答地說著話。又是在說那個男孩子。他閉上眼睛，耳朵卻留意著外屋的聲音。宋凡說了句什麼，引得萌萌笑起來，他很久沒有聽到萌萌這種發自內心的笑聲了，這充滿了希望和幻想的笑聲給滿屋子帶來甜滋滋的幸福氣氛。唉！孩子們……應該是幸福的，應該是幸福的。

八

現在是幾點鐘了？對面，一向晚睡的王大爺家早已燈熄人靜，可周志明卻怎麼也閉不上眼睛，拼命想睡，卻心神不寧，頭直痛。

「你看，我可替你圓場了，到時候你要不敢去，我姐姐可有話說我了。」

萌萌雖然語調嬌嗔，聽起來卻反有一種溫柔的，可憐巴巴的情態。可不知為什麼他竟冒了股無名火：

「你老以為我是害怕似的，我怕什麼？」

是的，其實他怕什麼？他不過是替萌萌一家人擔心罷了。現在他決定清明節跟他們一起去廣場，下了班就去，堵一堵季虹那張尖刻的嘴。他原來是打算一個人去的，去了就回，在那方尖碑下的松牆上，插上兩朵花，一朵是他自己的，一朵是父親的，花他都準備好了。

他已經做了七年的偵查員，光憑職業上的榮譽感也不能再容忍這種嘲笑和小覷。他絕不是個膽小怕事之徒，不是！如果萌萌知道他有過夜伏仙童山的那種非凡經歷的話，他敢說她會驚奇地叫出聲來。

哦，仙童山！那個永遠也忘不掉的地方，那裡寄託著他的驕傲，也銘刻了他的恥辱。

他呆呆地睜著眼睛，再也沒有一絲睡意。枕頭下面的手錶聲噔噔地敲著他的耳膜，這聲

音⋯⋯這聲音多像盲發電臺那呆板的嘀噠聲，呆板，卻又驚心動魄，從遙遠而詭祕的一個指揮中心裡發出，擊透深邃的空間⋯⋯哦，那個看起來多麼寧靜平常的夜啊！

在技術處那間寬大的監聽室裡，牆壁上嵌著碩大無朋的監聽儀。一縷縷黑色的和紅色的導線沿著天花板的邊緣，將滿房間各種各樣的小儀器連接一體，就像一個威嚴的母親，統率著她眾多的子孫。

從廣袤的夜空中傳來的嘀嘀噠噠的電波聲，充滿了這個房間，而周志明那時候聽到的，卻只是自己的心跳，重鼓一般的心跳！

「發報員是個老手！」紀處長那時候說了這麼一句，「能聽出來的。手法熟練，肯定而又明快，一定是個老手。」

他們全不做聲，默默注視著技術處的譯電員在紙上刷刷地寫著字。片刻，譯電員摘下耳機，把根據繳獲獲來的密碼譯出的盲發電報交給了紀處長。

紀處長看了，一句話沒有說，轉而遞給了陳全有，陳全有的面孔上也看不出任何吉凶禍福的徵兆，把看過的電稿又交到他的手裡，然後向紀處長輕聲問道：「要不要打電話通知甘副局長？」

紀真看看錶，「等天亮再打吧。」

周志明手裡捏著這封簡短的電稿，心悠悠地懸著，屏住呼吸把它看下來。

一一二七，來信收悉，小分隊整裝待發，三月二十五日與你會合，預祝成功。E

他也一言不發地把電文轉給陸振羽，可那顆怦怦跳的心幾乎激動得要從嘴裡蹦出來了。

小陸看了電報，又轉給小嚴，他的臉上通紅通紅的：

「可等到了，他媽的！」

以後，一切都按照預定的方案按部就班地進行了。早上，甘副局長和局祕書處的一個同志乘飛機直飛H市。下午，他們帶著徐邦呈乘上了這輛北去的特快列車。

在軟席臥鋪車廂的盡頭，他們包下了兩間包廂。他、大陳跟徐邦呈住一間，處長和小陸住另一間。大陳上車沒一會兒就爬到上鋪去睡覺，天黑後才醒來換他去睡，他們的晚飯由小陸打回到車廂裡來吃。自從徐邦呈供認了「三月行動」，並且要求戴罪立功之後，他們對待他就開始完全區別於初審階段，讓他從看守所搬到了一個舒適的據點裡住下。但在看管上，仍然是外鬆內緊，雖說在火車上一般是不會發生什麼意外的，可是這個案子既已發展到這樣的規模上，責任所繫，畢竟不能掉以輕心。

下鋪，徐邦呈打著勻淡的微鼾，和火車的哐噹聲攪在一起，如同一曲交響樂中的兩個獨立音部，音量不同卻互不淹沒，融於同一個整齊不紊的節拍中。而上鋪的周志明卻早已沒有這種平靜

的心情了。儘管這次激動人心的遠征已經把每一步都安排在既定的時間表裡，可他還是忍不住一遍又一遍地計算著剩餘的路程。直到天快亮的時候，他才昏昏沉沉地睡了一會兒。

吃過早飯，列車開進被初春的濃霧封鎖著的H市。他們下車後沒有停留，和當地省公安局的兩個同志接上了頭，便一同改乘一列省內的短途火車繼續往北走。這列老舊的火車就像「鐵道游擊隊」時代的文物，不要說軟臥車廂，連硬臥車廂也沒有，乘客大都是沿線的本地人，擁擠在木板條式的簡陋座位上。當地省局的兩位同志一直把他們領到車尾巴上掛的一節專供列車員休息的車廂裡。他看出車上的兩個乘警很緊張，不知道省局的同志跟他們說了些什麼，在整個八小時的旅途中，他們始終在這節車廂的門口警戒著。

那個地方的天要比南州黑得早。傍黑時分，列車在臨靠邊境的一個小站停下來。當地縣公安局的兩輛吉普車把他們從月臺一直接到一個偏僻的小招待所裡，招待所是專門騰出來給他們做指揮部的。一進門，徐邦呈由幾個人帶去休息了，他們則被一直領到了二樓的一個大房間裡。

房間裡已經坐了十來個人。甘副局長和那位祕書處的幹部也在這兒，有幾個軍人正圍在桌子上的一張大地圖前指指點點地對他們說著什麼，見他們進來，都直起了腰。

「還算順利。」紀處長輕鬆地答道。

「好啊，你們是正點到達，路上沒出什麼事吧？」甘副局長說。

「那個傢伙的情況怎麼樣？」

「情緒不錯，立功心切啊！」

甘副局長笑了，說：「他也是想從這次行動中撈到爭取從寬處理的本錢嘛。來，我給你介紹一下，這位是省公安局葉處長，這位是七四一一部隊的朱團長，這是萬參謀長，這是縣公安局的侯局長。」他一一把屋裡的人介紹給紀真，然後又說：

「我們正在研究明天晚上的具體行動，你們來的正是時候，坐下來一塊兒聽聽。」

大家都坐下來，周志明記得當時屋裡凳子不多，他是和小陸擠著坐在屋角的一把椅子上的，只聽那個朱團長先說：

「地形情況就是剛才介紹的那樣，仙童山並不高，也不陡，從南坡看，實際是個慢坡，靠敵人那一面的北坡也只有個三四十度的斜度，問題是我們部隊的隱蔽位置，看看放在哪裡比較合適，山上樹草不多，不適宜隱蔽太多的人。」

「部隊的位置嘛，研究研究吧！」甘向前慢慢地說了一句，轉而向紀真問道：「老紀的意見呢？」

紀真走到地圖前看了看，思索著說：「在邊界上搞這種誘捕行動，我們也沒有經驗，但我看有兩條是必須注意的，一是不能過早曝露，二是速戰速決，不然很可能搞得功敗垂成。我看，敵人那邊原定過來十個人，我們這邊有十八到二十個人就足夠了。我們派兩三個偵查幹部跟徐邦呈突前一點兒和敵人聯繫，是不是請部隊再挑選十八名戰士埋伏在稍後一點兒的地方，另外，為了，

防備敵人組織反撲，在距接頭地點一百米左右的山腰上，還應當預伏至少一個連的兵力。」

紀真停下來，甘向前環顧左右，問道：「大家看怎麼樣？」

沒有人發表異議，朱團長說：「差不多，就這麼幹吧，我負責選十八個小夥子，保管叫敵人一個也跑不了。」

「好吧！」甘局長看看錶，「兵力安排就先這麼定下來。今天晚了，他們又是剛剛下火車，早點兒散會休息吧，老朱，明天領我們到仙童山先看看實際地形吧，也好做到心中有數嘛。老紀，明天一早咱們留一個同志和縣公安局的人一塊兒看守徐邦呈，其他的同志都去看看地形，準備得充分一點兒，咱們是不打無準備之仗，不打無把握之仗！」

朱團長他們幾個部隊幹部先走了。縣公安局的同志給他們安排好住房後，甘局長又去看了看徐邦呈，然後回到大房間裡一起吃了招待所準備的夜餐。大家正準備回屋休息，紀真突然把甘向前叫住了。

「甘副局長，明天……」

「怎麼？」

「明天是不是帶徐邦呈一起去看看地形，既然他是這齣戲的主角，不妨也聽聽他的意見，也許，對我們有參考價值。」

「聽他的意見？」甘向前大概覺得意外。

周志明他們和省局的幾個同志都還沒有走，默不作聲地坐在桌前聽他們兩個說話。周志明還能很清楚地記起紀真當時那種小心翼翼的詞色，他顯然是斟酌再三才把話說出口的。

「這並不牽涉到立場問題。」紀真解釋著說：「搞這種逆用案件總需要靈活的策略，我們明天叫他一起去，跟他一起研究研究行動的細節，這在他心裡會產生一種安定感，可以促使他更加真心向我。他不是立功心切嗎？我們正可以利用這一點，發揮出他的能動性來嘛。」

周志明聽出來，「利用」這個詞，顯然不是紀處長內心準確的意思，他明白，紀處長之所以用這個詞，完全是為了配合甘副局長的口味。果然，甘副局長似乎被說動了，略略點點頭。

「好吧！明天可以帶他一起去，不過咱們得明確，參加這個案子工作的同志都得明確，目前徐邦呈還是敵我矛盾，至於今後怎麼處理，也要看他這次的立功表現，不要搞到最後，仗是打勝了，可在方法上又走了十七年的老路子，當然，我們目前還沒有這個問題，不過大家要警惕呢。」

紀真連連點頭，「對、對。」

天已經很晚了，大家各自回到房間裡睡下，周志明和大陳睡在一間屋子，那次他可是睡得快，還沒有來得及聽見大陳的鼾聲，他便被極度的睏乏捲入到睡鄉中去了……

周志明翻了個身，他不願意再想下去，強迫自己合上雙眼，將腦中的千頭萬緒驅散……

九

清晨，嚴君手裡攥著一捲粉紅色的大字報紙，走進辦公室往大陳桌上一放：「咱們科裡的大字報，這星期該你們組出了，處運動辦分配的題目是……」她看了看自己的手心兒，「是『外行不能領導內行意在否定黨的領導』，哎，要求明天就得貼出來啊！」

陸振羽搶先聲明道：「上次咱們組的那張是我寫的，這次該輪到組長了，這題目還不錯，比上次給我的那個題目好寫多了。」

「你那也算？抄成大字報才一篇半。」嚴君愣愣地搶白了一句。陸振羽在科裡本來是條不肯吃虧的漢子，但因為對嚴君有那層意思，所以才格外懼讓。吃吃地輕聲辯解道：「字不在多少，一篇半也是批了。」

嚴君和陸振羽在南州大學外語系是同班同學，去年年初畢業後又一同分到五處工作，因為多年廝熟，所以說起話來毫不避諱場合和深淺，其實細究起來，他們的經歷和性格卻是極不相同的。陸振羽的父親是南州市警備區的副政委，他從小生活在警備區大院中，是個典型的從家門進校門，從學校門進機關門的「三門幹部」，雖然已經二十五、六歲了，涉世卻極淺。而嚴君恰恰相反，對於打撲克，敲「三家兒」外，幾乎沒有別的愛好。而嚴君對於打撲克的反感，絕不亞於代人寫大字報。每每看見小陸和人湊三家兒開甩，便要罵一句「浪費青春」！比起小陸來，嚴君的

閱歷確是深得多，她雖說生長在北京，又是書香門第，但在十二歲的時候就跟弟弟一起隨了當教授的父親和當醫生的母親遷徙到河南農村落了戶，當了四年小農民。十六歲被招工進了縣裡的農機廠，十七歲又被廠裡推薦上了大學。去年她父親也被調回了原來的大學執教，雖說在這場運動中似乎又有點兒狼狽，但一家人總算是搬回了北京。在一般「臭老九」的子女中，嚴君的命運是相當令人羨慕的，可比起更加一帆風順的陸振羽來說，畢竟是經過幾番坎坷，見過一些世面了。

陳全有面有難色地撓撓頭，對嚴君抱了抱拳，說：「幫幫忙怎麼樣？這種應景文章你路數熟，一揮即就……」

「這種事，我可不管。」嚴君的頭搖得像撥浪鼓一般，「『運動辦』那幫人本來就瞧我不順眼，老嫌我寫得太溫。」

大陳苦皺著臉，轉而，向坐在對面的周志明說：「真不巧，我老婆今天身體不舒服，待會兒我還得早回去，可這，明天就得貼出來，你是快手，代勞一下如何？」見志明一猶豫，他順手把大字報紙和兩張《人民日報》一齊推過來，「好寫，報紙上都有嘛，你寫個頭尾就行了。勉為其難，勉為其難，來，這個做潤筆。」他掏出半盒「大前門」，放在大字報紙上。

志明想推卻，「我又不抽煙……」

「那我買糖。」

嚴君撇撇嘴，「你真是老太太吃柿子，專揀軟的捏，看著志明老實。」

大陳揮著手，往外轟嚴君，「這是我們組的內部事務……」

大陳走了，小陸也走了，辦公室裡只剩下他一個人，坐在大字報紙面前發呆。寫下「運動辦」規定好的那個題目後，便一個字也寫不下去了。「外行不能領導內行……」可三一一案件的工作，不正是由外行領導著內行幹的嗎？……堵在他腦子裡的，還是那個案件。他的思緒似乎還流連在那個讓人難以忘懷的一天一夜中……那天早上，他們都穿上了軍裝，然後……然後怎麼樣呢？啊！對，他們分坐了四輛吉普車去看了地形。

他恍惚真的又走進了那個曉色初開的大草甸子，那荒寒、平坦、一望無際的大草甸子，給他這個從小在城市的擁擠中長大的人帶來的前所未有的新奇感，完全不同於在湘西的青山綠水間所經歷過的那種感受。而跟他坐在一輛車裡的萬參謀長卻指指車窗外，用不無歉意的口吻說……

「我們這兒太荒涼，四周空空，幾十里地見不到一個人影，真是一點兒可看的風景也沒有。」

他笑笑，「四周空空本身就是一種奇景啊。」

大陳撇撇嘴，「你這是新鮮，住長了就知道單調了。」

汽車開得很快，強勁的寒風鼓在風擋玻璃上，轟轟作響。約莫走了一個小時的樣子，他看到一線透迤的山坡從地平線上爬了出來。

「那就是仙童山。」萬參謀長從前座上回過頭來，「別看這座山不起眼，還有不少神仙鬼怪

的傳說呢！」

「是嗎？可它並不算高哇！」大陳伸著頭往前看看，「我看頂多百十米。」

志明笑笑說：「山不在高，有仙則名嘛。」

萬參謀長解釋著：「高是不高呀。之所以小有名氣，其實說到底還是因為它是一條國界線吧！」

啊，仙童山！他腦子裡至今還清晰地保留著第一次看到仙童山時的印象，他清晰地記得山上那青灰色的岩土和點綴在其間的一簇簇不知名的烏黑的矮灌。

他們遠遠地下了車，在山坡附近逗留觀察了近一個小時。按照指北針的方位，很容易便能看到山頂上那株孤伶伶的標的樹。他的心情有點起伏難平了——這就是接頭的那棵樹？

……外行不能領導內行。

可紀處長並不是外行，哪怕是已經到了仙童山的腳下，他也並沒有放棄對徐邦呈的考察。看著甘副局長陪著朱團長他們往前走著，他拉住徐邦呈，小聲問：

「是這棵樹嗎？」

徐邦呈十分肯定地點了一下頭，「是，接頭地點就在它的北面一點。」

「你事前到邊界來看過這棵樹嗎？」

「不，我是在照片和沙盤上熟悉它的。」

「計畫上的接頭時間是幾點？」

「……」

「……」

連周志明自己當時都感到奇怪，接頭時間是徐邦呈早就供認的，紀真顯然是在明知故問。徐邦呈也迷惑地眨著眼睛，半天才說：「夜裡十一點到零點。這……」

「夜裡十一點到零點，天已經全黑了，你能看得見這棵樹嗎？」紀真略加掩飾的懷疑目光停在了徐邦呈的臉上。

徐邦呈笑了笑：「我也向他們提出過這個問題。可他們說這棵樹的方位是經過精確校準的，周圍一、二里地只有這一棵樹，只要按照指北針走，一定會找到的。如果有月亮，還可以看到樹的透空剪影。他們的確就是這樣跟我交代的。據我看，這棵樹也確實不算難找。」

紀真看看他，又看看那棵樹，微微點了點頭，沒有再說什麼。

在仙童山行動中，雖然決策者是甘副局長，但具體事務全得靠紀處長一人操持。什麼時候開飯，什麼時候出發，人員怎麼配備，通訊如何聯絡，等等瑣碎細節，都要一一安排部署。甚至連預訂火車，以便潛特一捕獲就可以迅速直接地送走這一類後勤雜項，也是事必躬親。等紀處長全都忙完了，才終於在吃晚飯以前，把大陳、小陸和他叫在一起，開始交代他們幾個人晚上各自的具體任務了。

任務是在甘副局長的屋子裡交代的。屋裡靜得幾乎能聽到彼此的呼吸。

「我、陳全有，還有小周，我們三個上去，我和朱團長負責具體指揮，陳全有和小周帶徐邦呈近敵聯繫。小陸我看就留在這兒，甘副局長有什麼要辦的事，你給辦一辦。」紀處長神情有點疲倦，可說話依然聲氣從容。

「我……」小陸囁嚅著，「我想，能不能叫我也上去？」

紀真擺了擺手，「指揮部這兒也需要留個咱們的人，不然，甘副局長有事總叫兄弟單位的同志辦也不大方便。況且，這次上去要求徒手對徒手，盡量避免使用武器，爭取全部活捉，小陳、小周他們兩個都學過格鬥技術，上去比較合適。捕人主要是依靠部隊，我們人去多了也沒有用，你還是留在這兒吧。」

看來小陸是很洩氣的，從甘副局長的屋裡出來，他就發開牢騷了。

「媽的，這一趟算白跑了。」

「你在指揮部，跟甘副局長坐鎮指揮，比我們帶勁兒。」周志明想寬慰他。

「得了，別得了便宜賣乖了，反正你算抄上了，這一仗下來，咱們處這些年輕的當中，誰也比不上你的資格了。」小陸嫉妒地瞧著他。

他不置可否地一笑，隨手從兜裡翻出特意帶來的巧克力，扔給小陸一塊，「塞住你的嘴。」

又扔了幾塊給大陳，囑咐了一句：「等吃完晚飯再吃。」

大陳笑道：「你怎麼跟小孩兒似的，走哪都帶著糖。」

他臉上紅了，大陳又觸了他的痛處，想了想，他解釋說：「其實我一點也不愛吃糖。吃巧克力是為了提高身體熱量，增加動力，運動員比賽前都吃它，不信你吃幾塊，到時候打起來準有勁兒！」

「現在吃了，晚上就有勁啦，真是瞎扯，哪有那麼快的。」

「你外行吧，巧克力只需要一次酵解就可以補充到血液裡去，快得很。」

「算了吧，苦不苦甜不甜的。」大陳有力地伸展開手臂，做了兩下擴胸運動。「在外線隊有人就老是吃這個，我從來不吃，可要是真跟你和小陸這樣一肚子巧克力的人較量起來，哼……」

「怎麼樣？」

「憑我這身塊兒，壓也把你們壓死了。」

小陸要去了大陳那幾塊巧克力，一邊嚼，一邊嘟囔著走了。

在小陸的眼睛裡，他是一個幸運兒，是令人嫉妒的。既然幹了偵查這一行，誰不願意和敵人面對面地幹一仗呢？誰不想見識見識那刀光劍影的驚險場面呢？對於和平時期的偵查員來說，這種機會怕是太難得了吧。但是當周志明知道了自己終於就要前敵臨陣以後，卻有些坐不穩，立不安了。那是一種又興奮又緊張的心情，確切地說，是一種帶著興奮的緊張心情。「我能行嗎……」他彷彿從來沒這樣心虛過，甚至開始神經質地疑心他的手槍會不會有毛病，總覺得手錶的發條似乎沒上緊……表面上他很平靜，而暗地裡卻不住地給自己壯膽打氣，不能丟臉！不能丟

臉！幹吧！拼吧！就當是來死的，來犧牲的！論體力，你並不一定就比那些個特務們差，像徐邦呈這類的，你完全可以打得過，多吃點巧克力，拼吧！慢慢地，興奮的緊張終於變成緊張的興奮。

下午五點二十分準時開了飯，粉條土豆燒大肉，大米飯，用省局葉處長的話說，這在此地就算得上吃筵席了。

吃過飯，一切準備就緒，天色還沒有黑。招待所小樓前的院子裡停了兩輛吉普車。朱團長大衣敞著懷，腰間的皮帶上挎了一支小槍，儀態威武地站在車前，甘副局長、紀處長和他說著話，他不時地大笑，聲音洪亮。其他人都站在一邊，周志明看見大陳和縣公安局的一位幹部領著徐邦呈從樓裡走出來，徐邦呈看到滿院子的人，表情謹慎地邁著步子，甘向前走過去和他說了句什麼，他露出點兒笑容點了一下頭，便鑽進車子裡去了，紀真看了看錶，對甘向前說道：

「甘副局長，我們出發吧？」

「好，到了前邊，要多和朱團長他們商量，要注意和部隊搞好關係，啊！」

甘向前握了紀真的手，又握了朱團長的手，人們都默然地上來同他們握手，周志明直感到自己的手心被握得滾熱。周圍沉浸在莊嚴肅穆的氣氛中，甘向前用昂揚有力的語氣大聲對他們說道：「我們等著你們，全國人民都在看著你們，相信你們一定取得此戰的全勝！好，出發吧！」

這幾句慷慨激昂、大壯行色的戰前動員，使周志明熱血沸騰，那一刻，他對甘向前的印象也

一下子好起來了。他跟著大陳敏捷地跳上車子，神態和動作都充滿著英雄感。如果萌萌也能看到

那個激動人心的出征場面，大概從此也會對他刮目相看了；如果萌萌看到……啊，他那時候是多

麼希望萌萌也能分享到他心中的驕傲啊！

汽車開出了院子，揚起的灰塵遮沒了一隻隻高舉著的送行的手臂。他們在崎嶇不平的小路上

顛簸了半個多小時，便進入了莽蒼的荒草甸子。黃昏薄暮的太陽正在西面的地平線上慢慢下沉，

遠遠的，一隻形單影隻的狼在無草上匆匆逸去。再往前走，仙童山在暮色蒼茫中弓起了自己的黛

色的脊樑。

車子減慢了速度，輕輕地向前滑行，在離山兩公里遠的地方熄火停下來。他們下了車，他看

見前面不遠也停著幾輛吉普車和幾輛卡車，再前面一點兒，黑壓壓地坐了一大片全副武裝的解放

軍戰士，大約足有二百來眾，幾隻體格壯大的軍犬安靜地伏臥在佇列的一端，這畫面驀然打進他

的腦海，他似乎此時才在內心裡真正感受到戰鬥之前的那種沉重的慌亂，心跳不由加快起來。誠

然，他已經經歷了不少案件，但那不過是在熟悉的城市環境中一種絕對安全的「冒險」，有的案

件甚至就是在辦公室裡破的，像這樣真刀真槍的戰鬥則是夢也沒夢見過的事情。以前常聽人說，

新兵頭一次上陣沒有不害怕的，這一論斷大約也要在自己身上應驗了吧。他暗暗地難為情。

幾個幹部模樣的人向他們跑過來，為首的一個是萬參謀長，他們跑近了，跟在萬參謀長身

邊的一個三十來歲的軍人跨前一步，立正行禮，低聲有力地說道：「報告首長，部隊在休息待

命。」

經朱團長介紹，他們知道這人姓王，是這個加強連的連長。

他們一行人向部隊走去。戰士們抱著槍安靜地望著他們，萬參謀長和王連長跑到佇列前，輕聲喊道：「第一線的，起立！」

坐在前排的一批戰士刷地應聲站起來，動作乾脆麻利。

萬參謀長對紀真說：「這是我們選出來的『十八勇士』，都是最出色的戰士。」

紀真和十八個戰士一一握了手。然後趁朱團長和萬參謀長檢查部隊的時候，把陳全有和他叫到一邊。這是那天紀真對他們做的最後的囑咐。

「上去以後，你們注意不要突前太遠，不能叫徐邦呈使用信號機，打起來以後，你們倆不要戀戰，迅速帶徐邦呈退下來。另外，我待會兒跟朱團長再商量一下，再抽二十個人放在離你們三十米外的地方，做為二梯隊，打響後也上去，以多勝少，速戰速決。你們的任務就是接上頭，然後，保護徐安全撤下來。」

大陳把頭一點，「明白了。」

紀真在他的肩上拍了一下，說：「志明，你也算是個老偵查員了，別慌。」

他也使勁點了一下頭。紀真又移步向徐邦呈走去，很輕鬆地對他笑一笑，問道：「怎麼樣，是不是有點兒緊張？」

天色越來越暗，徐邦呈的臉完全罩在陰影裡，只給天邊彌留的淡淡一線青光鍍上了一圈模糊的輪廓。

「有點兒，有點兒緊張！」他似乎並不想隱諱，停了一下又說：「不過不要緊。」

「用不著緊張。你看，我們的力量占絕對優勢，預先設伏，以逸待勞，這一仗是穩操勝券的。你也不會有什麼危險，上去以後，你聽他們兩個人指揮，敵人過來，你就按咱們定好的那樣和他們接話，打起來以後，他們兩個會領你安全撤下來的。」

「您放心。」徐邦呈把頭上的棉帽子摘下來理了理頭髮，說：「緊張歸緊張，可我比你們更期待這次行動的成功，因為這對我畢竟是獲得新生的唯一機會。」

天完全黑了，部隊開始悄然向山前運動，枯草斑駁的地上，只有一片窸窸窣窣的腳步聲。

山，越來越近，黑黝黝的宛如一條臥龍的睡影。春寒料峭的夜風，刺刺地直鑽脖子，可周志明當時卻絲毫不覺得冷，彷彿全身的血都要湧出來了。他已經辨不清，到底是興奮，還是緊張。

到了山前，先派了兩個戰士上山去觀察了一會兒，沒有發現任何異常動靜，十八個打頭陣的戰士精神抖擻，一律短武器，已經單獨排好了佇列。紀真同朱團長說了句什麼，轉過身在陳全有和他的臉上掃了一眼，短促地揮了下手…

「上吧！」

他們夾在十八個戰士中間，小心翼翼地向山頂那棵獨立的標的樹爬上去，大約用了二十分

鐘，便進入了預伏的地點。大陳貓著腰，揮了一下手，讓戰士們散開隱蔽起來，然後和他帶著徐邦呈突前十來米伏在兩簇相間幾米遠的矮灌後面，因為他隱蔽的灌叢比陳全有的大些，所以徐邦呈就和他趴在了一起。

透過矮灌密集的枯枝，他睜大眼睛朝下望去，北坡要比南坡陡得多，同樣佈滿一叢叢墳包似的矮灌。在幽幽的暗月下，只能看出一個個黑乎乎的外廓。山下，更是一望如墨；四周，籠罩著寧靜，只有風，颯颯的風聲增加著氛圍中的恐怖。

頭兩個小時，夜光錶的指針就像被膠拖住了似的，很不情願地往前磨蹭著，可到了最後一小時，卻驟然加了速，離接頭的時間越來越近了。儘管山下黑糊糊的仍舊不見一絲動靜，可他的心卻無法控制地狂跳起來。咚咚咚！他聽到胸膛裡那急促的響聲在沉重地叩擊大地！那時候，他才真算承認父親並沒有委屈他，他的確膽小，沒用，上不了臺盤，他實在恨自己了！

終於，綠色的指針指在了二十三時，他按下了信號機的按鈕，短短長短，他的手指直哆嗦。

頭一遍的長短節奏大概不那麼準確，他連著發了三次信號，然後把信號機靠近耳邊聽著。

「沙——」除了一片沙沙的噪音什麼也沒有，他側臉對不遠的大陳望去，大陳也正在看他，他搖搖頭。

短短長短，他又按了一遍，等了半天仍舊沒有回音，他緊繃的神經有點兒鬆懈下來，一股強烈的懷疑占滿了心頭。

「徐邦呈該不會和我們開了一個『買空賣空』的大玩笑吧？」

突然，信號機嘟嘟地響了一下，一陣令人暈眩的心跳使他幾乎喘不過氣來。「嘟——嘟——嘟——嘟」，強烈的回答訊號連續而準確地叫出了預定的節奏。

山下不遠的地方，黑暗中突然出現了一個光點兒，閃了一下就熄滅了，兩秒鐘後又再次出現，他看見大陳的手電筒也亮了，和對方一明一滅地呼應起來。

就是那一瞬間，一生的悔恨就是在那一瞬間鑄成了。他為什麼偏偏就忘記了防備著徐邦呈的雙腿的。他用力太猛了，徐邦呈一屁股坐在地上，兩個人又爭著跳起來，他趁徐邦呈重心未穩，猛一個直衝拳打過去，可這一拳又太慌了，雖然打在他的臉上，卻彷彿很虛飄，徐邦呈竟乘勢向後一倒，順著北坡飛快地滾了下去。他這才拼命抽出手槍，向下連擊了四槍！槍聲在寂靜的山野裡震耳欲聾！

那一切都不過是在幾秒鐘之內發生的、過去的。等到大陳撲過來，用力拉住他的胳膊，他全身的血管幾乎要炸開了。

「怎麼回事！」大陳已經不是平時的大陳了，他像一頭怒吼的獅子！

呢，為什麼要那麼緊張，以致於腦子裡只剩下了一根弦，只等著和從黑暗中上來的那群越境特務開打呢？當他的後腦勺突然被轟地猛擊了一下的時候，他差一點昏過去，在徐邦呈打完他之後一躍而起，向前鼠竄的剎那間，他大概只是憑了一股下意識的反應，才不顧一切地橫撲出去，抱住徐邦呈的雙腿的。

「跑了，他跑了！」他覺得胸口喘得說不出話來。

驟然，周圍天地間刷地亮起來，山下，不知多少部探照燈一齊射向山頂，他們的眼前一片雪白，往北什麼也看不見，只聽見北面山下喧聲大作，許多人在粗聲叫喊。緊接著，一片密集的自動步槍子彈帶著虛飄的哨音，高高地掠過頭頂，槍聲中混雜著瘋狂的狗吠！

他們這邊的幾條軍犬也嘶叫起來，十八個戰士蜂擁上來，陳全有揮著手，喊道：

「往下撤！」

十

辦公室裡靜靜的，整個辦公樓裡似乎都是靜靜的。快到中午了，可攤在眼前的稿紙上，卻仍舊只是那個標題〈外行……〉。

身後有點聲響，他回過頭去看，嚴君不知什麼時候進來了，站在他的身後。

「好嘛，耗了半上午，你就寫了這麼一行？」

他呆呆地，答非所問：「甘副局長就是個外行。」

「你扯什麼？」嚴君先一怔，隨即恍然，「還想著三二一呢？」

他低下頭說：「人是從我手上跑掉的，也許我應該負責任，可負責任是小事，我總覺得心裡窩囊，堵得慌，真是咽不下這口氣去。」

「人已經跑了，這口氣咽不下去也得咽，間諜與反間諜的鬥爭，勝負本來就是瞬息萬變的，一時失敗在所難免，用不著這麼喪魂落魄的。」嚴君倒用這種老偵查員的口吻來寬慰他了。她扯開話題，問：「下午還去醫院看你父親嗎？大字報要是寫不完，我替你寫吧！」他喜出望外，

「你真替我寫嗎？我下午要去醫院，晚上還得去段科長家給他談那天邊界上的情況呢，我們約好了的。」

「你們不談別的？那我也去行不行？」嚴君感興趣了。

「怎麼不行，一塊去吧。」

「這樣吧！」嚴君來了情緒，「今天你就上我那兒去吃晚飯，我姑媽炒菜的手藝很可以。吃完了咱們一塊去，怎麼樣？你爸一住院，誰給你做飯呀？」

「我自己會做。」他沒忘記要說明一句，旋而又想起什麼來，說：「對了，段科長還讓我上他家吃呢，我看咱們乾脆都到那兒去吃得了。」

「也行。」嚴君很爽快，「你從醫院回來叫著我啊。」

下午，他在醫院裡陪著父親。為了叫父親的情緒好一點，他已經絞盡腦汁，花樣翻新地想了不少主意。這回，他從家裡把白白給父親帶去了。父親果然高興，逗著白白玩了半天，直到被老護士長發現，大驚小怪地來轟，他才抱著白白回家。然後他又回機關叫上嚴君，兩人騎車子直奔段科長家來了。

段興玉住在公安局新蓋的幹部宿舍樓裡，是個像鴿子籠似的又窄又矮的兩居室單元，他們到的時候，他已經回來了，正在熱氣騰騰的小廚房裡做飯。他們倆沒進正屋，也擠進小廚房，在高壓鍋嘶嘶啦啦的噴氣聲中，大聲說著話。

「我愛人出差到上海去了，小孩也吃口剩飯就跑了，大概找同學去了，家裡沒別人，咱們正好說話，嚴君會燒魚嗎？我今天買上魚了。」

「魚還不好燒！」嚴君脫去外套，挽起襯衣的袖子，「乾燒還是紅燒？」

「隨便，熟了就行。」

嚴君在燒魚，段興玉領著他離開廚房，到那個客廳兼臥室的大房間裡來了。

他看著忙於沏茶倒水的段興玉，幾天來一直縈回在心頭的那團陰雲又爬到臉上，躊躇片刻，問道：「科長，你說我要不要先寫個報告呢？」

「報告什麼？」

「徐邦呈是從我手上跑的，我至少是缺乏警惕吧？」

「先不用，對三一一案失敗的原因，將來處裡得專門研究確定出一個大致的估計，具體到個人應該負什麼責任，要等這個總的估計出來後再說。」

周志明在桌邊坐下，說：「那天，我們撤下來以後，七四一一部隊留下兩名戰士對敵方做了觀察，後來聽他們反映，敵方探照燈延續二十分鐘後才熄滅，在距接頭地點一百米左右的地方，像有較大數量的部隊活動，山腳下能聽到汽車的引擎聲，後來還有一架直升飛機在不遠的地方飛走了，他們是從聲音和信號燈光上判斷出來的。」

段興玉把茶杯放在桌子上，又從櫃裡拿出糖盒，打開來，「吃點兒糖吧。」

他下意識地揀起一塊糖，並沒有去剝糖紙，思索著又說：「當時徐邦呈一跑，邊界上很亂，老實說，我也慌了，沒顧到仔細觀察一下，可現在回想和分析起來，好像，好像覺得敵人完全是有準備的，你看，預先埋伏了那麼多人。」

段興玉踱著步子，「碰上這種事，就怕自己發慌，一慌就什麼也看不穩了，一個偵查員，非得有泰山崩於前而色不變的修養。」他踱了兩趟停下來，又問道：「徐邦呈在跑以前，有什麼反常表現嗎？」

他想想，「沒有，好像，好像晚上出發的時候稍稍有點兒緊張，不過不明顯，當時看起來並不覺得反常。」

「噢……」段興玉微微側著頭，沉思著。

嚴君走進屋來，把一大盤色澤濃豔的紅燒魚放在桌子上，笑著剛要說什麼，看見他們倆陰鬱的臉色，也把笑容斂住了。

「從表面上看，」段興玉看著他們兩個人，說道：「事變的確是爆炸性的，很突然。我乍一聽到這個情況的時候也很吃驚，可後來仔細一想，又覺得雖在意料之外，卻盡在情理之中。」

「噢，怎麼呢？」周志明和嚴君幾乎是異口同聲地問。

段興玉在他們對面的沙發上坐下來，說：

「我記得，以前我和你們說過我的一個感覺，我說過我在頭一次接觸徐邦呈的時候，就覺得這個人不是個尋常之輩，我認為他無疑是一個久經訓練的骨幹特務，他的逃脫證明這個判斷大致不錯。我那時之所以強調提出這個問題，是因為他頭兩次的假口供實在太拙劣了，這是一個很可疑的現象。當然，使用假口供是現代間諜戰中司空見慣的事情，但假口供的目的既然是誘使反間

諜機關上當，因此就必須編排得十分巧妙可信。事情怪就怪在徐邦呈的頭兩套假口供都是不能自圓其說的下等故事，不但救不了他，反而會使他陷入更加不利的地位，而他自己的實際水準又是完全可以預見到這一後果的。那麼，根據這個矛盾的現象，是否可以得出這樣的判斷：徐邦呈使用這兩套假口供的目的並不是為了讓我們相信它們，恰恰相反，是為了讓我們很快就識別出它們的虛假來。」

周志明和嚴君面面相覷，周志明說：「這我過去倒沒有想過。」

段興玉接著說：「好，現在就假定我這個判斷是成立的，那麼就有這樣一個問題提出來了，他故意讓我們很快識破的用意是什麼呢？另外，在第二次審訊中還出現了另一個可疑現象，我們把那些檢查出來的物證擺出來給他看，他看得很仔細，反覆看了兩遍，好像在尋找什麼東西，嚴君，你當時注意到他的這些細微舉動了嗎？我注意了，這些舉動是不合情理的，這些東西都是剛剛從他自己身上繳獲的嘛，他應該一眼就能認出來的，可是他在看這些物證的時候，似乎有更複雜的心理活動。本來，我是想在審訊中從幾個方面進一步觀察這些問題的，可是後來，甘副局長把審訊接過去了，我也曾經把我的懷疑跟紀處長談過，但他沒有直接參加對徐的審訊，畢竟不能像我這麼自信。他覺得徐邦呈是不敢撒這樣一個彌天大謊的，因為他把我們誆到邊界上，如果接頭不成，於我無損，而他自己卻要倒楣。在你們臨出發的時候，紀處長甚至還對我說了這樣的話，他說他懷疑『三月計畫』完全是徐邦呈的憑空捏造，以此來表現一下他的立功願望，然後他

可以隨便找個藉口推掉接頭落空的責任。可我們誰也沒有預料到是現在這麼個結局。我同意小周剛才的看法，敵人完全是有準備的，是蓄謀的。徐邦呈關於『三月計畫』的口供是早就預備好的一套嚴整的假口供。」

嚴君玉想起什麼，問道：「可那個地形方點陣圖怎麼解釋呢？那圖上畫的正是仙童山呀。」

段興玉點點頭，「對，圖恰恰也是一個疑點，因為這樣一個接頭地點，方位和標的物都是應該熟背於胸的，弄一張圖帶在身上，不但多餘而且危險，一旦出事也容易把整個計畫曝露。現在可以判斷，這張圖，還有那個信號機，很可能就是敵人為這套假口供專門設下的兩個假物證，如果徐平安無事，這兩樣東西就用不上，一旦有事，就可以發揮作用了。現在又可以回到我剛才講的那個問題上去，在全部物證中只有這兩件東西和仙童山接頭有真正聯繫，而第二次審訊恰恰也是這兩樣東西沒有擺出來，他當時看了半天，大概就是在找它們，既然沒有找到，當然那次也就不會供出『三月計畫』來。」

周志明恍然地說道：「噢！你那麼一說我倒有點開竅了，徐邦呈前面的那兩套假口供，是為了給後面這個真正的假口供做鋪墊的，對吧？」

「我想是的，如果他一開始就把『三月計畫』和盤托出，必然會引起我們的慎重，任何反間諜機關對於過分輕易獲得的口供都是懷疑再三的，他當然明白這個規律，所以先要了這套假中之假的把戲來攪亂我們的思路，經過這麼幾番頓挫蓄勢，等以後吐出真正的假口供來，就顯得順理

成章，水到渠成了。」

嚴君連連搖頭咋舌，「好傢伙，我都快起雞皮疙瘩了，想想直後怕。」

「其實，說到我們自己，這次失敗也不是不能避免，關鍵是得把審訊這一仗打好。如果後來是紀處長接手審他，大概不至於如今的局面。」遲疑片刻，段興玉又說：「有些話，我本來是不該當著你們說的。論搞偵查，甘副局長畢竟是半路出家，專業知識還缺欠一些，審訊中有些方法實際上屬於指供引供，然後又盲目地信供，我當時是提了意見的。小陸嘛，就更沒有經驗了。審訊記錄後來我都看了一遍，我們的毛病的確很多，其中有兩條是致命的：第一，審訊之前先帶有成見，腦子裡先有了個框框，總以為敵人是要對我們現時的反右運動搞行動破壞，在審訊中就拼命想找出點兒根據來印證這個成見，這樣做，很容易降低自己的判斷力；第二，過於著急地把自己的懷疑曝露給徐邦呈，讓他摸準了底細順竿爬。另外，徐供認『三月計畫』以後，甘副局長顯得過於熱心了，對這個計畫我們本來應該故意做出不感興趣的姿態，然後觀察他的反應，但甘副局長沒有這麼做。當然，我這也是事後諸葛亮啦。」

「咱們先吃飯吧！」嚴君插空說，「菜都涼啦。」

「好吧！」段興玉揮了一下手，表示不再說了，開始擺碗擺筷子，他看著那盤快要凝凍的魚，對嚴君說：「要不要把魚熱一下？」

「不用，涼的更好吃。」

周志明卻扭捏了一下，「我，我胃……怕涼。」

「好，那就熱。」嚴君笑了他一下，「你真是個嬌氣鬼。」

魚熱好了，三個人坐下來。周志明剛剛往嘴裡塞了一口飯，又對段興玉說道：「『三月計畫』既然是個騙局，那徐邦呈這次潛入的真正任務就得好好琢磨琢磨了，他到底是來幹什麼的？」

嚴君說：「從物證上分析，我看十之八九是情報派遣，密寫紙和密寫藥的數量那麼大，只有搞情報的人才需要。」

周志明夾魚的筷子停在碗邊，思索著說：「我現在倒覺得那些東西不像是他自己用的。」

段興玉很感興趣地抬起眼來，「噢？你有什麼根據嗎？」

「我這兩天就琢磨這個問題來著，我覺得他身上帶的錢有點兒怪，繳獲的一共是三千一百三十一塊多，一個特務被派遣出來，活動經費幹嘛不帶個整數呢？幹嘛偏偏要帶三千多那麼一點兒呢？其中三千元又是用紙包單獨包著的。所以這些錢會不會根本就是兩份兒，一份兒是紙包裡的三千元，另一份就是那一百多塊零錢，他入境以後，坐車吃飯要花掉一些，所以這一份兒的本來數目大概是二百，這是他自己可以支配的經費，而那三千整數，我想是給什麼人帶的。」

大家沉默了少頃，嚴君說：「要是錢是給別人帶的，那其他東西呢？搞不好也是給別人帶

的，徐邦呈就是個專勤交通也說不定。

段興玉慢慢扒拉著碗裡的飯，思索著說：「唔，有道理，你們的分析有道理。我看等過幾天，迫謠辦公室的工作開一些，咱們就坐下來好好摳摳這個案子。」

他們一邊吃著飯，一邊又扯了些別的話題，什麼蔬菜恐慌啦，鐵路晚點啦，外線丟梢啦。嚴君哼了一聲，說：「咱們老是喊著準備打仗，準備打仗，我看這仗要是真打起來，咱們得亂了營，當頭兒的淨是些外行瞎指揮，靠他們非亡國不可。」

周志明說：「瞎指揮你也得聽著，對咱們幹公安的來說，上級的命令就是錯了，你能說不服從了嗎？」他嘴裡這麼說著，可心裡卻不知道該不該贊成這個說法。

段興玉笑了笑，「小周說的是對的，要是下級認為上級的命令有錯就拒不執行，那就更準要亂了營了。」停了一下，又說，「放心，要真到了亡國滅種的時候，不要說我們，老百姓也不再容忍了。」

周志明悶頭吃飯，這時又插了一句：「非要等到亡國滅種的時候嗎？」

「就是！」嚴君馬上回應了他。

段興玉愣了一下，沒有接話。看來，他不太願意繼續討論這個問題了。沉默了一會兒，問：

「你們現在都在幹什麼？科裡忙不忙？」

周志明說：「我們組在訂三一一案的卷冊。看來，這個案子弄不好得一輩子掛在那兒了。」

嚴君說：「其他組沒什麼事。『運動辦』老看著咱們科的人鬆閒，老給找事。」

周志明突然想起來，「小嚴，大字報寫了沒有？明天大陳可找我要呢。」

「放心，抄都抄出來了。」

周志明鬆口氣，問：「寫多少？」

「一張紙。放心吧，這事你就不用管了，回頭我替你們送到『運動辦』去。他們要嫌少，讓他們自己寫。其實他們也不過是應付差事，都是硬從觀眾裡揪到臺上去演戲的⋯⋯」

嚴君還在滔滔不停地說著，周志明悶著頭，一句話也不接，而心裡卻憂心忡忡。他知道，嚴君雖然是個假小子脾氣，但像今天這樣放膽地發這種出格兒的議論，畢竟少見。儘管在段科長面前說幾句過激的話倒也無礙，但若說慣了嘴，就難免在外面言多語失，禍從口出了。季虹也是這麼個大大咧咧的勁頭兒，肖萌最近似乎也染上了點「語不驚人死不休」的嗜好。這些女孩子，怎麼得了呢？他心裡暗暗地直發急。

而嚴君，是不是因為和自己在一起，才這麼話多？

他胸口跳了一下。

十一

快到清明節了，天氣乍暖還寒。嚴君打了一個寒噤，把風衣的領子支了起來。

段興玉家的樓前是一大片工地。天黑，地上坑坑窪窪的，自行車不好騎，他們只得推著走。

嚴君不知怎麼突然想到，這好像是她第一次單獨和周志明在大街上走，四周沒有人，他們只

隔著一輛自行車的距離，那麼近。咳，這算什麼事呢，值得她這樣寶貴？甚至故意地把腳步也放

慢了，以便能延長一點這寶貴的光陰。好笑，她什麼時候也變得這麼工於心計了？周志明倒沒催

她，也跟著放慢了腳步，他一向是隨和的。

他們這麼慢慢地走著，可光走也不是事兒啊，總得說說話。她看了他一眼，說：

「天冷，你胃不好，小心受涼。」

「我毛衣還穿著呢。」

「還好吧。」

沉默了一會兒，她又說：「我剛才，是不是說得太嚇人了？」

「當著段科長，沒事。」

「我都看出你害怕了，你後來故意裝著不感興趣，是不是？我看出來了，所以我不說了。」

嚴君心坎上像是有股血噴出來似的，忽地熱了一下，從周志明這句話中，她隱隱體味到一種

格外可貴而又格外親近的⋯⋯體貼。她站住了。

「我，求你辦一件事，行嗎？」

「什麼？」

「我給爸爸買了個書櫃，想送到火車站託人帶到北京去，可我不會騎平板車，你幫我一塊送去怎麼樣，平板車我姑媽家的院子裡就有。」

「行，什麼時候去？」

「後天晚上，我姑媽認識那趟車的列車長。」

「後天，清明節？哎喲，後天晚上我有事呀。」

「什麼事？公事私事？」她笑著問。

「我想去十一廣場看看，我爸爸讓我替他獻朵花。」

「給總理獻花？那正好，我也正想去呢，後天我陪你一起去，書櫃的事以後再說。哎，我建議咱們乾脆做一個小花圈，精緻一點的。放心，處裡不會知道，上我家去做，怎麼樣？」她一口氣說完這個突然冒出來的精彩打算，只等著他說：「行。」其實，做小花圈的事她是早有準備的，材料都齊了，她後悔為什麼沒早一點想到拉周志明做伴兒。

可周志明卻說：「啊，不行，我，我，還要和別人約了一起去呢。」

「那不管，是我先約的。」

「我和人家早約好了，真的。」

「人家，誰？」她疑心起來，「是施肖萌？」

「啊，不。」周志明躲閃地低下頭去。

嚴君當然明白了，周志明連撒謊都不會。

「好吧！」她笑笑，「那你們去吧！」她知道自己臉上的笑一定比哭還難看。而周志明卻像是有些不過意了，還給她出謀劃策：

「那櫃子你叫小陸幫你拉，你託他辦事，他準高興。」

「行。」她敷衍地微笑著，喉嚨裡卻發鹹。

他們在路口分的手。儘管還不到九點鐘，她卻盼著他能說：「天黑，我送你。」可他什麼也沒說。

她：

她好像全身都乏透了似的，好不容易才走到了家。一進門，姑媽就放下手裡的毛線活，問：

「吃了沒有？這麼晚你上哪兒去了？」

她心煩意亂，不想多說話，走到圓桌邊上，拿起玻璃杯想喝水。

「君君，你到底上哪兒了？」

「加班。」她皺著眉頭哼了一句。

「瞎說，剛才你們單位的人還來找你呢，你根本沒加班。」

「誰來了？」她端著暖壺的手不由停住了。

「還是那個，胖胖的小夥子，原來是你們同學。」

「來幹什麼？」

「他沒說，反正他說你沒在機關裡。君君，現在社會治安這麼亂，你在外邊亂跑什麼？還跟我說假話，再這樣我可要給你爸爸媽媽寫信啦。」

嚴君倒了水，喝了一口，勉強笑笑，「沒事，流氓不敢惹我。」

她走進自己的屋子裡，坐在桌前，百無聊賴地拿起一本書，翻了翻，又放下。每次，只要和周志明在一起待一會兒，她便什麼事也幹不下去了，心裡騷動不安。

桌上的小圓鏡裡，映著她的臉，俏挺的鼻子，小巧的嘴，眉毛很黑，直通額角，這像個男孩子的眉毛……福相，還是悲相？

她應該說是一個福女，命運給她的慷慨厚待，曾使多少人望而生妒啊，她也許不該再這樣多所欲求了。想想，和她一起下農村的夥伴中，有多少人不是至今還在大田裡荷鋤耕作，在烈日下車水溉苗嗎，大概已經和他們的知識份子父母一起，都快成了地地道道的農民了。而她，被生產隊推薦進了工廠，又被工廠推薦進了大學，參加公安工作不到兩年，她就搞上了三一一這種貨真價實的大案。這種尖端案件連那些久經世面的老偵查員們也會為之技癢的。想想，處裡那一大堆

「文革」前畢業的老大學生，還不就一直是扎在那些平凡、繁瑣、甚至是枯燥的基礎工作中，度過了最值得留戀的青春歲月嗎？什麼敵情研究啦，線索查證啦，檔案清理啦，資料建設啦，積年累月，默默無聞地幹著，而這些年，又只是搞運動，被整，整人，然後就是逍遙，讓人心灰意懶的逍遙。比起他們，她還有什麼可以抱怨的呢？不，她不是看不起成了農民的夥伴和埋身於平凡的老同志，對他們她只有敬佩，但在人們的眼睛裡，在人們的議論中，她確是成了一個「幸福的小妞兒」，是吃著甘蔗上樓，節節甜步步高的。

「君君，你說找的那個幫忙送書櫃的人，找了沒有？」姑媽把頭探進來，說了一句，又縮回去了。

幫忙送書櫃，誰呢？她是決計不會去找小陸的，沾上他的人情，來日拿什麼還？姑媽扯出的這句話，又勾上她的煩躁來。

她，真的是一個「幸福的小妞」嗎？如果一個妙齡女子在應有盡有之後，唯獨在感情上得不到滿足，她能夠說是一個幸福的人嗎？不，她認為不能。她忘記是誰說過這樣一句名言，「愛情是人的生命的一半，假使沒有這一半，生活就會有難以彌補的缺憾。」這話是實在的。

她的這一半在哪兒啊？

她一向認為自己在感情上是個粗線條的人，她不習慣苦心觀察和分析別人，甚至也懶得去認識和體會一下自己，她沒有，也不想有林妹妹式的那種細而又細的靈性與傷感。像現在這樣，讓

自己停頓下來，安靜下來，專門地，去回顧過去和窺探未來，在她還是從未有過的習慣。在她的記憶中，周志明給她的第一面印象，除了那張很中看的臉之外，幾乎什麼也沒有留下。周志明跟不熟的人是不愛說話的，不像科裡、處裡的其他小夥子們那樣，在她初來乍到的時候，或譁眾取寵，想引起她的注意；或俯首送媚，以博得她的好感；或故作窘呆，以換取她的同情，那幫人有意無意之間使的小手段，她不但心中了了，而且有點厭煩，但那個時候，她也並沒有想到自己最後竟會愛上一個當時她毫無一顧的人。不，她並不看重人的外貌，也不是看上了他在業務上受培養受重視的地位（這一點不管年輕幹部們是否公認，反正老同志背後都是這麼評定的），她對周志明的最初的好感只不過是因為他在他們新來的同志面前，從來沒有老偵查員那種居高臨下的優越感，對她，也沒有其他追慕者那種動機昭然的殷勤。他的天性忠厚；他的為人隨和；他的委屈求全；他的總愛替別人操心的習慣，全都是在無形中被她一點一點地感受到的，以至於她自己都弄不清楚到底是從什麼時候起，周志明的影子就開始勾留在她的心室一角了。但是，當一個懷春少女情竇初開的時候，除了怦然心跳之外，有誰能夠很快地把朦朧的感覺轉化為明確的理念，產生具體的願望和實際的行動呢？她對這事，就和搞案子一樣，既缺乏經驗又缺乏膽量。等到她明確了信念，而且建立了膽量的時候，一切都遲了，周志明一車轱轆撞出個施肖萌來。她沒有料到，老實漢子的羅曼史也會發展得如此神速，才幾個月的功夫，已是「九盡楊花開」了。

現在，周志明是個有了歸宿的人，按理，她不應該再作非分之想了，應該放棄他、疏遠他。

這個理智的念頭也的確無數次地控制和約束過她的感情與嚮往，卻又無數次被感情和嚮往的衝擊所打破。也許正因為她的愛一開始就面臨著幻滅的威脅，所以有時候就更加顯出超常的堅固和迫切，她居然抓住周志明在去湘西之前託她給施肖萌捎信兒的那個機會，跑到施肖萌的家裡來了。

這是她過去絕對不會幹的事，也是她一生中第一次懷了損害別人的動機去幹的事！

這都是為什麼呀！她為什麼要去找施肖萌？為什麼要主動向周志明透露施肖萌父親不體面的現狀？難道愛情達到熾點，就沒有理性的成分了嗎？不，不，她不是一個壞女人，不是一個以施陰謀詭計為樂事的女人，當她看到施肖萌熱情禮貌地給她倒茶，看到她對周志明那種真情實意的關切的時候，原來想好的那幾句破壞的話竟全部梗在喉間，不能啟齒了。她不忍心，不應該，也不能夠，去損害這個天真的，正在等待幸福的姑娘。

可她自己呢，她同樣需要幸福，如果失去周志明，她那顆已經被他擾亂了的心，能在誰那裡得到安慰和平撫呢？處裡，追她的人不少，可是一個個算過來，她覺得都不行。小陸在畢業前就給她寫了信，到現在又託人來說，她萬沒想到被託的恰恰就是周志明，真是冤家路窄呀。

「小陸人不錯，工作認真，也能耐苦，心直口快，長相嘛，也不錯。」他翻來覆去老是這幾句話，論起做媒，周志明可不是個善於辭令的人。

但是在愛情上，她卻敢斷定他一定是最高明的，因為她覺得最高明最動人的愛，是不能有一絲一毫的粉飾和矯揉造作的。周志明就是一個真實的男人！

從仙童山回來以後，周志明一下了班就往施肖萌家跑，這是她憑一個女人的最基本的神經末梢就能看出來的。清明節，他們還要一起去廣場……他在施肖萌面前是什麼樣兒？是的，他是懂得如何去愛的，可是，他懂得那種毫無指望的愛是什麼滋味兒嗎？

嚴君又想起她小時候最喜歡的那個美麗的象牙書籤了，書籤上面刻的那一行小字是她念熟不忘的，那是但丁的一句詩，「愛，應當成為美德的種子。」而且愛的本性是排他的，是不能分享的，或者，她真的應該把那個已經被衝破和揉碎了的理智再重新收拾起來，不然，她就得在一個不能調和、無可兩全的矛盾中生活一輩子，難受一輩子。還是理智一點吧，躲開他、忘了他，多想想他的缺點，這是一條遲早要走的路，而遲走，還不如早走。

——小圓鏡裡是你的眼睛？濕了？不，你不是一個掉淚的女人，你沒有失掉什麼！你是一個偵查員，你有你的事業！

她望著鏡子裡的眼睛，彷彿是在對著另一個人默默地告白，她，要和事業結婚！

第二天上班，她在走廊裡和周志明打照面，交臂而過，她沒有理他。看得出來，他的反常的冷淡使周志明有點兒惴惴不知何故了，說不定還以為她還在為拉書櫃的事生悶氣呢，她橫心閉眼，不理他，也不解釋。

但是人畢竟不是動物，感情這玩意兒，要想一朝忘卻，也難。上午她被叫到處長辦公室給紀處長抄講話稿，甘副局長來了，和紀處長在外面套間的沙發上坐著說話，當虛掩的門縫中隱約傳

來「周志明」三個字的時候，她仍然情不自禁地停下了手中的筆，尖起了耳朵。

「那個周志明可靠嗎？」徐邦呈的跑，我總感到有點兒怪。」

她聽得分明，這是甘向前的聲音。

「人是可靠的！」紀真果斷的聲音，「他是六九年咱們局從初中學生當中招的那批人，幹公安已經七年了，是黨員。」

「這次運動中表現怎麼樣？」

「表現還可以，在科裡寫大字報挺積極，他不會有什麼問題。」

「唔──」甘向前很保留地唔了一聲。

她心裡直打哆嗦，不知道是氣還是怕，甘副局長怎麼可以這麼懷疑周志明呢！全無根據地懷疑，毫無道理地卸責，這是什麼領導啊，以後還有哪個偵查員敢在他手下幹！她的胸間起伏難平了。

外面屋子裡又說起來了。

「不管怎麼樣，人是從我們手上跑掉的，我是局裡主管偵查工作的副局長，也是這個案件的負責人，我已經向市委亦得同志做了檢討。當然嘍，亦得同志講，不以成敗論英雄，可我考慮，你們作為具體辦案單位，總得有個檢討吧！」

「檢討報告是應當有的，可目前徐邦呈脫逃的原因還沒搞清，是不是等……」

「不用等吧，主要從思想上檢討嘛，你們先擬個稿子，我看一下再往上報。」

兩個人都沉默了一會兒，甘向前大概是要走，說話聲又隨著穿大衣的聲音一起傳進來。

「今天下午局裡在廣濟路禮堂開科股以上幹部大會，要宣布市委的一個重要決定，要求偵查單位的全體幹部都參加，你們接到局辦公室的通知了嗎？」

紀真說了聲接到了，隨後，耆耆的皮鞋聲便響起來。紀真這時候又說了一句……

「今年的手槍射擊訓練，周志明的成績名列全局第八，在我們處是佼佼者，說不定，徐邦呈早已經成了他的槍下鬼了。」

「也可能吧，對，這一條在檢討報告上想辦法寫上去，我看我們也未必就是輸家。」

腳步聲移出了屋外。

嚴君的心緒繚亂起來，筆下連出錯字，用小刀刮掉，再寫出來，又是錯的，只得再刮，紙上弄得一塌糊塗。紀處長送客回來，看著她的艱難勁兒，皺著眉頭揮揮手，說：「先歇會兒吧，歇會兒再抄。」停了一下，又說：「你去祕書科問問，看看他們把今天下午廣濟路禮堂開大會的事通知下去沒有。」

還沒走到祕書科，她在走廊裡就聽見有人嘁嘁咕咕地議論：「下午什麼會，這麼鄭重其事的？」

十二

六點都過去了，大會才算開完，坐得離太平門最近的那一片上黃下藍的消防兵最先擁滿了禮堂的門道，接著，一身全藍的戶籍警和治安警，胳膊上戴著白套袖的「馬路司令」，為數不多的穿綠軍裝的軍代表，還有他們這些一身樸素便裝的幹部也混雜著從禮堂大門口漫出來，挨挨擠擠地灌滿了半條胡同。

周志明急著想快些出去，心裡頭直堵得慌。

「散個場都這麼費勁兒，局裡的禮堂幹嘛非蓋在胡同裡呢？」

禮堂選的這個地方的確不理想，散場慢且不說，胡同的出口，又正好插在了廣濟路的半腰上。廣濟路在南州，恰如王府井在北京，南京路在上海一樣，是個最繁華的商業區，往常在這兒開會，總免不了要有許多人半截裡溜出去逛商場，局裡雖然也三令五申地禁止過，卻是鬆一陣緊一陣不大見效。然而今天下午的情形卻迥然不同了，市委第一書記劉亦得在臺上居中落座，局裡十幾位副局長分列兩廂，只有局長馬樹峰因為免職去參加市委辦的學習班而沒有到場。可以容納一千三百人的大禮堂坐得滿滿的。會，開了三個多鐘頭，竟沒有一個人敢於中途退場。

雜遝的腳步聲和竊竊私語聲順著胡同往前擁去，全不同往日散場時的吵吵鬧鬧。人們臉上的表情莊重而又肅殺，這使周志明的腦子裡又隱隱浮起劉亦得那濃厚的唐山口音來。

「南京已經鬧了，北京正在鬧，南州怎麼樣？我看也是個山雨欲來風滿樓的形勢吧。」

山雨欲來風滿樓，指什麼，指這幾天又有人不斷地往十一廣場送花圈嗎？當然，劉書記後來的話說得更加明確無誤了。

「清明節，什麼節呀？鬼節！完全是『四舊』嘛。再說，用鐵架子做那麼大的花圈，究竟是悼念總理呢，還是向誰示威呢？」

周志明不明白，連清明給烈士掃墓都成了「四舊」，那以後過春節、吃粽子、吃元宵、吃月餅、喝臘八粥是不是也要以「四舊」論處了呢？他在聽到這兒的時候，覺得劉書記的聲音讓人格外不舒服。可那特別土氣的聲音直到現在還在耳邊不停地響著。

「在座的都是無產階級專政的拳頭，鐵拳頭！鐵的，不是豆腐的，市委對公安局的廣大幹警是信任的，市局的中心工作現在要放到廣場上來，市委已經決定，要對那些在廣場上鬧事的人實行反擊！」

看來，鄭大媽的那個所謂「傳達」，自己這兩天的擔憂，現在全都應了。

他不願意再想下去，如果確實有人在廣場上鬧事，當然是應該制止的，但劉書記，不，市委為什麼要這樣小題大作呢？送花圈悼念總理，有什麼不好？何必非要視做洪水猛獸不可？廣場上有壞人，對，但不能都是壞人呀，施肖萌的姐姐，還有安成他們，不是也要往十一廣場送花圈嗎？連他們九四一廠的團委還要組織團員做花圈送去呢，難道都成了反革命了嗎？他覺得說不

通。

安成就是九四一廠的團委書記，他們相識才幾個月，但現在已經很熟，安成比他大了有一輪兒，在他面前像個仁愛的兄長，那種自然的、恰如其分的親切，絕不會讓你感到半點兒拘束和生分。他幾乎沒有多久就喜歡上安成了。如果安成是壞人，江一明老頭是壞人，施伯伯一家是壞人，那可真是洪洞縣裡沒好人了。

散場的人漫出胡同口，一部分湧向馬路西邊的停車場，一部分湧向附近的公共汽車站，他和小陸、嚴君幾個人都存車處走去。

推出自行車，剛要走，小陸拉了他一把，一臉興頭頭的樣子。

「走，十一廣場看看去。」

「幹嘛？」嚴君跟上來，「你也想鬧事去？」

「不是，我估計咱們過幾天的工作，也得往那邊轉，先去熟悉熟悉情況嘛，去不去？」

「沒你那麼積極。」嚴君騎上車走了。

「我也有事兒。」周志明把車子推上馬路。

「那，明兒見吧。」小陸快快地說。

周志明把車子騎出廣濟路，匆匆奔神農街頭條來了。

他走進施肖萌家的小矮門的時候，江一明老頭兒也正在屋裡。看樣子是剛剛在這裡吃過晚

飯，從杯盤狼藉的桌面上，還能看得出晚飯超乎尋常的豐盛，桌上擺著的半瓶喝剩的「五糧液」，尤其怵目。

江一明坐在小沙發上，一邊啜茶一邊哈哈地笑，「老施一向惜杯吝盞，今天居然大開酒戒，難得難得。」看見周志明進來，又笑話道：「啊，來了一位官方人士。我聽說連你們公安局都送了花圈，是真的嗎？」

「沒有吧，不太清楚。」周志明顧著跟宋阿姨和施季虹寒暄，只隨口應了一句。

「你沒吃晚飯吧？」宋阿姨的情緒也佳，熱情地拉住他，「我這兒飯菜還挺熱的，叫季虹給你盛來？」

「不不，我吃過來的。」周志明撒了個謊。

「你可別客氣，」施季虹說，「客氣了自己吃虧。」

周志明笑笑，他並不覺得餓，只是急於想把要說的話說了。他用目光在室內尋找了一圈，

「小萌不在？」

「她也上十一廣場了？」

「上十一廣場了，」宋阿姨說，「一會兒就回來，你真吃了嗎？」

「廣場上這幾天很熱鬧，你沒去看看嗎？」施萬雲酒酣耳熱，紅彤彤的臉上像塗了一層發亮的油彩，和周志明前幾次見到的那副謹慎持重、不苟言笑的神態相比，活像是變了一個人。他興

致勃勃地接著說：「季虹這幾天下了班就去，抄了不少好詩回來。唉！我是老了，擠不動，要不也真想去看看呢。」

施伯伯的情緒，使周志明的心頭更加沉重。過去，肖萌曾幾次向他說過她的父親，她說的和周志明的直觀印象大抵是吻合的，這幾年老頭兒自己不愛說話，也不喜歡女兒們有什麼失態的言笑和出格的觀點，在肖萌的眼睛裡，他是個多少有點兒「孤僻」的父親。周志明剛剛在路上是盤算了一番的，他覺得，以施伯伯的謹慎和正統，大概絕不會對女兒們的越軌行為取漠然態度，所以他本來是打好主意要通過這位父親來說服肖萌和她姐姐不要再去廣場冒險的。沒想到施伯伯對廣場上的事竟也持了這麼熱烈的情緒，這情緒增加了他的焦急，不過在他內心的另一面，倒是覺得施伯伯比原來更可親了。

宋阿姨像對大人一樣在他面前擺了個熱熱的茶杯。他喝了口茶，聽著江一明在旁邊同施萬雲說著話。

「這回是石頭城打頭炮，現在北京的天安門也熱鬧起來了，咱們這兒還算是一般的呢。」

「虹虹抄回來的那些詩怎麼樣，你昨天不是拿去看了嗎？」

「好詩！我把那半本子都看完了，的確好。既非矯揉造作，也非無病呻吟，不知道都是些什麼人寫的，感情很充沛，催人淚下的。我算看到了，我們這個國家，這個民族，我們這些個人民呀，偉大！」

「黨教育這麼多年了嘛。」施萬雲又簡短地接了一句。

「喂，公安人員，你們怎麼看這件事呀？現在廣場上的花圈可是成千上萬了。」施季虹一面擦桌子，一面挑戰似的問他。

他看了她一眼，又把目光移向坐在小沙發上的兩位老頭兒，抓住這個說話的機會毫不拐彎抹角地說道：「公安局今天下午剛開了一個大會，市委第一書記給我們傳達了上級的指示精神，南京事件已經定了性，是反革命事件。最近十一廣場上的事雖然沒明說，但意思和南京事件差不多……」

屋裡人一下子在他的聲音中沉默下來，只有施季虹沒容他說完就打斷了他，「什麼反革命事件，你到十一廣場上去看看好不好！」她火冒三丈地把抹布往桌子上一摔，「悼念總理，正大光明，廣場上成千上萬的人，你們都當反革命抓起來算了！」

他張口結舌，看看施萬雲，施萬雲緊抿著嘴不說話。宋阿姨插進來圓和道：「虹虹，你怎麼衝小周發起火來了，又不是他給定的性。」

周志明還想努力說服大家：「廣場上現在也的確混了不少壞人，昨天一天光在那兒抓的小偷就有幾十個。」

江一明攤開兩手，漲滿一臉沒有方向的憤然，「難道說那麼多花圈都是小偷送的，那麼多懷念總理的好詩也是出自小偷們的手筆？這沒道理嘛！」

周志明啞口無言了，他也知道自己的話不能自圓其說，本來還想把劉亦得在會上說的送花圈是以悼念總理之名，行破壞批鄧之實的話說出來，又怕這話更其火上澆油，所以只好咽下沒說，但一時又找不出什麼有點道理的道理來引起他們的自警，沉默了一會兒，他想不如索性明說了……

「施伯伯、江伯伯，市委已經決定要給予反擊了，這兩天再去廣場就很危險，我看還是叫肖萌她們先不去的好。」

施萬雲臉色鐵板，手指頭下意識地不停敲打著沙發的扶手，沒有答他的話，鼻子裡哼了一聲：「反擊去吧！」

施季虹的聲音變得更加尖銳：「反擊？廣場上那麼多人，誰怕誰呀，一點兒也不知道現在群眾都是什麼情緒！我看咱們中國算完了，真他媽沒勁兒！」停了一下，她又衝志明問道：「喂，我說你自己是什麼觀點，你說到底是不是反革命？」

「我……」他堵了一肚子的悶氣恨不得一吐為快，但卻緊緊抿住了自己的嘴。他何嘗不願意痛痛快快地說心裡話呢？他也不想這麼窩窩囊囊地把自己實際的感情壓在心底下。可今天是來幹麼的？是來說服他們的，他們不像他，把面前的危險看得那麼清楚。季虹大概還以為，但凡是眾怒，就必定難犯。其實她根本不懂如今的事，批鄧小平誰服氣呢？不服氣還不是照樣搞運動批嗎！

季虹幾乎不容他再說什麼，嘲弄地笑起來，「在你們這幫員警的眼睛裡呀，只要上面一說誰

是反革命，你們大概就看著誰像反革命吧？哎，你知道我們廠的工人都管你們叫什麼嗎？叫狗子，管工人民兵叫二狗子。哈！」

「季虹！」施萬雲從沙發上站起來，聲音中透著嚴厲，「你有你的觀點，別人有別人的觀點，誰也不要勉強誰，不用說別的了。」說完，他連江一明也不管，一個人陰沉沉地踱到裡屋去了。

屋裡的空氣重壓著難堪的沉默。周志明聽出來施萬雲話中的弦外之音，心裡不是滋味，坐在那兒又尷尬，又委屈。正在這時候，房門砰一聲打開了，施肖萌一臉風塵鑽進屋子，人還沒站穩，嘴中又嚷嚷開了，「媽，還有飯嗎？安成和援朝他們都還沒吃呢！」

安成和盧援朝有說有笑地走進來，他們都看見了他，肖萌丟下別人，興高采烈地和他說起話來。

「你們都到廣場上去了？」周志明淡淡地問她一句。

「啊，這會兒去的人可多呢，我們本來想多轉一會兒，可是他，」她指著盧援朝，「說什麼也不敢多待了，老怕出事，老怕出事，還說他看出好幾個便衣來，我怎麼沒看見？草木皆兵，援朝哥哥，你怎麼那麼膽小啊！」

盧援朝指著手錶給她看，「也該回來了，都幾點啦，你不餓呀？」

宋凡招呼小萌到廚房去下掛麵，安成和周志明閒扯了幾句，突然想起什麼，問江一明道⋯

「江總，您不是也要寫首詩嗎，什麼時候寫？我們好給你往廣場上送啊。」

江一明從衣兜裡摸出一個疊得四四方方的豎格子紙，說：「昨天晚上信手填了幾筆，一詩一詞，文白相雜，平仄也不工對。但我想，做這種詩，只需真情實感就行，格律上不必太講究，免得因韻損義。你們看看行不行。」

安成接過詩稿，先瀏覽一遍，然後朗聲念道：

清明感懷周總理——

清明祭日滿地花，斷腸哀思遺萬家。

臨風草木皆染淚，為感心血注中華。

區區數醜靈前囂，芸芸國人曰可殺。

忽喜人間傳未死，遺灰鋪成助陣霞。

「江伯伯，這詩太好了，要感情有感情，要文采有文采，明天我們就給你貼到觀禮臺牆上去。」季虹的情緒十分熱烈，搶過詩稿接著念道：

滿江紅——

一年一度，又匆匆到了清明，人相問，寒食今日，舉國悲聲。莫謂等閒兒女淚，莫謂尋常骨肉情，看國愁民怨多少人，此心同。

幾人歡，萬家痛，擋不住，悼周公。一生功與罪，史家怎評？壯士如今何處也，齊心同慨即英雄。最堪慰靈前眾百姓，奮請纓！

季虹念罷，安成說：「我看，咱們乾脆把這兩首詩詞抄成大字貼出去，弄得醒目一點兒。江總，這下面落什麼款呢？」

「就寫江一明，我這老頭子做事情真名實姓，敢做敢當，不怕什麼。」

「還是換個名字好。」安成說，「我提一個，叫『百姓點燈』，如何？」

季虹首先贊成：「好，這個落款沒治了，又明白又新鮮，哼，要是我，我就落個『放火』，有時候我生悶氣，真恨不得放把火。這日子有什麼過頭呀，破桌子爛床，小黑屋，你們瞧這倆小沙發，原來在我們家是最賴的一對兒，現在倒他媽成了寶貝了！我一瞧見那些暴發戶就有氣。」

周志明聽著那一詩一詞，心裡也挺痛快，但又覺得季虹的那幾句話不免有些煞風景，這種時候老把個人和家庭的不如意扯出來，反倒沒勁了。

江一明笑道：「只許州官放火，不許百姓點燈，我們這些老百姓就是偏要點點燈。好，就用

這個落款。其實這個典故原不過是個小小的笑話，是說宋朝的一位知州叫田登，封建社會『諱名』的風俗很盛，因此他不許百姓說點燈，叫他們改說放火，老百姓於是編出這兩句話譏笑他，後來又被人們引申為對官吏暴虐的不滿了。我看可以，就用這個名吧。」

施季虹扯扯江一明，半真半假地說：「江伯伯，說話留點兒神，那兒可坐著位公安人員哪！」

江一明衝志明笑起來：「放心，從我嘴裡出不來反動話。」

周志明對江一明也笑了一下，可心裡卻對施季虹的玩笑有股說不出的惱火，幾次想告辭回去，可都沒有合適的機會，只好挨挨地又陪了一會兒，直到宋阿姨和肖萌端著麵條兒走進來，招呼安成他們吃麵，他才站起來，抓起放在床上的帽子，說：「你們慢慢吃，我得走了。」

宋阿姨拉住他，「你跟小萌他們一塊兒再吃一點兒嘛，吃完再走。」

他這時才覺出腹中空空，可沒有留下，還是向大家道別要走，肖萌拿了自己的圍巾，說了聲「我送送你」，便跟他一塊兒出來了。

南州的夜晚，春寒還未曾退去，細長彎曲的胡同裡，時時有一小股一小股的風直砭在臉上，很涼。堆在路邊等候清潔車的垃圾土被風吹得竄來竄去。路燈吊得高高的，昏黃的燈影在風中搖曳著。還不到靜街的時候，可胡同裡卻已沒了人跡，只有他那輛自行車的鏈條發出噠噠的響聲，空洞而又乏味。

兩個人默默地走了一段路，施肖萌轉過臉，先開口道：「怎麼了，你好像不高興？」

「沒有，我哪兒不高興了？」

「別老是心事重重的，損壽。」她有意想把兩人之間的氣氛搞活潑一點兒。

他嘴上沒說什麼，心裡是承認的，他這個人心太重了，肚子裡要是裝點兒事，就總放不下，這性格對於他，當然已經不是個優點了。

走到胡同口，他扶著自行車站下，猶豫片刻，問道：「你這是第幾次去廣場了？」

「常去，怎麼啦？」

「你姐姐他們常去？」

「第一次，幹什麼？」

「不為什麼，這幾天……可能會出亂子。」

「明天就是清明節了，為什麼不能去？」

「是……你聽我一句，這幾天不要再去了，叫你姐姐和安成他們也不要再去了。」

他沉默了一會兒，說：「小萌，你知道，我心裡也是想能和你們一起去悼念總理的，可

她隱約明白了他的意思，說：「出什麼亂子？我看廣場上秩序挺好的。難道送花圈寫詩詞也犯法嗎？我看你們幹公安的就是事兒多，什麼你們都想管。你不知道現在大家一看見街上穿『官兒服』的人就有多麼討厭，我要是你，乾脆改行算了。」

肖萌把話收住了。他的臉上是映著神農街上明亮的燈光的，她大概已經看出他的面色很難看，他也感覺出自己的身體在微微地抖，不是冷，不是氣憤；也不是委屈和激動，全不是！他只是覺得自己像個虛弱的病人，心裡犯堵，難受，不舒服，是一種說不清名堂的不舒服，他所熱愛的，全身心熱愛的公安工作，這一向被人們尊敬的職業，現在在人們眼裡竟是這樣可厭！使他心寒！他費了好大勁兒，才把這樣一句話送到舌尖：

「好，我是瞎操心呢！」

他說完了，騎上車子就走，頭也不回地走遠了。

十三

第二天，是清明節。

早上，周志明因為去技術處取資料，來到班上的時候，已經八點多了。機關裡靜靜的像一座空樓，他們組的辦公室也是鎖著的，他滿腹狐疑地打開門，屋裡空空無人，站在屋子當中發了一陣愣，他突然看見牆上的小黑板上寫著兩行粉筆字：

小周：今天全處幹部去十一廣場執行任務，你馬上來，到觀禮臺後門去。陳全有。

他用黑板擦緩緩把字擦去，走到桌前，打開最下面那個上了鎖的抽屜，習慣地伸進手去拿他的手槍，指尖觸到那硬而滑的牛皮槍套上，他卻停住了，想了一會兒，縮回了手，把抽屜重新鎖好，又帶上辦公室的門，離開了空蕩蕩的大樓。

十一廣場居於南州市的中心，離處機關並不很遠。解放前，這兒原是個軍校，解放這座城市的時候，在攻城的炮火下成了一片瓦礫場。十一廣場是在一九五四年的國慶日正式落成使用的，恰好和周志明是同歲。廣場南面立著一座樸素而高指的方尖碑——革命烈士紀念碑；北面遙遙相對，修起一座乳白色的觀禮臺，在觀禮臺和方尖碑之間，一律大方的水泥板墁地，形成了廣場宏

大的規模，再加上東、西、南通衢大道三面環抱，讓人一眼望去，是那麼寬闊而莊嚴，偉岸而有氣魄！

周志明騎著車子，順廣場東沿的大馬路由南往北奔觀禮臺來，馬路上，人流如潮，似乎全然沒有了交通秩序；；廣場上，花海一片，密簇的花圈把方尖碑的基座層層疊疊地蓋住，擁成一個白花花的花團。從幾面大道上，仍然能看到一個個的花圈浮在人海中向方尖碑這邊移動，整個廣場構成了一幅既火熱又蕭穆的畫面，他心頭湧上一陣激動，是一種連自己也說不出的十分複雜的激動。穿過紛亂的人流，沿著馬路拐了個彎，又貼著觀禮臺的斜牆繞到後面，他一直把車子騎到觀禮臺的後門。和廣場上相比，這兒出奇的僻靜，兩個荷槍的解放軍戰士仔細看過他的工作證，才把他放了進去。

門內，是個又寬又長的院子，往常市裡在廣場上舉行什麼大型活動的時候，這院子就是停車場；院子裡有一排矮矮的平房，就權做了司機們休息的地方。

這會兒，靠院子的北牆邊擺著一大片自行車，院子中央，還停了幾輛卡車和小汽車，一群群民警和解放軍戰士散亂地佈滿了一院子，他發現有幾個他們處裡的幹部正在一間休息室的門口說著話，便放下自行車，向那排房子走去。在房檐下，穿一身嶄新軍裝的甘向前正在和紀真談著什麼，聲音雖不大，手臂卻不停地在空中揮動，紀真臉色蒼白，看上去很疲倦，眼神甚至有些憔悴。甘向前每揮一下手，他就強打精神點一下頭，他們都沒注意到他從旁邊擦身過去。

走到房間門口，他碰上了段興玉。

「你來了，快進去吧，一會兒就要交代任務了。」

他走進屋子，屋子很大，已經擠滿了人，有站著的，有坐著的，有抽煙的，有喝水的，亂哄哄地說著話。他遊目四矚，在一個窗戶邊上看到了大陳，擠過去問道：「怎麼回事？」

「昨天晚上局裡臨時通知我們處今天到這兒來，現在這兒是打擊十一廣場反革命活動的第二分指揮部，咱們處就在這間屋子。」

吵吵嚷嚷的雜訊突然安靜了許多，站著的人紛紛找座位坐下來，他看見甘向前和紀真一前一後走進屋子。

紀真陰沉著臉，先說：「各科看看是不是人都到齊了？好，現在請甘局長佈置任務。」

甘向前臉上掛著躊躇滿志的冷漠，有人給他搬過一把椅子，他沒有坐，兩手按在椅子背上，向屋裡環視了一下，然後用他特有的緩慢節奏說道：「目前，廣場上發生的事，性質嘛，我想不用多講了，大家都是公安幹部，大是大非問題站在什麼立場上，我也不多講了。時間不多，我扼要把敵情介紹一下。從昨天廣場上的情況看，送來的花圈比前天多了三倍，從今天早上的情況看，還有增加的趨勢。剛才廣場上大概就有五六萬人了，現在可能更多。昨天夜裡，六處、十處和十一處的同志已經幹了一宿，現在他們準備撤下去休息，由你們處、刑警隊和從各分局抽出來的同志接他們。昨天傍晚，我們在紀念碑那兒抓了幾個人，和一些不明真相的群眾發生了衝突，

十一處的一位同志還受了傷。有些人是狂得很呀！昨天中午市局政治部的一個軍代表在觀禮臺那兒只是對幾個青年好言相勸了幾句，就被打了一頓。今天，同志們上去，也要做挨打的思想準備。第二分指研究了一下，今天，我們在策略上可以靈活一些。你們上去，主要是通過觀察來發現那些利用送花圈進行鬧事和那些張貼、宣傳反動詩詞的壞人，至於圍觀的群眾，可以不去管他。發現壞人以後，儘量不要驚動，在這些人離開的時候再尾隨出場，跟出下落。如果非當場抓捕不可的，也要以多勝少。昨天六處的同志摸出一個經驗，群眾一般最恨小偷，對那些鬧事的壞人，我們可以以抓小偷的名義公開扭獲，這樣還能得到群眾的支持哩。這經驗我看很好，你們也可以試試。」

一屋子的人鴉雀無聲，周志明向四周看看，人們都在出神地聽著，許多人臉上凝然有一種莊嚴的神氣。「公安機關是無產階級專政的鐵拳頭，鐵的，不是豆腐的！」「大是大非問題站在什麼立場上……」什麼立場？……一張張莊嚴神聖的臉……他不由聯想起三月二十五日那個傍晚，他們帶著徐邦呈從小招待所出發前甘向前的一番臨陣動員，自己當時大概也是這麼一副深受鼓動的神情吧。可現在心裡因為什麼這樣矛盾，這樣發虛呢？他閉上眼睛，不論怎麼想也不能從甘向前的聲音中找到一點兒激動和光榮了。他甚至產生了一個近於荒唐的感覺，彷彿他們不是去抓賊而是去做賊，反正不是去幹什麼光彩事情。

甘向前終於結束了他那慢條斯理卻又暗藏鋒芒的動員，在椅子上坐下來。紀真又說了幾句什

麼，沒聽清。只見大家都轟隆轟隆站起來往外走，他便也跟著動作起來。

「不要太集中，分批出去。」紀真在門口說了一句。

走到廣場上，他沒和別人在一起，一個人蹓躂著各處轉，看到有講演的，就擠在人群中聽，聽完了抹身一走，根本不管；有新送來的花圈，他也湊上去看；一個中年婦女想跟一個花圈合個影，拿著個相機求他幫忙，他用心仔細地給人家照得好好的；他看見一群小學生在一個大花圈面前嗚嗚咽咽地鞠躬，竟也忍不住站在邊上跟著深深地鞠了三個躬。看著一片片的花圈，看著一片片的人，他心裡直想大哭一場。這些年，人全是那麼自私、冷冰、疏遠、互不關心，天下大亂，老是亂，人心成了不可收拾的一盤散沙，而今天，他好像是頭一次親眼看到現實生活中還有這樣萬眾一心的場面，叫他激動得兩腿發軟，全身都被一種極為純潔極為悲壯的英雄主義感染了。

從尖碑的腳下回來，他在廣場中央看見了大陳，大陳倒背著手，悠悠地像在逛大街，走到每個製作精美的花圈前都站下來欣賞地看兩眼，他正想叫他，突然覺得胳膊被人拉了一下，原來是陸振羽。

「發現什麼了嗎？」陸振羽一頭灰汗，疲倦地問。

「沒有，你怎麼這副德行？」

陸振羽懊喪地擺了一下手：「別提啦，有個大鯊魚，我一直跟到岐山路南口，還是給那小子甩了梢。媽的，累慘了，你看！」他從兜裡掏出張公共汽車票，「我坐七路汽車回來的。」說完

又放回兜裡，「回去報銷。」

他拍拍小陸的胸膛，「得了，你看大陳就是外線出身，你比他還瘦點兒呢？」

「哎，我問你，可能你也不知道。」小陸換上一副正經的神氣，「我看不少詩詞挽詞都提到什麼三個人、四個人的，好像有一個是張春橋，那幾個是誰呀？還有，東邊兒那個花圈你看見沒有？個兒挺大的，好多人在那兒照相的那個，是給楊開慧的，你說怎麼現在又單給楊開慧送上花圈了？我剛才問三科的小吳，他也稀裡糊塗。」周志明咬著嘴唇，他知道公安局有不少幹部的耳目是很閉塞的，有些社會上早已四處哄傳的小道消息，在他們卻是聞所未聞。小陸雖然在南州有家，可是在那種部隊大院裡，思想比較沉寂，消息也封得緊。他很想一股腦兒地把自己所知道的事全跟小陸說一遍，可又覺得一句兩句說不明白，何況他自己對許多問題也只是有個感情上的好惡，並不能說出多少道理來。「他們是政治局的，反他們算不算反黨中央？」如果小陸反問一句，該怎麼解釋呢？他想了想，算了，讓他自己去看去想吧，誰也不是聾子傻子。笑了一下，他說：「你呀，太孤陋寡聞了，多看看那些詩詞去，多看看多聽聽就明白了。」

「咳，那些個詩，盡是文言文兒的，看又看不懂，哪兒有功夫費那個腦筋呀？」

小陸又扯了兩句別的，說要到方尖碑那兒去轉轉，走了。他轉身向南觀禮臺走來，觀禮臺的牆上幾乎貼滿了詩，他想看看。

詩牆下圍著密匝匝的一圈人，在搖動的人頭中，他看見段興玉也擠在其中，正對著一首長詩

看得出神，顯然也並沒有在抓什麼「小偷」。他沒有叫他，順著牆從東往西看下去，在觀禮臺中央的一棵柱子上，他看到一張不大的白紙，上面只寫了一行歪歪扭扭的鋼筆字：「敬愛的周總理，從今後，我再也不偷了。」落款是：「您的不爭氣的孩子。」他反反覆覆把那行字看了好幾遍，覺得一團熱氣從心窩裡確切地，有力地往上升！這幾個歪歪扭扭的小字中彷彿含蘊了許多既簡單又深刻的感情和道理似的，叫人感嘆不已，琢磨不完。他繼續往前邊走邊看，快到西頭的時候，眼睛刺地閃了一下，他倒真的看到了個小偷！

當過刑警的人看小偷，眼光是最準不過的。比如在商店，小偷的眼神和正經買東西的人就不一樣，不看商品專看人，並且無緣無故地在別人身邊亂貼亂擠。他現在看到的這個人，有二十多歲年紀，生得膀大腰圓，不算太靈巧地在一個老頭兒身後蹭來蹭去，一看就知道是個沒經驗的「嫩毛兒」。老頭兒呢，一來是上了年紀，感覺不太靈敏，二來全神貫注在詩文上，對身後的把戲一點兒沒有察覺。周志明眼睛熱辣辣的，一腔子無名火直往心頭拱，因為他覺得在這樣神聖的場合和氣氛中偷東西，就像在純潔的荷花上拉上一泡屎，把滿廣場那麼多真誠的人心都給玷汙了，所以就顯得尤其可惡，讓人特別的恨。他耐著心等了一會兒，眼看著小偷得了手，擠出人群要溜，便一步上去攔住了他。

「錢包交出來！」他的聲音很低、很重，像把全身的力氣都壓在了唇上。

「什麼？」扒手上下打量了一下他，大概是估計著動起武來不是自己的對手，便也壓低了嗓

門吐出三個字：「找抽哪！」

「我是公安局的，交出來吧。」

他的話還沒說完，對方已經一拳打過來，他急忙一蹲從拳下鑽過去，那扒手的身體前傾，幾乎和他站成齊肩一條線，對付這種小偷流氓，和在仙童山的陣勢不一樣，他一點兒不發慌，看準是個「後掏褡」的機會，他左腳飛快地跨上一步，一手抓住對方的後脖領，一手抄到他的褡下，一抓一提，把這個比他壯實得多的扒手生生地摔在地上。

他們這一打，把許多人的注意力引過來，幾秒鐘的功夫就圍成了一個人圈兒，那個壯小子從地上爬起來，嘴上蹭了一層灰，周志明又著手等著他反撲，沒料到那傢伙卻大喊大叫起來…

「公安局抓人啦！」

人們不知就裡，全愣在那兒沒動，這時候，一個大個子擠進人圈，猛地抓住那扒手的肩膀，粗聲喝道：「喊什麼！」

周志明心裡一喜，大聲說了一句：「馬三耀，看著他。」自己抽出身去尋那個老頭兒，老頭兒正好也擠在人群中看熱鬧呢。

「您的錢包呢，看還在不在？」

老頭兒看了他一眼，頓時明白了味兒，手腳慌張地在身上翻找起來，「哎，錢包呢？哎呀，丟了，同志。」

馬三耀提著扒手的肩膀，「拿出來！」

錢包還給了老頭兒，人們這才散去。他們把小偷送到了廣場治安派出所。

「今天這是第二個了！」馬三耀往派出所辦公室裡一坐，吐了口唾沫，說：「頭一個是九點鐘碰上的，媽的，那小子耍流氓。」

周志明在門外的水管子那兒洗著手，隔著敞開的門，笑著問：「你沒抓著個反革命？反革命該由你們五處抓，咱們刑警隊是專跟小偷流氓過不去的。」見周志明洗完手要走，忙又說：「那麼積極幹什麼，坐下歇會兒。」

周志明攥動著錶的弦頭，「快十二點了，我得回觀禮臺後院吃午飯去，你們隊裡食堂不送飯？」

「不送，自己在外面吃，吃完了報誤餐唄。」

「我們送，我得走啦。」

他離開派出所，往觀禮臺後院走來。

十四

陸振羽沒有回觀禮臺後院吃午飯。就在周志明和馬三耀押著小偷走進派出所那會兒，他匆匆忙忙離開十一廣場，回到處裡來了。一進辦公室的門，就徑直地向屋角那架綠鐵皮保險櫃奔去。

打開櫃門，他從底層的抽屜裡取出一臺比拳頭還小一點兒的密拍照相機，又取出一件深灰的卡布軍便服。照相機是固定在一條皮帶上的。他脫掉自己的外衣，用皮帶把照相機繫在肚子上，外面再套上那件灰的卡布軍便服。披掛完畢，他急急地鎖上辦公室的門，又奔廣場來了。

在組裡，大陳的密拍技術是在外線隊打的底子，自然十分過硬。周志明參加過局裡辦的外線技術訓練班，密拍的技術也能拿得起來。他現在穿著的這件偽裝服就是當初周志明參加訓練班那會兒做的，現在穿在他身上，顯得有點瘦長。搞密拍，他並不是出自正宗的科班，而是前不久才開始跟大陳和周志明學著搞的，但由於對此道的興趣著濃，所以雖然只學了幾個月，那一套技巧大體上也掌握得差不離了。對於自己的這點兒小聰明，他一向很自矜。沒興趣的事不敢說，但凡是有興趣的，大概總不至於比一般人入門慢。在他的五個兄弟姐妹中，至今還沒有一個人比他更有出息。在他之前，陸家門裡還從來沒出過一個大學生。父親雖然已是副軍級，可一個工農幹部，就那麼個水準，這幾年又越發顯得老朽昏聵；母親是家庭婦女，更其沒有文化。他心裡明白，父親和母親之所以在孩子中格外另眼看他，無非是陸家的歷史上，只有他這麼一個「讀書

人」，無論跟誰提起來，都是個光彩罷了。

他是個「讀書人」，其實一身上下沒有一點兒「書卷氣」，陸家的習慣，跟書沒緣。在上中學的時候，他曾經弄到幾本福爾摩斯探案集看過。可以說，福爾摩斯的形象對於他的刺激和引誘，很使他神魂顛倒了一陣。不過福爾摩斯那種神祕而又饒有興味的故事只能在夜裡頭，給他增加一些荒誕的夢，他自己就是那些夢的主人公，一個機智的、勇敢的、出神入化的、硬漢式的、無產階級的、革命的混合體。可是醒來，他還是他，一個什麼也不會，什麼也不是的小屁孩子。

他當然想不到幾年以後會被推薦上了大學，畢業後又分配到公安機關，既不是個戶籍員警，也不是個交通大崗，好像一切都是天緣湊巧、命中註定，他當上了一名反間諜人員。命運的安排居然沒有辜負少年時代的辛苦幻想，他現在應該說是如願以償了。是的，他不怎麼愛看書，不關心別的問題。比如像十一廣場上的事，他就不那麼清楚，也沒興趣去搞清楚。可是他愛自己的工作，他一心希望在事業上有點兒成就，也許到四十歲吧，或者不到那麼老，就能成為一個全能的、經驗豐富的、獨當一面的、受人信任和尊重的骨幹偵查員，別的事他一概不關心，無論是「三項指示為綱」還是「階級鬥爭為綱」他都不關心。處裡科組裡攤派的一應雜事，也是能躲就躲，能推就推，可是一有案子，他就非搶到手不可。上次仙童山的一仗沒搶上前敵臨陣，後來越想越覺得是個終生的遺憾。他並沒有因為自己對徐邦呈的逃脫毫無責任干係而產生一點兒慶幸，而是到現在還在心裡抱怨沒得上這個機會，這種傳奇的經歷也許一輩子不會再有了。他甚至想，如果當

初那個機會落在他的頭上，他一定不會辱沒了它。

他騎著自行車經過廣場東面的馬路往北來，看著廣場上一片一片的人群，感覺到肚子上那個硬邦邦的傢伙，隨了喘息的節奏一鬆一緊地蠕動，暗暗壓抑著內心的得意。他把車子騎進了觀禮臺，一走進屋子便情不自禁地呼起來：

「嘿！廣場上現在人又多起來了啊，有油水嘿！」

周志明把一份包子和一碗雞蛋湯遞給他，說：「怎麼現在才回來，我要不給你留一份，你就得餓一頓！」

他本來不想說是回處裡掛相機去了，可還是給坐在一邊的段科長看出來了，一雙眼睛在他身上打量著。

「你怎麼把這偽裝服穿上了，裡邊掛相機了？」

照規矩，偵查員使用密拍相機須經科長的批准，段科長這麼問他，意思是很明白的。他連忙吞下一口肉包子，支吾地解釋道：「剛才，唔，我請示了一下紀處長……」

「行，學了十幾個卷了。」他生怕被剝奪了這個機會，好在段科長沒再說什麼。

段科長皺著眉，好像這事兒沒有通過他就不滿意似的，「你行嗎？」他問。

吃過飯，大家零零落落地開始往廣場上活動。他肚子裡填滿了包子，覺得身體的「競技狀態」空前的好。他在廣場上轉來轉去，捨得走路，不怕挨擠，自信一定能攝下幾張外線密拍的

「經典鏡頭」來。約莫轉了兩個小時，他才開始覺出事情有點兒不妙。下午廣場上人多，可基本上都是些看詩、抄詩的，閒逛的也不少，還有不少人只是匆匆趕來，衝個花圈鞠兩個躬又匆匆離去。那些大聲講演的，朗誦的，送花圈的，貼詩詞的他一個也沒碰見，真後悔上午沒想起向紀處長提出掛相機的事。眼看著手錶的指針一個勁兒地往三點滑去，中午紀處長交代了要大家四點鐘以前回處裡彙報的，三點半就得離開廣場到觀禮臺後院去取自行車，他擔心自己這一下午是白忙活了。

他發了急，哪兒人多就往哪兒鑽。在方尖碑的西側，周志明截住了他，衝著他指著手錶說：

「該回去啦，走吧。」

他垂頭喪氣而又無可奈何地應了一聲，跟著周志明往觀禮臺這邊走。天上的黑雲從中午就開始集結，這會兒越來越厚，平地裡起了風，滿場的花圈都嘩嘩地鳴響起來。他抬頭看看天，怕要下雨了。

「照到什麼了嗎？」周志明在身邊問，好像是很不屑的口氣。

「沒人鬧事兒，我往哪兒照去。」他有點兒沒好氣，可話裡又透著為自己的晦氣辯解的意思。

「我看你帶著就多餘，硬邦邦的貼在肚子上也不舒服。」

他聽不出這話是隨便那麼一說，還是嫉妒他爭功出風頭。不過，周志明倒一向是個老實人。

快到觀禮臺了，好像突然從地底下冒出來似的。他看見前面不遠圍著一大群人，人群中央，更有兩個人站得高出半截身子，舉著一張大白紙，上面用粗體的毛筆字錄著一首詩、一首詞，這兩個人約莫四十來歲，像工人，又有點兒像幹部，另一個女青年站得低一些，正在高聲讀那首詞。他只聽到了最後幾句：

壯士如今何處也，齊心同慨即英雄，最堪慰靈前眾百姓，奮請纓！

女青年讀完，又大聲念道：「百姓點燈！」

「大鯊魚！」他扯了把周志明，全身都興奮起來。

「嘩——」一片鼓掌聲從人堆裡爆發出來，舉著大白紙的一個男人把舉著紙的手放低，露出臉來，大聲問道：「這盞燈要不要點？」

「要！」人群齊齊地喊了一聲。

那男的又問：「要不要啊？」

人群又喊：「要！」

「貼到觀禮臺牆上去！」

陸振羽拼命往人群裡擠，周志明卻一把拉住了他。

「走啦，到點了。」

他一甩手，「好不容易碰上個貨真價實的，還能讓他溜嘍！」

周志明不鬆手，把他的胳膊都攥疼了，「走走走，到點啦，到點啦！」

他覺得有點兒怪，周志明表現出一種少見的粗暴，好像要紅著眼同他吵架似的。

人群晃動起來，把他們兩人衝開。他聽見周志明在身後使勁兒叫他，也不答聲，自顧往前擠，跟著那手執大白紙的兩男一女，夾在助威的人群中，向觀禮臺下擁去。

等他從人堆裡擠出來的時候，肚子上那個小鐵盒的暗室裡，已經印上八九張全景、中景和特寫的「攝影作品」，他帶著滿身的得意和輕鬆，一路小跑回到觀禮臺後院，處裡的人已經走光了。

他拉出自己的自行車向機關趕來。

回到機關，三步併作兩步跑上了樓，推開辦公室的門，屋裡空空的，他聽到對面那間全科最大的房間裡，有人在高聲說話。

「六處、十一處怎麼就比你們強呢？昨天他們也是人自為戰，發現壞人也是一對一地跟嘛，不要強調客觀原因啦，還是從我們自己的思想上找找原因吧。」

光從這慢條斯理的節奏上，他就能聽出說話的是副局長甘向前。他推開大房間的門走進去，屋裡前板著臉坐在一張辦公桌前的軟椅上，紀真坐在桌子的另一頭，臉色沉重地朝他看了一眼，隨即垂下眼皮。

「處長」，他走到紀真跟前，解開偽裝服，「我回來的時候，觀禮臺那兒正有幾個人鬧著

呢，跟著哄的也不少，情況都在這裡頭了。」他從腰間解下密拍相機，放在桌上。

他這番戰報像一劑起死回生的靈丹妙藥，屋子裡死沉沉的氣氛似乎活轉了一些。甘向前拿起相機，問：「都照上了嗎？」

「照是照上了，效果怎麼樣還得把卷沖出來再看。」他有意給自己已經不成問題的密拍技術留出些餘地來。

「好，馬上沖洗！」甘向前臉上頓時露出笑容來。

紀真把相機順手交給身邊的周志明，「送暗室，叫老丁他們沖出來。」

周志明接過相機出去了。甘向前對紀真說：「你看，你們處裡的年輕人本來是很有潛力的嘛。」

紀真的頭很不情願地似點非點地動一下，說：「等會兒我們處裡幾個領導再研究研究，爭取明天搞得好一點兒。」

「明天，明天廣場上就不會是今天和昨天這個局面嘍。市委已經通知，清明節一過，全部花圈一律收繳，市裡準備集中三萬工人民兵，今天夜裡收花圈，明天對廣場鬧事的人實行公開反擊！你們處的任務，局裡沒有最後定，不過這一回，仗是有得打的。市裡提出一個口號，叫做棍棒對棍棒，徒手對徒手，這對我們每個幹部都將是一次考驗。」

甘向前和紀真說的話，陸振羽有時在聽，有時思緒又飄忽開，他在想著那個被泡在顯影液裡

去的膠捲，最好能在甘局長走前好送到這兒來……

周志明把相機端至齊眉，平靜地說出一句誰也沒有料到的話來

「相機裡，沒裝膠捲。」

大家全愣得出不來聲。陸振羽的腦袋**轟**地炸了一下，他不能相信自己的耳朵！

「怎麼搞的嘛！」甘向前發作了，「你們就是這樣抓階級鬥爭嗎？兒戲一樣！」他的話不知是在對陸振羽說還是在對紀真說，他真火了。

「你使用相機之前上膠捲了嗎？」紀真很疲倦地衝陸振羽問。

陸振羽完全蒙了，渾身都刺刺地冒出汗來，結結巴巴地不知怎麼說才好。「我，我以為，我記得，原來好像有捲兒，我，我也記不清了。」

甘向前拿起桌上的軍帽，臉色僵硬地向門口走去，拉開門，又回過頭來說：「老紀，你們考慮考慮吧，無產階級專政的鐵拳，哼，這樣上不得陣呀！」

甘向前怒氣衝天地走了。紀真站起來，聲音中帶著無盡的煩惱和疲乏……

「全處開會，現在就開。」

陸振羽哭喪著臉，跟著大家走向會議室。技術室搞暗房技術的老丁見到他，用一半嘲諷一半

體貼的口吻罵道：「你小子，整天想什麼呐？三歲孩子都知道裝膠捲兒。」他耷拉著頭，眼淚幾乎都要掉出來了。

紀處長在大會上講了什麼，他全不記得。只聽到陸振羽三個字不斷地從那張有氣無力的嘴裡蹦出來。自己這一錘沒砸著釘子，反倒砸在了腳面上，那還有什麼說的呢？只能認倒楣。他木呆呆地坐著。散了會，又木呆呆地隨了人們走出會議室。雖然低著頭，卻知道大家都在看他、議論他。周志明丟了徐邦呈，怎麼說也還是個失敗的英雄。可自己算什麼？密拍不裝膠捲，給幾個反革命分子一通精神感光，誰聽了誰笑話。這笑話沒準得讓他背一輩子。

回到辦公室，紀處長也來了，要參加他們的小組會。大家都在自己的座位上坐下來，段興玉對大陳問：「周志明呢？」

「不知道。」大陳搖搖頭。

「上廁所了吧。」嚴君說，「剛才開會的時候，我看他出去了。哎，他桌上有個條子，是不是他留的？」

段興玉朝周志明的辦公桌掃了一眼，走過去，拿起桌上被墨水瓶壓住的一張字條。

「大概是到醫院看他爸爸去了吧，今天要給他爸爸會診呢。」

段興玉說著，飛快地把條子看了一遍，臉色驟然不對勁兒了。

紀真最先注意到他臉上的變化，「怎麼了，是不是他留的條子？」

段興玉有口難言地猶豫了一下，大陳滿腹狐疑地探過頭去看那字條。看了，也不說話。

「出什麼事了嗎？」紀真過來拿過字條，看了好半天，才表情複雜地皺著眉，把字條給陸振羽，「你看吧。」

陸振羽茫然地接過這張從檯曆上撕下來的小紙，上面的確是周志明的字，嚴君也湊過來看：

段科長：

別再責備小陳，膠捲是我曝毀了，我認為群眾悼念總理沒有什麼不好，這樣對待他們我想不通。我是共產黨員，憑黨給我的良心和感情，我這樣做了。

我去醫院看我爸爸，明天再找您和紀處長談。

周志明

陸振羽的手微微顫抖，不知道對周志明應該感激還是應該恨。他沒有來得及細想，嘴上卻已經先叫起來：

「這傢伙，什麼黨員，幹這種事。我記得裡面明明是裝了膠捲的嘛，怎麼想怎麼不對！」他嘴裡這麼狠狠地說，可心頭，對周志明卻並不怎麼特別恨。他覺得光憑這張字條，周志明到底也還有點兒俠骨，叫人敬他三分。

段興玉似乎很快就冷靜下來，「處長，我們明天上班後先找周志明談一下……」

「明天？」紀真瞪了一下眼，「這麼大的事！」

他開始撥電話，屋裡沒有人再說什麼，都僵立著盯著電話號碼盤嘩嘩作響地轉動。

「甘局長嗎？我是紀真，剛才那件事我們已經查清了，對對，就是那個周志明。這件事是他主動談出來的。什麼？啊！對。什麼？我們的意見？」紀真猶豫著把徵詢的目光遞給段興玉。還沒等段興玉說出什麼，便又開口對著電話筒說：「我們想先同他談談，把詳細情況搞搞清楚，暫時嘛，先讓他停止工作，給什麼處分，以後看態度再說。什麼？您的意思……什麼？立即逮捕？這這……我的意思是不是以教育挽救為主，先不要……」

陸振羽聽見，電話裡的聲音突然抬高了許多，哇哇地很刺耳，卻一句也聽不清。紀真臉色很難看，最後說了句：

「甘局長馬上來。」他轉過身，對著大家，半天才悶悶地說了這麼一句話。

樓道裡響起了砰砰的關門聲和咚咚的腳步聲，下班的時間到了。他們都坐下來，誰也不說話，紀真和大陳狠狠地抽起煙來，層層煙氣在難堪的沉默中蔓延。天色慢慢地黑了，誰也沒有站起來去開燈，也沒想到要去吃飯。陸振羽望著窗外，在初沉的夜幕下，遠遠近近的一些燈火，次第放射著黃豆般的光芒。他心裡慢慢猜度著周志明此時的所在。是在醫院還是已經回了家呢？論個人感情，他並不認為周志明作了什麼惡，然而那個電話卻如此乾脆地決定了他的命運。他看得

出來，甘局長的激烈反應，連紀處長也是沒有想到的。周志明在處裡人緣兒不錯，大概不會有人希望他倒楣。他心裡突然有點不安起來，彷彿周志明的倒楣有他什麼責任似的，可這怎麼能怪他呢，且不說周志明辦的這件渾事險些叫他背了黑鍋，單說湮滅罪證這個行為本身，也是明明的犯罪呀！

甘局長來了，隨身還帶了幾個年輕力壯的民警。他的面孔是嚴峻的，甚至——陸振羽覺得——是兇狠的。他把一張空白的逮捕證很重地拍在桌子上，聲音中帶著控制不住的惱怒。

「偵查部門內部出了這種事，性質的嚴重還不明顯嗎？如果你們還需要轉彎子的話，也可以，逮捕任務就由刑警隊來執行。」

紀真看了一眼甘向前身後那幾個高大勇武的年輕民警，什麼也沒說，默默地把那張逮捕證推給嚴君。

「填上。」

甘向前這才在椅子上坐下來，對大陳問：「周志明身上帶沒帶武器呀，他不是槍法很準嗎？」

大陳很遲鈍地答道：「不會吧，不知道。」

陸振羽本來不想說什麼，可是一句話突然自己溜出了嘴邊，「他的槍平常是放在最下面那個抽屜裡的。」

「撬開看看。」

抽屜撬開了。槍，好好地躺在裡面。

「他的格鬥技術也不錯，有點兒乾巴勁。」

「他沒槍就不要緊。」一個撬抽屜的年輕民警捋起袖子，露出半截粗鐵棍一樣的胳膊，「徒手打，不怕他。」

一直沒有開口的段興玉這時候冷冷地說話了，「放心吧，打不起來的。他，不是那種人！」

十五

天亮了，周志明從鋪上掀起半個身子，習慣地去看床頭櫃上的鬧鐘，而猛然撞進視覺的，卻是一面陌生的水泥牆和牆上一具沉重的黑鐵門。淡青色的晨曦從頭頂上一扇尺方的小窗噴進來，把水泥牆上粗糙的砂粒照得清清楚楚。被子頭上有股潮霉味直鑽鼻子，他打了個哆嗦，這才完全的清醒過來。

啊——這不是家，是一間牢房。這是他有生以來在牢房中度過的第一夜！

他坐起身子，靠在有點兒發涼的牆上，似乎從五臟到四肢都在顫抖，一種空茫茫的、不知所措的顫抖。昨天晚上，他去醫院看過父親，在回家的路上，把一切都仔細想過了，他完全想像得出那張字條在處裡會引起怎樣石破天驚的嘩然。他想到他會在第二天就被弄去辦學習班；想到會背上一個嚴厲的處分，他甚至做了這樣的準備：永遠離開他所熱愛的工作，被開除出公安隊伍，可是他怎麼也沒有想到，真正的結果比這還要可怕十倍，而且來得這麼快，他剛回家不一會兒，就在自己的小屋裡被逮捕了。

他在五處的幾年經歷中，紀真作為一處之長親自出馬掏窩捕人，還是破天荒。紀真隨身帶了四個人，大陳、小陸，還有兩個不認識的年輕民警，鄭大媽作為搜查的見證人也被領了進來，只有十幾平米的外間屋擠得滿滿的，使緊張的氣氛中夾帶了一層混亂感。

他記不得處長一進屋子先說了句什麼，他一看到這個陣勢就明白了。紀處長把逮捕證取出來給他亮了一下，又放在桌子上叫他簽字，他簽了，並且熟練地沾上印泥在名字上壓了一個紅指印，這一套他是用不著別人教的。

壓完手印，他才看清楚逮捕證上的字是嚴君的筆體，雖然運筆不似往日的灑脫與流暢，卻仍舊能一眼認出它來。他猜不出嚴君在填這張逮捕證時會怎樣看他，心裡有點彆扭。

他又在搜查證上簽了字，簽完，小陸上來，用一隻亮閃閃的電鍍手銬麻利地銬在他的手腕子上，磕得他生疼。他想對他笑一笑，以便也鬆弛一下自己的神經，但碰到的卻是小陸那副儼然的面孔。而實際上他也笑不出來，如果不忍著，他說不定還會哭出來。為什麼？他說不清，腦子裡已經亂得什麼也說不清了，也許只因為那時白白忽然跑到了他的腳下，溫柔地蹭著他的褲角，他有點忍不住了，這個不懂人事而又那麼通人性的白白呀……

「東西呢，放哪兒了？」紀真問他，態度溫和。

「什麼？」

「膠捲。」

「從廁所的馬桶裡沖水下去了，就是三樓樓道裡那個廁所。」

說這話的時候，他突然感到身上騰地一下又熱起來，他懂得自己幹的絕不是一件辱沒本職的卑鄙勾當，他沒有什麼可以自我譴責的，於良心於公理都說得出口，他甚至還感到一點兒安慰，

在渾大的世界裡，他，一個微渺的人，軟弱的人，畢竟是向著不公正的勢力，也向他本身，證實了自己的一點兒力量。就像一個被重物壓得長久地佝著身子的人突然直了一下腰似的那麼舒暢、愜意。

「走吧。」紀處長沒再囉嗦。

「我得拿件衣服。」他站著沒動。

紀真看看他身上單薄的襯衣，馬上點點頭：「拿吧。」

他走到裡屋拿了件外衣，想了想，又打開櫃子想要拿雙襪子，緊緊跟著他進來的小陸攔住了他。

「幹什麼？」

「找雙換的襪子。」

「等等，」陸振羽把衣服拿過去，從上到下捏摸一遍，又還給他，「穿上吧。」

他看了小陸一眼，沒說話，剛要穿上衣服，小陸又攔住了他。

「先甭找了，穿上衣服走吧。」

小陸跟他進裡屋，大概是怕他從窗戶那兒逃跑，儘管那窗子已經有一冬天沒有打開，窗臺上還滿堆著東西，但小陸還是亦步亦趨地跟在他的身邊，卡住他通向窗戶的路線。他知道小陸這個人，論感情，他不至於多麼恨自己，論情理，他也未必真的相信自己會逃跑，大概更不會相信這

件衣服裡藏著什麼行兇的武器，作為一個公安人員，他覺得小陸和自己的最大區別，是無論執行什麼任務，腦子裡一律沒有感情活動。的確，小陸也熱愛這個職業，但完全是另外一種愛法，他只是把偵查工作當成一種很投合趣味的職業，甚至是當成一種「技術性」的職業來熱愛。小陸說過，他從小就愛當偵探。現在他之所以這樣一絲不苟地防備著自己逃跑、行兇、自殺和毀證。小陸信奉的，不過是興致勃勃地想表現出某種業務上的嚴格和老練，並不一定真有什麼擔心。小陸信奉的格言是：公安人員就是會說話的工具，偵查員不承認感情，只承認理智。他是一個夠格的機器人。

穿好衣服，又回到了外屋。感情有什麼用呢？他尊重了自己的感情，可是尊重理智的小陸到底用手銬把他銬了起來，就連找雙襪子也要看他的臉色了。

投在水泥牆上的光漸漸發黃，又漸漸泛白，天大亮起來，門外的通道裡，響起咚咚的腳步聲，迴音很大，腳步聲走走停停，一會兒，在他的門前停住了，停了幾秒鐘，又走開了。他知道是值班的幹部在通過鐵門上的小鏡子對各牢室進行查看。這塊只有巴掌大小的鏡子從裡邊看可以照人，從外面看，卻是一塊透明的玻璃，監管幹部可以從這兒把整個牢室洞悉無餘。

他是第一次坐牢，而牢房裡的陳設卻是以前就熟悉的，無論在刑警隊還是在五處，預審處的這個看守所他來過不知多少次了。一個月以前，徐邦呈也就是住在這樣的單人牢間裡的。使他感到陌生的，只是這裡枯燥陰沉的調子。他一邊穿著衣服，一邊環視四周，漆黑的門，鐵色的牆，幾塊磚頭矮矮地墊起一張床板，豆腐塊般的小窗子上方，懸著一個塵土封蓋的有線廣播電匣子，

這倒是以前沒有注意到的東西。

一陣汽車的引擎聲從小窗外面傳來，打破沉悶的寧靜。他記得外面正是看守所院內的一條馬路。大概是一輛卡車從窗外駛過，車窗玻璃上的反光在牢房的天花板上劃出一道道水紋般的光弧，恰似昨天晚上路燈在吉普車頂篷上滑過的一條條亮斑一樣，那滑動的光斑使車子裡一明一滅，晃得人心裡發慌。

他當時坐在後座上，夾在兩個年輕的民警中間，開始上車的時候，兩民警把他往座位下面按，他想起過去在刑警隊抓刑事犯的時候，照例是要讓犯人在座位下面蹲成一團的，後來聽見紀真在車外說了一句：「讓他坐著吧。」他才算沒受那份窩囊罪。透過黃濛濛的有機玻璃窗，他能看到晚間馬路上一片模糊的景象，聽見孩子們在路邊嬉鬧的聲音……

那時候，他覺得腕子上的手銬越發冰冷沉重，似乎全身都被它鎮涼了。他的胸口突然堵上了一陣沉甸甸的懊悔，這叫人受不了的懊悔心情幾秒鐘之內就發展得異常強烈。從有機玻璃窗上透來的一片朦朧而又斑斕的色彩中，他心裡油然生出一股對自由生活的瘋狂留戀。這一切都是自己找來的，他幹嘛要那麼迂呢，幹嘛非得留下那張字條呢，就讓小陸去受一陣小小不言的委屈又有什麼呢？只要他不說，憑他在同志們當中的印象，大概不會有人懷疑他在膠捲上做了名堂。他當時是發昏了，叫一股子突如其來的激越，一股子宋襄公式的英雄感搞得頭腦發昏了，好像只有挺身出來承擔一切，才算是真正成為了

一個徹底的強者。一向，他痛恨自己的軟弱和低能，可也不能那麼傻呀！

他懊惱地追索著寫那張字條時的心情，他離開會議室本來是為了要給肖萌打一個傳呼電話的，他擔心他們晚上還會再去廣場，接通電話以後，施肖萌告訴他，他們——她、施季虹和盧援朝，約好了晚上一起去安成家，他才放了心。他知道安成住在九四一廠附近，離廣場隔了半個城區，只要他們這一天晚上去不了廣場，就不會再出什麼危險，因為半夜就要收繳花圈，今天一早三萬工人民兵就要開進廣場，局勢一發生急轉直下的變化，恐怕誰也不敢再去公開地「鬧」了。

他放下電話，想一想自己居然這麼輕易地就救了江伯伯，救了安成，救了那個不認識的工人，還救了施季虹。雖然施季虹的刀子嘴常常搞得別人下不來臺，但她總還是一個挺不錯的人。他們，還有廣場上成千上萬的人，感情是相通的，覺悟是一致的，那麼多人原來都是一條心，季虹老愛說，咱們中國算完了，這回她該看到，中國完不了！

那時候，他越想越覺得心裡痛快，覺得自己也應該異常的勇敢，才能無愧於與他們為伍。於是，那個傻勁就在一瞬間冒出來了。他希望自己辦的這件事，不僅正大，而且光明。如果說，剛才鑽在廁所裡拆膠捲的那一刻還有一點心虛害怕，那麼現在他覺得就是當著處長、科長，當著小陸的面兒，他也照樣敢把膠捲給曝了，他甚至憎惡起鑽廁所這種偷偷摸摸的搞法來，把一件本來無愧的事搞得猥瑣了，怎麼想怎麼是個不甘心，他不應該拿小陸做替罪羊。越想，腦袋越脹，一衝一衝地發起昏來，狂熱的英雄主義和浪漫的犧牲精神在胸中衝撞在一起，迸出的火花把全身都

燒熱了，他於是提筆寫了那張字條，用桌上的墨水瓶把字條壓好以後，還輕鬆如常地在屋子裡逗留了一會兒才走，他感到內心裡衝動著一股從來沒有經驗過的無畏！

這股子無所畏懼的激情燒得快，熄得也快。現在，他蜷縮在這個冰涼、寂寞的牢室中，是那麼一副可憐巴巴的樣子，他簡直要用頭去撞牆，完了，一輩子交代了，幹嘛要那麼傻、那麼迂呢！

從吉普車開進看守所的第一分鐘起，生活就向他展示了未來的猙獰和恐怖。在收押室，值班員粗暴地對他做了例行的搜身，手錶、蘋果刀、工作證和一些零錢被收去，然後喝令他頭朝牆蹲下，他嘴上想抗拒，還沒說出口，腿卻不由自主彎下來，他以前在分局、派出所，也在這間收押室裡，常常看到一些捕進來的小偷、流氓這麼衝牆蹲著，那時候看了也並不覺得什麼，而現在自己也是這個姿勢蹲在這兒，才覺出一種忍受不了的狼狽和屈辱來。看看那個值班員，正在那兒不緊不慢地填寫著收押表和收押物品登記單，他突然想到了父親，父親過去也是蹲過監獄的，可那是國民黨的監獄，自己現在卻坐了共產黨自己的監獄。他們會怎麼同父親說，怎麼讓他相信兒子是個壞東西？今後就是刑滿放出來，父親會怎麼看他？同志們會怎麼看他？那時候，這一段歷史已經事過境遷，還有誰會理解他呢？他在人們眼裡就成了一個犯了罪的人，真的不是什麼好東西了。他感到背上熱辣辣地出了汗，全身刺癢起來，這一輩子算怎麼回事啊！

收押手續辦完了，紀處長他們要走，他顧不得那個凶神惡煞的值班員，直起身子叫了一聲：

「紀處長！」

「幹什麼？」紀處長面孔冷冷的。

「我父親怎麼辦，他還在醫院裡……」

「他有他的組織，組織上會照顧他的。」紀處長的聲音明顯地緩和了一些。

「那，你們能不能先告訴他，他有病……」

「你——別考慮那麼多吧，集中精力想想自己的問題。」紀處長說完，出門走了。

再以後，他就給帶到這個七、八米大小的監號裡來了。

夜裡，他躺在硬邦邦的鋪上一動不動，腦子裡一會兒千頭萬緒，一會兒又是一片空白。直到天快亮了才朦朧睡了過去，一直到現在。

黑漆鐵門砰地響了一聲，他的神經緊張起來，望著那扇咧開了一道縫的牢門不知所措。

「四號，出來打飯！」通道裡，一個聲音高叫。

他連忙在屋子裡尋找了一下，在屋角找到兩只塑膠飯碗和一個塑膠洗臉盆，便端著飯碗從牢門口探出頭來。

通道一端，擺著兩個桶，旁邊站著一個身穿油膩黑布服的犯人和一個穿員警制服的看守，那看守對他又喊了一聲，「過來打飯。」

他走過去，看守問他：「昨天才來的？」又說：「以後，記著啊，每天早上八點半，下午三

點開飯，你看見自己的門開了就出來打飯，不要等別人喊，聽見了嗎？」

他說：「聽見了。」

伙房的犯人給他盛了一碗菜，他又在另一個桶裡拿了個大個兒的窩頭。

「拿兩個吧，可以拿兩個。」那位看守說。

「一個夠了。」他端著飯碗要往回走。看守又說：

「回去拿臉盆來打開水，動作快一點兒。」

等打完開水回來，電動牢門又鎖上了。他很艱難地就著那碗寡淡的菜湯把窩頭吞下去，他記得過去只是在學生時代去農村學農的時候，才吃過幾頓窩頭。

吃完了飯，坐了片刻，牢門砰地又一響。

「四號，出來。」

剛才出去打飯的時候，他已經看到，四號，是自己牢門上的號碼。

他出去了，走到通道的出口，一位預審員（他過去見過這個人）正哈著腰在桌子上填寫提票，填完，上下打量了一下他。

「哦，你就是周志明，走吧。」

出了監樓，穿過他窗外的那條路，來到預審樓。走進一間預審室，他第一眼就看到桌子後面，站著處長紀真。紀真對他注視了少頃，把手指向方凳，沉沉地說了一聲：

「坐下吧。」

十六

離打下班鈴還差半個多小時呢，追謠辦公室的人就已經撤得差不多了。段興玉剛剛鎖好辦公桌的抽屜，有人推開他的門，探進一張臉來。

「段科長，紀處長電話找你。」

「從局裡打來的？」他知道紀真從下午一上班就被甘局長召去談話，便一邊走向外屋的電話機，一邊隨口問了一句。

電話聽筒裡，傳來紀真死氣沉沉的聲音：「興玉嗎？」

「你還在局裡？」

「不，回來一會兒了，你到我這兒來一趟。」

放下電話，他原地呆站了一會兒，猶豫著是否要借這個機會，把那封寫給公安部的信拿給紀真看。那封信寫好已經在抽屜裡壓了快一個星期了，雖然大前天拿給大陳看了一遍，但在實際上，他還並沒有完全拿定主意，是不是真的讓它去見天日。

三一一案的是非帳到底該怎麼算，仙童山誘捕行動的失敗到底答由誰取，難道就這樣大事化小、小事化無，不了了之了嗎？雖然他並沒有直接參加仙童山的行動，但對這個案子的根由始末，來龍去脈，卻是一清二楚的。很明顯，對三一一案的失敗，稍稍有點偵查工作知識的人，都

不難找出其中的癥結。從那天和嚴君、周志明在他家裡談過話之後，他就動了寫這封信的念頭，他那天對這案子做的那一大段分析，實際上也是藉以整理一下自己的思想，事情越想越清楚，越想，就越能看出危機感來。三一一案的失敗所曝露出來的問題不能不令人憂慮，要是老這麼搞案子，偵查不講偵查的方針，審訊不顧審訊的原則，愚昧無知、毫無規格、阻塞言路、個人獨斷，怎麼能像整天叫喚的那樣，「無往而不勝」呢！

那麼這封信該怎麼寫，倒是很費了一番躊躇，未及提筆，已經幾易腹稿。他最初拉了一個大提綱，想盡量把情況反映詳細一點，觀點擺得透徹一點。試著寫了幾頁，結果全都揉爛撕碎了。因為他越寫越覺得，沒搞過這個案子的人，沒親身接觸過徐邦呈和甘向前的人，是很難通過這麼一封信來分清曲直，評斷是非的。於是他改了主意，現在定稿的這封信，字不滿千，除概括地講了幾句案件的梗概和眼下的結局之外，中心一個意思，就是希望部裡派人下來，認真總結一下這個案子的教訓，為今後戒，為他人戒！

信是私下寫的，到目前為止，只給大陳看過，大陳的反應完全在他的意料之中──驚訝，驚訝中帶點害怕，害怕中又帶點為難。

「哎呀，當初去局裡開會，只有你和紀處長參加了，你們是怎麼研究的，其實我也不清楚，對徐邦呈的審訊我又沒直接參加⋯⋯」

「啊，你放心，這信只署我個人的名字，不代表你。以後部裡要是真有人查下來，我當然會

說事前沒有給你看過，這你放心。」

「咳咳，那倒沒什麼，那倒沒什麼。」大陳尷尬地解釋著，「我的意思是，寫這種信，大概也不見得有什麼用吧。」

他收回信，臉色有些不快，用一種泛指的口氣說：「我怕的是，連咱們這個最講究認真的部門裡，也找不出一個認真的人了。工作上有什麼毛病，出了什麼事，只要牽扯了頭頭兒，就沒人願意出來說說話，較個真兒，大家都在糊弄，糊弄誰呢？還不是在糊弄國家！要說起這個，我倒要講句公道話了，周志明再有多大錯誤，這一點還是難能可貴的，他就講認真，是真心實意地盡責任，我不是給他鳴冤叫屈，你說是不是吧！」

「那是，那是。」說到周志明，大陳臉上的表情也變得真誠了，周志明被抓起來已經滿一個月，處裡越來越多的人開始在私下裡說他的好話了。可大陳的聲音依然放得小小的，彷彿深怕隔牆有耳似的，「我是說，你信裡講的什麼偵查的方針，審訊的原則這些話，有人會鑽空子，說你給十七年舊公安局的反動偵查路線翻案，不是我草木皆兵，事兒就是這樣，害人之心不可有，防人之心不可無，樹林子大了，你犯不上去沾惹那些惡鳥。」

大陳的口氣是很鄭重的，段興玉也不得不沉吟了一下，「當然，措詞上還可以再斟酌。不過，十七年偵查工作上的那一套，是不是一概不能用了，還是讓歷史來定論吧。」停了一下，他又一次聲明似的說：「這信，只署我個人的名字，絕不借用你們三一一專案組的名義，也不指名

道姓引用你們的觀點。知無不言，我作為一個基層公安幹部，向上級反映一點情況，總不為過吧。我之所以把信拿給你看，也無非是私下裡交換一下意見罷了。」

大陳遲疑片刻，索性挑明了態度，說：「我看，你也用不著署名，信遲早要轉下來，犯不著讓頭兒們記恨你。」

段興玉搖搖頭，說：「本來是光明正大的事，一躲躲閃閃地幹，反倒讓人疑心有鬼了。再說，知道三一一案情況的人一共沒幾個，他們要是查，還怕查不出來是誰寫的嗎？」

大陳似乎也意識到自己的主意實在不高明，不由得苦笑了一下。應該說，大陳還是忠厚的，偶爾使一點小詭計，也讓人覺得很拙。可他的忠厚又常常表現為安於現狀，能忍則忍，對這一點，段興玉是不大喜歡的。

那麼紀真呢？如果他把這封信拿給紀真看，又會得到怎樣一種反應？支持，還是反對？他早在啟筆動墨的那一天，就想著信寫成後要請紀真把關，行文的角度、口氣，都要向紀真討個分寸才好。那時他居然沒想到，紀真，畢竟也是這個案件的負責人之一，責任繫之、利害繫之，還能不能像自己這麼旁觀者清，實在是沒有把握的事情。而且，紀真在涉及到「十七年」的問題上，有著更甚於大陳的敏感，這一點也不能不考慮進去。

這樣一轉念，他決定不把信帶到紀真那兒去，於是空手出了門，往二樓的處長辦公室走去。

紀真獨自一個人坐在辦公室裡，瀰漫的煙氣幾乎把他的身子罩起來，段興玉走進屋子，他沒

有說話，甚至連低垂的頭也沒有抬起一下來，仍舊悶悶地抽煙，屋內的空氣，已經十分濁嗆。

段興玉在沙發上坐下來。在這一瞬間，突然覺得眼前的紀真，他的老上級，事業上的摯友，近三十年來共憂患同歡欣的知己，竟像一個全不認識的陌路人。

「甘局長和你談了？」段興玉打破沉默。

紀真把煙蒂慢慢地在煙灰缸裡碾碎，臉色晦暗，「談了。」

「下午局辦公室來了一個電話，」段興玉隨便把話頭扯起來，「讓我們明天去一個人到局裡，說是談周志明父親的事，電話是打到值班室的，值班員也沒問清楚。會不會是他已經知道了他兒子的事？不過，對他封鎖消息是醫生的建議，局裡當時也是同意的。」

紀真從皮包裡取出一張紙，默然遞給他，他一看紙眉上的幾個字，禁不住發呆了。

「死亡通知書？」

「我今天和甘局長談完，碰上局辦公室的人了，他們和我簡單談了談。」紀真蒼啞的聲音停頓了一會兒，接著說：「他父親的食道癌自從上個月確診以後，變化發展得很快，昨天早上咽氣的。」

長時間的沉默佔據了這間屋子。

「那，這份通知書，怎麼辦？」

「明天我到看守所去，交給他。」

段興玉覺得腦門上的血都凝固了，臉部直發僵，但他還是用了一種平靜的語氣說道：「他會受不了，我想他準會受不了的。」

「那也是沒辦法的事，總得讓他知道。」

「你知道嗎？這父子倆相依為命二十年……他受不了的。」

「唉——這也要怪他自己，如果不犯這個錯誤，也不至於連父親死了都不能見一面。」

「老紀！」段興玉聲音很低，但那格外深重的語氣使紀真不由地抬起眼來。「老紀，廣場這件事，還有我們對這事的處理方式，不光是他一個人想不通啊，我不相信你就真的那麼無動於衷。」

紀真半晌沒吭聲，但臉上的表情卻清晰無誤地默認了段興玉的話。屋裡一時又沒了聲響，只有樓外臨窗的一棵古槐傳來如泣如訴的絮語，落日餘暉映在牆上，被搖曳的樹葉攪成閃動的碎片，風，帶了些熱氣從紗窗裡撲進來，使人依稀嗅到一點兒夏天的氣息。

「對當前的運動，對廣場上的事件，想不通不要緊，轉彎子也允許有個過程嘛。」紀真低低地說：「但是行為上發生抵觸，性質就不同了。即便這麼說吧，他要是單單在廣場上應付差事，我也不會說什麼，連我，連咱們全處，甘局長都認為是在應付差事。本來嘛，搞那麼多人上廣場上去抓人，哪兒有那麼多壞人呀？可是周志明，怎麼那麼大膽子把密拍膠捲給曝了？我氣的不是沒能抓到人，悼念總理嘛，即便有點兒過火行為，也不見得非得抓起來。但是作為一個公安幹

部，自己想不通就這麼幹，得了啊？特別是一個偵查人員，使用這種手段，我不是指這件事的內容，而是指它的作法，這種作法對於偵查員來說是最可卑、最要不得的。興玉，咱們幹偵查快三十年了，這樣的事真還是聞所未聞，你也許能接受，我可接受不了。」

段興玉把憋在肚子裡的氣長長地呼出來，他放棄了同紀真爭辯的打算，換了個平緩的口吻，問：「這些天，審訊的情況怎麼樣？」

紀真搖搖頭，隔了半晌，問道：「你們科裡的同志有沒有發現他最近都和社會上什麼人接觸？」

「他可不是個交際廣的人。」

「唔——對。他們向陽院的主任和他是對門鄰居，也反映周志明平常在家挺老實，家裡也沒什麼人走動，可甘局長總想從他這兒抓點兒線索出來，唉！真是天曉得。另外，甘局長今天又提到了三一一案。他懷疑徐邦呈的逃脫和周志明有關，當然他也是以一事推一事……」

段興玉臉上微微冷笑，內心裡有一股子火氣一拱一拱地往上頂，恨不得摔點兒什麼東西才能發出來，但他的聲調仍舊平靜著。

「老紀，咱們都是幹了二十幾年偵查了，可甘局長呢，畢竟是半路出家。對三一一案究竟該怎麼看，失敗在什麼地方，咱們心裡頭還不明白嗎？捕前沒有偵查過程，審訊中指供引供，把自己的懷疑和成見全曝露給徐邦呈；對全部證據和全部情況又不做細緻的綜合分析，不讓大家發表

意見。什麼『三月計畫』、什麼『特遣分隊』、什麼『破壞批鄧』，全是鬼話。你沒有直接參加審訊，要是參加了，你也會看出問題來。我明白你當時把我調到追謠辦的意思，是怕我得罪甘局長，甘局長我倒是沒得罪，可你看這案子搞的，你們去邊境的時候我跟你說的那些話，不是應驗了嗎？結果比我們想的還要壞。從邊界的情況看，敵人完全是有準備的，是準備好了接應他脫險的。要講責任，甘局長首先應當負責，往下面一個小偵查員身上推諉，還講道理嗎？」

紀真微微點頭，說：「是嘛，我也向甘局長表示，不同意他的懷疑。你要說周志明在廣場事件上銷毀證據，那是板上釘釘，他自己也承認的。可徐邦呈的逃跑是不是也和他有關，話就不好這麼說了，沒證據嘛。這個問題甘局長倒也沒再堅持，不過總有點耿耿於懷的樣子。」

「甘局長今天找你，就為這個嗎？」

「不。他對我在預審處談的那幾條意見有看法，他認為周志明應該以反革命定性。其實，我說的那幾條，也不單是我一個人的意見，預審處的同志也是這樣看的，而且這個案子的審訊工作主要由他們負責。可甘局長偏偏把我叫去，說了許多莫名其妙的話，好像周志明出了問題，連我，連我這個處，也有問題了。」

「那對周志明究竟怎麼處理呢？」

「我還是跟甘局長爭了一下，周志明對廣場事件的看法，主要是個認識問題嘛，發展到犯罪的，還是他的做法，一個偵查人員做這種事的確是很惡劣的。我原來向預審處提的意見是勞動教

養三年，預審處後來定的是有期徒刑三年，今天甘局長又改成十五年，不過，不按反革命定性，只作為一般刑事犯罪處理這一條，他倒是同意了。

「十五年？」段興玉覺得自己張開的嘴都沒法收回去了。紀真沒理會他的驚愕，繼續說：

「甘局長又要把周志明也列入巡迴批鬥，我沒同意。周志明畢竟當過公安人員嘛，一巡迴批鬥就得講他的罪狀，一講罪狀就會影響公安機關的威信，引起群眾不信任，有副作用。我這個理由甘局長也扣不上什麼帽子，最後改為到全市公判大會上陪鬥，不單獨宣布他的罪狀。」

段興玉沒有答話，他望望窗外，天是灰暗的，屋子裡也是灰暗的，有幾粒燈光在越來越深沉的暮色中刺目地閃動，好像很遠，又好像很近。人在感到矛盾的時候，會同時感到空虛。他現在空虛得竟至弄不清自己到底應該何以為懷，他一向是喜歡周志明的，這不僅因為他的能幹好學和俊美的外貌，而主要是喜歡他那忠厚為人和文靜的性格，誰又能料想這樣一個老實孩子居然做出了這麼一件叫人吃驚的事兒呢？就這件事的內容來說，他是能理解他的，甚至也能把自己的同情放在他一邊，就這個事的做法來說，他也不像紀真那麼深惡痛絕，因為作法總歸是為內容服務的。他現在仍然覺得周志明是一個可愛的人。他不敢想像，明天周志明在看到那張「死亡通知書」的時候，該會怎樣。這小夥子並不是一個非常剛強的人，也太重感情，他唯一的親人，二十年終日廝守的父親，死得那麼孤獨，而他卻不能伏在屍體上哭上一聲。人間可憐事，莫過於此吧。段興玉的眼睛有些濕了。

他重重地吐了口氣，無心再談下去，把目光從窗外收回來，對紀真悶悶說道：「時候不早了。」

紀真神形委頓地站起來，穿上他那件舊了的風雨衣，說：「走吧。」

兩個人的腳步聲在靜無一人的樓道裡響起來，下樓梯的時候，紀真突然憑空嘆了口氣。

「唉——馬局長給弄到自新河農場當副場長去了，像我這類幹部，怕是更不行啦，到了急流勇退的時候啦！」

以前他也發過類似的感嘆，但不過感嘆而已，而今天的聲調中卻能讓人觸到一種切切實實的悲哀和無可奈何的自棄。段興玉沒有說什麼勸慰的話，對一個喪失了衝刺力的人，勸慰也是一種自欺欺人。

大門口的風又稍猛了一些，捲起些細沙，面皮上麻蘇蘇的有點難受，紀真把脖子縮在支起來的風雨衣的領子裡，臉上映著路燈慘愁的光，更加像個顫巍巍的老人了。

「興玉……今天，今天我們的話就算沒說吧，我知道，你嘴緊。」

他點點頭，目送著紀真佝僂的背影消失在夜霧依稀的路口，然後返回身，又走進大門裡來。

他要去辦公室拿出那封信來，他決定今天晚上就把它發出去。

十七

在段興玉到紀真屋裡進行那場沉悶的談話的時候，嚴君隨著下班的人流走出了機關大門。

這麼些天了，總好像有什麼事不順，心裡頭總是無著無落地懸著，不通不暢地堵著，不舒服，煩！

街上，正是人來車往的高峰時間，公共汽車拖起長長的陣列，一輛一輛緊挨著擠在十字路口，喇叭的鳴叫聲、沸騰的人聲、自行車的鈴鐺聲一片交響，高居在交通崗樓裡的民警時而通過高音話筒把生硬的諷刺和申斥壓過一切聲音，參加進路口的喧嘩中來。她艱難地穿過被汽車的洪流和自行車的海洋封鎖的馬路，幾乎是拼命地擠上了去幸福南路的無軌電車。

今天中午，在從看守所回來的路上，她的自行車放了炮，扔在街口的一個小修車鋪子裡了，真是什麼都不順！

自從三一一案被擱置以後，她這是第一次去看守所，值班的杜隊長是個熟人，一見了她就用大大咧咧的公鴨嗓兒喊起來，聲音幾乎要傳到通道裡去了。

「呵！今兒個是穆桂英單騎出陣啊，怎麼就你一個人來啦，帶提票了嗎？」

杜隊長愛開玩笑，敢於當著女同志的面說粗話，她一向避免和他過分廝熟，所以只簡簡單單地答了一句：「送東西。」

「什麼東西？衣服，給誰送的？」

「就是原來在我們處的那個。」她把帶去的衣服放到辦公桌上，「我們從他家拿來的。」

「呵，你倒成了他的家屬了。」

她知道這是一句玩笑話。看守所的成規，未決犯是不發囚衣的，一應必需的穿戴及用物照例要由家屬送來。她無暇細心考究這個玩笑是否過分，在聽到「家屬」二字的瞬間，一顆心忽地提了上來，在嗓子眼兒裡咚咚直跳。

「我可沒那個福氣。」她低聲地說了一句，杜隊長當然是會當做反話來聽的。

杜隊長清點著衣服，她裝做隨口無心地問道：「他關在哪一個通道啊？」

「左邊第六個，現在都放風去了。」

一個念頭突然跳出來，躊躇了片刻，她把語氣放得親熱多了：

「老杜，帶我去看看放風的地方行不行？我還沒見過放風什麼樣呢。」

「這有什麼難的，待會兒我領你去。」

在監區的西角，四面高高的紅牆圍起一個小城堡似的建築。看守所和監獄不同，所押的都是沒有審決的人犯。某些未決犯是不能互相接觸的，所以這個放風的地方就很特別。紅牆中間有一扇掛滿黃鏽的鐵門，鐵門進去是一條細長筆直的通道，通道兩邊能看到一個挨一個的「放風室」的門。他們當然不走這條路，而是從旁邊一扇小門進去，憑一條狹窄的樓梯上到了「小城堡」的

頂部。幾個帶班的隊長正在城郭的一圈走道上監視著下面放風的犯人，其中有認識她的，便過來打招呼。從這兒俯瞰下去，放風室是露天的一片方格，恰似一個象棋的棋盤，中間那條通道便是「界河」。她沿城郭由東往西走，每個約有十來平米的放風室都有一個犯人待在裡邊，或像瘋子似的來回走動，或像傻子似的蜷縮一隅，但是多數人都站在斜射在方格內的一塊陽光下，仰臉眯眼地像是很舒服。她從東頭走到西頭，臉上一副漫不經心的表情，而實際上卻是在緊張地尋找他，可是沒找到。她正打算再到對面城郭上去看另一面的放風室，走了幾步卻又驀地收住了腳，她突然意識到自己在幾個白制服員警的陪伴下這麼走來走去，實在有點兒像個巡視古堡的「女總督」，不，她不能叫周志明看到她這副居高臨下的樣子，況且，即便是見了他，她也不能向他表示些什麼，一點兒也不能，她和他都會難堪，那樣還不如不見的好。

「怎麼樣，還看嗎？」

「不，不看了，我想回去了。」

「不看就不看，反正那一面和這一面一個樣。」

她向那一面望了一眼，喉嚨裡鹹鹹的。

電車停住了，不知道得在這個站上耽擱多久，嚴君算了一下時間，施肖萌大概已經早到了幸福南路了吧？

「別扒了，下一輛車馬上就來了，坐下一輛吧！」售票員無效地喊叫著。嚴君擠在人群中，

四面都是牆一般的胸背。慢慢熬著，直熬到車門砰地發出聲響，電車才又開動起來。

「下一站，幸福南路，沒票的在車上買啊！」售票員威脅性的聲音從頭頂上新安裝不久的有線喇叭裡傳出來，很像電話裡那種失真的音調。

幸福南路是嚴君回家路上換車的地方，所以她才在電話裡把施肖萌約到那兒去，那兒離神農街也是挺近的。

施肖萌在電話裡的聲音比售票員的喇叭還要失真，在她沒有通名之前，嚴君似乎是憑了一種靈感聽出她來，但仍然故意問了一句：

「你是誰呀？」

「我是他朋友，如果他不在，勞駕你給我找一下那個姓嚴的女同志行嗎？好像叫嚴君。」

「我就是嚴君，你是施肖萌？」不知為什麼那一刻她心情很敗壞，是女人的嫉妒嗎？

「你就是？喂喂，你是嚴君嗎？」電話裡的聲音急促起來，「我給他打了三次電話了，都找不到，他是不是又出差了？」

「你，什麼都沒聽說嗎？」

「沒有，怎麼了，出什麼事了嗎？」

「現在……」她看了一下四周，小陸很警惕地在旁邊瞅著她。

「現在沒法說，晚上七點鐘吧，你在幸福南路的十三路無軌電車站等我。」

「幸福南路，七點。」施肖萌很不安地重複著。

嚴君把電話掛上，胸口壅塞著一股無法排遣的氣悶和委屈，那張逮捕證，由她親筆填寫的逮捕證，還有施肖萌那理直氣壯的聲音，「我是他朋友，他朋友……！」在眼前晃著，在耳畔響著，她閉上眼睛，一動不動……

「約的是誰呀，保密嗎？」

耳邊響起一個故意輕描淡寫的聲音，她睜開眼，瞥一瞥踱過來的小陸，冷冷地說了一句：

「我朋友。」

「什麼，你什麼時候有朋友了，我怎麼不知道？」

她算是找到了一個出氣筒！「怎麼，我找朋友還得在你這兒備案嗎？」

小陸愣了一下，「隨便問問，幹嘛那麼大肝火呢。」他訕訕地走開了。

電車的速度慢下來，頭頂上的喇叭又開始叫：「幸福南路到了，先下後上啊。」

「下車嗎？」

「換一換。」

「都下，這兒下的人多。」

車門開了，她沒怎麼用力擠就雙腳懸空地被一大坨下車的人裹了出去。

這兒是個交通樞紐，人多、車多。她站在路邊喘了口氣，略略整理了一下頭髮，舉目四望，

發現施肖萌已經站在了面前。

「小嚴。」

「你早來了？」

施肖萌志忑不安的臉上生硬地擠出一絲禮節性的笑容，「車很擠吧？」

「還可以，我們往那邊走吧，我要到那兒換車。」施肖萌跟著她往前面的車站走去。

「他沒出差呀？」

「沒有，他……被抓起來已經一個多月了，你一點沒聽說嗎？」她站下來。

「什麼？」施肖萌睜圓了眼睛，瞳孔好像一下子放大了幾倍，「為什麼？」她的聲音發抖，

不知道是難過還是恐懼。

「因為，他包庇了廣場上鬧事的反革命。」

施肖萌像沒聽見一樣，聲音猛然放大，淚水隨著湧出來，「為什麼，為什麼！」

她望著那張掛著眼淚的臉，的確是一張很美、很單純、很善良的臉，一張令人不忍嫉恨的臉。是的，她不應該，從道理上不應該嫉恨她。你既然愛一個人，就應當尊重他的願望，服從他的選擇。是的，女人，女人有這樣的胸懷是不容易的，可對於一個愛別人而肯於犧牲自身的女人來說，應該是容易的，從道理上講應該是容易的！

「別哭，這兒人太多。」

「不，他不是壞人，不是反革命。」施肖萌的情緒略略壓制下來，「你們總該瞭解他，一起工作這麼久，總該替他說說話。」

她胸口堵了一大堆話要說，卻忍住了沒說，近兩年的公安幹部的生活，使她懂得該怎樣克制和謹慎了。

「我該走了。」她本來還想說：「你別對人說我告訴你什麼了。」但沒有說出來。她絕不在施肖萌面前顯得這麼膽小怕事！

施肖萌緊隨了幾步，「他現在在什麼地方，怎麼才能見見他呢？」

「在押犯在預審期間是不能會見親屬的，連通信也不行，何況你也不是他的親屬。」她現在的口氣幾乎是冷酷的。

「你是公安局的，你幫幫忙，讓我見見他。」

「……」

「我不會連累你，有沒有什麼辦法？……」

「連我都見不到他，」她的心一下子被施肖萌流出來的和自己吞下去的淚水泡酥了，「……過幾天，可能有個公判大會，如果有他的話，我看能不能給你找張票吧。」

走到公共汽車站跟前，施肖萌仍舊隨在身邊，但是再沒有說什麼。車來了。

「那我怎麼找你呢，還打那個電話？」

「你最好別再往我們那兒打電話，我找你吧。」她擠上汽車。

「謝謝你啦，小嚴。」

她聽到這句充滿真摯感激的致謝，車子開走了。

下了車，她拼命地往家跑，她不願意也不能再憋下去，再忍下去，只想快些回到自己的小

屋——那塊完全屬於自己的小小空間裡去，哭！

她要痛快地哭！

十八

雨，斜斜地飄灑，似剪不斷的銀絲，拖拉機的鐵皮拖斗裡已經被洗得精濕。他覺得冷，縮成一團的身體微微地打抖，腕上的手銬冰涼沉重，儘管同車的犯人把自己的一塊不大的綠色塑膠布慷慨地勻了一半在他的肩上，他還是覺得貼身的襯衣已被雨水透入，涼絲絲地貼在腰間，不知棉被怎麼樣，坐在屁股下的被袱捲想必也早已濕了。

這部帶拖斗的拖拉機下午三點從自新河農場的場部出發，已經在泥濘中蠕動了一個多小時了，一路的稀泥、坑窪幾次使它險些拋錨，兩個坐在駕駛臺陽篷下的人卻滿不在乎地一路說笑，笑聲在沙沙的細雨裡顯得格外響亮。駕駛員是個年輕人，周志明始終沒有從正面看清他的臉，坐在他並肩的那位三十多歲戴眼鏡的人，倒是時時回過頭來看一眼身後拖斗裡的兩個犯人，駕駛員有時叫他老常，有時叫他常文樹，這大概就是他的名字吧。

周志明的身體憑了車身的劇烈顛動來回搖擺著。延目遠方，茫然眺去，在鏟平的田野盡頭，地平線上，一抹黛色山脊浮沉於雨霧空濛之中，他也辨不出那山的遠近。耳邊嘎嘎啦啦的柴油機的響聲和幾乎被它淹沒的簌簌的雨颼交匯成一種單調而又有點兒蒼涼的音響，從這音響中，他似乎能夠想像出前方的目的地是怎樣一種色調的世界，他將在那裡度過十五個漫長的冬春，這本來應該是人的一生中最燦爛的年華，他真不

知道能不能在那裡找到自己的寄託和快樂。雨線雖然是款款細細地飄來，他卻感到像一片麻亂的鞭抽，他不想哭泣，生氣枯竭的眼睛是乾涸的，但是，從臉頰上流下來的雨絲卻渾若一片淚水，彷彿一直滴到了心裡。

「嘿，快到了。」與他合披一張塑膠布的犯人向前方張望著。他大約四十來歲，乾巴巴的臉盤上極不協調地鼓出一對肉腫的眼泡，剪光的腦袋上剛剛長出些毛茸茸的刺兒，還遮不住青虛虛的頭皮，他是跟隨那個常文樹到場部一起去領一批鐵鍬和他這個新來的犯人的。他用粗筋曝露的手指著遠處，「喂，看見那個磚窯了嗎？是個報廢的舊窯，現在的新窯還得往西。」

順著他手指的方向往前看，在荒蕪的曠野上，一座行將倒塌的土窯的輪廓越來越清晰地映入眼底，土窯的周圍，取坏土留下的大坑已是一片澤國。周志明把視線收回來，向自己的同伴瞥了一眼，問道：「你在這兒很久了嗎？」

那犯人抹了一把臉上的雨水，說：「六八年進來的，本來到今年七月份就滿期了，可是不小心又犯了個錯誤，剛剛加了三年刑。你呢，犯的什麼錯誤？」

「我？也沒犯什麼錯誤……」他出語躊躇地說。

「沒犯錯誤？沒犯錯誤到這兒幹嘛來了，跟你說，往後可別這麼說話。」老犯人善意地告誡著。

「預審的時候我就是這麼說的……」

「得了。」老犯人戒備地往駕駛臺瞟了一眼，「甭找那份不自在，你多少年呀？」

「十五年。」

「呵，夠重的，怪不得進了場還不摘銬呢。你還不到二十歲吧？」

「二十多。」

「二十多啦，呵，長得倒是副學生樣，你看我才四十，可人家一看都以為五十多了呢。我叫卞平甲，六班的，你叫什麼？」

「周志明。」他猶豫著，很想問問磚廠的情況，又不知該從何問起，好容易憋出了一句：

「到磚廠，幾個人住一屋？」

「幾個？」卞平甲笑了笑，「二十幾個！大通炕一排。」又說：「看你這樣兒，準是從小嬌生慣養的，大概從來沒受過委屈吧？」

「我，我爸爸打過我。」他眨眨眼，很認真地辯白，聲音不覺響了一點，冷不防坐在駕駛樓上的常文樹扭過頭來喝斥道：「你們嘀咕什麼？老實待著行不行！」

卞平甲背對著駕駛樓，衝他擠了下眼，兩個人不作聲了。

小時候，父親是打過他的，因為只打過這一次，所以印象特別深，那次他在鄰居家玩兒，親眼看見那家的保姆失手打碎了一件青花古瓷瓶，那保姆怕了，一口咬定是他打的。主人心疼不已，父親只好當眾揍了他一頓屁股，又在家裡關了一個星期天不讓出門。此時想起這件尿布時代

的倒楣事，周志明心裡倒油然生出一種非常溫暖的感情。

雨停了，拖拉機離開大道，拐了兩個彎，在一塊不大的空地上停下來。這是個破損的籃球場，場地已經被橫七豎八的車轍和凌亂的腳印弄得爛糟糟的，一個自製的籃球架歪歪吊吊地廢置在一邊。不遠，有一排低陋的平房，汙濁的紅磚牆顯然經歷了年深日久的風剝雨泡，留下坑坑點點的殘蝕痕跡，不堪入目，門窗也是七拼八湊，破破爛爛，周志明沒猜錯，這該是磚廠的廠部了。

常文樹打開他的手銬，指揮他和卞平甲把領回來的幾大捆鐵鍬從車上運下來，放在平房的房檐下，然後領他們走進了一間不大的屋子，指指一個滿是塵土的條凳，說了一句：「在這兒等著。」便又出去了。

他看了看抱在懷裡的被袱捲，還好，濕的不大。腳上沉甸甸的，他正想搓著兩腳把鞋上的厚泥板搓下來，被卞平甲拉住了。

「別，你把泥巴弄隊長屋裡，不是找不自在嗎。」他笑笑又說：「這兒有句順口溜，『自新河，三件寶，蒼蠅、蚊子、泥黏腳。』再沒有哪兒比這兒的土更黏了，一下雨，門都出不去。」

正說著，屋子背後不遠的地方，猝然幾聲哨鳴，接著便聽到一個人在高腔大嗓地講話。卞平甲說：「今天下雨不出工，晚點名就提前了。」不一會兒，一陣亂哄哄的歌聲傳過來：「無產階級文化大革命，就是好，就是好呀就是好……」說是唱歌，不過是一種失諧的嘶叫，周志明的心

尖直抖，不住地想：「他們都是些什麼樣的人哪？……」

門開了，一個四十多歲的胖胖的幹部跟著常文樹進了屋。那人看了一眼周志明，用細綿綿的聲音問常文樹：

「就是他呀？」

「就是他。準備分到六班去。」

「噢！」那人指指卜平甲，「你先把他帶回去吧。」

常文樹領著卜平甲走了，屋裡只留下周志明和那胖子。從剛才他和常文樹說話的口氣上，周志明已經聽出他顯然是一位負責幹部，便不由抬起眼打量了一下。

這個人矮矮的個頭，相貌不老，肚子卻已顯眼地腆了出來，後頸上肥嘟嘟疊起的肉褶，使他在轉動腦袋時十分不靈便。他泰然在屋裡唯一的那把靠背椅上坐下，眼皮懶懶地抬起來，問道：

「知道這是什麼地方嗎？」

「磚廠。」

「還是什麼？」

「……」

「這兒僅僅是個磚廠嗎？」

「是監獄。」

「唔，知道就好。你的罪行是嚴重的，性質是惡劣的，你也當過公安幹部，我想你應該明白你的改造任務比別人更艱巨！」

周志明沒有同他爭辯，爭辯只能給自己帶來麻煩，他不答話，卻把眼睛垂了下去。

「你還很年輕嘛，在這裡只要服從政府管教，認真改過自新，在自新河裡把醜惡的思想、醜惡的靈魂洗洗乾淨，是可以爭取減刑的嘛！」

又說了幾句簡單的、威德並重的訓導，這位胖胖的領導便叫來一個人領他去監區。監區就在廠部的背後，隔著一條斜坡路，用白圍牆圍起的一個長方形大院。院裡東西相對長長的兩排監舍，朝南一面，在黑色院門的兩側，是幾間隊長辦公室和值班室；朝北一面，是伙房，房頂上鐵鏽斑駁的菸筒裡正噴吐著渾濁的灰菸。

進院門的時候，周志明並沒有發現荷槍而立的崗哨，只有一個精精神神的老頭子從門邊亭子般的小房裡探出頭來，同領他的那個幹部點頭打了個招呼，便放他們進去了。

那幹部拉開西邊的一個監房的門，讓志明進去，跟著衝裡面喊了一聲：「田保善，給你們六班加個人，你給他安排一下鋪位。」說完，門一關，走了。

他拎著行李捲，呆呆地站在屋門跟前的空地上，首先感到的是一股熱烘烘的酸臭氣味，因為光線很暗，他不得不用力睜大眼睛來打量這個今後長久的生存空間。

這是個二十多米的房間，沿著南北兩面牆，用磚頭搭起了兩排齊膝高的木板鋪，只給整個屋

子留下一條窄得轉不開腰的走道，木板鋪上，大約有十幾個犯人懶散地歪靠在各自的被子垛上，一個左頰上帶著塊可怕創疤的中年犯人用不正經的笑眼直盯著他，使他立時生出一種毛骨悚然的感覺。

「喲呵，來了個英俊小生。」那人一邊從鼻孔裡掏出些東西來在指尖上揉著小團，一邊狎浪地笑著。

其他人都不作聲，只拿眼睛渾身上下地打量他。

「我睡在哪兒？」他儘量低聲下氣地問。

牆角傳來一個沙啞的聲音：「鄭三炮，你往牆裡挪挪，回頭叫杜衛東再挪這邊一點兒，讓他睡你們中間。」

那個被稱做鄭三炮的，是個五短身材的犯人，很不情願地把自己的被子往牆裡推了兩下，橫起臉上的肉稜子罵：「媽了個蛋，好不容易鬆快兩天，又往咱們班塞人。嘿嘿！你這是什麼呀，是水還是尿？」他指著志明褥子上的一大塊水漬，厭惡地問。

「是雨淋的。」志明趕快說：「現在雨停了，我到外邊晾晾去。」

「你湊合著睡吧。」牆角的啞嗓子說：「不到星期四，外面不准晾東西。」

周志明躬身上床，把被子捲打開來，塞在指定給自己的位置上，又默默地換著濕衣服，他能感覺到犯人們全用冷漠的目光望著他，不由得身上直起雞皮疙瘩。一個犯人打破沉默，用厚厚的

鼻音最先說起話來：

「媽的，雨又停了，今年就沒下過長雨。」

犯人們的注意力於是從他身上轉移開去，一個粗粗的聲音接著說：「還是去年那場黃梅雨過

癮，足一個星期沒出工。」

一個老一些的犯人說：「沒出工是沒出工，可也蓋了一個星期綠毛被子，也不是好滋味，再

說一出去就是一腳爛泥，洗都沒法洗。」

鄭三炮叼起一根壓扁的菸捲：「你們城裡人，不是說的，全是假乾淨，我在南州市最高級的

澡塘子裡洗過澡，那裡面有個大池子，好嘛，那水，甭提多髒了，上面浮了一層白沫子，呵！你

們沒看見，要看見，非吐了不可。你們城裡人可不在乎，恨不能連腦瓜子都泡裡頭。」

「泡澡、泡澡嘛，不泡怎麼行。」臉上帶疤的犯人很在行地說。

「你嫌髒，不會別下去，沖淋浴不就完了。再不然，靠牆邊還有好多洗臉池，你就在那兒洗

嘛。」年長的犯人是一副很耐心的神情。

「可不是嗎，我就找了個洗臉池，在牆角那兒，就是太淺太矮，洗著不得勁兒，大洗臉池別

人又都占著，就這個空著。嘿！我擰開龍頭剛洗沒一會兒，過來一個人，不讓我洗，說他要撒

尿，我他媽洗澡礙你撒尿什麼事了，這不是神經病嗎？」

「啊呀！」年長的犯人突然悟出點兒味兒來，「你是不是把小便池當洗臉池了？牆角的，這

麼矮，這麼淺是不？那是小便用的！」

「哈——」犯人們粗野地齊聲大笑起來。

「能洗就成唄，臭講究。」鄭三炮訕訕嘟囔著。

這時候，下平甲同另一個年輕犯人端著兩個飯盆從外面走進來，犯人們轟一下爬起來圍上去，照盆裡看了一下以後又慢慢地退下來，快快地罵：「又是媽的臭蘿蔔。」

那個打飯的小夥子把盛窩頭的盆子往地上一蹲，罵罵咧咧地在門檻上蹭著鞋上的泥巴，「鬼地方，伙房門口都快拔不動腳了，我操……」他突然發現了通鋪上多出了一套被褥，「怎麼回事，怎麼又給我這兒擠一個？」

一個犯人咬著窩頭說：「田頭兒叫他睡那兒的。」

周志明一邊繫著扣子，一邊在那張似曾相識的臉上注視了一下，竭力在記憶裡搜索著。

「小夥子不吱聲了，目光敵意地斜了周志明一眼，眼珠子忽然凝止不動了。

「咦，你不是南州市公安局的嗎？」

「你不認識我了嗎？」年輕犯人用筷子杵起一個窩頭，在他臉前陰陽怪氣地晃著，「在十一廣場觀禮臺底下，咱們見過面兒，還多虧了你呀，要不，我還吃不上這份窩頭呢。」

全屋的人都不約而同停止了嘴裡的咀嚼，驚訝的、冷漠的、仇視的和嘲弄的目光一齊投向他。

「公安局的？」鄭三炮捧著菜碗，蹓躂著湊過來，「真新鮮，怎麼到我們這兒來了。」

「便衣！」年輕犯人惡狠狠地努努嘴，「咱哥們兒就是這小子抓進來的。」

周志明一下子想起來，這年輕犯人就是他和馬三耀在廣場事件時抓住的那個小偷，叫杜衛東。他直視著那張冷笑的面孔，皺眉說：「你到這兒改造這麼多天了，怎麼還那麼流裡流氣的？」

「喲呵，像個公安局的啊，哈──」犯人們怪笑起來，鄭三炮嘴張得老大，幾乎能看見那血紅的嗓子眼兒。

牆角那個沙啞的聲音威嚴地咳了一聲：「快吃飯吧，今兒咱們班倒泔水。」這句話使杜衛東沒能發作，尷尬地哼笑兩聲走開了。

卞平甲遞給他一碗煮蘿蔔，兩個窩頭。他經過一天的路途顛簸，肚子早就癟癟的了，黃澄澄的窩頭還是溫的，散發著誘人的香味兒，他剛進看守所那幾天，每口窩頭都得在嗓子眼兒裡打幾個滾兒才能咽下去，而現在他不但能大口吞咽，甚至已經能從中嚼出一種甜味來了。他接過窩頭，就著菜湯，坐在床沿上大口吃起來。

犯人們吃起飯來是很專注的，屋子裡除了咕唧咕唧的嚼咽聲和稀溜稀溜的喝湯聲之外，再沒有什麼人說話了。杜衛東最先吃完，把兩只碗重重地摞在一起，巴咂兩下嘴，說：「操！沒吃飽。哎，林士傑，今兒又沒幹活，你吃得了倆嗎？」

林士傑嘴裡正嚼著，臉上的疤痕一上一下地運動著，見杜衛東要打他的主意，忙用手護住碗裡剩下的一個窩頭，一連氣地聲明著：「怎麼吃不了，怎麼吃不了，我還不夠呢！你和公安局那孩子不是老相識嗎，還不讓他勻一個？」

杜衛東的眼睛果然盯上了周志明碗裡擺著的一個窩頭，冷丁一筷子戳過去，窩頭就插在了他的筷子頭上，狠著勁咬一口，才衝志明笑著說：「怎麼樣，咱們倆實行共產主義吧。」

志明完全給弄愣了，好半天才悟過勁來，雖然被拿去的不過是一個窩頭，但這種當眾受辱的羞恥感甚至比拉他上萬人大會上示眾還要難以忍受。他狠狠咬住腮幫子沒發作，在這樣一個完全陌生的環境裡，他也不知道該如何發作，鬧起來又會有什麼後果，何況將來既要同這幫人長期生活在一起，關係就得設法搞好才行，否則何以自處呢？想到這一層，他索性順水推舟地把人情送了過去。

「你吃吧，我吃一個就夠了。」

對他的忍讓，杜衛東顯然沒有估計到，倉猝中竟也稀裡糊塗地點頭「啊」了兩聲，算是領情了。周志明看出周圍的犯人都露出發呆的目光，他們原來大概是準備好了要大打出手的吧？他想起去年看到的一份公安局內部發的通報，那是馬局長在市南分局搞整頓試點中調查的一樁老犯人壓迫虐待新犯人的事件。在市南分局的看守所裡，新犯孝敬和服從老犯是條不成文的法規，這條習慣法是依靠老犯人集體的武力來維持的，很有點兒像李伯元在《活地獄》那部小說中所描寫的

清代監獄的弊惡。所不同的，是以老壓新的具體內容有所變化，現在當然不會有勒索「孝敬錢」和叫新犯睡在馬桶邊上的事了，但是搶飯扣飯，睡覺挨擠卻是司空見慣的現象。他記得當時看完了這份通報後，還就「新犯人為什麼不去找看守人員告狀」這個問題和大陳辯論過，「幹嘛受這份氣？告他們嘛！」他當時那種憤然不解的議論言猶在耳，現在竟也做為一個新犯人在體會屈服的滋味了。「你是用一個公安幹部的心理狀態來看問題的，犯人可不一樣，就是那麼個受制於人的地位，自我感覺和一般人就不同嘛，他們才不願多惹什麼事，都是抱了能忍且忍的宗旨。」現在看來，還是大陳說得實際。

屋角沙啞的嗓門又響起來：「有水嗎？怎麼不打水去？」他這才注意地循聲望去，在靠北牆牆角的被子垛上，歪斜地坐著一個五十多歲的老頭兒，和他蒼老喑啞的聲音正相反，他有一副骨骼寬大的臉盤和魁梧的身軀，又圓又小的眼睛深陷在隆起的眼眶骨裡，眉毛既濃且亂，如兩撇乾草堆在額上，乍看上去像個精力極壯的大猩猩，只有眼角撒出來的魚尾紋兒和開了頂的天堂才顯示了他的實足年齡。

杜衛東懶懶地站起來，走到門邊的水桶跟前，剛要拎起來，鄭三炮用匙子噹噹敲著碗邊，說：「傻小子，今天你有接班人啦。」杜衛東先愣了一下神，然後會意地看了志明一眼，臉上登時掛出老犯人的倨傲，用腳踢踢水桶，空蕩蕩的水桶發出噹噹的響聲。

「嘿，打水去。」他衝志明發號施令。

志明沒說什麼就從鋪板上站起來，走到門邊，提起水桶。

「在哪兒打？」他臉上像燒了火，他恨自己的卑屈和下賤！

「出門，往北走。伙房前面。」

卜平甲走過來：「我陪你去，我告訴你在哪兒。」

一出門，卜平甲便熱心地把院內的一些諸如廁所、水池一類的公用設施指點給他，又把監區裡的一些規矩關照給他。自從和卜平甲相處以後，他潛然覺得他和其他犯人不同，所以在無形中對他產生了一點兒信賴感。他一邊聽，一邊頻頻點頭，對卜平甲的每一句話都報以感激的表情。

「這幾間房子是放工具的。」卜平甲嘴不停地說著，「這間也是。怎麼著，鬧了半天你也是公安局的呀？對了，你還沒告訴我你是因為什麼折進來的呢！」他突然壓低聲音，「是不是和十一廣場事件那批人一回事？」

他若明若暗地點點頭，岔開話題，問道：「那邊那間小房是幹什麼的？帶鎖的那間。」他把手指向大院牆角下的一扇隱蔽的小門。

「那間呀，你想進去住兩天嗎？我還在裡頭住過一天哪！」

「什麼？」

「反省號。」

「你進去反省過，為什麼？」

「咳！那次才叫不值，我剛來頭一天，晚上點名，于教導員把我的姓念錯了，卞字念成了卡字，我沒答到，他問我為什麼不答到，我說我姓卞不姓卡，可于教導員把那字也能念卞也能念卡，說我是有意犯葛，就這麼著，讓我蹲了一天反省號，倒正好，省得我幹活了。」

「咱們這兒都幹什麼活？」

周志明想了一下，「你說的于教導員，是不是剛才胖胖的那個，說話細嗓門。」

「做磚呀，咱們班是管往機器裡運土的，你推過那種獨輪車嗎？可不好推呢。」

「對，就是他，他叫于中才，磚廠的第一把手。」卞平甲又把聲音放低，「其實原來是六分場園林隊的一個工人，前幾年亂的那陣子，他一個人組成了一個戰鬥隊，叫『一棵松』戰鬥隊，算出了點兒標新立異之名，後來就參加到全場大聯籌裡去了，出來就當了磚廠教導員。」

「那個，常文樹，他是幹什麼的？」

「就剛才領咱們回來那個？他叫常松銘，咱們磚廠的文書。」

「文書？我還以為他叫常文樹呢。」

倆人沉默片刻，卞平甲看著他，嘆口氣，說：「小夥子，十五年，夠熬的。咳，其實想開點兒，也沒什麼了，熬出去你還不到四十歲嘛。」

「四十歲……」周志明不由打了個寒戰。

十九

一進了六月份，天氣便明顯地熱起來，被太陽曬了一整天的路面像個大火炕似的直冒虛煙兒，到了晚上下班的時候，暑氣還沒有退盡。

嚴君騎車子出了機關大門，此時此刻，她的心情壞極了，就像一個受了委屈的孩子，恨不得馬上撲進母親的懷裡哭一場。

公安部派來的三一一案調查組上個星期五到達了南州市，一到，就被局裡接進惹人注目的南州飯店住下，並且配上了一個頗為龐大的接待班子。宴會、遊覽、和局長們的互拜，然後又是市委領導接見，日程安排得緊湊而又周到，耽擱到第四天，才下到五處來。調查組到五處的當天，就召開了有關人員的會議，當眾宣布了四條，這四條毫不留情地撕破了嚴君很久以來一直保留在自尊感上的那塊神聖天地，她終於明白了，在她理想中純而又純的公安機關裡，也有人人自危的時候。

第一條沒什麼，無非是說調查組下來的任務和宗旨：專案專查，不把潛入特務徐邦呈脫逃的原因查個水落石出，誓不收兵云云；第二條，嚴君就有些不明白了，調查組是受部領導的委託而來，但調查工作卻講明是在南州市公安局黨委的統一領導下進行。黨委是誰？是三一一案的負責人甘向前呀，這豈不等於說，甘向前領導著調查組來審查他自己嗎？這樣一來誰還敢說話？第三

條也叫人不舒服，是希望大家認真回憶、大膽揭發、主動坦白、不准串聯。名曰「希望」，實則命令，口氣是相當嚴厲的；最叫她接受不了的是第四條：所有和三一一案有關的卷冊、文件，甚至連個人的工作筆記本，一律交出封存，不許片紙遺漏，就跟防賊一樣，彷彿他們這些偵查員當真都有塗改和銷毀這些證據的危險似的，這算什麼事呀！

接下來，就是開會，發動大家揭問題，擺看法。參加會的，除了他們承辦三一一案這個小組的成員外，連幾個當時幫過忙或者知道點情況的幹部，也被提拎來了。紀處長垂著頭，一言不發，調查組的人更是面孔僵硬，一腦門子官司，嚴君坐在牆角，心裡真是委屈透了。

那個會的氣氛，從一開始就是非常緊張的。因為信是段科長寫的，他當然要先說。

「我的觀點，信上已經寫明瞭，導致這個案件失敗的原因盡管是多方面的，但主要是我們自己判斷指揮上的失當，這個失當，又是由一系列偵查工作的漏洞和審訊工作的錯誤造成的。現在，人已經跑了，損失是沒法兒挽回了，我寫信的目的，不過是想引起各級領導的注意和警覺，偵查工作像這樣子幹下去，不打敗仗才見鬼呢！」

「那麼你說該怎麼幹呢？」甘向前橫著插過來一句話，把嚴君嚇了一跳，心忽地提到了嗓子眼兒，會才剛剛開始就像吵架似的，她不知道還怎麼能開得下去。

「偵查是一門科學。」段科長從容地環顧四座，聲氣並不見軟，「既是科學，就得用科學的態度來對待它。科學的態度是不排斥一切有益的經驗的。說到這個案子，對徐邦呈，究竟該不該

那麼急著就抓起來，還有對『三月計畫』的認定，究竟有多少根據？大家可以擺出來，一塊兒分析⋯⋯」

「你當初不也是一口贊成逮捕徐邦呈嗎，記性何以會這麼壞呀？」甘局長聲色俱厲，又打斷了段科長的話。

「對，我當初是贊成逮捕徐邦呈的，但那是出於偵查工作正常需要以外的其他原因。這個問題以後是要講的，我現在只講明面上的毛病，比如像審訊上的毛病就很明顯。我不贊成把所有案卷資料匆忙封存起來，既然要徹底查原因，不如索性把審訊錄音拿出來，叫在座的都聽一聽，看有沒有我信上說的那些問題，指供啊，引供啊，這都是過去明文禁用的手段嘛。我並不是為了十七年翻案，可過去有些規章制度、工作經驗，是在長期對敵鬥爭中總結積累起來的，如果一概看成是九分反動一分無用的東西，是不是太簡單了？我們對封建社會的文化遺產，還主張批判繼承嘛⋯⋯」

「段興玉同志！」甘向前噹噹地敲起桌子來了，「我提醒你注意，對舊公檢法的那一套辦案方針，我們的態度絕不是什麼批判繼承，而是徹底砸爛、徹底決裂！你不要越說越出格了！公安部的同志下來，是為了幫助我們查清罪犯逃脫的原因，局黨委也是有信心查清的。你今天借題發揮，執意要扯出這些早有歷史結論的大是大非問題，想幹什麼？是不是想逼著局黨委發動一場政治辯論！」

段科長大概完全沒有料到甘向前會如此盛怒，怔了片刻，沉著臉一句話也不說了。一屋子人大氣不敢出，都把眼睛直勾勾地盯在自己面前的茶杯上，連公安部的幾個人也默默無言，臉上表情頗不自然。甘向前的聲音略略放低，接著說：

「我前些天就已經向有些同志吹過風了，三一一案的問題恰恰反映了我們局的問題，說複雜也複雜，說簡單也簡單，關鍵就在於我們能不能抓住要害。當時我們是幾十個人夾著徐邦呈上山的嘛，為什麼還讓他逃了？根子在哪裡？我看就在於我們公安隊伍的嚴重不純，內部出了壞人，讓周志明這樣的異己分子混進偵查機關，還有不出錯的！」

甘局長住了嘴，嘩地打開扇子，呼嗤呼嗤地搖著，一副餘恨未消的樣子。屋裡長時間地沉默，好一會兒，公安部調查組那位領頭兒的人才開口問道：

「紀處長說說吧，有什麼意見，暢所欲言嘛。」

紀真打開筆記本，看了看，闔上，喝了口水，又下意識地打開來看看，語氣格外遲疑：

「呃——我說說，我說說。我擁護公安部和局黨委關於調查三一一案的決定，呃——三一一案的失敗，我首先應當負責任，這個……對周志明的事嘛，我也要負責任，也要負責任，這個，偵查隊伍中出了這樣的敗類，是我們全處的恥辱，全處的恥辱，特別是我，更應當認真吸取教訓。但是……」他停頓了一下，聲音略略放開了一點，語氣似乎也漸漸順暢些了，「但是周志明在三一一案上是否有通敵縱敵的問題，我看，我看……當然，也不排除，但要下結論，恐怕也不

宜太草率，還要搞點扎實可靠的證據出來才好服眾，最好別單單地以一事推一事。呃，從形式邏輯上講，在三大推理形式中，類比推理是最不可靠的一種，這個這個，我也是個人看法，不成熟……」

話雖說得婉轉，但與甘局長的意見相抵觸，卻是十分昭著的。不過嚴君倒是覺得，紀處長的話，使會議的氣氛不再那麼劍拔弩張了，大家似乎也都透了口氣，因為他的話不僅轉移了一下甘局長的雷霆之怒，而且在甘局長和段科長激烈的兩端之間，起了一種緩衝的作用。

那個叫人心驚肉跳的會，當然沒法兒議出什麼結果來，自然也不會再開第二次了。從星期二到今天又是整整的四天。段科長天天被調查組叫到祕書科臨時騰出來的一間屋子裡去談話，無話可談時也得在那兒待著，在嚴君看來，簡直是被變相地辦了「走讀」學習班了。前天，甘局長在全處幹部大會上宣布：因為紀處長要把主要精力放在調查上，所以處裡的日常工作暫時移交；昨天，紀處長就送來了一張請假條，告病不朝；今早上，局裡任命的新處長便走馬上任了。

如果不算剛被降職「發配」到自新河勞改場去的馬局長的話，紀處長便是全局唯一留在處長職位上的「前朝遺老」了，前後才三天，終於被換下了臺，而且簡單得連一句交代都沒有。

按說，她這樣的普通偵查員，畢業不滿兩年的大學生，在處裡，人事關係既不深，業務上也算不上骨幹，本來是用不著為這些處科級頭頭兒們的起落榮枯操心費神的，可她偏偏老是覺得，這些變動都是和自己的命運、事業、生活息息相關的，紀處長被撤職還倒罷了，她怕的是段科長

也待不長，怕再冒出一個甘局長一類的人來當她的科長，如果整天在一個屋子裡辦公，橫豎都不對勁兒的話，那該多麼彆扭啊！

不過看上去，段科長反倒比她還要沉著似的，每天照樣上班來，下班走；走道裡迎面碰見了，照樣和人點頭打招呼；在食堂打飯時，該說該笑，沒事兒人一樣。

昨天，她、大陳、小陸，分別被調查組「請」去談話了。和她談話的，除了兩個調查組的人以外，還有一個市局來的人和他們五處政治處的一個幹部，那間小屋子被坐得滿滿的。她進去的時候，一看到擺在這些人面前的那張預備給她坐的空凳子，心裡先就不舒服，她想起審訊徐邦呈的那間預審室來了。

「來，坐吧，坐吧。」公安部的一位同志最先招呼她，口氣倒還親熱，「你叫什麼名字呀？」

這不是明知故問嗎？她有點反感，冷冷地答了一聲：

「嚴君。」

「嚴君，嚴肅的嚴？」

「嚴肅的嚴，君臣的君。」

「呵，嚴肅的皇帝，君臣的君，哈哈哈。」

驢唇不對馬嘴，真是拿肉麻當有趣。她心裡發笑，在凳子上坐下來，眼神漠然，一副很不合

作的表情，「有什麼問題，問吧。」

「咳，沒事，咱們隨便扯扯，隨便扯扯。」那人有些尷尬，先是漫無邊際地胡繞了幾句，然後很生硬地扯到正題上來了。

「三一一這個案子，你覺得問題出在哪兒？不用顧慮，大膽說，啊。」

「這我可說不出來。」

「你個人總有個看法嘛，說錯了不要緊。」

這人的神態簡直像是哄小孩似的，她心生厭惡，出言也就有點噎人。

「我算老幾？偵查方案都是領導定的，我能有什麼看法？」場面挺僵，冷了幾分鐘，一位公安部的人忍不住突然問：

「三一一專案組離開南州去邊境的時候，周志明是不是讓你給他寄過一封信？」

「什麼？」她皺起疑惑的眉頭，「和這有什麼關係？」

那人沒回答，卻接著問：「信是寄到什麼地方的，寄給誰的，你能回憶一下嗎？」

周志明託她給施肖萌寄信的事，她當然記得清清楚楚，可她卻撐著脾氣，非要反問：「這和三一一案有什麼關係？」

市局的那個人終於忍不住了，沉下臉，用一種教訓的口氣說：「嚴君同志，你今天的態度很不冷靜，部裡同志問你情況，是怎麼回事就怎麼說嘛，怎麼這麼費勁？」

她也瞪起眼來：「那當然，你們不解釋清楚，我私人的事憑什麼告訴你們？」

「什麼，你私人的事？」對方一下子抓住了她的話柄，「周志明是什麼人你知道不知道，他和別人通信，怎麼成了你私人的事了，啊？據我們瞭解，周志明平常從來沒有什麼通信關係，偏偏在仙童山誘捕計畫確定之後，臨去邊境之前，匆匆忙忙往外發信，難道不值得我們打一個問號，啊？」稍停，對方又稍緩和了語氣說：「嚴君同志，我們相信你是有覺悟的，會積極配合我們調查的，周志明和什麼人通信，究竟有沒有問題，不查怎麼能知道，你說對不對？」

她的心情已經十分敗壞，口氣也越來越煩躁，「我忘了，早忘了那信是寄給誰的了！」

「時間並不久嘛，怎麼就不能忘？」

「三個月了，怎麼能忘了呢？」

「你再仔細回憶一下。」

「上廁所。」

「幹什麼？」

這簡直是在頂牛抬槓了，嚴君咬了咬牙站起來，「對不起，我要出去一下。」

她並不需要上廁所，只是不能忍受這種無休止的糾纏，一出了那間小屋的門，她長長地吐了一口氣，竭力讓自己平靜下來，慢慢地進廁所，又慢慢地洗手，一個指頭一個指頭地洗，然後再慢慢地走出來，聽到旁邊一個辦公室裡有打撲克的聲音便走了進去。

四個男的，圍著一張辦公桌甩得正歡。她看了一把，沒走，又看了一把……

「呵，怎麼著，嚴君也不怕浪費青春啦？」

「哼！」她冷笑一下，「我沒什麼青春，無所謂浪費不浪費！」

一連看了四把，直到政治處的幹部領著市局的那個人氣急敗壞地挨門找到這兒，才算結束。

「太不像話了，太不像話了！」市局的人臉紅脖子粗，「我們好幾個人都在等你，你什麼意思？」

嚴君恨得真想一扭身走開，可她卻用了一種平靜得近於戲謔的口氣，說：

「喲，又不是辦我學習班，還不讓人歇口氣呀，我還以為你們早散了呢。」

倒是市局的那位，先給氣走了，一邊走一邊氣勢洶洶地叫：「你們處長呢，你們處長呢？」

要找處長？找去吧，我一沒辮子，二沒把柄，怕誰！

大陳和小陸也被談了話。雖然事前早做了「不准串聯」的規定，但在辦公室裡沒外人的時候，小陸還是忍不住要說。

「哎，怎麼跟你們談的，問你們周志明的事沒有？」

大陳沒說話。她沒好氣地說：「周志明怎麼啦，噢，就因為有了膠捲的事，什麼都想賴人家呀！」

「聽口氣，他們好像還是有點什麼根據似的。」小陸臉上略帶著幾分神祕，說：「讓我回憶

周志明到邊境以後都有什麼可疑的地方。別看咱們是幹偵查的，當時還真沒注意他，誰想到他是那麼個人呀。調查組懷疑他是不是受了什麼人的收買，想查查他的社會關係。咱也不瞭解他都有什麼社會關係，好像有個女朋友，是不是？我反正沒見過。」

大陳聲音小小的，「唉！咱們盡力給部裡的同志回憶吧，回憶不出來也沒辦法。況且調查組現在也並沒有肯定周志明準有縱敵問題，咱們千萬別把有影沒蹤的事和那種定不了否不掉的東西往外端，反而給部裡的同志添亂。剛才他們也問我當時山上的情況來著，他們懷疑周志明為什麼早不開槍，偏等著徐邦呈跑了才開槍。我也只能照實說呀，周志明當時和徐邦呈打了兩下呢，從開打到徐滾下去，總共幾秒鐘的事，根本就來不及出槍嘛，而且靠敵人的那面坡很陡，往前一躥就能滾下去。我還給他們畫了一下。他們好像挺失望的，可事兒就是這樣子，我有什麼辦法。

部裡要是說這樣就屬於縱敵了，那部裡定吧，咱們服從。」

「那當然，那當然。」小陸連連點頭。

看來，無論是大陳的巧妙敷衍還是小陸的稀裡糊塗，都沒有和調查組搞僵，這就使嚴君的頂撞更顯得突出和孤立起來了。她暗暗做好了挨整的準備，這也許是她有生以來心情最灰暗的時候。

報復果然來得快。今天上午，政治處通知她兩天之內到城東區公安分局報到，雖然她早就聽說過處裡要抽一個人長期支持分局加強一些信託商店的堵贓工作，但無論從哪方面說，她都想不

到會輪上她去，這時候到分局去，顯然會給人一種犯錯誤下放的印象。她愣了半天，索性也橫了心，去就去！就是叫她改行搞一輩子社會治安，反刑事犯罪，她也心甘情願了！比起五處這塊是非之地，分局，也許還算一塊淨土呢！

嚴君想著想著，思緒不由地又移到了周志明身上。不知他現在怎麼樣了？那些卑鄙的傢伙要把三一一案件的責任全部推到他身上，這不是落井下石，找替罪羊嗎？唉，假如那個徐邦呈被打死了該有多好，周志明說他一共打了四槍，全局射擊訓練第八名的好成績，總有一槍能中吧！

二十

碩大的無影燈低低地懸在頭頂上，四周一片金黃，徐邦呈彷彿是沐浴在一片柔和的陽光下，心情也不由得平靜安詳起來。這是哪兒？

身下，墊著軟硬適度的墊子；腦袋，十分貼切而又十分舒服地嵌在同樣軟硬適度的托架上。

不，你用不著懷疑，用不著心跳，這兒不是漆黑的邊境，而是世界的中心——巴黎，是巴黎最著名的醫學院中的一間潔白的手術室，空氣中濃重的來蘇水的氣味，可以證明這兒的確是潔白的手術室。啊，人的一輩子，死裡逃生的運氣能有幾回啊？

「徐先生，」生硬的英文，「牙還疼嗎？」

他看不見問話人的臉，聲音也那麼陌生。他的腦袋被箍著無法轉動，只能笑一笑，用眼睛來搖搖頭。

「不要緊。」

「左面還有點發炎。」聲音抬高了，顯然是在和另一個人說話，果然，另一個聲音接著說：

他們是在說他的腮幫子，左邊的腮幫子，已經三個月了，還在隱隱作疼。真想不到那個外表秀氣的小傢伙竟還有那樣一手閃電般迅猛的拳擊，害得他到現在還只能用右邊的牙吃飯。他媽的！

嘩啦嘩啦的金屬碰撞聲，攪得人心驚肉跳，這一定是動手術用的器具，刀子、鉗子、鑷子、紗布，一定擺了滿滿一盤子，像要宰牲口似的。來蘇水的味兒……那鋒利無比的刀，馬上就要在他臉上割來割去，割得他面目全非！別怕！想點別的，想點別的，想什麼呢？

想想他的童年，少年，青年？算了吧，實在是無聊得很。現在想想，他簡直是在一群信奉禁慾主義的清教徒中間長大的，那生活，刻板、枯燥、清苦，左右全是規矩，前後都有尺寸，不給他一點自由，不允許一點放縱，實在沒有什麼值得回味的樂趣。他的樂趣是現在，現在他一切都有了，都嚐到了，口福、眼福、女人，都體會過了，享盡一切人生情趣之後，還有冒險生涯的刺激。至於說客居異國的那種心理上的失落感和孤獨感，他倒不像有些人那麼在乎，實際上也完全用不著那麼封建，非得死守著故土死守著窮不可！他才沒那個老地主的腦袋瓜子呢，不要說幾百萬人口的南州市，就是整個中國，在繁華的世界面前也不過是個山溝子。他從那山溝裡走出來，看到了觸到了嚐到了人慾橫流的大千世界，將來即使老死他鄉，也算不枉此生了。

無影燈是不是比剛才更亮了點兒？刺眼的燈光彷彿要把他的身體洞穿，不，你應該對自己坦白，你才不是個有福的人呢，不過是個靠玩兒命活著的可憐蟲罷了。無邊的疲倦啊，他全身的肌肉一點勁兒也沒有，整個身子完全是癱在手術檯上的，連眼皮也沉重地耷拉下來了，燈光隔斷，一片黑暗。

黑暗中他看見了，紅色的晚霞，墨色的山谷，昏鴉安詳地叫著，在紅色和墨色的交融中盤旋

起舞；遠處有個古老的教堂，深沉的鐘聲把人的一顆心帶向寧靜的小城，帶向牧歌式的田野……

霍夫曼就是用這樣幽美的環境來撫慰他的神經創傷的，但馬爾遜卻堅持要他搬出這古堡式的山莊別墅，換到簡陋的據點裡去住。現在他只要一閉上眼，就會看到那美麗的晚霞、山谷、鐘聲和田野，如果能永遠那樣逍遙那樣安樂……是的，他現在已經不需要什麼激烈的刺激了，他需要逍遙安樂！

「對一個間諜來說，最可怕的不是死亡的危險，而是九死一生之後立即讓他接觸安寧和舒適的生活，他的意志會在這種強烈的對比中毀於一旦！」

看來馬爾遜說對了，那鐵門重重的牢獄，那殺氣騰騰的審訊室，那陰森恐怖的邊境之夜，難道他會一朝忘卻嗎？這些年，霍夫曼對他的獸性的訓練，已經使他的神經像一根快要繃斷的琴弦；這次實習性的派遣，是他在數年訓練之後第一次涉入真實的間諜生活的急流，雖說從入境到脫險才只有二十多天，可在他的感覺上，就如同一個死囚在斷頭臺上等待那舉起的鋼刀落下來一樣，像是經歷了一個漫長的世紀。人啊！難道只需要二十幾天，他的意志、勇敢和對冒險生涯的那種天然的喜好，就會變得枯萎如此嗎？在霍夫曼為他安排的山莊別墅裡，他也才只享受了五六天的「公爵」生活，難道對安樂和舒適的渴望竟會一發不可收拾，以至於連一直維繫自己信念和膽氣的那點狂熱，也從此冷卻，一蹶不振了嗎？確實，馬爾遜確實是高明的，人，受不了強烈的對比……

霍夫曼只負責對他的訓練，他的真正統治者和指揮者，是馬爾遜。如果單從外表上看，霍夫曼是個很富魅力的硬派男子，身材魁梧，面容冷酷，有一副典型的軍人風度；而馬爾遜卻其貌不揚，乾枯瘦小，頭髮稀疏，縱酒過度的鼻子又大得不成比例，活脫一個擺攤兒的小商人。誰能想到這麼一個人，居然以間諜計謀的設計為擅長，在世界諜報戰的舞臺上馳騁了大半輩子，而且名氣之大已經使他成為D3情報局內一個舉足輕重的人物，相形之下，霍夫曼不過一介武夫罷了。

他不喜歡霍夫曼，儘管他的無線電收發報、跟蹤反跟蹤、射擊、游泳、登山、格鬥等等技術，都是出自霍夫曼的門下，可他很難設想，一個間諜的獻身熱情在霍夫曼式的冷酷無情的統治下能夠維持多久。霍夫曼曾經說過：「間諜事業的神聖就在於沒有任何道德原則的限制和約束，殺人、詐騙、造謠、色情，都得幹。」他說這話的口氣就像讀《聖經》那樣安詳平靜。霍夫曼還說過，他特別信奉中國的一句名言：「無毒不丈夫！」霍夫曼的毒，甚至能使跟他同舟共濟的人都要提心吊膽，生怕遭了他的暗算。

馬爾遜的為人卻完全不同，任何間諜都願意跟著這樣的頭兒幹。馬爾遜的原則是：情報員第一，情報第二。他最重視的不是情報，而是情報員本身的安全；在間諜鬥爭的指導思想和技巧運用上，馬爾遜的見地也處處顯示著霍夫曼所無法比擬的科學和老辣：霍夫曼要求情報員的活動一律遵守教程規範，而馬爾遜卻主張不必拘泥，甚至根本就不贊成對情報員的過分訓練，主張一任自然。「過去我們曾經在五角大樓內部很難得地安插了一個情報員，可是就因為這位英雄每天下

班回家的路上都使用反跟蹤技術，結果引起聯邦調查局人員的注意。假如他每天下班都老老實實地走路，大概永遠不會被『山姆大叔』抓住的。」馬爾遜總喜歡把這個雄辯的例子掛在嘴上。在他這次潛入之前，馬爾遜對他做了一次反審訊的考核，他的反應機敏，對答如流，使這位上司惱火異常，「這怎麼行，這怎麼行，任何一個有經驗的保安人員馬上就能看出訓練的痕跡，你不是普通人，而是訓練有素的間諜！」他衝他發火兒，實際上的矛頭卻是指向霍夫曼。霍夫曼當然不甘示弱，「如果每個普通人都自然具備當間諜的條件，完全用不著訓練的話，那還要我們幹什麼？」馬爾遜也不客氣，當著他的面就和霍夫曼爭吵起來，「那麼請問，什麼是當間諜的條件？什麼？」連徐邦呈當時也不明白馬爾遜何以拿這種常識性的問題來詰問霍夫曼。當然，霍夫曼的臉馬上漲得通紅，「間諜的條件，難道還用現在討論嗎？做一個間諜，要有堅忍不拔的意志，健康強壯的體魄，忘我的獻身精神，敏捷機智的反應力和應變力，通曉多種語言和職業，還有……外表要平淡無奇。」霍夫曼想盡量說得全面些，而馬爾遜卻鄙夷地打斷他，「夠了，在第二次世界大戰時我比你還要書生氣，像這種紙上談兵的條件我可以一口氣舉出三十條來！可現在是七十年代了，你這一套只有小說家才欣賞。在現實世界中，詹姆斯．龐德是不存在的，任何類似的、無所不能的超人式間諜都是不可能存在的。在職業諜報人員的眼睛裡，間諜的最高技巧就是自然，間諜的最好條件就是能夠接近情報目標，如果一個間諜不能接近情報目標的話，那就是把所有優秀素質集於一身，也毫無用處！」

他不能不嘆服馬爾遜的坦率和實際，可他又不明白了，難道自己不是最好的間諜嗎？他這次潛入南州市，儘管未能完成預定的任務，儘管他今後也並不會具備接近情報目標的條件，但他卻成功地應用了馬爾遜親自為他設計的自我營救計畫，奇蹟般地死裡逃生，這難道不是馬爾遜的一份榮耀嗎？不，馬爾遜是器重他的、愛護他的，不然，何以會這麼不惜工本地為他動這次手術呢？他尤其不能忘記的是，在為他壓驚洗塵的酒宴上，馬爾遜是那麼熱烈地擁抱他，親吻他，

「你是Ｄ３的光榮！」馬爾遜說這話的表情是真心實意的，「中國的先哲孟子說過：『故天將降大任於斯人也，必先苦其心志，勞其筋骨，餓其體膚，空乏其身，行拂亂其所為，所以動心忍性，益增其所不能。』」馬爾遜的漢學水準的確很深，背誦這段文謅謅的古訓竟可以不打一點折扣，而他這個中國人都還不能盡解其意，實在慚愧，但是，「天將降大任於斯人也」這句話，顯然是表露馬爾遜對他的褒獎與賞識的，這不能不使他感激涕零了。如果沒有馬爾遜這個精神上的靠山，他簡直不知道自己的榮譽心和膽氣還能不能重新凝聚和振作起來。

「徐先生，不要緊張。」陌生人的聲音又湊了下來。緊接著，冰涼的酒精棉花觸到了他的臉，柔和地移動著，他打了個哆嗦，不，不要怕，這是潔白的手術室，那驚心動魄的一頁的的確確已經翻過去了，下一頁……下一頁又該是什麼？

「這是你的護照，這是你的履歷，親愛的徐，在手術之前的這些天，你得把自己的歷史先熟悉一下，要背熟……」

顴骨一陣刺痛，給他打針了，是麻藥。整個臉慢慢地膨脹起來，而意識倒一點點遲鈍下去。

啊，這是潔白的手術室，馬爾遜，你在哪兒？不要拋開我，千萬不要拋開我！

「你放心去吧，親愛的徐，我的原則是：情報員第一，情報第二！」

二十一

頭一天活兒幹下來，周志明就有點兒頂不住了。精神上的過度緊張和體力上的超量支出使他在回到監舍以後頭重腳輕，幾乎連鋪都爬不上去了。

這裡從早上七點半鐘開始幹活。第一天是一個姓丁的隊長帶隊出工，隊伍前後都有荷槍實彈的解放軍戰士押送，灰亮的三角槍刺上繫著耀眼的小紅旗，在晨風中獵獵作響。犯人們一到窯上，隊長往辦公室裡一坐，解放軍戰士遠遠地拉開警戒線，工地上就是那個外表陰沉的老犯人田保善說了算。他給周志明派推小車給製磚機送土的活兒。周志明從來沒推過這種獨輪車，他望望搭在取坯土挖成的大坑上那狹長的木板車道，心裡直發怵，囁嚅了一下，對田保善說：「我，不會推這車，是不是先……」

田保善沒等他說完，一扭臉走了，像全沒聽見一樣。鄭三炮拿棒槌腿踹踹那輛小車，在他耳邊挪揄道：「你當這是義務勞動吶？這是強迫改造！叫你幹什麼就得幹什麼，不會學著點。」

他沒說話，硬著頭皮去推那小車，和他搭組裝土的是杜衛東，這小子一聲不響地一通猛裝，把小車的斗裡裝得滿滿的，拍得實實的，臨了還冒尖加了兩鍬土，然後把下巴頦往鍬把子上一拄，一聲不響地看著他。

「流氓！」他在心裡罵了一句，鼓起全身的力氣，兩條長長的胳膊把住小車的鐵把，一挺腹

提起來，搖搖晃晃地向前走去，只走了四五步，控制不住，車身一歪，從窄窄的木板道上翻了下去。險些連他也一起翻下去。

犯人們都冷眼看著，沒有人嘩笑，也沒有人過來幫忙。他跳下木板，把小推車扶上來。杜衛東二話沒說，又給他裝了個冒尖滿，他使出全副力氣來把握車子的平衡，走了七八步，重心一偏，仍舊翻了下去，這樣一連翻了三車，杜衛東說話了。

「裝什麼孫子，成心的是不是？」

他壓住火兒，「你裝的土比別人多一倍，要不你推試試看。」

鄭三炮一臉蠻橫地湊過來：「喝，還當著你小子是便衣呢！頭一天就竄秧子。告訴你，這兒可不是你拔份的地方，叫你幹你就得幹，臭他媽便衣。」

他看出來他們是在故意尋釁找碴子，一時氣得說不出話來，好半天才把車子哐地一扔，「我找隊長去。」

丁隊長來了，皺著眉頭，先朝亦步亦趨地跟在身後的田保善問：「你們是不是給他裝得太多了？」

「不多。」田保善肯定地回答，「剛才我看見了，裝得不多。」

丁隊長把目光向其他犯人掃去，鄭三炮惡人先告狀：

「他是故意耍奸搗蛋。」

另外幾個犯人也都眾口一調，隨聲附和，丁隊長把周志明從上到下打量一遍，說：「我可警告你周志明，你的態度要放老實些，這兒可不是讓你擺架子養大爺的地方，勞動改造嘛，不吃苦還能改造好！」

周志明氣急敗壞，「你相信他們，他們串通……」

「好，真要是他們串通了整你，你再找我來。」丁隊長又轉臉對田保善說：「他新來的，給他車裡裝少一點兒。我可提醒你，對新犯人不能再來你那一套。」

「行啦，您放心。」田保善點頭哈腰，然後揮揮手，「大家散開幹活兒吧，抓緊時間。」他吆喝著。

周志明沒辦法，又回到小車旁邊，雖然他是敗訴而歸，但杜衛東畢竟也收斂了些，第四車裝得不是那麼滿了。

昨天下了透雨，今天換了毒花花的太陽，才六月天氣，卻躁熱得出奇，還不到中午他就已經出了幾身透汗，彷彿全身的水分都出空了似的。小車的鐵扶把曬得灼手，一身黑布服也被烤得極燙極硬，可他又不敢脫下來，那樣身上保險會一下子曬脫了皮。中午飯是在工地上吃，他好像一次嚐到餓急了的滋味，還沒容其他老犯人來搶，他的兩個窩頭就已經狼吞虎嚥地下了肚。菜湯是蘿蔔和茄子煮在一起的，說不清是股子什麼怪味，他儘量不讓它在嘴裡多停留，囫圇吞下去，整整一下午就不停地打著這種菜湯味的臭嗝。晚飯是回監區吃，吃的是高粱米，這是種雜交高

梁，嚼在嘴裡又麻又澀，非得伸脖打噎不能咽下去。剛剛放下碗筷，鄭三炮蹓躂過來，乜斜著眼睛說：「嘿！田頭有令，今兒你倒泔水。」

卞平甲放下碗筷，湊過來……「我跟你去一趟，我告訴你。」

他筋痠肉麻地從鋪上爬起來，儘量把口氣放得友好，問道：「到哪兒倒啊？」

卞平甲帶著他到伙房推了泔水桶車，又陪他挨班去收泔水，然後再推到伙房後面的豬圈去倒。卞平甲在前面推著車，他跟在後面走，望著卞平甲窄削的肩背，他直想大哭幾聲，把一腔感激之情有力地表達一下。

在午飯後休息的時候，卞平甲湊過來同他閒聊，他這才知道了卞平甲的案由。他原來是南州市第二醫院的一個化驗員，因會塗兩筆仿宋，六七年在一次給單位寫標語的時候，筆下一糊塗，竟把萬壽無疆寫成了無壽無疆，意思弄了個滿擰，結果以書寫反動標語罪判刑七年。在刑期臨滿的前兩個月，正趕上普及樣板戲電影週，在看了《紅燈記》回來討論的時候，他說他最愛聽「獄警傳」那段唱，還說李鐵梅要是活到文化革命怕也要打成叛徒，奶奶和父親都死在獄中，她一個人讓敵人放出來，幾十年後在毫無旁證的情況下如何說得清呢？這兩段話被其他犯人彙報了，最後以「惡毒攻擊革命樣板戲」、「影射咒罵無產階級專政」的罪名加刑四年，所以一直在監獄裡待到現在。

他們來到豬圈，把泔水桶從車上抬下來，卞平甲見他很吃力的樣子，嘆了口氣說：「這一

天，真夠你受的，明天還行嗎？」

周志明臉上露出一點兒笑容，說：「湊合吧。」

「這是給新犯人的下馬威，杜衛東剛來的時候也是這麼給整服的，新犯人，都得當幾天孫子輩兒的。」

周志明默默把泔水桶往豬圈裡倒，倒完，他問：「田保善算幹嘛的，好像老犯人也怕他。」

「他呀，是廠裡的雜務。」

「雜務？」

「就跟班長組長差不多，管教幹部不在的時候，他負責。」

「那幹嘛不叫班長組長，要叫雜務呢？」

「犯人中間是不能分三六九等，不准封官掛長的，所以就叫雜務。就跟前些年外面有的群眾組織的頭頭不叫這個長那個長，而叫『勤務員』一樣。」卞平甲停了一下又說：「他解放前是鄭莊煤礦的大把頭，坐了二十多年監獄，老獄油子了，你別惹他，鄭三炮、林士傑都是他手下的。」

「鄭三炮犯什麼罪？」

「他叫鄭三波，鄭三炮是外號，搶劫犯，混小子一個。」

「林士傑呢？」

「杆兒犯。啊，就是流氓強姦。」卞平甲說完，特又補充了一句：「你提防他一點，這小子不正經。」

「田保善那麼狂，隊長們知道不知道？」

「隊長？兩眼黑，知道個屁！這兒的幹部不怎麼樣，從教導員那兒就沒水準，連話都不會講。我在三分場漁業隊那會兒，他還是全場革命組織大聯合籌備委員會的哪。有一次到三分場來給犯人講話，講什麼來著，我想……反正稿子是別人給他寫的，咳呀，他念都念不好，那個笑話大了。」

他們推著倒空的泔水桶從豬圈往食堂走，西面天際，晚霞把雲靄燒得一片通紅，金燦燦的十分耀眼。監房年久變黑的房頂被火燒雲映上了一層絢麗的色彩，一眼望去，倒也有幾分動人。周志明站下來，向房頂上跳動著的光暈望著，卞平甲卻還在繼續著剛才的話題。

「連人家那稿子上有個括弧，裡面寫著『少舉幾個例子』，他都楞給念出來了，『括弧，少舉幾個例子，括弧完。』當時下面全笑了，把他笑火了，問我們笑什麼，大家都不敢吭聲，那時候田保善我們都是三分場的，唯獨他站起來了，他說大家是因為聽見有人放了個屁才笑的。田保善老獄油子明明是罵他哪，他不但沒聽出來，還訓斥說：『放屁有什麼好笑的！』」

「田保善既然這麼壞，怎麼還叫他當雜務？」

「咳，田保善什麼人物啊，見風轉舵快著哪，于教導員一當上磚廠的頭兒，他立刻就糊上去

了，舔屁股溜溝子這份兒拍，別提多露骨了。教導員只要一到工地，自行車往辦公室門口一支，他準過去給擦得鋥亮，結果還真給提了個雜務。

「于教導員怎麼不提防他一點兒呢？」

「也就是于教導員吧，要是在三分場，他這一套誰吃呀，三分場文化革命前是勞改系統的紅旗單位，雖說現在不那麼香了，可實際上就是比這兒強。丁隊長就是從三分場調來的，在磚廠就吃不開，連犯人都看得出來。」

卞平甲這一席話，使周志明在後來幾天裡心情格外沉重，他越來越明白地看到，在這個磚廠裡，幹部隊伍渙散，牢頭獄霸橫行，管教力量薄弱，改造品質……當然更談不上了。十五年！他將要在這裡度過十五個寒暑年頭，前途茫茫，那個「一失足成千古恨」的懊悔一天甚於一天地折磨著他。那麼急切地想使自己成為一個光明磊落的強者，那麼天真地想不辱沒一個共產黨員的坦白和責任，結果怎麼樣呢？連黨員的稱號也被剝奪了，而自己也並沒有成為一個強者，說不定將來還會變得更加軟弱和猥瑣，他得服從田保善之流的支配，連杜衛東，一個扒雞摸狗的偷兒，也敢公然從他碗裡搶飯吃，他還得陪笑臉，裝出無所謂的樣子來。十五年！在這群歷史的和社會的沉澱物的包圍中，他也許會被這幫人淹了，溶解了！

每天，他仍然很留意早上喇叭裡的「各地人民廣播電臺聯播節目」的新聞，農業戰線一片大好，工交戰線一片大好，教育戰線一片大好，可在這一片大好不是小好的形勢下，這個辦了二十

多年的大農場，為什麼連一點葷腥都聞不著？為什麼連段科長這樣一個喜怒不形於色的硬漢，在一次偶爾聽到群眾中流傳的總理遺言中周總理為老百姓的苦日子難過這話時也要掉眼淚？為什麼性情耿直的江伯伯，謹慎持重的施伯伯，待人如兄長的安成，本來自己就是弱者還要同情弱者的萌萌，還有許許多多相識不相識的人們，老實得不能再老實的人們，都要到十一廣場，天安門前，去潑著命地鬧事呢？難道那麼多人都錯了，都瘋了嗎？大家都是為了什麼！還不是替自己的國家著急，替自己的黨著急嗎！他曝毀膠捲為什麼？從根兒上說，難道不是為公安事業本身嗎！

可是，國家、黨，現在到底是怎麼啦？為什麼看不見老百姓的心呢？我沒有做對不起國家對不起黨的事，為什麼要讓我在這兒和田保善他們擠在一通炕上？他想不通！他肯定是冤枉的，可跟誰說去，誰承認！

一次在窯上休息的時候，他和卞平甲去推開水，路邊沒人，他忍不住問：

「老卞，你說，外邊那麼亂，裡邊又這麼糟糕，現在到底是怎麼回事啊？」

「什麼？」卞平甲沒聽明白似的。

「你說咱們國家，現在到底是怎麼回事啊？」

「咳！」卞平甲笑起來了，「你這都是操的什麼心哪！」

「老卞，」他猶豫了一下，「你過去是黨員嗎？」

「我？哪兒夠啊。」

「我，我在外面是入了黨的，你知道，我們搞公安的人就愛認真，我實在不願意我們國家老是現在這個樣子。不光我，你要是在外面就知道了，有多少人上了十一廣場，還有北京的天安門！」

「哎哎，咱別說這個了，咱別說這個了。」卞平甲膽戰心驚地前後看看，「你呀，將來非得跟我一樣不可，吃虧就吃虧在這張嘴上。你不是黨員了，不是公安幹部了，你是犯人，犯人說這個有什麼用啊，弄不好罪上加罪。」

他生氣地叫了一聲：「我沒罪！」

「得得，說這意思，沒意思，這不是找不自在嗎？」卞平甲實在不願意再談下去了。

他也不再說了。也許因為卞平甲關的時候太久了，對外間的民情已經十分隔閡，所以才沒有他這種強烈的苦悶？可卞平甲是因為寫錯了個字而蹲牢的，豈不是比他更委屈嗎？大概正像卞平甲第一次見他時說的那樣，他是從小就沒有受過委屈，所以才會有這麼大的委屈感的。其實卞平甲並不深知他的身世，公允地說，他也是經歷過一些委屈的，至少當過幾年「可教子女」吧，而且父親因那個壞保姆推脫責任，也錯打過他，還關了他一整天呢，可父親是愛他的，非常非常愛他的。想到這兒他心裡突然轟一聲亮起來了！是的是的，黨是愛他的，公安隊伍也是愛他的，但是，就像父親也有受騙錯打他的時候一樣，黨，有時也會被壞人矇騙而一時委屈她的兒女們，而實際上，他仍然是一個黨員，仍然是一個公安戰士，不會永遠被拋棄的。

他知道，這也許純粹是自我安慰，甚至是自我欺騙，但是這麼想著，心裡便能好受一點，有時連臉上都能情不自禁地綻出一絲笑來。

繁重的體力勞動，每天都把他的精力全部榨去，使他無暇去做更深的思考。杜衛東每天還是那麼冷冷的、有意的在加大他體力的消耗。他心裡的火兒已經越積越旺，不過他明白，杜衛東並不是他的直接對頭，他不過是一桿槍，使槍的是那個田保善，至於這個封建把頭幹嘛要這樣和他過不去就不得而知了。他私下裡琢磨，也許是他沒有像其他犯人那樣俯就他；也許是他身上那點兒不和其他犯人同氣合群的孤傲勁兒刺激了他；也許僅僅是出於一種折磨新犯人的虐待狂的習性。連著一個星期，他咬著牙幹活，田保善越整他，他反倒越發狠地不願屈服，不願逆來順受。他的手掌心被小車的鐵把磨得血肉模糊，有時累得幾乎一鬆勁兒就能昏過去，但他仍然支撐著，支撐著，連他自己都驚奇，在他缺乏鍛鍊的筋骨裡，何以能迸發出如此巨大的韌性和耐力來！

人很快就瘦下來，瘦得脫了相，筋骨歷歷可數，手撫在上面，只能覺到隔著一層薄薄的皮。

伙食又差得要命，菜裡沒有一點油水。這也難怪，這幾年連南州市都見不到什麼菜，更不要說這個主產糧食的勞改場了。他最恨的是每一次到開飯的時候，田保善便以雜務的身分支派他出去幹這幹那，等回來，飯盆裡常常只剩下一個窩頭或者半碗高粱米了。晚上睡覺也睡不好，鄭三炮和杜衛東故意從兩邊擠他，翻個身都彆扭，也虧了田保善安排這個鋪位的苦心。饑睏交加之下，他常常虛得兩眼發藍，差不多每一車土都要經過拼命掙扎才能推上通向製磚機的小坡。因為餓，吃

飯吃得太急太猛，他的胃又開始搗亂，腹內常似有什麼東西在瘋狂地攪動，疼痛越來越多地耗去了他要用來幹活的體力。

這一天上工，他照常歪歪扭扭地走到那輛小車前，田保善，突然攔住了他。

「從今天起，你裝土吧，杜衛東推車。」

他警惕地看了一下那張陰險的老臉，放下了車子。

林士傑笑微微地把那張大疤臉挨近了他，嘴巴裡一股子口臭味兒直竄他的鼻子……

「喂，小傢伙，輪你報仇了。嘻——」

杜衛東一臉喪氣，蔫蔫地把車子推到周志明面前，等他裝土。

他裝了一平車，便直起了身子不裝了。從感情上講，他倒是真想報復杜衛東一下子，出出前幾日的惡氣。他之所以沒有這麼做，是因為想到自己到底是個共產黨員、公安幹部，不能隨了他們的樣子行事，連點正氣也不要了。

杜衛東卻完全是一副挨打的面孔，戒心十足地望望這一車平平鬆鬆的土，凝聚著警惕地說：

「裝不裝啦？不裝我可推了啊！」

「推吧。」他態度隨便地說。

杜衛東遲疑著把交叉抱在胸前的手放下來，走到小車跟前，心有餘悸地回頭看了他一眼，一提把推走了。

鄭三炮在一邊直嘬牙花子，「嘿！你小子怎麼那麼蠢吶，他前幾天怎麼給你裝的？還不趁機會整整兔崽子，這叫以其人之道還治其人之身嘛。」

他不搭腔，杜衛東把空車推回來，他還是那麼平平鬆鬆地裝了一車。

田保善提著把鐵鍬，陰陰地踱過來，說：「這車裝得太少了吧？」

他一翻眼皮，答道：「別人不都是裝這麼多嗎？再多裝，他頂得下一天的活兒嗎？不信你來試試，我給你裝。」

田保善給噎得僵在那兒，也沒法發作，只好咧咧嘴說：「行，行，你還夠仁義的。」

鄭三炮用鐵鍬在土塊上打著拍子，哼哼呀呀地唸道：「面無四兩肉，此人必難鬥……」周志明知道是在罵自己，裝做沒聽見。到了晚上收工的時候，他悄悄去問卞平甲，「田保善今天怎麼黑上杜衛東了？」卞平甲看看近處沒人，輕聲說：「昨天杜衛東倒泔水，偷著撈泔水桶裡的剩菜吃，挨了田保善一頓狗屁呲，不服氣，頂了兩句。」

「吃剩菜有什麼，好多人都吃，我看見林士傑倒泔水的時候也吃過。」

「大概還因為一本《水滸傳》的事，杜衛東前兩天在圖書館借來看的，田保善要先看，他沒給是怎麼的，咳，別管他們，狗咬狗。」

收工的隊伍照例要比出工走得快，有人往天上看了一眼，頭頂上壓著一大塊黑而厚的陰雲，朦朧發亮的落日餘暉沿著它那一直鋪向天邊的參差不齊的邊緣傾瀉下來，宛如給大地罩上一層薄

紗。隊伍裡傳來三兩句小聲的猜測，「聽，有雷呢，雨不小。」「下也下不長，明兒準晴，照樣出工。」更多的人往天上觀察了一陣，又低下頭去走自己的路，下不長的雨比不下還要討厭！

剛剛跨進監區大院的門，犯人們突然霍地抬起頭來，鼻子一齊拼命地抽動著，周志明也聞出來了，空氣中飄溢著一股令人垂涎的大米飯的香味兒！他自從被捕以後，還從來沒沾過一粒大米，這久違的香氣對他那轆轆饑腸的誘惑，簡直是不可抗拒的。

值日的犯人端飯去了，其他人都捧著自己的飯碗屏息靜氣地等待著，屋子裡沒有了往日那種汙穢的插科打諢的笑罵，寂靜中能聽見遠遠的地方滾動著沉悶的雷聲，活像是預示著一場大戰的將臨。

偏偏這個時候，田保善說院子裡有一堆垃圾得上馬上清，把杜衛東硬給支派出去。杜衛東剛走，飯就端回來了，熬豆角的菜盆裡還夾雜著幾塊豬腔骨。犯人們嗡地一聲撲過去，眨眼間擠成一個人疙瘩，碗、匙、手一齊伸向飯菜盆子。

卞平甲一邊往裡擠，一邊揮手招呼周志明，「來呀來呀，要不你就吃不上！」

周志明下意識地往前挪動了兩步，又站住了，他簡直見不得這種場面，一陣酸嘔從胃裡急泛上來，把食慾破壞殆盡，心裡頭彷彿有一道深溝在攔阻他，溝的那面是一群野獸在爭食，不能往前走了，再走，你就也成了野獸，站在這兒，你就是人！此刻，他覺得以前自己並未格外注意到的人的那種最基本的尊嚴竟是這麼難能可貴。他一隻手叉在腰上，冷眼望著那一堆人團兒，恨恨

地想：「吃不上就吃不上，不吃了！」

不過最後他還是吃上了，雖然半飽，但總算嚐到了大米飯的甜膩。他發現，田保善、林士傑這些老犯人的確是有經驗，頭一碗都不盛滿，只盛個七八成，然後守在飯盆邊上悶聲不響地大口吞咽，趁盆裡還有剩的，用驚人的速度吃下去，再盛第二碗，這第二碗就像杜衛東給他裝的那一車土似的，盛得滿滿的，用力壓瓷實，然後端著菜，找個舒坦地方一坐，再細嚼慢嚥地品味兒去。

周志明悶悶地站在屋門口，向南牆下的隊長辦公室望了一眼，一個念頭突然在心裡衝動了一下，「幹嘛不找隊長談一下？在我們的監獄裡，歪風邪氣這麼盛行，這是合法的嗎？」

他幾乎沒有猶豫，便大步向隊長辦公室走去，心裡坦坦蕩蕩的。田保善他們能怎麼著，大不了是再叫他推車，前一個星期他不是也照樣挺過來了嗎！走到值班隊長的屋門前，他鼓鼓氣兒喊了一聲：

「報告！」

「進來。」

他走進屋子，一個只有三十來歲的隊長正坐在小板凳上洗衣服，抬頭看了他一眼，問道：

「什麼事？」

「報告隊長，我有點兒想法，想談一談。」

他充滿希望的目光所接觸到的，卻是一張冷漠的面孔，「我馬上要交班兒了，待會兒你跟丁隊長談吧。」那個隊長說了一句便又埋頭去洗自己的衣服。

他好像被潑了一盆涼水，呆愣著沒動窩。

「你出去吧。」隊長又抬起頭，不耐煩地看著他。

從隊長值班室出來，往回走了幾步，他突然看見教導員于中才獨自從監區外面踱進院來，猶豫了一下，他迎了上去。

「有事嗎？」于中才嘴裡嚼著什麼，頦下的肥肉一轉一轉地晃動著，纖細的嗓門變得混沌起來。

「教導員，我想同你談談。」

「你說吧，什麼事？」

黑雲越壓越低，雷聲越滾越近，他遲疑了一下，覺得站在院子當中說話很不方便，但看看于中才那張等待的面容，只好說出來。

「教導員，我覺得這兒的犯人中，歪風邪氣很盛，有人成了牢頭獄霸，矇騙幹部，欺壓犯人……」

「誰呀？」于中才是一副漠然的表情。

「田保善就是，這幾天我算把他看透了。」

「你不簡單吶，才這麼幾天就能把一個人看透嗎？」

他還沒來得及悟出于中才話中的滋味兒，不知怎麼那麼巧，田保善遠遠地向他們跑過來。

「報告教導員，」田保善像個演員似的，聲音捏得異常溫馴，「報告教導員，杜衛東要鬧監。」

「想幹什麼？」于中才問。

「誰知道，可能是嫌今兒晚上的大米飯沒吃飽。」

「少吃一點兒就要鬧，像什麼話！」于中才的臉沉下來，「你們幫助幫助他，再鬧，就找值班隊長。」

「是是。」

「是！」田保善諾諾連聲，臨走，還斜愣愣地盯了周志明一眼。

「你還有別的事兒嗎？」于中才又對他問。

「教導員，我想能不能以後找機會跟你詳細彙報一下，像剛才大米飯的問題，實際是不患寡而患不均，田保善他們……」

「周志明，我告訴你，田保善坐了快三十年監獄了，改造得是有成績的，你才來幾天？啊？自己的罪惡又比較大，改造任務還是很重的，我勸你把主要精力放在自身的改惡從善上，這才是你到這兒來的主要任務，至於別人怎麼樣，自有政府管教，不是你操心的事！」

這時候，常松銘跑過來，說是場部有人來了，于中才同他一起往監區外面走了。周志明木頭

似的愣了一陣，心裡像被刺了一刀那麼難受，雖然穿過這身黑皮已經有兩三個月了，可于中才的這

番話仍然狠狠地挫傷了他的自尊，讓他覺得有口氣梗在喉間怎麼也咽不下去。

下雨了，雨點疏而大，乾燥的土地上頃刻間印滿了雞蛋大的雨斑。他心緒敗壞地走到監房門

口，屋子裡亂吵吵的似乎有些異樣，突然，一記驚天動地的響雷在頭頂上炸開，幾乎同時，一聲

慘叫從半開的屋門裡爆發出來，又被什麼東西悶住了，他吃驚地推開了屋門。

靠西牆的床板上，被褥狼藉不堪，像是剛剛經過一場搏鬥。杜衛東被臉朝下按在床上，嘴裡

塞著一團枕巾，鄭三炮和林士傑正用背包繩捆他，他們把他的手反綁在背後，拼命往上吊，幾乎

搆到了後脖子，然後把繩子齊胸橫繞兩圈，兩人各拽一條繩頭，用腳蹬著他的身子，像捆背包似

的用力一殺，杜衛東猛地弓起屁股，又撲地趴下去，嘴裡唔唔地一陣掙扎。田保善像個鬼判官似

的，高高地在被垛上正襟危坐。嘴裡罵著：「不捆你小子，你還要翻天呢！你服不服？」

鄭三炮扯開杜衛東的口銜，一聲嘶破的慘嚎從他嘴裡迸放出來。

「服！服！田頭，饒了我吧，哎呀！田頭，田大爺⋯⋯」

田保善板著臉，「什麼田頭田大爺的，混叫什麼，咱們都一樣，都是犯人，你小子破壞監

規，大夥不整整你？你說你該不該整！」

「該該！放了我吧。」話沒說完，嘴巴又被塞住了。

周志明眼睛冒火，全身都滾燙起來，胸中所有積恨一下子噴發了，嘴唇上像炸了一顆雷！

「放開他！你們都住手！」他穿著鞋就跳上床，寬寬的肩膀猛一橫，揉開兩個打手，伸手去解杜衛東身上的繩子。

鄭三炮冷不防被他一揉，一屁股坐在牆角裡，惱羞成怒地跳起來，正想大打出手，被田保善叫住了。

「算了算了！」他的目光陰陰地在周志明充血變紅的臉上停了片刻，又看看腳下的杜衛東，說：「教育教育他也就行了，我看他鬧不起來了，解開就解開吧。」

杜衛東嘴裡的枕巾被拿了出來，從喉嚨眼兒裡透出一陣顫動的哭泣。繩子解開了，可雙臂仍舊僵僵地向後背著，麻木得動不了。手腕子上被繩子勒出的血紅的溝印深得近骨。周志明俯下身想要扶他起來，剛一觸及他的胳膊，他就哎地一聲怪叫，聲音慘烈得嚇人。

杜衛東呻吟哀叫了一夜，第二天，兩條胳膊仍舊動彈不了，皮下的淤血片片可見。早上起床的哨聲響過好一陣，他才掙扎著爬起來，用身體蹭著牆往起提褲子，周志明過去幫他穿好衣服，又扶他上廁所，幫他脫褲子，繫褲子，他的手連飯碗也端不住，周志明又餵他吃飯，其他犯人冷眼旁觀，誰也不說話。吃過飯，周志明扯過毛巾給他擦嘴，他突然晃著腦袋嗚嗚地哭起來。

「痛得厲害？」周志明問。

「嗚——不，我不是人，不是人！」杜衛東晃著腦袋，聲噎氣斷地哭著。

上工之前，丁隊長被周志明找來，看了看杜衛東的胳膊，板著臉把田保善狠狠訓了一頓，走

了。沒一會兒又領著于中才回來，于中才又把杜衛東的兩條傷臂上下審視一番，目光兇狠地在每個犯人臉上環視了一圈，沒說什麼，只是叫廠裡的三輪小「東風」把杜衛東送到總場醫院去了。

捆傷了人，田保善沒有受到任何制裁，照樣神氣活現地在工地上發號施令，故意做出滿不當回事的樣子。周志明果然又重操舊業，推起了小車。不過這次和他搭組的犯人沒敢給他車上過量裝載，裝多一點兒他也不客氣地拿鐵鍬給鏟下去。跟這幫人不能太老實，不能擺出一副受欺負的架式來，該犯混也得犯混！他讓自己像塊燒紅的鐵疙瘩一樣灼然不可侵犯！

晚上，在廁所裡，他見左右無人，便悄悄對卞平甲說：「老卞，我要寫報告告他們！」

「告誰？」

「告田保善。」

「我看你消停著吧，他們飽狗餓狗亂咬一通，你犯不著摻和進去。」

「這難道是我們共產黨的監獄嗎！簡直成了他們為所欲為的小天下了，這是犯法，我非告不可！」

「哼，告他也白搭，田保善當雜務是于教導員『欽准』的，他還能自己摑自己嘴巴？」

「我可以越級告，往總場告，犯人是有這個權利的。我們聯名告怎麼樣，我負責寫。」

他用鼓勵和期待的目光望著卞平甲，卞平甲的頭卻搖得像撥浪鼓似的，「總場也不行，你告

到哪兒也不行，到時候還不是把你的狀紙轉回來請原單位解決。去年來了位新場長在這兒搞整頓試點的時候，就想抓個犯人打犯人的典型，結果怎麼著，典型沒抓成，連那個整頓試點都給批流產了。要我說，咱們一個犯人，身外之事少管，慢慢熬自己的刑期，熬到頭走人。」

卞平甲不肯和他聯名，他沒有生氣，甚至覺得這事兒本來就該一人做事一人當，不能要別人勉為其難。卞平甲的規勸，他自然也聽不進去，既然不屈服這個環境，不屈服這些混蛋們，不使自己隨波逐流地墮落下去，就不能僅僅像卞平甲那樣潔身自好。他橫了一條心非告不可，發下的一元五角零用錢全買了信紙和手電筒。夜裡，犯人們呼嚕呼嚕地睡著了，他蜷在悶熱的被子裡，在手電筒的微照之下，寫起來，汗，把被子都濕了……

他堅信，四兩正理能壓千斤邪！

二十二

施萬雲家的小屋裡已經有許多天沒有聽見笑聲了，日子垂頭喪氣地過著，嚼不出一點兒快樂來。一聽到收音機裡傳來「人民大眾開心之日，便是反革命分子難受之時」的一類廣播時，一家人便相顧無言。最近幾天，在沉沉不起的氣氛中又增添了些不安。

最讓宋凡不放心的是大女兒季虹。九四一廠作為全市的重點單位已開始了大清查，像季虹這類老走資派的子女即便什麼事也沒有，也是當然的涉嫌物件，何況她在廣場事件中又是那麼活躍呢。前些日子，安成被停職辦了學習班，誰能保險他不會為了保全自己而牽連別人呢？這幾天，季虹每晚下班回到家，宋凡便先是緊張地觀察著女兒的神態，繼而又忐忑地詢問著她在廠裡一天的吉凶，如同驚弓之鳥一般。即便在文化大革命初期她和丈夫都被揪鬥隔離的那陣子，似乎也不像現在這般惶惶不可終日，那會兒是群眾運動，大轟大嗡，反正一切都是亂的，而現在卻截然不同了，北京的天安門事件是中央定的性，十一廣場上的鬧事當然也得以此類推。季虹若是真給查住，那就是「正式」的反革命了，不但她一輩子翻不過身來，做父母的也難躲一頂「背後操縱教唆」的帽子，真要那樣，全家怕要永無寧日了。

昨天，季虹下班回來，總算帶回一個叫人寬一口氣的消息，安成從「走讀」學習班「畢業」了，雖然尚未正式宣布恢復工作，但顯然已經度過了審查關。下班的時候，季虹在工廠門口碰見

了他，他用難以察覺的動作頷首同她打了個招呼，似乎是暗示一切平安，她則把自己的心領神會連同潛意的感激全都安置在一個隱約的微笑裡了。

「安成這人很成熟，他當然不會亂說的。」宋凡捧著一個熱水袋議論著，看了女兒一眼，又問：「盧援朝一直沒出什麼事吧？」

「他？哼，書呆子，一貫不關心政治，誰會懷疑他，再說，他只是去廣場看了看，又沒抄詩又沒貼詩，他有什麼事。」季虹說。

「唉！」宋凡心事重重地嘆了口氣，「他好多天沒來了，大概也是害怕了。不過，這一段彼此還是少來往的好。看江一明，就比較懂事，這些日子一直大門不出，避嫌嘛，省得人家背後說三道四，疑神疑鬼。倒不是我們有什麼事不可示人，就是犯不著讓某些人捕風捉影地亂說。」

「哼！」施季虹憤憤地哼出一口氣，「又跟前幾年文化大革命似的，搞得人人自危。批鄧，轉彎子，說人家鄧小平是天安門事件的總後臺，誰服呀！反正現在人們也皮了，叫批就批，哄事兒唄！」

宋凡一聽到女兒這種大大咧咧的腔調就有點兒發急，「小虹，你這張嘴呀，沒深沒淺的，以後非出事不可，人家準會以為這些都是你爸爸的觀點。」

施季虹瞥一眼低頭默坐的父親，不吱聲了。

這些日子，施萬雲又恢復了原來的沉默，心境十分抑鬱，脾氣也格外不好，整天不是垂著頭

便是板著臉。當著孩子們的面，他對十一廣場事件和北京的天安門廣場事件被鎮壓，沒有表示出半點不滿情緒，甚至還言不由衷地批評過季虹的牢騷怒罵。

「你太偏激了。」他對女兒說，「要是都像咱們那樣真心悼念總理，當然是好事，可在天安門廣場上又燒又打，性質就變了嘛，咱們十一廣場上不是也有人亂來，要衝這兒衝那兒的嗎？壞人還是有的……」

幹嘛要這麼說呢？是為了怕季虹在外面胡說出什麼出格的話，給她的激憤潑一點兒冷水呢，還是為了寬慰自己那顆被惶惑和疑慮弄得快要破碎的心？在夜深人靜的時候，他躺在床上，望著黑洞洞的天花板，常常陷入很深的孤獨感中，覺得自己像個遠離母親、孤立無援的孩子，迷途的恐懼使他戰慄得痛苦萬分。

「黨啊，毛主席啊，這是怎麼回事啊？我是老了，跟不上了嗎……」

宋凡這些天也常失眠，使她輾轉反側的倒並不是如同丈夫那樣痛苦焦慮的思考。她只是覺得經歷了文化大革命這些年政治生活的大波大折，自己的神經已經越來越虛弱，再不想折騰，也再擔不起驚嚇了。她已經想好了，反正她所在的那個出版社是個撤銷單位，人員還都閒著等分配，大概再等幾年也不會有人來管，那時候她也就到了退休年齡，就可以像現在這樣，和一家人在一起，平平安安地享天倫、度晚年，這對任何人都算不得是一種奢想。可眼下似乎又是一個不祥的關口，真是多災多難。現在就只能巴望著虹虹不出意外了，她常常自我寬解地往好處想，「這股

清查風也許就快平息了吧。」

但是，萌萌，她一向沒有去操心的小女兒，卻突然提出一件事情來，把她，也把全家都震驚了。

這一天吃罷晚飯，萌萌把桌子收拾乾淨，洗罷了碗筷，站在她面前，扭捏了一下才說：

「媽，給我點兒錢行嗎？」

她覺得詫異：「你身上不是還有錢嗎？」

「我，想多要點兒。」小女兒吞吞吐吐的口氣使她警惕起來。

「你想買什麼？」

萌萌的話自然也引起了父親和姐姐的疑惑，都把詢問的目光投向她。

「我要去看志明。」萌萌的口氣一下子變得果決起來。

「看誰？」宋凡幾乎從椅子上跳起來，「瘋話！你到哪兒去看他。」

「我打聽了，他現在在自新河農場呢，我要去看他。」萌萌的堅決幾乎是不容置疑的。

「你胡來！」宋凡叫起來，她覺得萌萌的想法簡直是匪夷所思。

施萬雲這一刻也覺得女兒的決定完全是荒唐的，禁不住插嘴說：「自新河，你知道那是什麼地方嗎？是勞改農場，是監獄。再說離南州幾百里遠，偏僻極了，不是你想去就能去得了的嘛。」

施肖萌自從那次參加了全市公審大會以後，這個強烈的願望就占滿了她的心。她悄悄四處打聽周志明的下落，去西夾道間過鄰居，去派出所問過民警，連公安局的接待室她也去過了，結果一無所獲。直到昨天她不得不又使用了那個嚴君不讓她打的電話，才算知道了他的確切行止。家裡的反對是早在意料之中的，所以她的臉上毫無退縮的意思。

「我主意定了，非去。爸爸，媽媽，你們給我一點兒錢就行，只要二十塊。」

「不行！」宋凡咬死了口，「你憑什麼去看他，你算他什麼人？我身體不好你知道不知道？還要氣死我嗎！」

施肖萌的眼淚奪眶而出：「媽，他和我什麼關係，你問我？那時候你是怎麼跟我說他的，你，你，現在人家一倒楣，你就這麼絕情！」

施季虹覺得妹妹實在是個未經世事的孩子，腦子裡還存著這麼多浪漫得近乎荒誕的夢想，本來想譏諷幾句，現在見她真的動了感情，便改用一種委婉的口氣勸導說：「萌萌，這不是絕情不絕情的事，周志明究竟犯了什麼罪，你完全瞭解嗎？我知道，我知道，包庇廣場事件的反革命，那不過是明面上的罪名，其實詳細內幕你也不瞭解，你忘了上次在咱們家他對廣場事件的態度了嗎？我估計一定是他幹了別的壞事了，要不嘛一判判了十五年？且不說你們原來就沒確定關係，就是定了，為這麼個全不托底的壞人，值得去殉情嗎？」

「好，好，別說了！」施肖萌抹了把淚水，「我不求你們！」

施萬雲皺著眉頭，勉強勸說：「萌萌！你冷靜一點兒，這不是幾個錢的事，是政治問題嘛。你爸爸，你媽媽，是共產黨員，我們不能允許你和一個反革命保持關係。你想為了那點兒卿卿我我就什麼都不管了嗎？」

施肖萌痛哭起來，覺得自己的心被什麼東西撕開了，父親、母親、姐姐……在這一瞬間，親人們的臉都變得那麼疏遠陌生、那麼冰冷恐怖，她抬起淚痕道道的面孔，盯住了父親。

「爸爸，你難道一點兒不瞭解他嗎？你不是說他是個有出息的青年嗎？他現在是反革命，可你，你難道沒當過反革命嗎？他怎麼沒在政治上，在政治上嫌棄……我們？」

女兒的目光像是哀求，卻又那麼固執；滿含著可憐的淚花，卻又包蘊著一絲怨恨；聲音抽噎斷續，卻如重錘砰砰地叩擊著施萬雲的心，那常在不眠之夜襲來的惶惑又籠罩在他心頭。他垂下眼皮，避開女兒針刺一般的直視，好半天，才用幾乎覺察不出來的聲音輕輕嘆了口氣……

「好，你大了，你的終身，自己做主吧。」

但是宋凡依然毫不讓步，一連三天，天天盯著小女兒，連上街買菜都陪她一道去。肖萌雖然一直悶悶不樂，少言寡語，但也再沒提去探監的念頭，宋凡也稍稍鬆了口氣，她想那天晚上孩子不過是一時的感情衝動，心氣平靜下來也就完了。到了第四天，她的腰疼病又來了一次小小的發作，焐著熱水袋躺在床上，只好讓肖萌一個人出來買菜。

肖萌隨便買了點兒黃瓜、番茄，便從神農街把口的菜市場出來，她並沒有馬上拐進自家的胡

同。站在路邊躊躇少頃，過了街，乘上了一輛從南往北開的公共汽車，坐了三站路，在校場口下來，往東走了幾十步，進了那家全市最大的信託商店。

在收購部的櫃檯前，她摘下腕子上的手錶朝裡遞過去。

「委託呀？」一個年逾半百的老營業員看了看那錶，又放在耳邊聽了聽，說：「這錶可賣不了多少錢。」

「您看值多少錢就給多少吧，我急等用錢。」

「這錶你是什麼時候買的，有發票嗎？」老營業員從花邊眼鏡後面透過懷疑的目光。

這隻半舊的「上海」錶原來是姐姐的，姐姐參加工作以後，就更新了隻「梅花」，這隻「上海」便傳到她的手上。至於錶是何時所買，發票是否還在，她都說不出。

老營業員想了想，招招手對她說：「來，你跟我到裡邊來，商量商量值多少價。」

她跟著他走進櫃檯後面的一間屋子，老營業員並沒有跟她談什麼價錢，而是向一個中年人耳語幾句，便扭身出去了。

中年人走過來，手裡掂著那塊錶，表情嚴肅地問：「你是哪個單位的？」

「我沒工作。」她說。

「你住什麼地方？」

「你們收不收？不收就拿來，又不是查戶口，問住哪兒幹什麼？」

「這錶是你的嗎？」中年人不再繞圈子，直言不諱地問了一句，見她瞪大了委屈的眼睛，解釋說：「我們這兒有規定，委託錶呀什麼的，得憑買錶的發票，沒有發票就得開具單位證明或者街道辦事處的證明，可你什麼都沒有……」

這是她頭一次當自己的東西，當然不明規矩，愣愣地不知所措。正在這時，有幾個人從屋外大聲爭辯著走進來，其中一個穿著民警制服的女同志突然跟她打起招呼來。

「咦，施肖萌，你怎麼到這兒來了？」

肖萌也認出她來，大喜過望地叫道，「嚴君！」

嚴君的一身員警制服爽挺可體，顯出一副英武俊麗的體態。她略帶驚奇地問肖萌道：

「你是來賣東西的？」

中年人把錶遞給嚴君，說：「她想賣這隻錶，可什麼證明也沒有。」

嚴君拿過錶看了看，隨口問：「怎麼了，賣它幹嘛？」

肖萌垂下頭，對於嚴君，她從內心裡是信賴的、感激的，甚至覺得嚴君是她現在唯一可以與之傾吐的人，只是眼下人雜，無法啟口。

嚴君審視的目光在肖萌臉上轉了轉，挽起她的胳膊，輕聲說：「走，咱們出去說。」

嚴君對這裡像是很熟，領著肖萌推開屋子的另一扇門，穿過一個不大的院井，在通向信託店後門的一條闃靜的夾道裡站住了。

「出了什麼事嗎？」嚴君的臉上並無多少表情。

「我要去看他，家裡不同意。」

不用解釋，嚴君完全明白這個意思了，她斷然地搖了一下頭……「不，你別去，別幹傻事。」

嚴君的果斷看上去是毫無商量餘地的，肖萌想笑一笑沖淡一下這種嚴肅的氣氛，嘴角咧了咧，眼淚卻先湧上來，她連忙把臉別向一邊。

「我打定主意了，我要去。現在他是弱者，需要溫暖，需要同情。」

「可你不想，你又不是他的家屬，你去了人家會讓你見嗎？就是家屬去，也得先和勞改部門聯繫好了再去呀。再說，你去了能解決什麼問題呢？說不定反而會給他帶來煩惱，帶來痛苦的。」

肖萌搖著頭，不讓她說下去，「不不，他需要我，我知道他現在需要我去看他，需要同情、需要安慰，他太倒楣了，太慘了！」

前面房子裡，有人在高喊嚴君的名字，嚴君把手錶塞在肖萌手裡，說：「你別想得那麼容易了，自新河農場的情況，你完全不瞭解。今天晚上七點半咱們在建國公園門口見面，正門。我詳細跟你講，錶，千萬別賣了。好，晚上七點半。」說完，她匆匆扭身朝前屋的喊聲跑去。

施肖萌站在夾道裡怔怔地發了陣呆，茫茫的心緒沉甸甸地堵在喉嚨上。她從後門走出去，坐車尋原路回到神農街。這一天，做飯、收拾屋子、看書，她機械地、發癡地幹著照例要幹的事

兒，而真正的思緒卻陷入深深的彷徨之中。嚴君的意見同家裡是一致的，但比起家裡來，她的話似乎又格外有分量。「難道我真的是在幹傻事嗎？」她開始懷疑自己了，「我這到底是不是一時虛妄的衝動？我的決心真的那麼牢固嗎？在一個有十五年刑期的囚犯身上去尋覓無法實現的愛，去寄予菲薄的同情，對他有什麼意義，對自己又何以為了結呢？這些，自己以前並沒有認真地考慮和權衡呀！也許，嚴君是對的，家裡是對的，而我……我就是去了，就準能名正言順地見到他嗎？要是不去……不不！」公審大會的情景又浮現在她腦海裡，周志明那被人揪住頭髮而仰起來示眾的臉是那麼蒼白，那麼憔悴，那麼悲慘不忍一睹。這張臉在她心裡刻下了抹不掉的印跡，一想到這張臉，一股義無反顧的責任感便填滿她的胸懷，「他需要同情、需要憐憫，需要我，我得去！」

整整一下午，兩種思想在她的腦子裡此起彼落地翻覆著、摩擦著、鬥爭著，一會兒，她覺得應當實際些，一會兒，又覺得種種顧慮實在是一種市儈的計算。一直到去建國公園赴約的時候，她依然是矛盾的、徘徊的，她無法預料如果嚴君再說出什麼危言聳聽的勸阻話來，她此行的決心會不會徹底崩潰掉。

她是找了個去同學家串門的藉口才出來的，母親用戒備的目光在她臉上審視了好久，總算沒有攔她。來到公園門口的時候，離約好的時間還早十分鐘，她便站在一個不顯眼的地方等待著。

節氣已經過了立夏，天氣一天熱似一天，晚上進公園消夏納涼的人群紛至遝來，公園門前的

空場上熙熙攘攘。天色慢慢幽暗下來，遠處電報大樓的大鐘已經敲過了七點半的一記示響，鐘樓的頂尖也被天邊餘下的一片黃昏薄暮的深紫，襯出一個近灰的輪廓，不一會兒，路燈亮了，青晃晃的光線水一般地潑在反光的馬路上，有種陰森森的視感。她就著路燈看看手錶，已經快八點鐘了，仍然不見嚴君的人影，她決定不再等下去了。

她離開公園大門，正要沿迤西的馬路走到公園汽車站去，突然聽見身後有人叫她，扭過身，只見嚴君穿一身便服，拎著一隻顏色素淡的尼龍布兜，朝她跑來。

「忙到現在，好不容易出來，車又不順。」她微微喘著，並沒有說什麼抱歉的話。

她們順著街往西走，都沒有急於說話，沉默在兩個人之間蔓延、擴展著。拐過街角，在路燈光照不及的暗影裡，嚴君停下腳步，說話了：

「我，待會兒還得去市西分局，你拿著這個。」她從尼龍兜裡掏出什麼東西，在黑暗中塞到肖萌手上來。

是錢！肖萌手指觸在那硬挺光滑的紙面上，她看到手上握的，是三張十元面值的簇新的人民幣，不由慌亂起來。

「不不，我不能拿你的錢，我自己有辦法，我不要⋯⋯」她一迭聲地把錢推回去。

嚴君根本不去理會她那伸過來的捏錢的手，用一種極為果斷的口氣說：「我打聽了，得坐慢車，每天早上七點二十從南州郊區站發車，中午就能到自新河了，然後還要換坐公共汽車。來回

路費十二、三塊錢足夠了，剩下的，你給他買些東西吧，他不抽菸，買點兒糖吧，別買太高級的，犯人有規定的食品標準，太高級了就不讓他收了。」她頓了頓，聲調有點兒發顫，「你，多費心吧……謝謝你！」說完，扭過身，頭也不回地跑過了馬路，一輛剛巧進站的無軌電車把她帶走了。

這一切發生得那麼突然，肖萌手裡攥著那幾張已經被捏得發燙的票子，木然站在馬路邊上。

從嚴君最後兩句話的聲音中，她察覺到了她內心的激動，而自己感情的波瀾也似乎被一種巨大的力量牽動起來，決心和勇氣終於重新凝結在一起，她毅然向車站走去。

但是，嚴君的某些細微的表情又使她困惑不解，「她幹嘛反要謝謝我呢？」在公共汽車上，她這樣想著。

二十三

小火車「哐噹」響動了一下，開走了。施肖萌茫然站在清清冷冷的月臺上，怯生生地打量著這個同剛才那輛小火車一樣老舊的小小車站。在一排簡陋的磚房旁邊，有些木欄杆向左右延伸，欄杆上早已膠滿了狼藉不堪的灰垢，唯一新豔的，是貼在上面的用粉紅紙寫的一條反擊右傾翻案風的大標語。

她提著一個不大的提包隨著零落的乘客走出月臺。按嚴君的告誡，她沒敢買什麼高級食品，提包裡只裝了兩包普通糖塊，一包點心和幾斤蘋果，顯得空晃晃的。刨掉回去的車費，身上還剩下十幾塊錢，她不知道這些錢能不能被允許留給他。

出了車站，不知該怎麼走，手搭涼棚，四外望去。這裡，除了幾段被無草蔽沒的年深殘毀的斷牆之外，便全是光禿禿的莊稼地了。收割後的麥田在暑氣蒸烤下散發出異常乾燥的氣息。遠處的大道上，一輛大約是慈禧太后年代的大鼻子汽車停在那兒，她盲目地隨了人們向汽車站走去。

汽車的拉門前，站著一位身材矮胖的姑娘，脖子上挎著皮製的售票夾。高聲叫著：「快點兒，跑兩步，開車啦！」

準備上車的人跑起來，她也隨著加快了腳步，到了車跟前，她對售票員問道：「同志，去自新河農場，坐這車……」

「上車吧。」胖姑娘不等她說完就揮揮手，「這就是農場的環行班車。」

這可真是輛老古董車了，柴油機引擎發出劈哩啪啦的響聲，開動起來，整個鐵皮車身都在左搖右晃。肖萌緊張地抓住一隻座位的扶手，顯得有點兒狼狽。售票姑娘靠在油漆斑駁的拉門上，身體隨了車子的晃動，倒融合進一種特別的節奏感之中。她老練的招呼著乘客買票，不住地同熟人談笑風生地閒扯，肖萌好容易湊了個她低頭數錢的機會，問道：

「同志，我是來看人的，請問該在哪兒下？」

「那個人是哪個分場的？」胖姑娘反問。

「自新河農場……」

「……」

「那個人是幹嘛的？」

「我也不知道哪個分場，可能……」

「我知道，一下火車就算踩上自新河農場的地圈了，我問的是哪個分場，這兒有八個分場，還有幾個工廠……」

「噢，是犯人吧！」胖姑娘恍然地說，「你是不是來探視的？」

大概滿車的人都把鄙視的目光集中在她身上了，她的背上像有無數小刺作怪，臉上燒起一片火來。

那售票姑娘倒是見慣了似的,毫不在意,給她打了張五分的車票遞過來:「要是不知道他在哪兒,就先到總場場部下車吧,到場部打聽打聽。」

於是她在場部下了車,問了三個人,才輾轉找到了獄政科的接待室,一個上了年紀的女幹部接待了她。

「你是周志明的什麼人呀?」她一邊翻著卡片櫃一邊問她。

「我是,他愛人。」她生怕關係遠了不讓見。

「愛人?」女幹部抽出一張卡片看著,自言自語地說:「怎麼沒填呀。」扭過頭來,又對她說:「你這次來,事先跟磚廠聯繫好了?」

「什麼?」

「我們這兒有沒有給你發通知書,或者是他本人給你寫了信叫你來?」

「不,我不知道,沒有。」她緊張起來。

「沒有?」女幹部放下手中的卡片,皺起眉毛,「沒通知怎麼就來了。你的介紹信哪,我看看。」

「我沒帶介紹信,我不知道要介紹信的。」

「那你的工作證哪,也行。」

「我沒工作。」

「……戶口本帶了嗎？」

她愣在那裡。

女幹部有些不耐煩了，關上了卡片櫃子。

「規定帶的證明你都沒帶，那就不好辦了。這樣吧，你先到招待所住下，能不能見，等我們跟磚廠聯繫了再說。」

磚廠？女幹部幾次提到了磚廠，顯然周志明就押在那兒。施肖萌接過一張介紹住招待所的條子，走出了接待室。

第二天的答覆是：「正在研究。」

她在招待所熬了三天，天天都去接待室詢問結果，頭一天得到的答覆是：「還沒聯繫上。」

到了第三天，接待室終於有了個能摸得著的說法，「最遲明天做決定，你明天來吧。」

明天，就是第四天了。她「失蹤」了四天，不敢想像家裡頭，特別是母親該是怎樣一副氣急敗壞的樣子。明天一定要見上他，不能再拖了。所以她第四天一大早就堵在接待室門口，堵上了那位第一天接待她的「老太太」。

「老太太」讓她在屋子裡坐下，先給她倒了杯開水，然後才慢慢開口問道：

「你到底是周志明的什麼人？」

「我是他未婚妻。」

「未婚妻，噢——這樣吧，你把通訊位址留下，先回去，究竟什麼時候可以探視，我們給你發通知。」

她臉色蒼白地站起來，用全部力氣克制著自己憤怒的眼淚，一句話也沒說便往外走，把那「老太太」弄得愣住了，直到她跨出門檻才在身後說了一句：

「地址也不留了嗎？」

她連頭也沒回，渾身發抖地走到大路口，這就是四天，足足等了四天所得到的答覆！她恨得胸口發悶，覺得這兒的一切都是那麼可憎。

大路從腳下伸向遠方，柏油路面在烈日下蒸著虛抖的熱氣。在不遠的地方，停著一輛北京吉普，司機把頭埋在揚起的前罩蓋下，背上的衣服漬出一片汗漬，一個六十來歲的幹部在旁邊來回踱著步子。她向他們走去。

「同志，請問去磚廠怎麼走？」

那個幹部揚起一張瘦瘦的臉龐，很麻利地打量了一下她，用微啞的聲音答道：

「往西，一直走，再往北，遠得很哪。你不是農場的孩子吧，到磚廠去做什麼呀？」

「找人。」

「你是從南州來的還是從哪兒來的？磚廠有你什麼人呀？」

她沒有回答，轉身向西走去，心裡頭感到厭煩。在這些公安幹部眼睛裡，好像誰都是壞人似

的，都得接受他們刨根問底的盤問，她討厭這些盤問，也害怕這些盤問，她雖然背著家裡跑出來，像個衝撞了閨戒的姑娘不顧一切地去私奔，但她畢竟害怕被人查到底細而連累家裡，只盼今天一切都平安無事吧。

加快腳步走了一段路，背上已是汗水津津，遠遠的，傳來一陣汽車的馬達聲，越來越近，突然在她身後戛然而止，顯然是衝她來的。她心驚肉跳地轉過頭，只見剛才那位給她指路的老頭子從吉普車裡探出身來，招呼她說：

「喂，小鬼，要不要我們給你捎個腳啊？我們也是去磚廠的。」

她猶豫起來。那人又笑著說：「憑你這兩條腿呀，怕要走到後晌去了，上車吧。」

她不管三七二十一，上了車。不知道這老頭兒還得問她什麼，她低著頭，不說話，車子又開動起來。

「姓什麼呀，小鬼？」

看，來了！「姓史。」她靈機一動，話到口邊把施音念成了史音，這樣就算以後給查出來，也還可以圓。

「磚廠有親戚？」

「有，是犯人。」她索性自己先說了。

「噢，叫什麼？」那人的目光漫不經心地飄向車窗外邊。

「叫周志明。」

「周志明？」那人轉過頭來，看了她一眼，思索著說：「是原來在市公安局工作的那個嗎？」

她點了一下頭。老頭兒顯然有了點兒興趣：

「你是她什麼人呀？」

老頭兒的表情沒有半點兒惡意，但她仍然不願多說話，「未婚妻。」

「啊——」老頭兒點點頭，又把視線移向車外。

一路上他們沒再說什麼。到了磚廠，老頭兒領她找到了一個姓常的幹部後才辦他自己的事去了。

這個幹部有三十多歲，一副闊邊眼鏡給他不怎麼好看的臉上添了些文質彬彬的風度，他把她領進一間辦公室裡，問道：

「不是叫你回去等通知嗎，場部沒跟你說？」

施肖萌長到這麼大，從來沒有這樣哀求過別人，「同志，我好不容易來一趟，求求你讓我見一面吧，哪怕一分鐘半分鐘也成，求求你。」她望著那人的臉，心裡有點兒急了。

那人扶扶眼鏡，鄭重其事地思考了一下，說：「你先坐一會兒吧，我們研究研究。」

那人走出了屋子，她滿心焦急而又無可奈何地坐下來。屋子裡的擺設不多，辦公桌、文具

櫃，都是那麼簡陋、陳舊，牆皮上曝起一塊塊白花花的硝漬，叫人看了挺噁心；房頂大概是被冬天裡取暖的爐子燻的，烏黑一片，早已埋沒了原來的本色。

四周圍很靜，靜得讓人害怕，空氣中重壓著透不過氣來的悶熱，有人從房前跑過，咚咚的腳步聲沉重地砸在地上，在寂靜中格外震耳。屋子的門吱地響動了一下，把她嚇了一跳，看時，卻不見有人進來。一會兒，有兩個人在門外說起話來。

一個細得像女人一樣的聲音：「馬樹峰什麼都要管，什麼都要管，連犯人家屬探視也得插一槓子，真他媽的……」下面罵的髒話她沒聽懂。

另一個聲音斷斷續續：「……跟他一起坐車來的，可能認識……」這是那個戴眼鏡的幹部。

細嗓門兒又說：「……認罪態度那麼壞，就不該讓他見，況且……」越說越細，怎麼也聽不清。

戴眼鏡的幹部附和著說，「馬樹峰既認識那女的，可能也認識周志明，要是讓那女的見他，說不定她會把那份誣告報告直接捅到馬場長那兒去。而且昨天小丁也問我周志明是不是寫了份報告，我問他幹嘛，他又不說，哼，他對周志明倒是挺關心的……」

「讓他們捅去，我怕個什麼，別說馬樹峰這麼個掛名副場長，就是捅到陳政委那兒去，我也不怵。他那份報告我昨天又看了一遍，通篇都是攻擊性言論，過兩天我還想在犯人中公佈出來呢。這傢伙一來我就看出來了，那副公安幹部的架子還端著那，典型的『亂說亂動』，非好好殺

殺他的氣焰不可。」

這一段話，細嗓門兒也把聲量放大了，施肖萌一字不漏地聽在耳中，雖不很瞭解其中的原委，但卻能明白無誤地感覺到周志明似乎面臨著某種危機，她心裡害怕！

戴眼鏡的聲音又低下去，「……那你看……」

細嗓門兒賭氣般地抬高聲音，「叫他見，革命的人道主義還要講嘛。你跟那女同志交代一下，叫她也配合做做工作。」

以後又靜下來，施肖萌抬起手腕，那隻沒有賣掉的手錶滴滴噠噠響著，時針斜指在十一點的位置上，一陣煩躁襲來，背上像爬上了毛毛蟲，她魂不守舍地從凳子上站起來往窗外張望。

「哎！」身後突然有人出了聲，回頭一看，戴眼鏡的幹部不知什麼時候已經進了屋，他拉開桌子的抽屜，一邊找著東西一邊對她說：「我們研究了，決定特殊照顧你一下，讓你見，現在我先把情況和你介紹介紹。哎，你坐吧，坐吧。呃，周志明到這兒來……來了一個月了，認罪態度一直沒有端正，表現是不好的，這樣下去有什麼前途呢？一點兒沒有。你見了他，也可以從你的角度配合政府做做工作嘛，也可以好好勸勸他脫胎換骨，認罪服判，把自己改造成為一個新人嘛。啊——」他拿出一個拴著小木牌的鑰匙，「走吧，跟我來。」

她跟他出了屋子，繞過這排平房，又穿過一條斜坡路，一個用電網高牆圍繞起來的大院子赫

然出現在眼前。他們沒有從大門進去，而是打開了離大門不遠的一扇低而窄的小門。這是一間十

幾米見方的屋子，裡面除了幾張條凳和一張沒塗漆的長形桌子外，一無所有。

「在這兒等一會兒吧。你先看看牆上貼的探視須知——接見時間只有十分鐘，你先把想說的

話考慮好了，談的時候不准涉及案情；不准說不利於犯人改造的話；不准使用外語、暗語；不准

打手語，不准……你自己看吧。」

戴眼鏡幹部推開屋子的另一扇門走了，在這扇門一開一閉的剎那間，她看見了門外面的大院

子，看見了那一排間隔整齊的黑鐵門，一股心酸泛起，「這就是他住的牢房吧？」

那人一去不回來，時間一分一秒地熬過去。屋子的窗戶都嚴嚴地關鎖著，空間散發著一股霉

腐的氣味，悶熱得幾乎像個大蒸籠。已經十二點了，她耐著性子等下去。

那扇門終於又開了，戴眼鏡的幹部走進來，身後跟著一個人。她緊張得心都快要從嗓子眼兒

裡跳出來，張皇地從凳子上站起了身子。

這就是他嗎？

他那種象牙般光滑明亮的膚色從臉龐上褪去了，雙頰變得粗糙黧黑，滿頭潑墨般的軟髮也只

剩下一層被曬乾了油色的刺毛兒，還遮不住黃虛虛的頭皮，那對深不見底的眼眸現在竟是這樣憔

悴、疲憊和呆滯，從滿是灰垢和汗漬的黑色囚衣領口伸出來的脖子，顯得又細又長，幾根粗曲的

血管像蚯蚓一樣觸目驚心地蜿蜒在皮下……這就是他嗎？她滿眶淚水憋不住了。

「小周，我，我看你來了……」只說了一句，喉嚨便哽咽住。

周志明並沒有表現出她原來想像的那樣激動和熱烈，他只是在一見到她的瞬間發了傻，嘴唇微微張開，不知所措地喃喃著：「你來啦，你來啦……」

她哭了。從他的聲音中，一切期待和犧牲都得到了滿足和報償。她不顧危險來奔他，是因為要把自己弱小微薄的同情和憐憫給予他嗎？不，她現在才明白，她來這兒不光是為了給予，同時也是為了追求，為了得到。因為內心的感情已經無可否認，她自己是多麼需要他，需要他的愛和撫慰，需要聽到他的聲音……她撲到他的胸膛上，雙肩抽動，有百感而無一言。他的身上散發出一股難聞的泥土和汗酸的混雜氣味，她的手觸在他單薄的脊背上，那肩胛瘦得幾乎快要從汗漬板結的黑布服裡支稜出來了。

她盼著他能緊緊地擁抱她，但是他沒有，卻是一副不知所措的樣子。

「砰砰砰！」一陣惱怒的響聲壓過她的欷歔，戴眼鏡幹部用門鎖在桌上用力敲著，以十分看不慣的神情干涉了。

「坐下談行不行，這不是預備凳子了嗎，要說話抓緊時間！」

「哎哎哎，周志明可是個在押犯，這兒是監獄，不能那麼隨便啊，又摟又抱的成什麼樣子！」

她感到周志明的身子緩緩地往後退了退，她也趕緊往後退了一步，生怕由於自己的失當而致看守人員移怒於他，使他今後在獄中的處境更難。

他們隔著長桌坐下來，她說：「志明，我很想你。」

「你……」他很拘謹，直挺挺地坐著，「你好嗎？你爸爸媽媽，他們都好嗎？」他的聲音輕得近於耳語。

「他們都好，你怎麼變成這樣兒了，你是不是很苦，很累……」她恨不得把所有想要問的話都問了。

「還有你姐姐呢，她怎麼樣？她和援朝他們都好嗎？」他仍然用一種小心翼翼的聲音問著。

「志明，你快說說你自己吧，你在這兒怎麼樣，你身體怎麼樣？」

「我挺好的。你找到工作了嗎？最近又去過知青辦嗎？我如果……」

「別說我了，快別說了。」她幾乎是哀求地說著，「我這麼遠跑來，我多想知道你的情況啊，你怎麼這樣瘦啊？全變了樣兒了，你，究竟是為了什麼呀，你以後可怎麼辦呀……」她說不下去了。

「我沒什麼，我沒什麼，你趕快回去吧。」他喃喃地、發呆地說。那個常幹事站在桌子旁，看看她，又看看周志明，突然插進來說：「行了，到時間了，周志明，你出去吧。」

周志明服從地站起來，目光在她臉上停了一下，她驀然感到這一剎那的眼神是那麼熟悉，一下子把她心中無數記憶都連接起來了。

「同志，還不到十分鐘，還不到啊，你讓我們再說幾句吧。」

「怎麼不到？是按你的錶還是按我的錶？怎麼得寸進尺呀，讓你見一面本來就已經是破例照顧了。周志明，你先出去。」

周志明望著她，後退著蹭到通向院內的那個門邊上，用背把門頂開，卻沒有立即出去。

「同志，求求你了，能不能再讓我們談五分鐘，再談五分鐘……」

「不行，你這人怎麼這麼賴呀，啊？」

「小萌！」周志明突然放大了聲音，他終於放大了聲音！她的心酸酸的，快要從嗓子眼兒裡跳出來了。

「你回去吧，好好地生活，再別來了，一定不要再來了，就算最後聽我這句話，你自己好好地生活吧。」

他走了，聲音留在屋子裡，她雙手捂住臉，雙肩劇烈地抽動，淚水湧泉一般濕濕了手掌，她用全部力氣壓抑著哭聲，只能聽到一陣尖細的鳴響在胸膛裡滾動，如同遙遠的天籟！

二十四

在九四一廠，坐辦公室的「白領階級」都在週末休息，而在車間、倉庫賣力氣的「藍領」們則是挨日輪休的，施季虹得輪上七個星期天，才能和盧援朝湊到一塊兒。

碰上這種星期天，盧援朝照例早上九點鐘來。今天施季虹家裡恰巧很清靜，她在裡屋一邊看書一邊等他，萌萌一個人待在外屋，一大早就沒聽到她的聲響。

萌萌從自新河回來已經三天了。在這三天裡，除了爸爸還和她說說話以外，季虹和媽媽全都不理她。萌萌自己呢，也不說話，老是一個人發呆，像傻了似的，看著也怪可憐。

盧援朝從外屋進來的時候，施季虹沒聽見他同萌萌打招呼，一進了裡屋，他放下肩上的書包就指指外面，問：

「回來啦？」

她放下書，輕輕說了句：「早回來啦。」

盧援朝在椅子上坐下來，沒精打采地問：「你爸爸媽媽呢？」

「我媽腰疼，爸陪她上醫院了。」

他又指指外屋，「淨幹這種隨心所欲的事，你媽能不病嗎，沒病也得氣出病來。」

「你小聲點。」

「沒事兒，她睡著了。」

對盧援朝的話，施季虹心裡是感到一絲痛快的。萌萌的確是辦了件觸犯眾怒的事情，這事眼下雖然還沒張揚在外，但以後會不會被勞改農場捅出來，可就是沒準兒的事了。廠保衛處那幾個凶神本來見了她就老是橫眉冷對的樣子，要是這件事再讓他們知道了，瞧吧，還不曉得怎麼狂呢。盧援朝大概也有了這種預感，不然何以會口出怨言呢？他過去是從來不說萌萌壞話的，對於萌萌那個同情弱者的觀念，甚至還抱了一種相當理解、相當讚賞的態度。她望望盧援朝沉鬱的臉色，問了句：

「是不是聽到誰說什麼了？」

「沒有。」

盧援朝煩躁的表情，更增加了她的疑心，同時也把她自己的心情搞得煩躁起來，忍了忍，她說：「出去走走吧。」

還不到九點半，外面的太陽已經開始烤人了，出胡同走了好半天，仍然看不到一個賣冰棍的。盧援朝低頭不響地只顧往前走，她也不急於找話說，她知道盧援朝是個無事不出門的悶性子，平時要叫他陪著逛逛大街，就像宰他一樣，今天之所以老老實實地跟出來，顯然是有話要說的。她等他說。

果然，走了一會兒，他忍不住了。

「昨天下午，廠裡保衛處找我談了。」

「什麼？」雖然是意料中事，但施季虹還是一下子站住了，她胸口一陣跳，表面上卻很快鎮定下來，「你怎麼不早說呀！」

「剛才萌萌在外屋躺著，我能說嗎？」盧援朝突然厭惡地抬高了聲音，幾乎是在衝她叫喊了，她的火兒也騰地竄上來，要不是急於想知道保衛處都對他說了些什麼，她非發洩一通不可！

「找你談什麼啦？」

「還不是為萌萌！」盧援朝又喊了一聲。

附近沒人，她的聲兒也狠起來了，「你跟我發什麼火兒？」她又問：「他們到底談什麼啦，你直說好不好？」

「問萌萌是不是有個男朋友給抓起來了，問究竟是什麼性質的問題。」

「周志明的事他們怎麼知道？再說這和你有什麼關係，連我都沒問，問得著你嗎？」

「怎麼沒關係？我和你可不一樣！我在技術部工作，有人就眼紅，跟保衛處說我政治上不可靠，和反革命有親戚關係，不適合在保密部門工作，因為這，連我去年到法國當隨團翻譯的那些屁事都扯出來了，說我違反外事紀律，在旅館住了單間客房，那能賴我嗎？人家就只有單間了，我們好幾個人都住過單間⋯⋯」

「你沒事就沒事唄，扯個沒完幹麼！」她不耐煩地打斷他，「你跟保衛處怎麼說的？」

盧援朝悶了半天，才說：「保衛處就問萌萌的事來著，我說萌萌和周志明早沒關係了，誰知道他是什麼性質的問題。哼，幸虧人家不知道萌萌上自新河的事兒，要是知道了……我真是跟你們擔連累，你們家本來就這麼不順，萌萌還不消停點，想幹嘛就幹嘛，也不知道考慮考慮別人。」

她不清楚盧援朝今天是怎麼了，這麼氣不打一處來，顯得反常的暴躁。她甚至也形容不出自己此時的心情，彷彿把沉默許久的話都一瀉無餘地倒出來了，她一向最怕的，最忌諱的，恰恰就是被人看不起，尤其不願意被盧援朝看不起。家庭無論怎樣倒楣，她內心裡始終是把自己看得比他優越的，落難公主被樵夫愛上，可公主總歸要比樵夫高上一格。現在倒好，連一向持重內向的盧援朝也開始給她摔臉子了，她委屈、氣憤！說不清心裡是什麼滋味。可冷靜想想，這能怪援朝嗎？自己爸爸仕途失意，妹妹又找了個勞改犯，誰能沒一點怨言，沒一點反感？人之常情，實在是難怪的。她竭力在感情上寬容援朝，說服自己。

在另一方面，她又轉念。如果說，盧援朝剛才在她家裡數落萌萌的時候，她還感到一絲痛快的話，那麼現在，她卻不由自主地要欽佩萌萌了，當一個人有難時，仍然被另一個人忘我地愛戀著，豈不也是一種令人心顫的幸福嗎？她自己是做不到這一點的，盧援朝呢？

盧援朝似乎還想說什麼，看著她的臉色，沒說出來。兩個人默默走了一段路，然後在一片不大的樹蔭下站住了。也許因為雙方心裡都需要安靜片刻，所以誰也沒說話。這是他們以前就有的

默契。「冰棍兒——」街對面，有人拖著啞啞的長音兒，由遠及近而來，盧援朝這才開口問：

「買根冰棍吧，你吃嗎？」

她疲乏地搖了一下頭。

「今天中午你怎麼吃飯？你妹妹現在還管不管做了？」

「這兩天我一直在廠裡吃，今天回家再說吧，你中午有事？」

「沒有，我和家裡說了中午要回去的。」

盧援朝點點頭剛要走，她又把他叫住了，眼睛並不看他，聲音低低地說道：

「援朝，如果將來我們倆當中有一個人倒了楣，另一個會怎麼樣？」

盧援朝沒有說話。

這幾句話說完，就又沒話了，施季虹只好悶悶地說了句：「那你回去吧。」

盧援朝點點頭，她又把他叫住了，眼睛並不看他，聲音低低地說道：

「季虹！」盧援朝低著頭，聲音彷彿是從一個很深很深的洞穴裡發出來似的，可在施季虹的感覺上，他的聲音卻從來沒有像此時這麼真實過，「我們都是，正常人、普通人、凡人，大多數人做不到的事，我們也同樣做不到。人，首先是為自己才活著的，要溫飽、要工作、要休息和娛樂、要社交和名譽，都是替自己要而不是替別人要；是自己的生理心理需要而不是別人的。只要能和別人好好相處，能互相關心、互相幫助、互相尊重就行了，但要為別人而過分妨礙和犧牲自

己，就超出了我們這些凡夫俗子的本性了。你是這樣，我也是，還是彼此都別苛求對方，別要求太高了吧。」

這段坦誠的剖白，聽得施季虹周身寒徹。她並不是害怕自己萬一有不幸時會被盧援朝拋棄，她和他誰也不能像萌萌那樣至死鍾情，這本來就是不宣亦明的事，但是她仍然控制不住一種生理上的恐懼，人生實在太冷酷了！她一面打寒顫，一面又要自嘲，一面嘲笑自己還是那麼迂腐，也許世界上本來就沒有那種讓人熱血沸騰於長久的東西。就說清明節去十一廣場紀念總理吧，大家當初不都激情滿懷，高聲吶喊地去了？可是，上頭一揪一批，不過幾個月的間隔，大夥兒還不是你揭發我，我揭發你，搞得變友為仇了嗎？並不是所有人都能像那樣安成那樣嘴緊的。可仔細想想，難道能說這些人都是屬瘋狗的，從此不可交了嗎？不，盧援朝說得很對，大家都是凡夫俗子，是為了自己，或者說首先是為了自己而活著的。

和盧援朝分了手，她心緒空茫地走回家來。還不錯，萌萌已經起來了，正在洗米做飯，看了她一眼，沒說話。這一眼使施季虹的心忽地軟了，覺得妹妹確實很可憐，也很可敬，她甚至後悔這幾天過分冷淡了妹妹，未免太殘酷，可她也沒有說話，逕自走進裡屋去了。

在床上稍躺了一會兒，就聽見外屋有人敲門。萌萌去開門了，有個女人說了句什麼便走了進來。靜了一會兒，那人又說了幾句什麼，萌萌突然低低地哭起來了。怎麼了？施季虹嚇了一跳，連忙從床上坐起來，想到外屋去看看，走到門口又停住了，她只把門打開一條虛縫，使外屋的聲

音能清楚地傳進來。

「你要把實話告訴我，他是不是出了什麼事？」

「沒有，沒有……」

「那你為什麼哭？他是不是出了什麼事？」

「他，很苦……」

「那你，哭也沒有用啊。」

那女人的口氣比剛才柔軟多了，施季虹把門縫再開大點，能看見那人的後背，一個年輕姑娘輪廓很美的後背。

「他都說了什麼？」

「他……叫我不要再去了。」

「他還說了什麼？」

「叫我不要再去了……」

萌萌壓著聲音，越哭越傷心，完全控制不住了似的。三天了，這是萌萌回來以後第一次哭出來。

「那個姑娘等了一會兒，才用一種很慢很深沉的語調問道：

「你還相信他是好人嗎？」

「我相信，相信，可我不知道，他以後會變成什麼樣，十五年，那個地方會把他變成另一個

人，他永遠不再是他了。」

「不，不對，不對！如果是我進了監獄，我可能不知道自己會變成什麼樣兒。可是他，他會越變越好的，他是一個真正的公安人員，無論到了哪兒都不會埋掉他的本色，肯定不會的，我相信他勝於相信自己！」

施季虹還從來沒有在一個女人的嘴裡，聽到過這樣果斷自信、這樣富於感染力的語言。不行，這對萌萌可不好。她想拉開門，走出去打斷她們，可那姑娘下面的一句話，又使她收住了自己的腳。

「你在農場的時候，是不是有個什麼調查組去了？你聽別人說過嗎？」

「調查組？不知道。」

短暫的沉默。

「以後你打算怎麼辦？」

「我要給他寫信。」

「他不一定能看得到，看到了也不一定回信。」

「那我也要寫，我也要寫。」

「聽我說肖萌，你的責任盡到了，你不必再等著他了。十五年，絕不是你想像的那麼短，只要你相信他不是壞人，永遠相信他，也就算沒白白和他相處一場了。現在不用再等他了，你可以

放心，他是好人，以後一定會得到幸福的，我可以向你保證！」

那姑娘的聲音是非常激動的，連施季虹心裡也禁不住一陣顫抖，不知道是出於什麼聯想，她的眼睛竟然微微發潮了，這是為什麼？唉⋯⋯人心不可比，人心不可量。但是，她現在無論如何得出去，到外屋去，叫那姑娘走，告訴她，萌萌現在和周志明沒有任何關係了，一點沒有！告訴她，萌萌現在該做做飯了！

二十五

在自新河農場第八副場長的職位上，馬樹峰已經待了將近三個月了，而位於全場最西緣的磚廠，他還是頭一次來。

據場裡一個熟人私下裡的透露，對他的到任，在場黨委常委的會議上甚至連提都沒有被提一句，只是在一次例行的場務會將要結束的時候，才向大家草草宣布了一下。儘管他不進常委、在副場長的座次中排在沉底兒的位置，是在他來之前就已經內定的事情，但是對於一個在市局當了十幾年局長的人來說，被冷落到這個地步，顯然是連面子也不願替他維持了。

對這些事情，他倒很想得開；安排他抓生產，他也心甘情願。失意遭譴的境遇，一生中亦非一次，而精神上通達樂觀並且保持銳意，卻是他一直沒有丟棄的態度。人，難得的就是榮辱不驚，就怕那種一逢逆境就委靡喪志的軟包，沒出息！

近一個月來，四分之三的時間在各分場跑。才知道，生產工作在這個農場的位置，和他在副場長中的位置差不多，是次而又次的。在有的分場，他甚至都找不到一個管生產的幹部來談一談。上個星期他發了通知，開各單位主管生產工作的負責人會議，結果到會的人數不滿五成，搞得他連拍桌子的心情也沒有了。他簡直搞不清這麼多頭頭們整天都在忙什麼。昨天，甘向前的突然臨幸，才把所有的場領導都牽引調動起來；場部各科室、下面各單位，也都在手忙腳亂地為這

位局長大人的視察做著臨陣磨槍的準備。

甘向前從參加軍管到現在，到這個偏僻的勞改農場來還是第一次。作為全局實際上的第一把手，居然有閒垂巡至此，無論如何使馬樹峰感到有些不尋常，直到昨天晚上農場領導向甘向前的彙報會一開，才最後證實了他的猜測。甘向前此行的興趣，果真是在三一一案的調查工作上。

三一一案調查組下到農場已經快一個星期了，不知查出什麼結果沒有。作為前任局長，馬樹峰是參與了這個案子最初的決策工作的，可調查組到今天也沒有找他問意見，似乎有點不近情理。徐邦呈的脫逃，他是進了市委批鄧學習班以後才聽說的，初聞時驚訝不已，細一想又覺得絕非偶然。憑甘向前這樣的外行掛帥，豈有戰而不敗的道理？說徐邦呈潛入的目的是破壞批鄧，豈不滑天下之大稽？不過，三一一案的專案組裡還混著一個內奸，而且徐邦呈恰恰就是從這個人的手裡逃之夭夭的，這一段奇而又奇的情節則是他在昨晚的會上才知道的。真是天下巧事何其多，而事情太巧了，常常反倒讓人疑心。他今天早上醒來時還在琢磨，這些年局裡不斷地進新人，亂世之上，魚龍混雜，偵查隊伍中摻進個別沙子，也非咄咄怪事。但是如果單講這個案子的話，即便徐邦呈是內部的不純分子放跑的，也不能就此把指揮員判斷上的失誤全盤抵銷了呀！要是指揮上不出大錯，不讓徐邦呈牽著鼻子上了仙童山，一個普通偵查員就算有通天的手眼，能放得跑他？見鬼去！

昨天晚上的會，調查組的同志也參加了。甘向前對農場各方面情況的彙報無大興趣，而扯起

三一一案的調查工作來，卻一句一句地問個不停。調查組不得不喧賓奪主，無形中倒成了三一一案調查工作的彙報會了。

「已經審了幾次，犯人態度消極抵觸，我們準備再審。」

「那封信的事有著落了嗎？」

「問了，犯人開始說沒寫過，後來我們向他點破這封信不但他寫了，而且還是託他科裡那個女的寄出去的，這樣一點他才不得不承認。」

「承認是寫給什麼人的？」

「給他爸爸。」

「嘩——」幾個知道個中情況的人都笑起來了。

「他媽的，這個傢伙，可賴得很呢，把事情往死人身上推，越這樣越說明他有問題。」

「還有個情況，很可疑，前兩天突然來了一個女的找他，到磚廠和他見了一面。那女的走後，他回到工地就打了一個同班的犯人，傷得挺厲害的。」

「那女的是什麼人？」有人補充說。

「嘴都打爛了。」

「不知道，已經不知去向了。」

「審他，叫他說！」

嗦嗦，一直扯到晚上十點鐘才散會。馬樹峰心裡倒十分不安起來，那個姑娘，是坐了他的

車去磚廠的，難道她有什麼問題嗎？她好像姓⋯⋯姓史？

今天早上，他正在食堂吃早飯，獄政科長捧著個粥碗走了過來。

「馬副場長，今天早上甘局長指示，讓場部派人跟調查組一起下到磚廠去，陳政委的意思是

叫你去，讓我通知你一下。」

「好吧，」他遲疑一瞬，問：「那個犯人叫什麼來著？周志明，他的情況，你瞭解嗎？」

「間接地瞭解一點。咳，不是個省油燈！」

「是十一廣場事件抓進來的？」馬樹峰特別要問一下這個。

「不是，他是刑事犯。他們處辦一個什麼案子，他把證據給銷毀了。」

馬樹峰也不禁皺眉頭了，「噢？有這種事？」

看他感興趣，獄政科長索性在桌邊坐下來了，說：「上次磚廠于教導員來彙報管教工作，還

專門說了說他的情況，真能把你氣死，那個反改造情緒呀，大得沒邊兒，憑著他在五處學了兩套

拳腳，前兩天無緣無故把一個犯人打得滿嘴見紅，現在已經把他收到反省號關押了，不收怎麼

行！」

「這麼野蠻！」馬樹峰的聲音不禁抬高了一點，「他家裡是幹什麼的？」

「是個高幹子弟。」獄政科長苦笑著搖搖頭，「五處不知道是怎麼搞的，這種人，居然還給

「他入了黨。」

又閒扯了幾句，獄政科長走了。馬樹峰默默地洗了碗筷，然後又一個人默默地往招待所走，心裡泛著股苦澀的感慨。一個高級幹部的兒子，又做了七年的公安工作，而且還有那麼一位漂亮的姑娘在癡戀著他，怎麼就會壞到了這個地步呢？家庭的薰陶，組織的教育，愛情的溫暖，難道都不能挽回他的惡習嗎？他一定不是一開始就這麼墮落的。人的變遷，有時看上去真是種難以理喻的現象。他雖然沒有見過這個犯人，但閉眼一想，腦海裡便立即能浮出一張被兇殘和頹頑敗壞了的亡命徒的嘴臉來。

到了招待所，和公安部的人見了面。這些人對他的名字當然不陌生，所以十分客氣。寒暄過後，他們一起坐上車子，一路往北，直奔磚廠來了。

看來，磚廠的幾位頭頭已經在路口迎候多時了。這個偏僻的角落，大概還沒有被任何市局的幹部「深入」過，更不要說公安部前來問津了。他們在磚廠幹部頗為隆重的簇擁下，來到一間會議室裡。屋子很破爛。

馬樹峰沒有見過于中才，但是幾句話一說，便能認將出來。沏好茶，點好菸，于中才很殷勤地向調查組的人問：

「怎麼著，把犯人叫來？」

「行，來吧。」

犯人因為正在關禁閉，沒去上工，所以很快就提到了。在這個頗有些惡名的犯人邁進屋門的一剎那，馬樹峰幾乎不能控制住自己的驚奇，犯人給他的頭一個感覺，完全是個未更事的孩子；進屋便在指定的凳子上坐下，顯得很老實；仔細看，眉眼居然也十分俊秀，只是身子過分消瘦了些，臉也太髒。

因為前兩天已經審過幾次了，所以今天一開口便直接介入了正題。看上去，犯人沒什麼精神，兩眼無光，問一句答一句。

「那女的叫什麼名字你都不知道？不可能！」

「我就是不知道她叫什麼。」

「我明明聽見你叫她名字了。」磚廠的一個戴眼鏡的幹部插嘴說：「是叫英英還是叫紅紅，反正是這個音，你還想抵賴嗎？」

「什麼？我就是不知道。」

「不知道？那你們是怎麼勾搭上的？難道在大街上？」

「嗯。」

「這麼說你承認你是流氓了？」

犯人不說話了。

審不下去，換一個問題再審。

「周志明，你說你沒有放跑徐邦呈，可又舉不出任何證據加以證明，叫我們怎麼相信你呢？」

「我就是沒有放。你們說我放，為什麼不舉出證據來呢？幹嘛單叫我舉？」

「周志明！你太狂了，這樣頑固有什麼好下場？無產階級專政不是拿你沒辦法！」

沒審幾句就和犯人吵起來，簡直像潑婦罵街。馬樹峰實在聽不下去了，站起身走了出來。現在，怎麼都是這麼搞公安啊！

看了這個犯人，聽了這段審訊，憑了一個老偵查員敏銳的第六感官，他對這個犯人是否真的放了徐邦呈，有點懷疑了。而調查組搞到現在，竟連一件像樣的證據也舉不出來，反倒讓犯人問住，然後又吹鬍子瞪眼地嚇唬犯人，水準實在太差。如果用一句時興的話來說，他現在甚至懷疑這個調查組的「大方向」是否錯了，究竟有多少根據，要跟這個當時只能辦辦具體事的小偵查員過不去？三一一案指揮上有沒有缺陷，為什麼不去稍稍調查一下？甘向前愚昧無知而又獨斷專行的霸道作風、迎合形勢迎合上級的市儈習慣，為什麼沒人提一句？難道這些就不能造成徐邦呈脫逃的事實嗎！

快到中午了，審訊者們精神倦怠地從房子裡魚貫而出。犯人還一個人留在屋子裡沒有放他回去。于中才用細細的聲音苦笑了一下，說：

「怎麼樣，領教了吧。這種吃了扁擔橫了心的主兒，你就愣是沒轍！」

在馬樹峰聽來，于中才的苦笑中，是略略帶著些得意的成分的。他本來想說幾句挑刺兒的話，猶豫了一下，還是換用一種迂迴的口吻，說：

「並不是所有案子都能審出來的嘛，有的，是犯人封供不改口，還有的，是本身就沒有那回事，犯人不肯屈招，兩種情況都有。我看，上午收了吧，如果需要的話，下午再審，好不好？」

沒人回應他的看法，也沒人反對他的提議。對於是否下午接著再審的問題，調查組的幾個人似乎都是一種無可無不可的表情。他們大概對速勝論已經喪失信心了。

周志明被從屋裡叫出來了，低著頭，跟在一名幹部的身後往監區那邊走。經過于中才身邊時，突然聽到于中才大叫了一聲，嗓門細得發尖。

「站住！」

幾個人圍了過去。馬樹峰還沒明白發生了什麼事，只聽到于中才高聲喝斥：「這是什麼？人贓俱獲，有什麼說的！你膽子不小，啊！」

他看清了，原來于中才手裡搖晃著一張報紙，一張舊了的《人民日報》；他也明白了，是犯人偷了屋裡的報紙，塞在衣服裡讓于中才看出來了。他心裡一陣彷徨，偷，實在是可惡的，可偷報紙看，算什麼呢？唉——他甚至覺得這個年輕的犯人，有點……可憐。

「你真是偷、流、打，五毒俱全！」

于中才尖銳的聲音使人頭皮發麻。馬樹峰心裡那樣想著，對這種惡罵，就有點覺得不順耳

了，忍不住說：

「偷張報紙，以後叫他注意就行了。」

于中才雖然把犯人放過去了，嘴裡卻嘰嘰咕咕不知說給誰聽，「偷報紙，哼！他這叫習慣，見東西就想拿，不拿手癢癢！」

馬樹峰有些忿然了，轉臉對身邊一位磚廠幹部問：「你們不給犯人看報紙嗎？」

「按規定應該給，可報紙太少，隊長們看完常常包東西、糊房頂用了，再說他是反省號的，按規定也沒報紙。」

他本來想說，「犯人的報紙應當保證。」但張開嘴的一瞬間，忽又意識到自己目前的地位，就是說了也不見得有人聽，與其招人一笑，不如咽下不說。他沉著臉，轉過身去了，心裡長長地嘆了一聲：

「公安人員啊，你也是有過值得驕傲的歷史的……」

二十六

一條細細的帶子，微紅、耀眼，從眼前掠過，似乎伸手就能觸到，可胳膊被什麼厚厚的東西重壓得麻木了，動彈不得。帶子飄忽著遠去了，模糊了，卻把一片斑斕的彩暈留在眼前，紅黃閃爍，像一片繽紛競呈的春花。這兒是哪兒？十一廣場浩瀚的花海？西爽道裡靜謐的黃昏？還是美麗的湘西，那倚山臨水的彈丸小村，那吊腳樓下濺起的晶瑩水花？是誰，誰在撫摸我的臉？再重一點兒，爸爸，重一點兒舒服，不，你已經死了，你不在了。「孩子，以後誰來照顧你呀？」不不！我不需要照顧，我大了，自己搓，自己搓，保證乾淨。那麼你，你還愛我嗎？十五年，我都老了，沒意思，別愛我，我要哭！……瞧，多好看呀，金光燦燦的帶子，閃閃的一縷亮點兒，躲開，別遮住它，隊長，教導員，讓我看看它吧，別遮住它……你到底是誰？姓田的，我跟你拼了，你我也認識，你還逃跑不逃跑？站住，站住！槍機怎麼塗了一層豬油？膩得拉不開栓，站住！哎，怎麼是你？你不是肖萌的姐姐嗎？那你也是我的姐姐了，你看見徐邦呈往哪兒跑了？不，他不是我放跑的，我放的是你，可你是好人哪！……

眼前的黑影移開了，晶瑩透徹的亮點又複現，他像一個從漫長的黑夜中走出的人突然見到了正午的豔陽，半開的眼角猛地收縮了一下，意識卻從朦朧中甦醒過來。亮點又一次消失了，一個大腦袋逼近了他，一股熱呼呼帶著餿臭味兒的鼻息直噴在他的臉上，緊接著，一支粗糙的手觸到

他的脖頸，輕輕摸著，他用力睜開眼，劈面撞進視覺的，是一雙乾枯的深棕色小眼睛和一對貪婪地開張著的大鼻孔，他恍若覺得自己像個被餓熊嗅舔的獵物，不由倒吸一口冷氣，驀地從床板上掀起半個身子來。

「嘿！幹什麼？嚇我一跳。」那人蹦起來，臉上的疤痕直抖。

「是你？」周志明完全清醒過來。

「我給你送飯。」林士傑的目光躲閃著。

他急促的喘息平靜下來，腦袋有氣無力地歪在牆上，「滾！」

門外傳來丁隊長不耐煩的喊聲，「林士傑，你磨蹭什麼哪。」

「來啦。」林士傑慌忙應了一聲，急急地走了，關死的門上響起一陣上鎖的聲音。

「報告隊長，昨天晚上的飯他又沒吃。」林士傑畢恭畢敬的聲音令人作嘔。

「他還說胃疼嗎？」丁隊長的話音夾雜在一串細碎的腳步聲裡，漸漸遠去了。

他望見靠門邊的地上，放著兩只碗，一碗高粱米，另一碗，還是那種不三不四的湯。他想爬起來，卻感到全身每一條肌肉都精疲力竭地鬆懈著。胃又在隱隱作痛，沒有一點食慾。

斜上方的牆角處，黃昏的殘陽把一束金色的光芒從一個冬天插於筒的牆洞裡注入室內，晃在他的臉上。剛才那冥冥夢中的黃帶子，大概就是這束耀眼的光柱吧。他努力追索著夢中的一切，做夢，哪怕是一個凌亂破碎的夢，於他也是得到精神滿足的最便宜的機會了。

「嗶——」院子裡響起尖銳的哨子聲，值日的雜務在大聲喊著口令，一片雜遝的腳步聲響過來，是開晚飯的鐘點了。

他環視著這間反省號，來磚廠的頭一天，卜平甲就對他介紹過這間小房子的職能，沒想到他這麼快就來親身領略它了。這屋子只有七八米見方，沒有窗戶，光線主要從門上一塊塗了白漆的玻璃上穿過來，攔在玻璃上的一根根鐵條把印在地面上的光影宰割成若干長方形。天花板很髒，一個個被拍死的黑蒼蠅麻麻地貼在上面，屋裡沒有床，身下這塊嵌在水泥地上的木板便是反省號裡唯一的鋪位了。

他仰起頭，頭頂上牆面上，幾行用紅漆噴出的整齊的仿宋字映入眼簾。

「只許他們規規矩矩，不許他們亂說亂動，如要亂說亂動，立即取締，予以制裁。」

這條語錄，是這幾個月來他接觸最多、最熟悉的一條。《論人民民主專政》、《敦促杜聿明投降書》、《南京政府向何處去》這幾篇文章，許多段落他幾乎都能倒背如流了。記得當預審處看守所的隊長頭一次指定他學習這幾篇文章時，他幾乎不能控制住委屈的淚水，爸爸是黨員，媽媽是黨員，他也是，他的一家子，他的一輩子，本來是革命的，是黨的，二十多年的社會存在給予他精神上的自尊和眼下實際處境的強烈矛盾撕扭著他的心，那一刻他竟想到了死，但後來，卻並沒有真的去死，死，畢竟也不是件容易的事。

然而，熬十五年，又是什麼滋味？

這才幾個月，他就已經身心交瘁了似的。膠捲的事完了，可現在又把三一一案件扯出來跟他沒完。如果說，徐邦呈逃跑的責任要他來承當，他是情願承當的，就是定個瀆職罪，他也說不出什麼。現在他越想，越覺得自己也許是真的有罪的，不管怎麼說，徐邦呈是從他手上跑掉的，他要不是大意了，就絕不會有如今的局面。到手的特務又叫他跑了，是叫國家大大丟面子的事，他的確應當引咎受罰。可人們幹嘛非要無限上綱，硬給他戴上通敵的帽子呢？他難過的是，因為這麼一個膠捲的事，他在人們的眼睛裡，無論怎樣也不是個好根子了，什麼毒草都能從他身上發出芽來，是的，就是因為出了膠捲的事，人們才懷疑到徐邦呈的脫逃是否另有內幕，才跑到農場來興師問罪呢。

審了三天，他第一天就說了，願意認罪，承擔瀆職的責任，疏忽、大意、輕敵、麻痺、手軟、無能，怎麼罰都公平，但他沒有通敵。他不明白，審來審去，幹嘛老是纏在萌萌來看他的事上，非要追問他從前寫給她的那封信呢？這使得他加倍警惕起來，一人做事一人當，加刑吧，我簽字。一扯出萌萌，勢必要把她那個倒楣的家株連在內，搞不好就能興起大獄來！

只審了三天，那些人就再也不來了。磚廠這地方實在太偏僻，太苦，南州市來的人不容易堅持太久。他倒寧願讓他們天天來提審，見見太陽，也不願日復一日地關在反省號裡守孤單。還有他的胃，老是疼，好幾天了，只能清水入肚，前些日子那種總也吃不飽的饑餓感現在倒是難得可貴了。昨天早上送飯以後，他強撐著吃了一點兒，胸口和兩肋便脹得難受。進反省號已經多少天

了？熬不過的悶熱和比悶熱更難熬的寂寞把日月的行走越拉越慢，過一天活像過一年，他一天天在這個與世隔絕的蒸籠中往下熬，早已記不清過了幾度晨昏，只知道現在是七月份，是一年中最熱的時候了。幹部們彷彿已經把他給忘記了，除了每天有人到這小屋來送兩頓飯水之外，只有早上和傍晚犯人們出工收工的哨音和列隊的腳步聲、喧嘩聲能把一點兒活人的氣息帶進來。安靜，靜得如同到了世界的末日。叫人疲憊不堪的安靜，叫人歇斯底里的安靜，你什麼時候是個頭啊！

小萌，你在哪兒？再來看看我吧，來看看我吧！在苦海一般的寂靜中，他的腦子裡反覆地跳出那張溫柔的臉。他感激她，感激她，而由這感激凝結成的愛護感和責任感卻使他絕不敢在她面前敘述自己的苦處，表示自己的感情。可現在，他後悔了，發瘋似的想再能見到她，哪怕加十年刑，哪怕挨槍子兒，只要能見到她！把自己這幾個月的經歷全告訴她……他真想痛哭一場，在反省號外面，想哭都找不到個沒人的地方！

他費力地坐起身子，說不清是胃疼還是肋巴條疼，已經好多天了，鄭三炮鐵棍般的手指頭彷彿還狠狠地勾在他的軟肋上。他記得那天從探視室一出來，腳下的地彷彿都旋轉起來了，他搞不清是怎樣跌跌撞撞地走回到窰上來的。他想哭，眼睛紅著，可卻沒有一滴淚！他想發洩，他不再是軟弱可欺的孩子啦，誰敢來！

窰上正在歇午，鄭三炮端著個水碗，晃著膀子迎面走來，「哎喲呵，你們瞧這小子，剛見完媳婦兒，眼睛就直了，嘿！」鄭三炮粗壯的短脖子扭過去，向其他犯人大笑起來。

「哈——」幾個人跟著哄笑，林士傑臉上的大疤一縱一縱的。

「哎，我說田頭兒，今兒你派兄弟取飯，可算是給了趙美差，我看見那女的了，『盤兒』特亮！真他媽是個情種兒，我告訴你……哎喲！」鄭三炮話沒說完，突然怪叫一聲翻下溝去，他一記有力的拳頭擊在那多肉的下巴上，那只水碗朝天飛了出去。

犯人們驚呆了，整個工地異樣地靜下來，鄭三炮從溝裡爬出來，破口大罵：「好小子，他媽的活膩歪啦，我叫你變棺材瓢子！哎喲！」他沒容鄭三炮站穩就把他又送進溝裡去了，拳頭上熱辣辣的，很舒服！

有人尖叫：「這小子是公安局的，會打拳！」

對了！公安局的拳頭，就應該打在這種人的臉上！

田保善怪喊一聲，有四五個人圍上來，一隻鐵鍬重重地拍在他的肩部，他跌坐在土埂上，身體立即被人壓住，只覺得腦袋發脹，嗡嗡一陣亂叫，田保善粗啞的聲音很近，很清楚，「別讓他還手！」數不清的拳頭擂在他的胸部，巴掌抽在臉上，火燙一般。

「你小子服不服？」田保善居高臨下，一臉殘忍。

「不服！」他拼出全部力量喊出這兩個字。田保善不見了，換上鄭三炮獰獰的臉，嘴角上還拖著一條血道子，鬼似的，短粗的指頭鐵棍子一樣勾在他的軟肋上，他眼睛發藍，叫人發昏的疼痛，哎喲！……他的意識遲鈍起來，耳邊一片雜亂的聒噪，不一會，叫喊聲悠然遠去，變成了一

個聲音。

「他要幹什麼？」這是教導員細細的嗓子。

「他要鬧監，是他先動手的，」田保善的聲音一下子變得那麼老實、忠厚、娓娓動聽，「您看鄭三波的嘴巴。」

「為什麼動手？」

「什麼也不為，我們都不知道怎麼回事，嘿！就揍人家鄭三波哎。」

「先銬起來！」細嗓門很果斷，「小丁，帶幾個人送他到反省號去，我就知道他要鬧！」

于教導員，你不是個公安人員，你不是！

他還記得，前些天他胃疼，蜷著身子縮在反省號的床板上，丁隊長硬把于教導員拉來看，要求送他到總場醫院去。可于教導員居然當著他的面對丁隊長說：「肚子疼這玩意兒，全憑自己說，檢查也查不出真假來，有的犯人這疼那疼事兒多啦，無非想泡頓病號飯，歇兩天工。上次二隊的劉海順，拿體溫表往熱水杯裡插，為什麼？為的是能到總場醫院瞧瞧女大夫女護士去，當了幾年犯人，憋急了眼了。」

「你看看，你看看，」丁隊長指著他，「這是裝的嗎？他又不是演員！」

「我不是說他。你叫醫生來看看也行，醫生說送醫院就送。」

他那時幾乎忘掉了疼，拼著力氣叫了一聲：「我不去！」他不能受這個侮辱！

他這一叫，倒把丁隊長僵在那兒了，于教導員卻滿不在乎地冷笑，「甭理他，這種人混到家了，好賴不知！」

丁隊長還是把醫生叫來了。所謂醫生，就是廠裡的衛生員。一串老生常談的問診，哪兒疼？多久啦？是絞著疼還是脹著疼？吐不吐酸水兒？……

看完，衛生員說第二天下午要帶他去總場醫院做個鋇餐造影。因為做鋇餐的規矩，要空腹一天，所以第二天早上就沒給他送飯，結果連水也忘了送，整整一上午，他渴得嘴巴裡又黏又澀，拼命想在舌面和上腔之間碾出星許唾液來往冒煙兒的嗓子裡咽。下午到了總場醫院，當一個女護士給他一杯帶有怪味兒的白糊糊的液體時，他竟像見到了牛奶似的，急不可待地一口氣喝了個乾淨。女護士吃驚地瞪起眼睛，嗔訓他說：「你急什麼，不怕嗆著？又不是什麼好喝的東西。」

從鋇餐造影的第二天，他就一直拉不出屎來，肛門像被什麼東西堵塞了，在馬桶上一次次拼命的掙扎都歸於無效。衛生員來開了一點兒瀉藥，吃下去以後只流出些黃稀便來又是老樣子。他有點受不了了，真恨不能大哭大鬧大喊大叫地發洩一通才痛快，但當他真的張開了嘴巴要喊的時候，卻又覺得出不來聲了。

「快成精神病了吧？」他常常發自內心地產生出這樣的恐懼，這些天，腦子裡出現的種種極端而怪誕的念頭不正是一種精神倒錯嗎？這倒也好，大概真的發了瘋，倒算是進入了超凡脫俗、沒有痛苦的境界了，他心中偶或也有這樣自棄的閃念。但是在心靈的底層，另一種相反的意識卻

越來越強硬地滋長和上升起來，那就是活的信念，他要好好地活下去！至於為什麼要活，他沒去多想，只感到在這個信念迸發的時候，腦子裡就會同時想到父親；想到肖萌；想到段科長、大陳、小嚴、小陸和同志們；想到花白了頭髮的施伯伯和江伯伯；想到待人熱情的安成；想到許許多多熟識的人們；想到了自己畢竟是一個實際上同他們一樣的好人，一個有信念的共產黨員，一個並沒有做過惡事的青年。「田保善、鄭三炮、林士傑，他們算什麼東西？可居然還有滋有味兒地活著，我幹嘛要死呢？」他覺得自己虛弱的身體裡注入了一股生機，有一刻他竟突然產生了一個壯烈的自我發現，他發覺自己已經變成了一個堅強的人！如果九泉之下的父親還能感知的話，他也會說，孩子，你是一個堅強的人！

他要活下去！

大便排不下來，飯卻還要往下嚥，一天早上他在一碗清水裡望見自己神形枯槁的臉，知道不吃飯是絕活不下去的。他找出被捕時穿的那雙尼龍襪子，把高粱米裝進襪筒，再把那碗清水倒進去，擠出半碗淡紅色的湯，然後再把湯倒入襪筒，再擠出來，周而復始，一直到把襪筒裡的米擠成一團渣子，才把那微稠的湯水喝下去，經過這番加工的「流食」，喝進肚子後大多能從尿裡排出來，腹部和肛門便能好受些。這法子沒人教過他，是他的首創。

「嘩——」外面又響了一陣哨兒，該晚點名了。今天的晚點名真短，值班隊長高腔大嗓地講了幾句話，就散了。院裡亂了一會兒，漸漸安靜下來。突然，有人向他這邊走過來了，接著就是

嘩啦嘩啦的開鎖聲，他一聽見這聲音就緊張。

門開了，他眼睛一亮，是卞平甲！

卞平甲從門外提進一桶清水，對他笑笑說：「你該擦個澡了。今兒輪丁隊長值班，我請示了一下，丁隊長叫以後天天給你送桶水。這天兒，太熱！」接著又坐在他的鋪位上，握著他的手低聲問：「還沒讓你寫報告嗎？」

他搖頭，他明白卞平甲的意思，如果叫他報告，那就意味著快放他出去。

卞平甲握著他的那隻手微微用了用力，然後站起身往外走，他依依地在身後叫了一聲……

「老卞。」

卞平甲在門前站住，「幹嘛？隊長還在外面等著鎖門呢。」

他很想同他說說話，隨便說點兒什麼都行，他實在太需要有個可以交談、可以傾吐的人了，可倉猝間竟一句話也說不出來，張了張嘴，問：「今天……幾號了？」

「七月二十八。」

「……」

「我走了啊。」卞平甲一抹身，出了屋門。

到了夜裡，他輾轉反側，腹部的憋脹感越來越厲害，算算，大約已經一個星期沒能排出大便了，肛門被頂得像燒了火，全身冷汗淋淋。在熄燈哨子吹響以前，就已經挪不動步了，這時他突

然覺得身體的痛苦和虛弱似乎已經難以使生命維持到天亮，一陣死的恐懼驀地籠罩在心頭。

月亮升起來了。迎門的一面牆壁投上了一層灰濛濛的光芒，門上的玻璃雖然早被取下了，屋裡卻仍舊悶熱異常，幾隻長腳蚊子不厭其煩地在耳邊吵鬧起來。不！他得活！他咬咬牙，側身趴在床上，左手的食指哆嗦著從肛門縫裡深深地插進去，想掏出些大便來。他心驚肉跳地感覺到，指尖觸在一種堅硬的東西上，用指甲摳摳，竟然咯咯有聲，像是塊粗糙的石頭。他把手指再往裡伸，咬緊牙關把這塊堵住腸道的硬東西往外摳，一陣穿心掛肺的疼痛從下往上擴展開來，他不由鬆下勁，喘了一口氣，又接著用力摳，手指感觸到那硬梆梆的東西已經碎成了幾塊，他一塊一小塊地往外摳，當意識又回到他身上的時候，一陣頭暈目眩的劇痛使他的意識飄忽起來。也許是昏迷了幾秒鐘吧，當意識又回到他身上的時候，一線熱呼呼的液體同時從肛門裡流出來。在慘澹的月光下，他看清手裡浸著熱血的碎「石塊」，原來是一個星期以前喝下的那缸子銀液的凝塊。大便終於排下來了，一種非常舒適的暢通感立時傳遍了全身。

他疲乏地癱軟在床板上，望著被門上的鐵條劃成兩半的素月，彷彿生來沒有發覺月亮竟是這麼動人，在皎潔的清輝下，似乎自己的整個身心也同明月一樣爽然不染。他咧開嘴笑了，一個人呆呆地笑了，笑容一直帶到夢境裡。

朦朧中他恍惚變成了一個嬰兒，仰臥在搖籃中嗷嗷待哺，兩邊是父親和母親，父親很老，母親卻很年輕，她那麼輕嫻地搖動著搖籃，可這種母性的溫柔卻似乎很虛遠很陌生。父親寬厚的手

又撫在自己臉上，臉癢癢的十分舒服，這是一種實實在在的感觸。他想坐起來，投進他的懷抱，身子卻動不得。不知是誰，把搖籃劇烈地搖撼了幾下，彷彿要連他一同撕碎，他張開嘴巴，拼命地呼叫了一聲……

他驚醒了，四周漆黑如墨，耳鼓響徹了排山倒海般的轟鳴，「嗚——嗚——」門外像是刮起了十二級颶風，嵌在地上的床板瘋狂地抖個不停，整個屋子都在抖，在跳！四壁和房頂發出哼喳哼喳的怪叫。院子裡，是一片雜亂的喧囂，有人在喊：「原子彈！」但是更多的聲音壓過來，

「地震啦！地震啦！」

他驚悟過來，不知從哪兒來的那麼大力氣，翻身從床上躍起，衝向屋門，門是反鎖住的，他用力去撞，撞不開，他叫喊：「開開門！這兒還有人呢！」可他的聲音馬上淹沒在四壁的咆哮和門外的狂呼亂喊之中，驚恐萬狀的人們誰還能記起這間小屋裡還反鎖著一個活人？不，這時候人們是不會記起他的！他渾身顫抖地回到鋪位上坐下，向黑暗的四周望去，整個屋子依然猛烈地搖撼著，發出行將倒塌的驚心動魄的巨響，他現在真正體驗到一個人在生命最後一刻的那種絕望了。

「轟」的一聲，一面牆倒下來，碎磚齊展展地向外飛迸出去。他眼前出現了一個大豁口，一股求生的力量推動他猛地站起，連滾帶爬從豁牆的塵囂中奪路而出，往前跑了幾步，便無力地倒在地上。

大地的震動在他的身下漸漸停下來，院子裡，赤足赤背的人們在驚惶地奔動，有兩間監房和幾處圍牆塌了，一團一團的人圍在倒塌的房前嘶喊，院子的大門洞開，幾個管教幹部衝進院來，無線電喇叭的聲音旋即壓住了混亂的人聲。

「列隊，不許亂跑！」

「趕快救人！一班、二班，到這邊……」

混亂中不知是誰尖叫了一聲，「報告隊長！反省號！反省號塌了！」

「哎呀，裡邊有人呢！」

「早跑了！」

「少廢話，趕快救人！」

幾個人影向倒塌的反省號奔過來，領頭的一個高聲呼喊：「周志明，周志明！」

「丁隊長，我在這兒！」他拼足全力爬起來，迎上去。

二十七

爸爸回來了，望著客廳裡盤狼籍的茶几，竟連一句招呼都不同客人們打，皺著眉逕自走進了臥室。這幫時髦的朋友們大概也都感到了一點兒沒趣，訕訕地告辭走了。施季虹拉上天藍色的尼龍窗簾，經過過濾的陽光在雪白的牆壁上映出一片恬靜的淡藍。剛才跳舞時還十分擁擠的客廳此時顯得豁然寬敞起來，也許是在神農街頭條那間打著隔斷的斗室裡蝸居得太久了，雖說搬到這幢「復辟房」裡已經將近一年，但她對這間客廳的那種初始的開闊感卻彷彿還是簇新的。客廳裡的陳設佈局和色調基本上都是出自她的審美觀，素雅豪華兼而有之。窗簾是藍色的，沙發套子也是藍色的，她特別偏愛藍色，是因為藍色屬於安靜色，可以減少視覺的疲勞，據說還有降血壓的特效。和藍色相襯，地毯是深紅色的，紅色顯得富麗堂皇，具有強烈的溫暖感和刺激性，使人興奮。屋子一經鋪上這種深豔的尼龍地毯，立即抬高了一格似的，連那幾件略嫌陳舊的傢俱也給它襯托得漂亮了。這地毯是上個星期市外辦送來的，原來是加拿大工業展覽會展品包裝箱裡用來減震的，展覽會一結束便處理給了市委幾個主要領導，價錢自然是象徵性的。現在的事情就是這樣，你在其位，自會有人巴結你，父親擔任了市委政法書記以後，不但房子問題很快得到解決，連沙發也配套送來了，鑲了菲律賓木的大辦公桌也抬來了，這些事用不著你開口提，自然會有人操持著送上門來，這些人說不定在「四人幫」那陣兒整你整得最兇，現在又拍你拍得最響，一幫

她半躺在長沙發上，順手打開茶几上的收錄機，因為剛才放舞曲，收錄機的音量放得很大，一陣粗獷強勁的音樂便突然爆發出來。

「大快人心事，揪出四人幫，政治流氓文痞，狗頭軍師張……」

她一向鄙薄戲曲，對常香玉這樣的名家也不例外。發音就是不科學，靠喊，年輕時還能憑口底氣，一上五十歲，高音就沒了。西洋唱法就優越得多，瞧人家張權，六十歲的老太太了，照樣唱出小姑娘水靈聲兒來。她把調頻旋扭擰了一陣，看見吳阿姨手裡拿著把掃帚探進身來，便關掉了開關。

「小虹，有人打電話。」

「是我媽打來的？」

「是個男的。」

「噢。」

她站起來走出客廳，來到走廊上，見鬼，電話的聽筒不是明明掛著的嗎，她把疑問的目光向吳阿姨望去。

「哪兒有電話？」

吳阿姨怔了一下，走到電話機前，抓起話筒放在耳邊聽了一下，用難聽的安徽口音大呼小叫

起來。

「咦，怎麼沒有了？」

她恍然有些明白了，「你叫我的時候是不是給掛了？咳，你怎麼連電話也不會用，叫人的時候，這東西要放在邊上，不能掛的。」

「哎呀，我，我不知道的呀。那……怎麼辦？」吳阿姨臉上尷尬地堆起歉疚的笑來。

「算了算了。」她惱火地擺擺手，「怎麼辦也沒用了。」她向自己的臥房走去，快進門的時候又回過頭來說：「你把客廳收拾一下吧。」

吳阿姨是從安徽望江縣來的，那個縣分到南州市來幫人做保姆的很多。吳阿姨四十一歲，可農村人老相，看上去足有五十多了。不過手腳還麻利乾淨，飯菜也滿會做的，她來這兒已經有一個星期了。現在家裡這麼多屋子，爸爸工作忙，媽媽又有病，小萌上了大學，晚上就是回來也埋頭書本，像個張手張嘴的大小姐，不請個阿姨做做家務是不行了。

她關好自己臥室的房門。「電話是誰打來的呢，是盧援朝？他原來說好了明天一早去火車站送我，會不會有什麼變故了？」

走到窗前，窗臺上一盆文竹養得深翠逼人，媽媽原來在這兒擺了一隻花裡胡哨的瓶子，還插了些紅紅綠綠的塑膠假花，叫她全給扔出去了，俗不可耐！大紅大綠純粹是農民的美學要求，擺假花更是小市民的趣味，這種素雅的文竹那些人反倒不那麼喜歡，真是沒治。

透過文竹挺拔多姿的細桿向外望去，窗外的地面上，散落著厚厚的紅葉。這條街的兩側栽滿了高大的法國梧桐，在金秋落葉的時節，地面上便如同鋪了一層絢麗多彩的織錦。在她窗前十多米外，是一幢和她家外表相同的房子，整個這條太平街，靠東側全是這樣的房子，因為這是七五年給一些落實政策的老幹部、老知識份子蓋的，所以到現在人們還習慣地稱之為「復辟房」，其實「復辟」這個詞在七五年人們的嘴裡並不是個壞詞，「復辟房」便自然也不包含什麼貶意了。

可房子蓋好後，全讓些反復辟的「勇士們」給占住了，直到粉碎「四人幫」以後才完璧歸趙。也真湊巧，挨著她家的這棟房子現在是江伯伯住著，他的四個孩子有兩個考上外地大學走了，一個還在部隊，另一個最小的還在東北農村沒辦法回來，江伯伯一個人住這麼大一所房子，可能也夠害怕的吧？

不知道又是什麼客人來了，小汽車的車輪聲在門外煞住，門鈴響了一下，又響了一下，一會兒，走廊裡傳來一個洪亮的聲音。

「老施老宋都在嗎？」

她聽出來，來者是市委政法部的部長喬仰山。喬叔叔原來和他們家並不熟，只是粉碎「四人幫」以後才過從密切起來。他的兩個兒子——喬真和喬笠也成了家裡的常客，喬笠剛剛還在這兒跳舞。喬真和小萌同在南大上學，他學中文，比小萌高一屆，是最後一批工農兵大學生，還是在他爸爸沒恢復工作的時候上的學，大概不會是走後門吧。

「在，小孩兒她爸爸在。她媽媽上醫院看病去了。」安徽人學說普通話，實在太不順耳了。

自從搬到這兒以後，有不少人就是「大喬」、「小喬」領來認識的，大都是些幹部子弟，她同他們交往，做朋友。一起去聽音樂會，去郊遊，去吃西餐，一起跳舞，也參加他們的高談闊論，表面上像是棒打不散，可心裡卻實在看不起他們，有時甚至還討厭他們。這些人總愛做出一身與眾不同的樣子，動不動議論時政，中國、外國、天上、地下，要不就是中央誰誰又怎麼啦，一個個口氣大得很。其實他們的理論見解又有多少感性基礎呢，沒有！有些人愛辯論無非是顯示自己不同凡響罷了，還自稱是什麼什麼「沉思的一代」，真噁心。再不然就男男女女一塊背雪萊的詩，也是臭酸氣。尤其是喬真，不就是個工農兵大學生嗎？有多少真才實學？見著小萌還老愛賣弄他那點兒半通不通的英文，小萌也真愛跟他答對，沒治。我就煩這號人！喬真上次跟我談什麼問題來著，好傢伙，引經據典的，現在大學生怎麼都是這麼個風尚？一會兒貝多芬如何說，一會兒柴可夫斯基如何認為，瞧他那一本正經的樣子，當時真恨不得給他一巴掌，少在我面前臭顯，要顯跟我妹妹顯去。喬真喜歡小萌，言談舉止，形跡很著，喬叔叔也給他提過，媽媽好像也動了點兒意思。上次小萌去自新河「私奔」的那場風波過後，媽媽說過再不管她的事了，可現在這不又管上了？人還不就是那樣，一陣兒一陣兒的。不過，要說樸實好處，周志明比喬真還是強多了，長得又漂亮。喬真呢，倒也不是難看，主要是氣質不好，女裡女氣的，奶油小生，還不如他弟弟喬

笠有稜角。喬笠可完全是另外一種類型的人，玩世不恭的花花公子，什麼時候都沒正形，只有跳舞的時候除外，舞迷一個。他不但能跳老派的波爾卡和華爾滋，也能跳探戈和倫巴，今天還表演了一段迪斯可。迪斯可其實並不好看，不過他跳得還挺是那麼回事的。這小子的聰明勁都用在這上面了，能跳，還能講，什麼節奏呀，旋律呀，步法呀，一套一套的如數家珍，他能講出探戈來自阿根廷，倫巴源於古巴，桑巴始從巴西，克里卜索生在海地。這種人，花花公子，要說真學問卻一點兒沒有。可不知為什麼，她一方面看不起他們，一方面又總和他們閒泡在一起，他們要是好久不來，她也會生出一種莫名其妙的寂寞感。物以類聚，人以群分，也許自己身上總有些東西同他們相投吧。盧援朝可說是徹底地看不慣他們，看見她和他們在一起便耷拉下臉來，雖然從來沒明著干涉過她的私交，但男人總希望自己的女人安分一些，專一些，這對女人倒也不是壞事，至少說明他是愛你的，否則，管你跟誰呢！「大喬」「小喬」他們都奇怪她怎麼會找上盧援朝這麼個書呆子，其實他們不瞭解，盧援朝不是個鋒芒畢露的人，但卻老於世故，工於心計，胸中的城府是極深的，他身上的書卷氣不過是表面現象，表面現象並不是實質，甚至是實質的反面。男人總得有點兒沉穩的氣質，她最煩的就是那種咋咋呼呼的男人！

「對，應該給他打個電話去，如果明天他不去送我，那箱子怎麼提得動呢？」

她走出房間，來到走廊裡，給九四一廠盧援朝的辦公室裡撥了一個電話，他不在。

「出去了？上哪兒了？」她對著聽筒問。

「他母親又鬧病了，剛剛送到醫院去，這幾天恐怕上不了班。」盧援朝的一個同事挺耐心地答覆著。

果然不出所料，一求他幫忙他就有事兒，她有些惱火地衝聽筒發問：「他弟弟呢，他弟弟在家閒待著，為什麼不帶老太太看病去？」

對方有點兒不快了，「那我怎麼知道，喂喂，你是誰呀？」

「算了算了。」她煩躁地掛上電話。

看看時間，離吃晚飯還早。身上有點癢，走前該洗個澡，換換衣服。她回到臥室拿了大毛巾，推開了客廳的門。

「喬叔叔來啦。」她先向客人問候了一下，然後說：「爸，我洗個澡。」

「喲，虹虹沒去上班呀？」喬叔叔總是這樣親熱的口吻。

「她跟廠裡請了假，想去北京考考中央歌劇院，她媽媽託人給她聯繫上的。」爸爸說。

「哎，原來不是說咱們南州歌舞劇院已經要你了嗎？」喬叔叔一說話，嘴就張得老大。

「她呀，這山望著那山高。要我說，在廠裡當倉庫保管員就挺好，倉庫管理也是一門專業嘛，搞好了同樣可以為國家做出成績來。」

「哈哈哈！」喬叔叔笑了，倒是笑得很爽朗，「現在的年輕人啊，可不像咱們老頭子那麼容易知足嘍，我那兩個孩子也是，生活條件那麼優越，還老是這也看不慣，那也不順心，一天到晚

發牢騷，不滿意，年輕人嘛，都是這樣的。啊，你什麼時候去北京啊？」

「明天早上走。爸爸。援朝明天有事不能送我，媽叫給何伯伯帶的那一包東西，又是酒又是蘋果，死沉，我可提不動啊。」

「明天，是早上七點一刻那趟直快嗎？」喬叔叔又插話，「正好，我明天早上要到車站去接個人，我叫車子往這兒拐一下，把你捎上不就行了嗎。」

「喬叔叔也去車站？太巧了，謝謝喬叔叔啊。」

兩個老頭兒繼續他們的談話去了，她穿過爸爸的臥室走進了洗澡間。真討厭，這房子當初是怎麼設計的，洗澡間偏偏設在最裡面，洗個澡非得穿過客廳和爸爸的這間大臥室才行，實在不方便。不過從附近工廠裡接了熱氣管道，熱水倒是現成的。

她把水調節得比往常熱一點兒，站在噴頭下，讓微燙的熱水長久地從肩上淋下來，剛剛跳了半天舞，現在用熱水一燙，的確很解乏。

喬叔叔還沒走，還在客廳裡同爸爸說話，臥室的房門是開著的，說話聲能很清楚地傳到洗澡間來。

「昨天市公安局那個組的討論我去聽了一下，」喬叔叔的聲音就像多聲部的樂句一樣渾厚明亮，「討論得還不錯。看來今後的公安工作，社會治安是個重頭，『四人幫』時期盡抓反革命了，反革命真成了汪洋大海嘍，社會治安沒人管，也沒個法律可循。等過一陣兒中央公佈了法律

就好辦嘍，一律依法辦事嘛。法律是白紙黑字呀，我看這些年這麼亂，關鍵是沒有法。」

「有法也不依嘛。」爸爸的聲音小得多。

「對了，我忘記告訴你了，萌萌今天晚上不回來吃飯了。」

「噢，你今天見到她了？」

「是喬真打電話告訴我的。他今天被批准入黨了，在四川酒家請幾個同學吃飯，還專門請了萌萌。」

「入黨，怎麼還要請客呢？」

「咳呀，他們還不是找個藉口打打牙祭嗎，哈哈哈，年輕人的事，我們老頭子不管也罷。」

年輕人的事，哼，喬叔叔到底會說話，可爸爸居然沒聽出那番弦外之音來，還在一味地發感嘆。

「現在的年輕人真不得了，五十年代的時候，他們這麼大的娃娃哪裡敢自己去下館子呀。前兩天我去了一次九仙居，一桌一桌的都是些半大的孩子，成群結隊地去吃，要一大堆好菜。吃不了扔下就走，『四人幫』毀了一代青年，真是不得了呀。」

爸爸總是這一套老生常談，「八旗子弟，不得了呀！」純屬說教。現在年輕人不自己樂呵一點兒，誰給樂呵呀，下了班連玩兒的地方都沒有，你瞧咱們國家那個破電影……她關掉水龍頭，開始往身上打香皂，澡間裡頓時飄溢著一股濃郁的馨香。那個蹲監獄的周志明不知道現在怎麼樣

了。小萌一直給他去信，可一字回音也沒有收到，真是多情女子薄情郎，現在她上了大學，大概
也顧不上想這種事了。喬真固然有淺薄的一面，但總還是個大學生，家庭教育，生活習慣和我們
家都是一路子。不知道小萌心裡是否屬意於他。別看小萌平常溫順老實，其實還真是個倔性子，
自己認準了的事兒誰說也不聽，自新河之行便是一證。這幾年還死抱了個宗旨：同情弱者。同情
弱者如今也成了一種時尚，誰倒楣，誰挨整，大家就可憐誰，這也算「文化大革命」亂整人的後
遺症，這些年除了幾個整人的，幾乎沒有誰是真的壞人。整人的遭怨恨，被整的落同情，可謂
人同此心，心同此理吧。不過同情弱者在小萌身上之極端、之絕對，幾乎成了她的一大怪癖了。

「老施呀，我走了。啊呀，我那老伴兒說了好幾次了，什麼時候請你去品嚐一下她的拿手菜
呀。」

「有空兒吧，我去看看她。」

腳步聲響動了幾下，又站住，「老喬，還有件事，原來市公安局有個叫周志明的，呃——他
的情況你清楚嗎？」

「周志明……」

「『四人幫』時期給抓起來判了刑的，現在不知道複查了沒有。我上次向馬樹峰問了一下，
他說查一查，到現在還沒有告訴我。」

「噢，那個人吶，我記得法院的同志提起過，他不屬於在廣場事件中錯抓的那一批人，所以

不在上次釋放的範圍之內。他好像是犯的……是瀆職呀還是包庇壞人呀搞不清，反正是屬於刑事
犯罪的性質。法院的同志說，上次他們到自新河農場去複查案件，聽那兒的一個幹部反映，他
在抗震救災期間企圖策動犯人越獄暴動，不知道後來查實了沒有。這種問題按理是得加刑的。
呃——如果你關心此事，我直接向勞改局問一下。唉！現在人手緊張得很，冤假錯案得一個一個
地複查平反，怕幾年也弄不完呢。有些人趕著這個風頭，明明有錯誤也鬧著要翻案，情況複雜得
很呢。」

腳步聲又響起來，說話聲移出了客廳，消失在走廊裡。

熱水從頭上復又淋下，雪白的香皂沫團在腳下散開，她擦乾身子，裹上寬大的線織毛巾，披
散著頭髮走出浴室，回到自己的房間。

立櫃上的鏡子映出她開始發胖的體形，剛剛浸過熱水的臉泛起兩片潮紅，她揉揉眼睛，不知
是浮腫還是已經生了淚囊，眼圍的皮肉顯得有些富餘。真是人未老，色已衰了，將近而立之年還
是一事無成。這次去京投考是纏了媽媽一個月的結果。媽媽就恨不得女兒都跟她一樣，一輩子碌
碌無為，總想把她那個自得其樂的人生觀在後輩們身上推而廣之，好像女人的本分只是成為男人
的助手，幫助男人在事業上有所成就。媽的知識有限，可在這方面，卻能信口舉出許多中外名人
的例子，她的那副自鳴得意神態，就像爸爸能坐上現在這個職位全是出於她的功勞似的，其實她
若不是掛了塊市委政法書記愛人的頭牌，妻以夫貴，還不是什麼都沒有嗎？她反正是決意不走母

親的路子的。她不想做達爾文的妻子艾瑪那種賢妻良母型的女人，把自己的全部精力犧牲在丈夫的事業上，她為什麼不能像居里夫人？盧援朝有盧援朝的事業，她有她的事業。如果這次能考上中央歌劇院，就可以再設法把盧援朝也調到北京，丈夫做為翻譯家，妻子做為歌唱家，相得益彰，互不辱沒。要是能出國就更好了，上次喬笠領來的那個建國，他女朋友就自費留學走了，現在走的可真不少。媽是連南州也不願意讓她離開的，簡直像個封建老地主，恨不得一輩子不出村子，不過也難怪，人上了歲數，當然最怕膝下荒涼的孤獨晚景。可自己也得為自己考慮呀，雖說市歌舞劇院已經答應錄取了，但倘若可以爭取到更好的地位，為什麼不呢？國家歌劇院，這在外國可不得了，英國皇家歌劇院的演員一小時掙七十英鎊，社會地位極高。現在的事算看透了，過去把成名成家、個人奮鬥批得一錢不值，現在又怎麼樣？還不是人往高處走，水往低處流。這三十年，就這麼變來變去，把人們都給變聰明了，什麼這個那個的，全是虛的，沒本事就得被社會淘汰，弱則愈弱，強則愈強，虧了前幾年她沒犯傻，還學了點兒聲樂，要不然，還不就得在倉庫窩一輩子！

天色暗了，媽媽也從醫院回來了，就著晚飯吞了一大把紅紅白白的藥片。婦女病、冠心病、腰肌勞損，以前在小破房裡住著的時候也沒那麼多病。他們那個出版社倒是恢復了建制，可她也成了長期病號，索性不上班了。

為了控制體重，晚飯她照例沒敢吃太飽，回到房中收拾了一下準備隨身帶著的東西，不覺有

了點兒睏意了。

小萌果然沒回來吃晚飯，喬真也真肯下功夫，爸爸不知對小萌的事持什麼態度，他好像還挺關心那個周志明的，也許是小萌託他問的，也未可知。難道她還在留戀著他嗎？這也未免太不實際，退一步講，就算他是冤假錯案，將來平反了回來，可在監獄那種地方染了兩年多，還不知道變成了什麼德行呢。有時候，環境對人的造就簡直是不可抗拒的。他會變得粗野、冷酷、委瑣不堪，說不定還學會了偷、騙、流，都是未可知的事，在那種地方，誰也保不住一身清白。可小萌往往想不到這些，在她腦子裡，周志明還是那個樸樸實實、漂漂亮亮的形象，真是不實際。

「算了，由她去吧，我也不管那麼多了，自己的事還管不過來呢。早點兒睡吧，明天還得早起，喬叔叔不會忘了接我吧？可別誤了我的火車。」

二十八

這一天正是北方特有的那種秋高氣爽的天氣。車窗外，天空湛藍耀眼，初升的太陽把收割後的田野照射得一片燦爛，她的胸臆也格外豁朗起來。

這間軟臥包廂裡，連她只有兩個乘客，一個四十多的男人坐在她的對面，衣冠楚楚的像是個華僑。車一開他就埋頭看報紙，一張《人民日報》把臉遮得嚴嚴實實的。

喬叔叔很準時，一早就用車子把她帶到了車站，還介紹她認識了這趟列車的列車長。列車長大約有四十歲了，生了一副廣東人的高顴骨，聽說她是市委政法書記的女兒後，便爽快地把她領進了軟臥車廂，安排了一個鋪位。

這是她第一次坐進軟臥車廂，一種新鮮的舒適感充滿心頭，她竭力做出一副無所謂的神態，壓制著不讓這種快感露在臉上，可腦子裡卻不由生出許多雜亂無章的聯想來，思緒無端地跳來跳去，一忽兒想到《紅樓夢》裡劉姥姥進榮國府，一忽兒想到這一年來隨著爸爸政治上的翻身而在她的生活中發生的種種變化，一忽兒又想到文革初期，她甩著兩條小辮子跟著串聯大軍擠在南來北往的火車上浩浩蕩蕩闖天下……哼哼，那時候坐火車的情形與現在是多麼迥然的兩樣，像她這麼大的女孩子，要是不依賴一幫男同學的幫助，幾乎就沒法從火車的視窗爬上車去。在航髒的車廂裡，所有空間都飽和地利用起來，連行李架上都躺著人，在從北京到上海的那次「遠征」中，

她和另一個女同學佔領了車廂裡的廁所，在裡面足足鬆快了兩個多小時，任憑人們在外面把門插得砰砰響。後來每每向別人學說這段「喜劇素材」時，她對自己當時在廁所裡那種心安理得的描繪，總能引起聽者的捧腹大笑。她望著眼前寬大明亮的車窗，望著車窗兩旁垂掛下來的勾針窗簾，望著鋪了雪白檯布的桌面上那盞考究的檯燈，似乎怎麼也體會不出當年擠火車時那種浪漫的激情和樂趣來了。她用皮鞋的高跟蹭了蹭地，紅色的地毯又厚又軟，再也不是那種濕漉漉、黏糊糊的感覺了。那劃時代的一切確實都已經過去了，成為一個不堪回首的夢。

「不妨礙您嗎，同志？」對面的中年人掏出一根香菸，彬彬有禮地衝她笑著說。

「不不，」她連忙擺擺手，「我不在乎菸，我爸爸就抽得很凶，我熏慣了。」她邊說邊注意地端詳了他一眼。

中年人穿了一身淺色的西裝，高高的鼻梁上架著一副檔次很高的金絲眼鏡，身材魁梧，面容卻很斯文。他嘴裡輕輕地噴出一股帶甜味兒的菸霧，笑容可掬地放下報紙，向她問道：

「您是去北京？」

「是的。先生也去北京嗎？」她還是頭一次使用「先生」這一稱謂，所以說得有點兒生疏彆扭。

「啊啊，」那人點點頭，大概是被她的客氣影響了，沒有再稱她同志。

「小姐是南州人吧？在哪個部門工作呀？」

「我在南州九四一廠工作。」

「九四一？啊，是保密工廠吧？」中年人誇張地做出一個神祕的表情。

「咳，什麼保密不保密的，就那麼回事吧，衛星時代，什麼密呀，沒密！」

「哈哈哈，」中年人笑起來，「小姐說話蠻有意思呀。您這是去出差嗎？」

「不是，北京的中央歌劇院想收我，叫我去試試嗓子。」

「啊，怪不得聽您的聲音很好聽，原來是學過聲樂的。」

中年人說話熱情而有禮貌，給人一種自然的親切感，她很快擺脫開拘束，輕鬆地同他攀談起來。

「先生是華僑吧？」

「不是，我是外籍華人。」

「來旅遊？」

「不，我是里克貿易公司派駐南州市的代表，我姓馮。」中年人從上衣袋裡取出一張名片遞過來，「小姐貴姓？」

她很不習慣地接過名片，「姓施。」

整個一上午都在輕鬆愉快的閒談中晃過去了，中年人性格開朗，談鋒很健。談風景，談氣候，從南州說到維也納，還談了音樂，談了外國的歌劇院和音樂學院，從當代十大女高音到風靡

世界的「貓王」和「硬殼蟲」樂隊，所談的話題幾乎都是她感興趣的，她的話也因此多起來。

「沒想到馮先生對音樂還是個行家。」

「噢！那可談不上，我只是比較喜歡一點兒罷了。施同志什麼時候登臺演出，我要能趕上機會一定去欣賞。」他不知不覺又稱她為同志了。

「看這次考試情況吧，我估計問題不大。」她心神怡然地笑著。中午，一個年輕列車員走進他們的包廂，通知他們現在可以去餐車用餐，小夥子說話的時候，看也不看她，只把臉衝向西服革履的中年人，顯然是表示正式的軟臥乘客只是他。一股強烈的羞辱感和自卑心膠和在一起從她的靈魂深處冒出來，以前，即便是在當走資派子女的時候，她在精神上也從來沒有這樣自卑過。

餐車對硬席車廂的午餐供應已經結束了，鋪了白塑膠布的餐桌被擦得乾乾淨淨，又擺上了花瓶和各色水酒。這趟車的軟席乘客寥寥無幾，所以大部分餐桌都空著。

這是她頭一回跟「外國人」一道吃飯，中年人要了一個辣子雞丁，一個燜大蝦，還要了冷盤和酒，菜不多，可兩個人吃富富有餘。

在她的那幫朋友中，有不少人和外國人有交往。現在交外國朋友也成了時尚，全不像過去那樣躲躲閃閃，生怕沾上「洋」字惹是生非了。連過去人們談虎色變的「海外關係」如今也成了值得四處宣揚的榮耀，甚至成了談戀愛的價碼，別管是什麼醜八怪，只要國外有親戚，立即就會身價百倍，對方也得刮目相看，真是此一時彼一時啊。連不少幹部子弟也紛紛往外國人的圈子裡鑽

營了，喬笠就在南州飯店被外國人請過兩次，以後便常在眾人面前津津樂道那桌面上的奢費和排場，還有吃西餐的那一套紳士規矩，什麼喝湯不能出聲響啊，餐刀不能入口啊；骨頭不能嚼碎呀，擦嘴要「拭」而不能「抹」啊。過去，她一聽到喬笠這類吹噓就感到厭惡，覺得他很下賤，而現在，當馮先生向她端起斟滿暗紅色葡萄酒的玻璃杯時，她一下子又覺得喬笠也是可以原諒和理解的了。

旅途時間不知不覺地過去，她很愉快。

列車開過了豐臺站，她收拾好自己的東西，把手提包放在了床上。中年人又點起一支菸，半仰著臉專注地聽著喇叭裡對北京名勝古蹟的介紹，聽了一會兒，對她問道：「施同志對北京熟嗎？」

「熟，太熟了，我以前在北京住過很長一陣呢。」

「噢，我想求你一件事，不知可以不可以？」

一個下意識的遲疑在她腦子裡閃現了一下，但很快就消失了。自從爸爸出來工作以後，她已經記不清有多少八竿子打不上的「認識人」來求她幫忙辦事了。她早煩透了那一副副討好的笑臉和殷勤的吹捧。可這會兒，雖然還不清楚對方所求何事，但光憑這個人，她也是樂於出力的。

「那怎麼不可以，」她說，「我能辦的一定盡力。」

「我這次除了辦幾件公事之外，主要想到北京各處名勝玩玩，可人生地不熟，施同志要有空

閒的話，能不能幫我做個嚮導，我們一起轉一轉？」

「這個呀，沒問題，準能叫您滿意。」她很快活地答道。

「我在前門飯店下榻，唔——怎麼找你呢？」

她思索了一下，「我住在我爸爸一個老戰友家，他家有電話，」她從自己的電話條上撕下一頁紙，寫上電話號碼，又寫上自己的名字，遞給他，「打這個就行。」

「唉」，中年人收起電話來，不無感慨地說：「回到祖國快兩個月了，事事都覺得很習慣，就是有一點受不了，沒有朋友，太孤單了，想找個說說話的人都難啊。將來你要是一個人出國，準有體會的。」

「我還能出國？」她脫口問了這麼一句。

「怎麼不能，我想準會有機會的。啊，要是到了外面，我可以做你的嚮導。」

「馮先生的夫人也在國外？」

「夫人？啊，我們早分開了。」他簡短地答著，並未加任何解釋。列車徐緩地駛進了北京車站，月臺上擠滿了接客的人群。她下了車，身體被奔來擠去的人來回撞著，回頭望望，緊挨在身後下車的中年人已被擁擠的人流淹沒。她的胳膊漸漸吃不住手提包的重量，疼得有點兒發麻了，頭上刺癢癢地出了汗，她索性放下手提包，伸手到兜裡去摸手絹，摸到的卻是一張硬紙片，拿出來一看，原來是馮先生的名片，在車上她只是倉促地晃了一眼，這時不由仔細看起來。

「歐洲里克貿易公司派駐中國南州市辦事處代表，馮漢章。」哼，馮先生告訴過她，所謂辦事處其實就是他一個人，再下面呢？「地址：南州飯店七一二房間，電話：四四〇七一。」名片的另一側寫的是外文，她看不懂，便將它揣回兜裡，掏出手絹一邊擦汗，一邊向左右張望著。

「何伯伯他們家沒接到電報嗎？這麼沉的東西，一大半是給他們帶的，也不來接，真討厭！」她煩躁地用手絹在鼻尖上來回扇著涼風。

「嘿，季虹姐姐！」隨著一聲尖細的叫喊，她的肩頭重重地被人拍了一下，回頭一看，一個二十多歲的高個子姑娘站在眼前。

「玲玲！」她驚喜地叫起來，「我一猜就是你來，收到我媽媽的電報了嗎？」

「沒收到我怎麼會來？」玲玲是何伯伯的小女兒，像個運動員一樣結實，她一把搶過提包，笑哈哈地說：「你什麼時候燙的頭？真變樣兒了，我都不敢認了。」

「越變越洋了。哈哈哈……」玲玲旁若無人地大笑，她的性格同她粗放的外表倒是極為相似。

「得了，越變越洋了？哈哈哈……」

「越變越醜了吧？」

她們出了檢票口，在車站右側坐上了二十路公共汽車。汽車轉了兩個彎，便拐上了寬闊的長安大街，她的心懷也為之一寬。

也許用不了多久，她就會離開那光線暗淡、令人窒息的配件倉庫，成為北京國家歌劇院的一

名演員，也許，每天上班下班都能在這條世界上最寬最長的大街上往返。她把視線向車窗外伸展出去，坦蕩筆直的長安大街彷彿展示著她的廣闊未來，歌劇院現代化的排練廳在眼前一跳一跳的——嶄新的練功架，巨型的大鏡子，那鏡子像個寬銀幕似的占了一面牆……將來總會有機會上電影的，她最適合那種自唱自演的角色，還有……咳，不用想那麼多了，只要進了那個金光閃閃的門檻，憑她的天賦和刻苦，將來在事業上有所建樹是不難的。對了，還可以出國，做為中央直屬表演藝術團體，出國的機會絕不會少。重要的是得控制住別再胖下去了，演歌劇不同於獨唱，形體和嗓子是一樣要緊的……出國，哦，小時候還以為哪兒都沒中國好，現在，真他媽想出去看看……他們一般在哪裡演出呢？天橋劇場還是民族宮？……

她知道這些亂七八糟的幻想，實際上都是八字沒一撇的事情。但幻想並不是壞事，特別是她，現在正是需要幻想的時候，幻想常常會成為奮鬥和起飛的動力，人沒有幻想就完了。

當然，幻想有時也會被現實擊碎。在何伯伯家安頓下來以後，她第二天便按照媽媽給的地址找到了中央歌劇院。這是一座挺大的院子，大門口還有兩個解放軍戰士在站崗，她的心激動得怦怦跳起來。

「到底是國家級劇院，門口還設了崗。」她津津有味地琢磨著，順著院子裡一條弧形的馬路來到劇院的樓門前，不由得呆住了。

那樓是青磚砌成的，因為舊，表面呈現出一層黑色，幾乎所有窗戶上的油漆都已被風雨侵蝕

得斑駁一片，一扇不堪入目的樓門既髒且破，用五合板充做玻璃的門頁衝她半咧著大嘴，她全身打了一個哆嗦。

「這是怎麼回事，還不如南州市歌劇院體面？」她心神疑惑地走進樓門。一聲很漂亮的男高音從頂上傳來，在她有些灰冷的心裡發生了一點兒興奮提神的熱量，她順著破爛的樓梯爬上去。

在三樓，她找到了媽媽那個朋友——李阿姨，李阿姨一見到她，臉上就現出吃驚的樣子，好像對她的到來毫無精神準備似的。

「你怎麼來了，沒收到我的信嗎？」李阿姨把她領到走廊上，向她問道。

她心裡一跳，「什麼信？沒收到呀，是不是有什麼變化了？」

「今年給劇院的進員指標沒有了，我也是才聽說的，已經給你媽媽寫了信，我還生怕你來呢，結果還真來了，你看這事兒……」

她望著牆不吭聲，心緒壞到了極點。

李阿姨想了一下，說：「我看這樣吧，既然來了，就在北京多玩兩天，回頭我在劇院裡請幾個專家給你聽聽唱，如果他們對你感興趣的話，也許還有門兒，即便不行，讓他們給你指點指點也有好處。你別急，以後這兒總會招人的，現在我們就缺年輕的，哎，你現在住在哪兒啊？」

她把自己的住址和電話留給了李阿姨，離開了這座破破爛爛的大樓，回到何伯伯的家裡。第二天，李阿姨果然打來電話把她叫去了。

「這幾個人都挺忙的，今天特意湊起來給你聽聽嗓子，我好大面子呢。」李阿姨頗為得意地說著，把她領進一間鋼琴室。她朝屋子裡的幾個人看了一眼，除了一個花白頭髮的老頭子還多少有點兒藝術家的派頭外，其他幾個簡直就像賣醬油的，和她過去想像的風度大相徑庭，她情緒不高地把要唱的曲譜遞給了鋼琴師。

唱了兩支曲子，一支是美國電影《真善美》插曲，一支是法國歌劇《卡門》裡米開拉在山洞唱的那段詠嘆調。唱完之後，便由那幾個人問話，全是些泛泛的問題，學唱多久啦，跟誰學過啦等等，最後，還是那個花白頭髮的老頭兒講了講她對米開拉那段詠嘆調的理解偏差和換聲點、裝飾音的毛病，不過她好像已經沒有心思去聽這些了。

走的時候，李阿姨一直送她到院子門口，拍著她的肩膀問：「你什麼時候回南州啊，替我問你媽媽好。」這一句話使她立刻明白了昨天那關於「也許還有門兒」的話，也不過是一句口惠而實不至的空頭支票。她對李阿姨沒有做半點兒感謝的表示，顧左右而言它地說：

「這破地方，還用得著設雙崗嗎？」

李阿姨瞥一眼院門口的崗哨，「這院子是部隊的，我們在這兒臨時占了一個樓，崗是他們的。」

她撇嘴笑了笑，告辭走了。

一連兩天，她門也懶得走出，除上了一次王府井之外，整天就是歪在床上，李阿姨來過一次電

話，請她去家裡玩玩，她敷衍了兩句，推辭了。何伯伯一家人見她沒精打采的樣子，都先後過來說過許多寬解的話，何伯伯的愛人胡阿姨根據她在北京市委搞過一段人事工作的經驗，鼓著多肉的嘴巴說：「你媽媽託的那個李阿姨在劇院是做什麼工作的？我看辦事可不怎麼牢靠。往北京調工作，哪兒那麼簡單呀，即便劇院收了你，戶口怎麼辦？進戶口歸公安局管，你是工人、工人調動走勞動局這條系統，可演員是按幹部管理的，幹部調動走人事局這條系統，各個系統都有自己的一套政策條條，說不定在哪兒就把你卡住了，可不那麼好調呢。要我看，你還不如先去南州歌劇院呢，再說那兒上臺鍛鍊的機會也比這兒多，這兒都是些名家，難得輪上你的角色。」

胡阿姨的初衷是想往寬處勸導她，而她的心情卻反而更加陰沉惡毒起來，心裡罵著，「真他媽沒治，什麼戶口啊指標啊，就咱們國家這一套囉唆！」

星期天，她仍舊沒有心思去轉轉，但情緒多少卻平靜了一些。這也怪自己過去的幻想太多了，在幻想中生活的人是不容易知足的。也罷，就先設法把去南州歌劇院這件事辦成吧，她的嗓子在那兒是夠得上中上等水準的，比起「鳳尾」來，「雞頭」也許更多一些優越的地方呢。

晚上，跟何伯伯一家人吃過晚飯，就坐下來看電視，新聞聯播剛剛結束，桌上的電話突然響起來，玲玲摘下聽筒，大嗓門喂喂兩聲，把聽筒衝她一伸……

「找你的。」

「又是歌劇院那個姓李的吧。」她坐在椅子裡沒動窩。

「不是她，是個男的，有點兒口音。」

「男的？」她疑惑地站起來，接過電話，一個似熟不熟的聲音從聽筒裡傳出來。

「喂，是施同志嗎，你不記得我了吧？」

「你？……噢，馮先生！」

「你忘記了你還向我許過願呢！」

馮先生親近爽利的聲音使她胸中的鬱悶為之一掃，聲音也明亮起來⋯

「您的公事辦完了？是嗎，什麼，我？我什麼時候都有空兒，明天？行！」

第二天一早，馮先生如約乘了一輛「小豐田」把她接走了，他們上午爬了紅葉正濃的香山，下午逛了秋爽宜人的頤和園，晚飯是在「聽鸝館」裡吃的。她看得出來，馮先生並不很有錢，要的都是些一般的菜，不像鄰桌幾個歐洲人那麼揮霍。但馮先生很高興，一天裡爬山、蕩槳、照相，玩興極濃。她雖然和他相差了十來歲，但發覺和他的交往並非一件難事，一天馮先生開朗大方、文化程度又高，所以和人相處顯得灑脫融洽。她覺得這一天是真夠輕鬆愉快的⋯⋯

在「聽鸝館」吃飯的時候，意料之中的問話來了。

「你考試怎麼樣，還順利嗎？」

「別提了，」她揮揮手，「劇院沒有分到進員的指標，就是當代十大女高音來了，也照樣不能收。」

「噢，」他做出一個惋惜的表情，呷了口酒，又說：「這種事，要是在國外就好辦多了，一切憑本事，像你這樣一副好嗓子，走到哪裡都不愁吃飯的，你能唱出錢來，唱出一切來，當然，國外也有國外的不好……資本主義嘛。」

從頤和園出來，天已經擦黑了，馮先生餘興未盡，建議到民族宮去跳跳舞，她謝絕了。一來因為太累，二來是這幾天在何伯伯家裡灌了一耳朵關於跟外國人去民族宮跳舞的女人如何如何敗壞的話。她想了一下，說：「我想回去了，明天還要早起去排隊買火車票呢。」

「你要回南州了嗎？太巧了，我過兩天也要回去，我們又能同路了。」

「我最遲後天就得走，我是請了假出來的。」

「後天？好，我幫你買車票，我在飯店裡訂票很方便。」

「那我什麼時候把錢給你送去？」

「不不，實在不好意思又叫您破費。」

「你太客氣了，我還付得起這點小小的盤纏。」

「我們是朋友了嘛，你這樣認真，是不是要我向你付今天的嚮導費呢？噢，我明白了，現在國內的人是不是還害怕和外國人接觸？如果你覺得為難的話，我當然不勉強，我不願給朋友帶來麻煩。」

「不是，完全不是這個意思，您想到哪兒去了，如果您高興，我當然很希望有您這樣一個談

得來的朋友，真的。」

「謝謝，你知道嗎，我最怕一個人坐火車，就是因為受不了那個寂寞，這下好了，我們可以一路聊回南州去。」在頤和園門前停車場的路燈下，馮先生心滿意足地笑了。「好，現在我送你回家。」

二十九

馬樹峰是七六年的十一月離開自新河的。一年多的光陰在匆忙中一閃而過，當他重又踏上自新河堅硬的土地時，真正是別有一番滋味在心頭了。他現在住的場部招待所的這棟講究的小樓，正是過去甘向前和公安部調查組的「行館」，他當時還以第八副場長的身分，陪調查組去過磚廠呢。多快，一晃兩年了。

幾乎是從聽到粉碎「四人幫」的消息的第二天起，他在農場的簡陋宿舍就開始門庭若市了，甚至連那個平時從不和他說話的農場第一把手陳政委，見了面也躬身含笑，帶著幾分敬意。在這個偏處一隅的勞改農場裡，改朝換代的氣氛和枯榮交替的速度，甚至比大城市還要來得快。馬樹峰本來是下決心留在農場好好搞一陣的，他畢竟已經瞭解了這塊土地，對它有了感情。所以，在新上任的市委政法書記施萬雲突然從南州市打來長途電話要他回去的時候，他並沒有立即動身啟程，總覺得該把這兒的工作做個交代，或者等大方面的形勢有個著落再走才好。直到從北京調來的市委第一書記李直一親自來電催促，他才不得不拋開一切事務，連行李也沒有打，隻身回到南州市來了。

剛回來的那陣子，他，還有準備擔任市委政法部長的喬仰山，先是以工作組的身分參加了市公安局黨委常委的工作。因為當時李直一和施萬雲對甘向前的底細不清楚，開始還是指定甘在常

委內牽頭，所以，頭兩月局裡的形勢是非常複雜的。甘向前在公安局經營了十年，只要他這棵大樹不倒，下面的猢猻也就絕不會散。別的不說，光是平反冤假錯案這項工作，就非常掣肘。比如他馬樹峰前面剛在局政治部講了，凡屬在十一廣場事件中立功受獎而提拔起來的幹部，一律暫回原職的話，甘向前後面接著就在大會上宣布：十一廣場事件和天安門事件性質一樣，是中央定的性，立功的照樣使用，受獎的照樣光榮！針鋒相對的態勢，越來越表面化。難怪局機關大樓裡有一張大字報的題目上赫然寫了「甘向前到底是『牽頭』還是『鉗頭』」這樣幾個字，很是辛辣。

他也曾抱著一線希望，以不念舊惡、不計前嫌的態度找甘向前談過，結果不行，一談就崩！

「我當然是有意見的！」甘向前很激動，「平反工作不能翻燒餅，不能對過去的結論一概否定嘛。別的不提，我只舉一個例子，據說連周志明的案子有人都想翻，這成什麼了？不要說徐邦呈脫逃的疑案未了，難道連他銷毀證據的事也要一風吹嗎？再說他在地震期間還有策動犯人越獄的新科，又該怎麼說？」

對於三一一案的失敗，公安部調查組興師動眾而來，不了了之而去，馬樹峰是早就打算重新調查的，只因始終大事纏身，一時尚不能顧到此處；對於周志明銷毀證據的案子，他倒沒有什麼新解。這些年的事情，真偽雜陳，亂七八糟，沒有第一手資料他一概不表態。而且市裡後來對複查平反工作又做了新的分工，公安局只搞未決犯，投入勞改的已決犯統統歸檢察和法院系統甄別，他也就把這事擱在一邊了。這次回自新河的路上他還想著，不知道這個周志明是不是還在這

地方。

很早就想回自新河看看了，但是自從他被正式任命為市委常委、副市長兼公安局長以後，要想躲開自己那間辦公室，是絕沒有可能的。直到現在，甘向前撤職審查，局裡的形勢完全明朗，各業務處的班子也基本上配齊，一切都朝好的方向起步了，他的這個願望才算實現。昨天晚上下了班，他只隨身帶了個祕書，輕裝簡從，孤車一乘，直奔自新河來了。

一路顛簸，夜裡十二點到了場部。不知是誰先往這兒打了電話，場長、副場長，一溜七八個，迎候如儀，前呼後擁地把他送進了招待所的小樓。這使他十分掃興，本來盼望著體會的那點舊地重遊的親切感，全被這種官場的繁文縟節淹沒掉了，可惜。

今天一大早，他沒等有人來拜就離開招待所，先到場長辦公室來了，場長也是個剛復職不久的老傢伙，一見面就發牢騷——勞改局遲遲不給場裡派新政委，搞得現在生產、管教、震災後的基建，還有揭批查運動、搭配各分場的班子、落實黨的改造政策、平反冤假錯案，還有生活，全場一萬多幹部、職工、家屬和犯人的吃喝拉撒睡，事事都得他這個當場長的躬親主持，吃不消！

馬樹峰聽著，也只能心裡嘆氣，「你叫我怎麼辦？」他說：「抓緊找年輕的，接班！」

這真是個要緊的事，局常委的班子幾乎快成敬老院了；下面這些幹部也是青黃不接。找什麼樣的人來接班，什麼樣的人才算是合格的公安人員，這是他近來時盤桓於心頭的問題。頭上長角，身上長刺兒的當然不行，唯唯諾諾，難得糊塗的也同樣不行，一定得要那種有責任感的年輕

人來接公安事業的班，要真正有責任感的人！這些年叫「四人幫」搞的公安人員的責任感都到哪兒去了？像那個本來並不複雜的三二一案件，為什麼叫一個外行加極左的甘向前就給活活搞砸了？那些當處長的、當科長的、當偵查員的，你們可不是外行，為什麼不敢堅持原則，據理力諫呢？

一想到這些，馬樹峰心裡就沉甸甸的，話自然也就說得少了。場長告訴他，上午機修廠要開先進工作者授獎大會，估計很熱鬧，建議他去看看，他同意了。

正要出門，獄政科長來了，看見他，很恭敬地垂手說道：「喲，是馬局長，您什麼時候來的？」

「昨天剛來。你找我？」

「不，我找場長。市委政法部剛才來了一個長途電話，問磚廠犯人企圖越獄那個案子的情況。」

場長指了一下手，說：「你們各司其職，不要事事都找我。」

「他們電話裡說，是政法部領導要問的，要我們儘快報個資料到政法部去。還說，如果周志明挑動犯人鼓噪的問題屬實的話，也要儘快把處分意見報到檢察院去，還叫咱們先提個加刑期的意見供法院參考。」

「畢竟是政法部領導親自垂詢，場長不得不鄭重其事了，「下面不是報過資料嗎，實不實？」

「我看沒問題，我們科的常松銘原來就是磚廠的文書，這件事的始末經過他都清楚，資料裡還有他的一份證明呢。至於周志明本人的口供……磚廠領導是找他談過的，他態度極壞。據磚廠老於反映，這個人自從入監以來，反改造情緒就很大，一直不認罪。雖說口供是證據之王嘛，可他拒不承認難道就不處理了麼？」

場長還沒答話，馬樹峰插問道：「是磚廠那個周志明？」

「就是他。」獄政科長轉過臉來，「對了，馬局長知道這個人，七六年公安部還來人查過他的事嘛。」

馬樹峰奇怪了，「地震期間的事兒，怎麼拖到現在才加刑？」

獄政科長解釋說：「因為那事出了沒幾天，就趕上主席逝世，然後又是粉碎『四人幫』，所以一直沒騰出功夫來辦。」

馬樹峰皺起眉毛，說：「快兩年了，說不定犯人的思想已經有了很大變化。有錯兒的時候不及時加刑，等到他變好了，又補算舊帳，這對改造工作是很不利的，以後可不能這麼拖拉了。」

「就是就是，我們準備在以後的管教工作會議上專門研究一下。不光影響犯人的改造情緒啊，有時候連法律上規定的追訴時效也給耽誤了。那麼，您看這個案子還報不報了？」獄政科長小心地問了一句。

「情況查實當然要報，不過不要提什麼參考意見，該多長刑期，由法院去判。」

獄政科長喏喏連聲地走了。他和場長乘一輛美國造的庫萊斯汽車去機修廠。這種老牌子汽車在南州市的大街上早就絕跡了，跑起來連吼帶喘的，很吃力。借著路上同車的機會，場長叨叨不停地向他講著場裡的事情，可他此時卻沒有一點心思去聽，直把目光飄向車外。

車子老掉牙了，柏油馬路卻是新鋪的；路邊栽了許多小樹，細細的樹幹被草繩裹著，更給人一種弱不勝寒的感覺。老車，新路，小樹，真的，今年的冬天冷得出奇，小樹很可能會凍壞的。

馬樹峰想著想著，忍不住打斷身邊那位場長的長篇大論，問道：

「你見過周志明嗎？」

「誰？」也許是他的問話離題萬里，場長愣了一下，半天才說：「啊，聽說過。對了，去年場裡統一調查了一批犯人，周志明正好調到機修廠了，你要感興趣，今天可以把他找來。」

「啊。」他不置可否地應了一聲。

機修廠離場部不過十來里地，一會兒就到了。因為是粉碎「四人幫」後頭一次評選先進工作者和先進生產者，大家都有個新鮮勁兒，所以授獎會確實開得很熱鬧，領導講話，代表發言，披紅掛彩地發了獎，最後還演了節目。馬樹峰的不速而至，更帶來一種近乎過節般的氣氛。

散了會，機修廠的廠長和教導員把他們請到廠部一間辦公室裡落座。雖然是地震後才蓋起的簡易房，但屋裡既乾淨又溫和，一隻深青色的水壺坐在爐子上，噴著白氣，十分悅耳。他先問了問廠裡的生產情況，接下去，話題就移到管教工作上來了。

「犯人最近思想還穩定嗎？」

「還好吧。」教導員和廠長對視一眼，說：「前兩天開了春訓動員會，回去以後犯人們都在班組會上表了態，整個兒情緒還不錯。這兩天除了修理車間的周志明之外，沒有發生不服管理的現象。」

又是周志明！馬樹峰倒真的感興趣了，問：「周志明為什麼不服管理。」

「誰知道，可能因為不幹活兒，我是聽李副教導員說的。這個犯人是去年才從磚廠調整來的，在磚廠是第一號反改造尖子。」教導員說著，臉上略露得意之色，「結果到了我們這兒一直表現不錯，最近還評上了修理車間的改造標兵。不知道昨天怎麼又跟李副教導員吵起來了。」

場長插嘴說：「犯人嘛，思想允許有反覆。」

馬樹峰看看表，還早，於是說：「你們把周志明領來，我和他談談。先把他的隊長找來也行。」

沒一會兒，教導員領了一個幹部回來，進屋介紹給他。這個人叫丁廣傑，過去也在磚廠當隊長，去年帶著磚廠的十幾個犯人一塊調過來的。

丁廣傑很拘謹地坐下來，馬樹峰先漫無邊際地問道：「周志明現在在隊裡表現怎麼樣？」

丁廣傑點一下頭，「不錯。」

教導員問道：「前天不是跟李副教導員吵起來了，到底為什麼？我看老李氣得夠嗆。」

「就為新起的那棟簡易房，前天把牆抹完天就黑了，灰漿也用完了，可李副教導員的家屬在招待所大房子裡已經住了快一個星期，想早點兒把這間房子弄利索了住進去，所以就叫周志明再拌點兒灰把屋裡的爐子砌上。周志明開始也沒說不幹，土也圍上了，水也打來了，後來李副教導員有兩句話他不愛聽了。」

「什麼話？」馬樹峰說。

「李副教導員說：『你們這號人，就是缺乏勞動才滋長了好逸惡勞的剝削階級思想，走上犯罪道路的，現在讓你多幹一點兒，也是讓你多去去毒、贖贖罪。』這話是難聽點兒，可也沒什麼不對呀。好，他小子犯強了，鐵鍬一扔不幹了。」

機修廠長插了一句，「這人我不熟，可我看他幹活兒還可以嘛，修理車間幾次表揚犯人的名單裡都有他。大概就是脾氣大。」

丁廣傑說：「脾氣也不是大，這人其實說起來還是個弱性子，膽子也不大，幹活也肯下力氣，蔫蔫的還挺愛學習。就是有一條，你不能老說他犯罪不犯罪的，你一說，就頂你，當了犯人還這麼大自尊心，我真是頭回見。」

場長點著頭說：「說來說去，關鍵是個認罪服判的態度沒端正的問題，這次春訓，你們廠裡可以重點幫他解決這個問題。」

馬樹峰卻沉思了一下，抬眼說：「李副教導員的那個話嘛，倒也可以不說，刺激人的語言對

犯人轉變思想不見得有什麼好處。」他停了一下，又問丁廣傑道：「他對自己在磚廠策動犯人暴動的事，沒有一點擔心加刑的想法嗎？」

「噢，那件事呀，」丁廣傑卻反問道：「怎麼，查清是他了嗎？當時這事兒就不了了之了，現在查出結果了？」

「也用不著怎麼查嘛，當時磚廠的文書親眼看見他在挑動犯人衝出去嘛。」

「您是說常松銘嗎？」丁廣傑皺起眉頭，「他怎麼看見了？他光聽見聲兒不對就跑回來了，這事後來我們幾個隊長還議論過他哪。是他自己說看見的嗎？」

「他寫了正式資料的。」

「那他是瞎扯！」

「你怎麼知道他沒看見呢？」馬樹峰心裡一動，懷疑地問。

「沒錯。」丁廣傑的口氣是不容置疑的，「那天犯人們都到窯上收拾場地去了，就留下他們六班在監區裡清理磚頭碎瓦，我本來在監區院裡，後來尤廠長叫我到廠部的防震棚裡談話，常松銘也在那兒，還跟我們一塊說了會兒話呢，後來他說要去監區看看，就走了。走了大概頂多兩分鐘吧，蹬蹬又跑回來了，臉都白了，一進來就嚷：『不好，院裡要放羊。』意思就是犯人要跑。我們出門一聽，果不其然，監區那邊一片吵吵嚷嚷的。尤廠長問常松銘怎麼回事，常松銘說不知道，還那兒瞎分析哪，說可千萬別是集體越獄吧。他這一說尤廠長也急了，趕快叫我騎上三輪

『小東風』到附近的五分場去叫警衛部隊，又叫常松銘趕快把在家的幹部、工人叫出來圍監區，連家屬學生都綽著棍子出來了。不過當時的確是夠嚇人的，因為正趕上剛剛傳達市委領導的指示，要防止犯人暴動、逃跑，大夥的神經都特別敏感，一聽到犯人在院裡叫喚，連我都以為是鬧起事來了，所以當時尤廠長儘管沒鬧清楚情況就採取了措施，也還是應當的，你想想，監區的圍牆震倒了差不多一半，那些天連電話也不通，幹部有不少都到窯上去了，警衛部隊又不在跟前，關鍵還是裡面沒鬧起來，犯人裡主意也不統一，有人想跑，有人還不想跑呢，凡有人群的地方就有左中右嘛。要是他們沒矛盾，一哄跑出來，你措施再快也白搭，警衛部隊離了十幾里地，幹部職工得挨家現喊，磚廠又沒配備武器，連尤廠長還是現從堆在門口的救災物資中揀了兩把大鐵勺才算沒空手，要真跟犯人玩命我看也不是個兒，犯人一個個身強力壯的，手裡頭都是鐵鍬鐵鎬，

犯人一炸窩跑出來，你還不幹沒轍？那時候南州街上還都住著人，連北京、天津的人都還睡在街上，這幫人要是跑出來，那還不滿處偷呵搶呵禍害去！不過……」丁廣傑想了想接著說：「不過你打得過呀？」

你打得過呀？」

場長點頭說：「這倒也是。」

馬樹峰笑了一下，「你說了半天，其實並沒有回答出我的問題來，我是問你怎麼能肯定常松銘沒看見監區的情況啊。」

「肯定肯定，」丁廣傑挺著脖子說，「從廠部那間防震棚到監區起碼要走四分鐘，常松銘剛

出門就折回來，說富餘點兒也不過兩分鐘，靠廠部這面的院牆又沒倒，他往哪兒看去？根本看不見。背著小常咱也不好亂議論他，他這人，寫個資料什麼的還挺快，要說這膽子，還真小了點兒，不過做為一個勞改幹部，明明聽見裡面吵吵嚷嚷的要鬧事，不趕快進去壓住，反而往後跑，生怕一個人進去讓暴動的犯人給砸裡頭，這可是有點兒……怎麼說呢？」

馬樹峰陷入沉思，丁廣傑後來又說了些什麼，他沒有聽清，直到丁廣傑走了，他才沉著臉對屋裡幾位農場的幹部說：

「把周志明叫來吧，我單獨同他談談。你們有事忙你們的，不用陪著。」

場長和兩個機修廠的領導說要談談財務方面的事，到隔壁的房子裡去了。很快，周志明被人帶來了。

也許別人會奇怪，他以副市長兼公安局長的百忙之身，怎麼會有興趣和閒暇來管一個普通犯人的問題。其實，他並不想知道周志明是如何頂撞幹部的，甚至也並不關心那場鼓噪鬧事的前因後果，這些問題，下面的同志自會搞清楚，當然用不著他來越俎代庖。他真正感興趣的，是公安幹部——犯人、反改造尖子——改造標兵，這樣一個大起大落的人物，也許他的歷史能給人某種啟發，某種經驗吧，馬樹峰心裡這麼想著。

犯人還是那麼一張稚氣未脫的臉，比上次胖了點兒，氣色也不錯。進門時幾乎沒有發出一點聲響，進來後就安靜地靠在門邊的牆上。馬樹峰說了句……

「你坐吧。」

小夥子兩腿一屈，身子溜著牆，一屁股坐在地上。

他詫異地愣住了，指著桌前的一把椅子，說：「坐這兒來。」

犯人遲疑了一下，站起身，在椅子上坐下來。

「平常幹部找你談話，你也是往地上坐麼？」

「不，是叫蹲著。」

年輕人穿了身過於肥大的黑棉襖，腰間還很好笑地紮著根粗草繩，顯得土氣而臃腫。馬樹峰打量著他，口氣隨便地問道：「這棉襖是特號的吧？」

「嗯。」犯人仍舊垂著頭，喉嚨裡咕嚕了一聲。

馬樹峰先揀最近的事問：「前兩天，為什麼跟幹部頂撞啊？」

「因為砌爐子，」犯人還是簡短地說。

「你等於沒有回答我的問題，我是問為什麼同幹部頂撞？」

「因為我沒砌。」回答照舊是簡短的。

「為什麼不砌？讓你勞動是害你麼？」

犯人不說話。

「我問你，這是什麼地方？」

「勞改農場。」犯人咕嚕了一句。

「勞改農場是幹什麼的?」

「改造罪犯的。」

「改造罪犯的途徑是什麼?」

犯人又不說話了。

搞審訊,馬樹峰當然是駕輕就熟的。像剛才這種邏輯式提問,就是旨在讓犯人自己駁倒自己的一種方法。顯然,犯人已經察覺了他的用意,眨著眼睛不答腔了。他笑笑,把結論擺了出來。

「是勞動嘛。勞動是改造罪犯剝削階級思想的唯一途徑,只有通過勞動,罪犯才能使自己成為一個自食其力的新人。當然,還要進行思想教育。所以,幹部叫你加班砌爐子,對你進行教育的那些話,原則是對的,你加以頂撞就不大合理了,你說對不對?」

他本來以為在這番道理下,犯人必然會無言以對,沒想到他竟開口反駁起來。

「照您的說法,只要參加勞動就能改惡從善了?那為什麼有些犯人,比如磚廠的田保善那種人,坐了二三十年的牢,幹了二三十年的活兒,到現在還是個壞蛋?照李教導員的說法,好像犯罪就是缺乏勞動,那些農村來的犯人本來就是勞動人民,在家天天幹活兒,為什麼還要好逸惡勞去偷去搶呢?」

馬樹峰張了張嘴,竟一時語塞,他打量了一下犯人那副認真的表情,反問道:「你是覺得勞

動不勞動無所謂，所以才不砌爐子麼？」

「不，」小夥子低下頭去，「我覺得我用不著拿幹活兒來贖罪。」

馬樹峰的口氣變得嚴肅異常，一字一板地說：「你幹活不是為了贖罪，不論你還是其他犯人，幹活是為了使你們做一個勞動者。你們應當和社會上所有具備勞動能力的公民一樣自食其力，而不靠別人來養活，我們每一個人，包括你，也包括我，都有義務為社會主義祖國創造財富，難道這也不對嗎？」

小夥子愣了半晌，頭一點，說：「您要這麼講，那讓我幹多少活我也願意。」

「你進來多長時間了？」

「快兩年了。」

「時間也不短了，怎麼到現在還沒有端正認罪態度啊？」

犯人迴避開他的注視，低頭不語。

「我看你腦子挺靈的嘛，過去在公安局也幹了幾年，難道不知道銷毀證據、包庇壞人是犯罪行為？」

犯人不服氣地抬起眼，「現在您還認為悼念周總理的人是壞人嗎？」

馬樹峰一下子愣住了，「你是因為廣場事件抓進來的？」

「是，我覺得是。」

「『你覺得是』是什麼意思？」

「我是按刑事犯罪判的，可實際上和廣場事件是一回事。」

馬樹峰臉上很快冷淡下來。沒有第一手資料的事，他絕不貿然露出一點帶傾向性的表情，只是冷冷地問：「既然你不承認自己有罪，為什麼在地震期間還要挑動犯人鬧事？」

「地震期間？」年輕人驚訝地瞪圓了眼睛，「誰說的！那次是田保善他們要跑，怎麼是我挑動鬧事？」

「你詳細說。」

「磚廠的雜務。」

「田保善是什麼人？」

「那時候不是經常有小餘震嗎，」小夥子圓圓的眼睛很認真地瞪著，說：「犯人中間不知怎麼傳開了一個謠言，說自新河這兒要發生陸沉式地震，過不多久就是汪洋大海了，還說五百里滇池就是這麼一眨眼出來的，反正是有根有據的。犯人們孤陋寡聞，再加上一輩子都沒有經歷過這麼大的地震，全有點兒震怕了，所以說什麼都信，搞得人心惶惶，田保善是最害怕的一個。那天大多數人都到窯上去了，家裡就留我們一個班，旁邊又沒幹部，他說現在不跑就跑不成了，過這村沒這店，先跑出去活命是真的。他們一人綽了把大鐵鍬就往破牆那邊跑，我攔住他們，他們就說要劈了我，我也不怕他們，我手裡也有鐵鍬，我也不跟他們講大道理，單講實在的。我說你們

不要命啦，現在是抗震救災，這時候搗亂有什麼好下場，他田保善坐了二十多年牢，膩了，想出去新鮮新鮮，他本來就是個無期徒刑，抓回來也定不了死罪，你們幹嘛陪著，再說四周都是警衛部隊。我這麼一說，其他犯人就都猶豫了，田保善一個人還衝我亂喊，我嗓門比他大，我說田保善你敢跑我就敢劈了你！反正我橫著比他長，豎著比他高，他不慌也不行，那五百里滇池水真是一眨眼冒出來的，你就是跑一個星期還不是照樣淹裡頭。我這麼一說，你往哪兒跑？後來幹部們衝進來了，叫我們都回棚子裡去……」

馬樹峰打斷他，「這些情況你後來沒跟幹部談麼？」

「于教導員找我談過一次，非說是我要挑動犯人越獄，說院子外面就聽見我嚷嚷得凶了，不讓我講話，還要關我反省號，其實反省號塌了，防震棚又不捨得讓我住單間。後來我自己把當時的經過寫了一份資料……」

「你當時就寫了資料？」馬樹峰心中一跳，「交給誰了？」

「就交給教導員了，後來就是毛主席逝世，然後是粉碎『四人幫』，再後來我就調到機修廠來了，這事就擱了。再早我還寫過一份資料，田保善在監舍裡設公堂，把一個犯人的胳膊捆殘了，這人現在也在機修廠，當時那份資料也交給教導員了。」小夥子停了一下，像是早就料到了似的，接著說：「我就知道他不會給我往上轉的，可我過去也是幹公安的，我們自己的監獄裡還有這種黑暗的現象，我就是看不下去，就算我也是個犯人吧，也應該把這些事反映給幹部呀。」

馬樹峰的胸口熱了，他忍不住想去握對方的手，周志明是一個犯人，一個當了犯人的公安人員居然還保持著這樣的責任心！不不，沒有第一手資料不要表態，也許一切都不是真的……啊！

哪怕僅僅有一點是真的，對一個犯人來說，也是可貴的。

場長推門進來了，馬樹峰讓犯人出去。年輕犯人走到門口時，又回過頭來看了他一眼，那是光芒閃閃的一眼。馬樹峰按捺不住激動，放大聲音說：

「你放心吧，事情會查清的！」

是的，他的確不能平靜了，周志明難道是坐了冤獄嗎？不，如果是，他為什麼一直不申訴？

等犯人走出去，場長才笑著問……「是不是挺刺兒頭？」見馬樹峰站起來穿大衣，忙又說：

「我已經告訴他們待會兒把飯給咱們送到這兒來，這兒暖和。」

然而馬樹峰仍然繫上大衣的扣子，口氣堅決地說：「你趕快給場部獄政科打個電話，叫他們科長下了班先別走，叫那個常松銘也別走，我們馬上回去！」

拉開房門，春天的勁風在他的胸前用力撞了一下，他回過身來，又說：「另外，以後咱們幹部和犯人談話，給他一個凳子，別讓他們再蹲著了，人格上一律平等！」

三十

起床的哨音從半空中猛地劈下來，似乎比往日更突然、更尖銳。周志明一骨碌爬起來，剛剛驚醒的意識被一陣急促的心跳敲擊著。入監快兩年了，他始終沒能習慣這種把人從睡夢中扯起來的短促而尖厲的哨子。哨音停止了，滿屋子響起了緊張雜亂的穿衣疊被聲，他也飛快地將衣服胡亂穿上，又跪在鋪上整理好枕頭和被子，當手伸到枕頭下面的時候，他無意中觸到了那幾本邊緣已被磨得發軟的書，心頭突然被一種難以名狀的眷念佔據了。

唉，他走了。這幾本書的另一位主人杜衛東昨天刑滿回南州去了。

從那次被捆傷以後，杜衛東住了五個多月的醫院，他的右臂骨頭扭傷，部分肌肉壞萎縮，一條粗壯的胳膊細成了一根麻稈，直到出院後才逐漸生出新肉來。他們轉調到機修廠以後，恰巧又分在一個班裡，同住一個號子，同在二車間幹活。二車間主要是雜活修理，杜衛東分到木工組，他呢，因為過去在處裡學過開汽車，雖然連「本子」也沒有，但對汽車構造原理方面的知識多少有點兒基礎，所以就被分到了汽車修理組。

杜衛東自打出院以後便和他異常親近起來，拼命在他面前表示著殷勤和服從，以表達對他的感激。特別是剛出院那會兒，連吃飯都一改以往狼吞虎嚥的習慣，故意細嚼慢嚥，為了等他先吃完，好把自己裝做吃不了的窩頭掰下半個來送給他。對杜衛東這類認真而又笨拙的心計，他是洞

悉的，卻也沒有點破，免得讓他尷尬。直到後來杜衛東竟要天天給他打洗臉水，他才受用不了了，笑著對他說：「你別再打了，我可不是田保善。」杜衛東做出一臉不屑的表情，「田保善什麼玩意兒呀，你別提他，一提他我就犯堵，要是我還在磚廠的話也不伺候他了。」

他笑笑，不去接他的話，因為他總覺得在自己和杜衛東之間很難建立更多的共同語言。他是一個小偷，和卜平甲截然不同。卜平甲在「四人幫」被粉碎後不久就平反出了獄，被他原來的單位——市第二醫院派人頗為隆重地接回去了。卜平甲一走，他覺得很孤單，便也時常跟杜衛東找些話來閒扯，但真正和他交心貼腑地親近起來，還是他們在伙房幫廚時的那次交談以後。

那是去年冬天一個陽光充足的上午，他們倆被派去給伙房的菜窖晾菜。兩個人一通猛幹，不到兩個小時便把一窖大白菜全部搬出來，攤晾在一片空地上。杜衛東抹了把汗，說了句：「歇會兒。」便歪在一個破草墊子上了。

他也找了個空菜筐，反扣著坐在上面。這天沒有一絲風，頭頂上的太陽暖烘烘的照得人周身舒坦，他看了一眼懶洋洋地躺在草墊子上的杜衛東，隨口問道：「你的胳膊還疼嗎？剛剛好，幹活別太猛了。」

杜衛東若有所思地衝太陽半瞇著眼睛，含糊地搖搖頭，過一會兒，突然撐起半個身子，望著他，臉色有點發紅，吃吃地說道：「我一直想跟你說呢。你知道嗎，那天，那天我直想自殺。」

「哪天？」他沒料到杜衛東會扯出這麼一個古怪的話題。

「就是我進醫院的那天早晨，我真不想活了。」

「你當時疼得那麼厲害嗎？」

「不是，」杜衛東一擺腦袋，「跟疼沒關係。」

「那為什麼？」

「為了，你，你……」他扭捏半天說不成句。

「為了我？」

「哈，」他笑了，「你到現在還不好意思哪？」

「不是不是，」杜衛東有點兒急，結結巴巴地說，「我，我不是不好意思，我是說我自己，

「你給我穿衣服，提褲子，還給我擦屁股，餵我，我……」

他茫然望著杜衛東那張態度真誠的臉，說：「你胡思亂想些什麼呀？」

杜衛東坐起來，臉更加紅，「跟你說心裡話吧。在醫院裡頭，我老想你，做夢夢見你，你別

笑，真的，我這一輩子，爹死娘嫁人，沒一個親人，那時候我真忍不住想叫你一聲親哥哥，我真

是這麼想的，知道你不信。」

他忍俊不禁，「我比你還小兩歲呢。叫我哥哥，就為了給你穿衣服餵飯嗎？」

「不是，不光是這件事。你一來我就看出你跟我們這幫人不一路，你身上有那麼股子勁兒，

我也說不清楚，反正能感覺出來。」

他有點不自然地笑了一下，想用玩笑的語氣來沖淡這種一本正經的氣氛，說道：「那你當初還在窯上整我。」

「那是田保善叫整的，況且這也是規矩呀，新犯人一來，就得給他疊被子，打臉水、擠牙膏、洗衣服，連他媽撓癢癢都得伺候著，這些規矩他倒沒敢跟你身上用，他其實也怵你，不然也不會這麼凶整。像我，剛來那陣兒這些下賤活兒都幹過，我說我服你們還不成嗎。我他媽這輩子就沒碰上什麼好人，我們原來那幫哥們兒也不靈，有錢聚在一塊兒，沒錢，一哄而散，什麼哥們義氣呀，連我都是光喊不信，我在那裡頭就算是老實的了，你在十一廣場抓住我那次，才是我第二回偷東西，不像他們，壞都壞出花兒來了。」

「我抓了你，你還恨我嗎？」

「原來有點兒，現在不恨了。說實在的，我原來根本就沒打算改，磚廠那地方不像機修廠，你想改也沒法改。我本來想這輩子還不就這樣，等出去了，見著我們那幫哥們兒，好歹也有遊過自新河的資格了。他們頂大也就見識過分局的拘留所。後來你來了，我整你是整你，可心裡是佩服你，我以前還從來沒有真心佩服過別人，我心裡頭很想也能做你這麼樣一個人，犯人是犯人，犯人中也有大丈夫，我就是臭大糞，我這還是頭一次看不起自己，真是的，活了二十多年了，偷東西、瞎混，欺軟怕硬，什麼也不會，真活著沒勁，還不如死了呢！」

他在杜衛東這番發自肺腑的傾吐面前沉默了，他開始明白周圍的這些犯人是不應簡單地一律冷眼相對的。他們許多人是可以重新塑造的，杜衛東不是已經感覺到自己過去生活的無味，在開始追求新的人生了嗎？他不應該厭惡他、疏遠他，這一刻他突然感到自己被賦予了一種責任，那就是要在這些犯人當中起一點兒作用，幫助他們，影響他們，讓他們變好！

從那天以後，他們就親近起來了。他願意傾聽杜衛東的衷曲，也向他敞開自己的心扉。他不由地想起那個儀態威嚴的老局長和他談到的改造罪犯的途徑問題，他當時沒有經過深思熟慮就那麼冒冒失失地反駁了這位公安工作的專家，也許會給這老頭兒留下一個沒理亂攪的壞印象。那些天他翻來覆去地想了多遍，馬局長的道理是對的，強迫勞動的確是促使罪犯轉變的第一關，但他還想，除了這一關還需要什麼呢？他在公安局七八年，還從來沒有學習過一點兒勞改學，他無法從理論上說出改造犯人除了勞動和上政治思想課之外還需要什麼，但是這段囚犯生活的切身體會卻使他從自己感觸最深的那個角度上抽出一個道理來，那就是環境，他覺得把一個罪犯變過來，環境是最重要的了。近朱者赤，近墨者黑，杜衛東難道天生是犯罪的坏子嗎？不，是他周圍的環境——家庭環境和社會環境造成的，那幫包圍在他身邊的「哥們兒」把他熏壞了，使他養成了惡習。而要去掉這身惡習，就不是一言一語、一朝一夕的過程，還得靠環境，靠一個正氣旺盛的長期環境。在一個好的集體中生活幾年，才會在耳濡目染的演化下成為一個好人。他覺得一個勞改單位改造工作的成效，就看管教人員能否在犯人中建立這樣一個環境了。在磚廠，就是再勞動，

各種政治教育課上得再多，也不能把人變惡為善。

在和杜衛東的一次次閒談中，他又發現，沒有文化也是造成青年人野性和蒙昧的一條重要原因，雜草只有在荒蕪的土地上才能氾濫成勢，像杜衛東這些人，腦子裡太空了。想到這點，周志明突然意識到自己的知識領域也是那麼窄狹、空泛、膚淺和零碎，由於在監獄這兩年沒有讀過什麼書，思維彷彿都已經開始衰退了似的。

有一天吃晚飯的時候，他坐在杜衛東身邊，突然異想天開地對他說：「咱們以後沒事的時候，學學文化怎麼樣？」

「學文化？」彷彿文化這兩個字眼很生分似的，杜衛東茫然不解地反問了一句，「學什麼？」

「學什麼都成啊，語文、歷史、數學，腦子裡多裝點兒東西沒壞處。」

「咳，」杜衛東的反應是冷淡的，「咱們這麼大個子了，還跟小學生似的，學哪門子語文、算術哇！」

「你那麼大個子，你都懂了嗎？我考考你怎麼樣？」

「考什麼？你不能太難了。」

「不難，我出一般的題，常識性的，怎麼樣？」

「常識？行。」

他想了一下，問，「咱們中國最高的山峰叫什麼，這是地理常識。」他特別又補白了這麼一句。

杜衛東幹眨了兩下眼睛，半天才猶猶豫豫地答道：「……孫中山。」

他差點兒沒把飯都噴出來，「孫中山是山哪？不懂別瞎說呀，最高山峰是珠穆朗瑪峰嘛。」

「地理咱以前又沒學過，」杜衛東分辯著，「你考別的。」

「好，再考你一個歷史常識，舊中國蔣宋孔陳四大家族都是誰？不過這個太簡單了。」

「喊！」杜衛東一臉不屑，「這我還不知道？」

「是誰？你說呀。」

「蔣，蔣介石唄，對不對？」

「說對一個，宋哪？」

「宋，宋江唄！」

「陳——陳他媽是誰呀？」杜衛東用筷子敲著腦袋，「噢！想起來了，陳伯達！嘿嘿，就是

他忍住笑，沒打斷他。

「孔，孔老二。」杜衛東見他未置然否，便用眼睛探詢著他的反應，不放心地問：「對不

對？」

「你往下說吧。」

他。蔣宋孔陳嘛。哎，怎麼沒有林禿子呀？」他真是一點兒也笑不出來了，甚至還想哭，他望著一臉沾沾自喜的杜衛東，覺得很可憐，連他自己，還有許多許多他們的同輩人都非常地可憐。本來，學文化的話他只是隨便說說的，沒想到這一來他倒真的下了決心。第二天正趕上星期四，也就是犯人的星期天。他跑到供應站去買書，看遍了整個貨架子，只有一本《偉大的祖國萬紫千紅》的小薄本是介紹地理知識的。便買下來。想了半天，又跑去找到比較熟的丁隊長，把三張兩元面值的鈔票交給他，求他在外面書店裡給買幾本文化書籍，丁隊長接過錢，笑著說：「你每月就二十五大毛的零花，買那麼多書幹嘛？」

「沒事看看唄，」停了一下他又說：「將來總得出去啊，什麼都不會，不是廢了自己嗎？」

丁隊長直點頭，「對對，政府倒是也考慮組織你們學學文化，可現在一沒教材，二沒師資，再加上犯人的年齡和文化程度差別太大，所以得慢慢來，你要急的話，我就先給你出去買買看。」

書買來了。書在他和杜衛東之間增加了許多共同語言。在杜衛東玩命地往他的小車裡裝土的那會兒，他怎麼也想不到他們現在竟成了朋友和「同學」。

但是他們之間也吵架，有一次幾乎要鬧翻了。

事情起因在年初從四車間調來的一個慣竊犯身上。這人偷東西六親不認在全廠是出了名的，為此已經調換了好幾個車間，還加過刑。他一來，同屋的犯人沒有不防備他的。不料在元旦第二

天，他倒先嚷嚷起來了。

「媽的，誰偷我東西了？手那麼不乾淨！」

大家都覺得新鮮，七嘴八舌地起鬨。

「你還丟東西？丟什麼了？」

「魂丟了吧？」

「糖！過年發的糖，剛吃幾塊全沒了，媽的，真不是東西，我縫在衣服兜裡了還偷！」

一直不吭聲的杜衛東站起來，剝開一塊糖，大模大樣丟進嘴裡，又陰陽怪氣地從那氣咻咻的慣竊犯身邊走出門去，嘴裡念念有詞地哼著「趁他醉得不省人事，我就一不作，二不休⋯⋯」

周志明一看杜衛東那副神情，立刻就明白了八九成，便從鋪上站起來，跟在他身後走出了監室，在過道拐角沒人的地方，扳過他的肩膀，壓低聲音問：

「是不是你？」

杜衛東一臉得意，笑而不答。他狠狠從杜衛東肩上甩開手，咬牙切齒地說：「你還偷東西，你說過的話，全是放屁！」

杜衛東最初被他那張激怒的臉嚇住了，愣了片刻，隨即又恢復了笑容，「我不偷好人。是他先偷我的，把我的糖全偷去了，我這叫自衛。」

「我看你們全一樣，為了幾塊糖要髒自己的手。你不是發過誓了嗎，才幾天哪？還是偷，你

們這幫人我算看透了，本性難移，這輩子也改不了了。」

他簡直不知用什麼話來發洩由於失望而產生的惱怒。

杜衛東卻受不了了，臉色鐵青，毒毒地瞇起眼睛，望著他說：「我們這幫人，你動不動我們這幫人，你算什麼？你不也是犯人嗎？你說你沒犯罪，沒犯罪怎麼不給你平反？連卞平甲都走了，可你還穿著這身黑衣服，你說你是好人，在這除了我承認還有誰？」

他渾身哆嗦起來，「你，你混！」他掉頭走開了。

他恨杜衛東，他從未做過有損於他的事，即便是罵他也是怒其不爭，可杜衛東卻如此刺傷他。他想，他們這種人大概是習慣這樣翻臉不認人的。

杜衛東卻好像很快就把這件事忘在腦後了，第二天便又嘻嘻哈哈地湊過來跟他要書看，他別過臉不去理他，一連幾天不同他過話，直到後來聽說杜衛東早已把偷到的糖交到幹部那裡去了，他的氣才平息下來。

「難道只有我有自尊心嗎？」他心裡想，「他說了我最反感的話，可我那天說的也是他現在最忌諱、最不愛聽的話呀！我畢竟還是一個犯人，現在就連幹部都不說刺激犯人的話了，牆壁上『立即取締、予以制裁』這類的標語也換了；衣帽上的勞改字樣和號碼也拿下來了；跟幹部說話可以『平起平坐』了，連光頭也不剃了；一切帶有歧視、羞辱和刺激性的規矩都取消了。犯人也是人，自尊心也應該受到培養和保護，沒有自尊心的人才真是無可救藥呢。」

他反省了自己的粗暴，終於又和杜衛東言歸於好，這場風波就算平息了。

他把書從枕頭下面抽出來一本，恰好是那本最早買的《偉大的祖國萬紫千紅》，翻了翻，幾乎每頁上都有杜衛東用筆劃著的線和壓折的痕跡，原來還覺得這是他一種不知道愛惜東西的壞習慣，現在卻從中感受到他讀書的認真來。

門外又響起了拉長了聲音的哨子，該集合出操了，他把書又放回枕下。

初春的清晨，乍暖還寒。院子裡，青虛虛的一片霧氣中響起了節奏齊整的撲撲的腳步聲。在佇列的左側，一個值班隊長操著山東腔高喊著「一二一」的口令，偶或還夾雜著不知是誰的一兩下咳嗽聲。一陣涼風飄過，撥開淡淡的霧幔，他不期然又望見了遠遠的西牆根，那一排紅磚砌就的車庫房。

昨天中午，杜衛東已經把行李打點就緒了，也一一向同車間的犯人們道了別，卻惟獨沒有向他表示什麼，直到屋子裡的人都到操場上看球賽去了，才把他叫出來，一直領到那棟車庫房的後面。

「非上這兒來幹嘛？有什麼事嗎？」他見杜衛東眼神有點兒激動，便故意輕描淡寫地問。

杜衛東的臉上又開始泛紅了，「我，」他遲疑著說：「我回南州，要我幫忙辦什麼事嗎？」

「我沒什麼要辦的。」

兩個人沉默在惜別的心情中，好一會兒，杜衛東又說：「我要走了。」

他點了一下頭，伸出手去，「也許還會再見面的……」

杜衛東握著他的手，沒容他說完，一大顆淚珠已經滾落下來，他竭力想憋住不哭，臉孔扭得十分難看。

「我忘不了你，你是個好人。」他一下子抱住他，哽咽起來。

他一向不習慣擁抱這種表達感情的方式，可現在卻完全被杜衛東的激動感染了，也情不自禁地伸出胳膊摟住他的背。

「你哭什麼，出去是好事，別哭了，待會兒讓人看見。」

杜衛東抹去眼淚，發誓般地說：「從今後我就是個清清白白的人，乾乾淨淨的人，我說了就能做到，我一定要讓你看見！」

這回是輪到他去擁抱杜衛東了。

杜衛東走了，去奔他新的前程，而他還留在這裡，重複著每天千篇一律的生活。

下了早操，吃了早飯，休息了一會兒，又整隊去車間上班，在他剛剛鑽進一輛解放牌卡車底下準備卸閘箱的時候，一個值班隊長在卡車邊上蹲了下來。

「周志明，出來一下。」

他鑽出來，莫名其妙地跟著那個隊長往車間外面走去，到門口，隊長才站下對他說：「你到車間辦公室去一趟，市局馬局長要找你談話。」說著，又笑笑問：「你認識馬局長？」

車間辦公室就在車間的右壁，剛剛油漆一新的門虛掩著，他在外面喊了一聲：「報告。」

裡邊有聲音：「進來吧。」

屋子裡，馬局長獨自坐在桌子前面看資料，看見他進來便說：「坐吧坐吧。」剛剛刮過鬍子的臉顯得精神十分爽朗。

「怎麼樣？聽隊裡反映你最近工作不錯，還很愛學習，是嗎？」馬局長臉上的皺紋微微展開，態度比上次溫和親切得多。

他笑了一下，沒說話。但他注意到，馬局長用了「工作不錯」這樣的字眼兒，而沒有用那個慣常的說法——「改造不錯」。

老頭兒換了話題，指了指桌上那疊資料說：「磚廠發生的那些事，場裡現在已經調查結束了。田保善捆傷同室犯人，已構成故意傷害罪；抗震救災期間又犯有策動集體越獄未遂罪，現在準備交送人民檢察院依法處理，磚廠的有關幹部也做了嚴肅處分，有的撤銷了領導職務。你在磚廠期間受到的一些不公正對待，我們也瞭解了，對於你在這幾個事件中的立功表現，場裡也準備報請人民法院予以減刑，你有什麼想法嗎？」

他覺得喉嚨發堵，一大堆想說的話無法啟口，慢慢低下頭去，卻又分明地感覺到馬局長銳利的目光在他臉上直射，彷彿要將他洞穿似的。

「有話說出來嘛。其實，你心裡說什麼我都知道，你在說：『我本來就沒有罪，要減什麼刑

啊，對不對？』怎麼不說話？不說就是默認了。」

他仍舊低著頭，沉默地等待著即將臨頭的嚴厲的批判、申斥和一大套關於認罪服判的教育，不料那老頭兒卻也沉默了一會兒，然後竟意外地用溫和得近於慈祥的聲音湊近他說：

「既然你認為自己沒有罪，為什麼不申訴呢，粉碎『四人幫』都這麼久了，你應該向原審法院提出申訴，要求複查嘛。」

他吃驚地抬起眼睛，惶惑地望著那張蒼老的臉。他感覺到自己心尖的抖動，好一會兒，一句久壓在胸中的話才送上舌尖：

「我相信黨，相信組織。原來我已經什麼都不相信了，粉碎『四人幫』以後，我明白了我們黨是一個多麼好的黨，我完全相信她。這些年那麼多冤假錯案，要平反也總得一件一件地來。凡是真正看到希望的人，他就一定會有耐心。我想，我等著吧。」

老頭兒默默聽他說完，不住深深地點頭，這種同情的表示引起他心中一陣激動，儘管他知道這一同情在形式上並不是「官方的」，但他在自己的感覺上卻真心地認為這是代表了組織，代表了黨的。他的眼圈紅了。

「你最近身體怎麼樣，胃病好了嗎？」

「身體挺好，胃沒事兒。」他無從曉得這位局長怎麼會知道他的胃。

「身體要搞好，將來要做的事情很多呢。」

他用力點點頭，淚珠幾乎要掉下來。他覺得局長是用了一種同志間交談的親切口吻在和他說話。

「你的那位女朋友，就是去年來看你的那個姑娘，給你寫信嗎？」

「以前寫過，可我一直沒回。最近她有好久沒來信了。」

「應該回信嘛，那姑娘是很愛你的。」

「⋯⋯」

馬局長站起來給自己的茶杯倒上開水，又問他：「啊，你渴不渴，要喝水嗎？」

「不，早上剛喝了粥。」

「那你幹活兒去吧。」局長看了一下手錶，又說：「以後有時間我還要找你談，我很想聽聽一個犯人對我們勞改方針政策的感受，就算你是個犯人吧。」

他從椅子上站起來，像個小學生似的朝局長鞠了一躬，轉身要走，突然又被叫住了。

「你──」老頭兒輕聲說，「你還是寫一份申訴資料吧，交給廠裡的幹部，他們會給你轉的。」

他點點頭，「好吧，我寫。」

三十一

立秋已經五天，太陽只有在正午時分還保持著一點兒伏旱季節的餘威，到了下午三點來鐘，東南方便飄來一絲細細的涼風，將那短命的燥熱拂散而去。

公共汽車經過神農街的時候，周志明把臉貼在車窗玻璃上，期冀著能在短瞬的一晃間，從那熟悉的胡同口望見她，但他看到的，卻全然是一片陌生的景象，昔日的神農街如今已是面目全非了。副食店、回民餐館和夾在它們中間的細長桶似的小理髮鋪子全部蕩然無存，連神農街頭條整個胡同一起，統統被囊括進一個塵土飛揚的工地裡，在這些老舊店鋪和狹曲井巷的基址上，赫然升起一座預製澆濤式高樓的骨架，一層稀疏的腳手架圍鎖著它龐大的身軀。在它的俯瞰下，原來寬闊的街口似乎變得擁擠不堪了。

他茫然若失地望著，車子轉過了街口，才扭回頭來，心裡有點兒酸，不知為什麼，在連日來興奮和激動的心緒中，悄悄爬上了一絲悵惘。

「他們搬到哪兒去了？」

他在幸福路下了車。本來是想好了在神農街下車先到肖萌家去的，現在只好改變計畫了。站在路口發了一陣兒愣，便過街朝北走去，他決定先去機關報了到，然後再回他那個早已沒有人的家去。

手提包沉甸甸的，裡面本來只有幾件隨身衣服和肥皂、牙膏之類的零碎雜物，再就是那幾本書。兩年多的牢獄生活，每月靠兩塊五毛錢的零花，當然攢不起什麼家當來，過冬的棉服他也沒有帶，一律留在農場裡了。包裡壓著沉的，是他早上上火車前，丁隊長硬塞進來的那些又大又青的蘋果。今天一大早，機修廠的教導員和廠長就把他接到自己家裡，烙大餅，炒雞蛋，還特地開了一瓶久存的汾酒，大大地款待了一通，然後又叫了輛後開門吉普車，讓丁隊長一直把他送到了自新河火車站。

在只有一排簡陋磚房的車站月臺上，候車的人寥寥落落。丁隊長拉著他的手，說：「我早就想到今天了。」

他說：「丁隊長，到現在了，我還從來沒謝過您哪，您沒少照顧我。」

「謝我什麼，這地方本來就不該你來。好嘛，我們也算有緣相識了一場，你是個好小夥子。跟你說，要不是你們處裡來函要你回去，我原來還打算請你留在我們這兒工作呢。咳，其實這地方怎麼留得住你呢？還有，那位姑娘大概也等得苦了，回去吧，以後別忘了我們。」

一隻又粗又硬的大手握住他，微微地，卻又是充滿感情地晃了一下，萬端感觸一齊湧上他的心頭。他恨這塊地方，在這兒他嘗夠了屈辱和痛苦；他也愛這地方，這兒磨練和昇華了他的性格和意志，教會了他許多謀生的本領和知識。他覺得自己現在是一個能夠結結實實地站在大地上的男子漢，從腳到心都是那麼有根底，那麼強有力！想想看，他原來是個多麼膽小懦弱的毛孩子，

連自己都瞧不起自己。而現在，他已經從舊的軀殼中蛻出身來，成了另一個人了。他學會了推小車、修汽車、生爐子、砌爐子、學會了種菜、種水稻、餵豬和打草墊子。他的呼吸似乎都粗壯起來了！他已經敢於在田保善他們企圖越獄亡命的關頭，橫著一把鐵鍬攔住他們的去路，並不遜於古代張翼德立馬橋頭，一杆丈八蛇矛，嚇退十萬曹兵的英雄氣概。看得出來，田保善、鄭三炮他們當時是真的怕他了，從骨頭裡怕他了。他後來一想起那個場面，就憋不住要從心底蕩漾出一種無可形容的愜意和興奮來。

他和丁隊長久久相視著，兩年多的精神壓抑和肉體痛苦在心靈上創下的痕跡，似乎在離別之際淡遠了些，一種留戀的心情油然而生。他知道今後也許再也不會回到這條幾乎將他淹沒的自新河了。這塊混合了恨和愛的土地畢竟繫結著他難以忘卻的一段人生，這些在艱難中給他溫暖和幫助的幹部們，也許就此一別，不會再見了。他不能不感到一點兒難過。在列車開動的一剎那，他的心像頓點兒一樣猛地頓住了，他看見丁隊長隨著車子走了幾步，聽見那親熱的聲音：「再見了，小夥子！」便怎麼也憋不住兩顆滾燙的淚珠從面頰上撲落下來。

「嘿！提包兒的那位，走人行道去！」對面馬路上一個交通民警的喊聲把他嚇了一跳，他連忙向人行橫道靠了靠。「瞧車！不要命啦，你快上人行道！」

交通民警的喊聲使他猛然意識到自己對大城市的一切都已經生疏了。比起自新河農場空曠寂寥的田野，死氣沉沉的葦塘，慘白肅殺的高牆，和殘破老舊的監房來說，這裡的氣氛、畫面、色

彩、音響和情調是多麼不同，對比是多麼強烈。他像一個頭一回進城的老鄉似的，連橫穿馬路都有點兒進退無措了。雖然不到兩年半的離別，但是，國家發生了根本變化，個人經歷了坎坷磨難，劫後餘生，重又走在這寬闊繁華的街市上，彷彿是闊別了多年。那門面華麗的商店；衣著入時的姑娘；那新立在街口的彩色的看板和被喧囂的噪音、工廠的廢氣汙染了的大城市的空氣，無不使他感到幾分恍若隔世的新鮮和驚奇。

從幸福路到他們機關那條原本彎曲曲的馬路已經展寬取直，在新分出來的快慢車道的間隔處栽著幹挺葉茂的白楊，綠油油的闊葉在微風細拂下婆婆娑娑絮語，柏油路上鋪滿被樹葉篩得晶瑩細碎的陽光。他信步朝前走著，並不急於趕到處裡報到，他對於現在能有權支配自己的時間懷著一種特殊的興奮和滿足，細細地飽覽著沿街的景物；搜尋著舊時的記憶；呼吸著自由天地的氣息，以一種享受的心情在這條幽靜得讓人心醉的林蔭路上，漫步走著。

三十分鐘後，他來到了機關的灰樓。

樓道裡的牆壁是剛剛粉刷的，顯得光線明亮，一直存在腦子裡的舊印象也因此更遙遠了些。

也湊巧，在樓梯上碰到的第一個熟人就是小陸，看上去，他比過去更加發福了。

「小陸，你這傢伙，把我忘了吧？」他高興地向愣在樓梯上的小陸伸出手去。

「是你？」小陸看清了他，驚喜地用白細多肉的手掌緊緊握住了他的手，「你什麼時候回來的？剛到？怎麼不來個信兒，我好去接你呀。快來，大夥都在。」小陸一把搶過他的手提包，拽

著他往三樓跑去，邊跑邊亮開嗓門喊起來。

「小周回來啦，周志明回來啦！」

足有一個小時，他被人們包圍起來，問長問短。他興奮得滿臉通紅，應接不暇，直到段興玉帶著處長來到辦公室後，人們才三三兩兩地散去。

不知是由於面容的老態還是由於體態的臃腫，紀真比兩年多以前增加了不少派頭，硬領白上衣纖塵不染，花白了的頭髮梳得根根筆直，很有風度地向後背著，鬢角也修飾得很整齊。他握了握志明的手，眉宇間掛出很有分寸的微笑。

「回來啦？坐吧坐吧。」

第一句話，周志明便感到一種疏遠的客氣。

紀真在大陳的座位上坐下來，笑著說：「咳呀，為了你的問題，我可是倒了楣了，讓『四人幫』整得好厲害」。他們要是上了臺，我們這些老傢伙非要人頭落地喲！」

段興玉在旁邊接嘴說道：「你抓起來以後，紀處長在甘向前那裡為你講了幾句公道話，在三一一案的調查中也頂了甘向前，結果叫他們撤了職，粉碎『四人幫』以後才又回來主持工作的。」

周志明感激地衝處長點點頭。

紀真接著說：「是嘛，他們要搞你的巡迴批鬥，我不同意；要把三一一案當作你通敵縱敵的

案件來調查，我也不同意，淨跟他們唱反調，惹惱了他們嘛。」話鋒一轉，說：「好嘛，你回來了就行了，好好工作，思想上不要背什麼包袱。」

志明又點點頭，卻不盡明瞭他話中的含意，紀真又說：

「你的結論你都看過了吧？是嘛，這個結論還是兩分法的，還是公正的嘛。一方面，改正了過去的錯判，又恢復了黨籍，另一方面，也指出了你當時在處理那件事情時的錯誤，反對『四人幫』是好的，但作為一個公安人員，你所使用的方法，我只是講方法，是不太恰當的，對吧，我相信你對這個問題會有正確認識的。」

後面這幾句話，口氣相當婉轉，很有些語重心長的意思，但周志明的情緒卻明顯低沉下來，垂著頭，一句話也不接。

場面有些尷尬，紀真又扯了一個話題，對其他人笑著說：「咳，預審處的那些人辦事真是不像話，他們的案子，硬要我們負責複查，好像小周的罪是五處判的，結果三下兩下拖到現在，要不你早就能出來了。」

他仍是垂頭無語，紀真又扯了兩句別的，便說有事離開了這間辦公室。

他默默然站起來，拎起手提包，說了句：「回家。」

段興玉看了看手錶，說：「我送你下樓。」

段興玉送他出了樓門，又出了機關大院的門口，才站住，說：「這幾天你不用著急上班，多

休息休息吧，把戶口、糧油關係都先辦了，需要科裡幫忙就來說一聲。」

他點點頭，「行。」

段興玉用力拍了拍他的肩部，「結論上的小尾巴，別太放在心上，大家是有公斷的。」

他這才笑了笑，「我不在乎，沒事兒。」

還不到下班的時間，在街口公共汽車站等車的只有他一個人。手提包不再是沉甸甸的，大部分蘋果已經被大家分而食之，微風吹過，遠遠地送來一陣很不熟悉的蛙叫似的音樂，雜帶著幾個年輕人輕浮的戲謔聲。

「志明，」有人在身後輕喚，循聲回望，他的目光和一個水汪汪的大眼睛對視在一起。

「嚴君呀！」他臉上浮出笑紋，用同樣的輕聲叫道。

嚴君的小辮子不見了，改成了短髮，一抹濃黑的大波紋蕩過額角，在英氣勃勃中加進了一點兒以前未曾有過的端莊和雍容。

「我剛放出來，你怎麼在這兒呢？」

「我，我出去來著。」

其實，周志明回來的時候，嚴君正在機關裡。她在科裡的另一間辦公室聽到樓梯上傳來陸振羽大喊的聲音，心幾乎都要從嘴裡跳出來了，彷彿那聲音是專為喊給她聽的，但她忍住了沒有隨著大家一起到周志明那兒去，她不願意在亂哄哄的人群中和他寒暄而過，而一個人悄悄跑了出

來，她選了這個公共汽車站來等他，給自己和他安排一個「邂逅相遇」的機會。現在，這個她在感情上所屬於的人，這個給過她無數美好夢境和幻想的人，活生生的，面對面咫尺相對，他那淡淡的笑容，似乎使她多少夜晚的輾轉反側之思得到了一絲滿足和寬慰。她想說些久別重逢的高興話，話未出口，鼻子已經酸得快要忍不住了，她望著他黧黑的、瘦尖尖的臉，兩年前的那身藍制服已經洗得掉色發白，在他身上顯得十分土氣，卷起來的袖口露著粗糙的手和半截古銅色的胳膊，她不由低回地說道：

「你吃苦了。」

「還好。你這兩年怎麼樣，挺好吧。」

她點點頭。兩個人都沉默了一會，她突然想起一個話題，問道：「你和她見到了嗎？」

「誰？」

「施肖萌，她搬家了，你要找她嗎？」

「對了，我正想問你呢，你知道她搬到哪裡去了？」

「搬到太平街去了，太平街三號，就是那排『復辟房』，你到那兒一問市委施書記家，都知道。」

「她爸爸當市委書記了？」

「政法書記。小萌也上大學了，可能是法律系，不大清楚。就在南州大學。」

連她自己事後都覺得奇怪，她居然主動和他談起了施肖萌，究竟是何種心情所使，她也搞不

清楚，反正當時只是想叫他高興罷了。

然而周志明對這些消息似乎卻並不那麼高興，反而皺起雙眉，心事重重地唔了一聲便不說話

了。

車來了，他匆匆和她道了別，登上了汽車。

她目送汽車傾斜著拐過街角。然後垂下眼睛，一顆鎖了很久的淚珠順勢剪落下來。

他回來了，卻彷彿離她更遠了。

三十二

西沉的太陽已經被尖尖的房頂遮住，遠天流霞似火，燒得天空宛如一個醉漢的臉。西夾道這會兒早就陰涼下來，細細的清風隔衫透入，使人體味到秋涼的爽適。周志明凝目望了一下熟悉的兩年，不過是昨夜的一場噩夢罷了。

門首，除了門上像對聯兒似的貼了兩張嶄新的計劃生育宣傳標語外，一無變化。好像他離開這兒的兩年，不過是昨夜的一場噩夢罷了。

門是虛掩的，他輕輕推開進去。院子裡，一個三十來歲的女人兩手沾滿肥皂泡，從一堆洗衣盆中間站了起來。

「你找誰？」她用陌生的目光上下打量著他。

「這是我家。」他疑惑地環顧了一下整個院落。

「你走錯門了。」那女人的語氣卻更加肯定。

「沒錯，我在這兒住好多年了。你是新搬來的？」他友好地朝她笑著說。

對方卻警惕地板著面孔，張著兩隻濕淋淋的手並不讓開路。

「我就住在這間屋子。」他指著自己的家門便要往裡走。

「你是哪兒的？開什麼玩笑，這屋兒是我們家新房。」

周志明愣住了。再一看，果不其然，他家的房門上，赫然貼著一對大紅的喜字，他這才慌

了。

「哎？請問王煥德同志還住在這兒嗎？他兒子叫王有福，他老伴姓鄭……」

「這是不是志明呀？」西屋門簾子一掀，王煥德跂著鞋子，探出大半拉身子來。「哎喲，可不是回來了，可不是回來了，我聽著聲兒像你呢。」

周志明近前兩步，「王大爺，挺結實的吧？」

「還那樣，還那樣。」王煥德樣子沒大變，嘴巴刮得溜淨，小眼睛上掛著驚喜的笑，只是那個哮喘的毛病像是比以前厲害些了，說起話來嗓子眼兒裡有一個吱吱的小哨兒，「前幾天聽片警小韓說，高等法院把你放了，果不其然，今兒就回來了。快進屋，快進屋。」

志明被讓到王家的外間屋來，坐在椅子上，問道：「鄭大媽和福哥、淑萍他們都好吧？」

「好，好。」王煥德一勁點頭，吱吱地喘著說，「淑萍媽還忙乎居委會吶，淑萍前陣兒頂替我工作了，大福子……唔，剛才大福子媳婦你不是見了嗎？梅英！」他向屋裡高叫了一聲，「快出來，你幹嘛哪？」又轉臉對志明說：「和大福子一單位的，今兒輪休。」

剛才那個洗衣服的年輕女人端著個茶杯從裡屋走出來，不無歉意地衝他笑笑，把茶杯放在他跟前，沒等王煥德介紹就大大方方地說：「這位是志明兄弟吧？老聽我爹媽和有福他們念叨你。」

周志明謝了她的茶，他快一天沒有喝水了，口中早就乾澀無津，端起杯子，也顧不得燙，狠

著勁兒一口氣喝乾，梅英又忙給續上一杯，他一連喝了三個乾，冒了一頭汗，王大爺遞給他一把大蒲扇，他一邊呼打呼打搖著，一邊同公媳兩個說話。

王煥德突然想起什麼，說：「你等等，我給你看樣東西。」志明怎麼也猜不到，王大爺從裡屋抱出來的，竟是一隻睡眼惺忪的大白貓。那貓身上的長毛又亮又軟，一副雍容華貴的樣子，他一時語塞。

「……白白！」

他抱著白白，白白咪嗚叫了一聲，叫得他心頭直發顫，他忍不住要去親親他的白白。「我們一直替你養著呢。」王大爺說。

傍黑時候，大福子和鄭大媽幾乎是前後腳回了家，小屋裡自然又響起一陣驚喜的笑聲。大福子用拳頭咚咚擂著他的胸脯，嘿嘿笑著：「還行，兩三年不見，你倒壯起來了，臉怎麼曬這麼黑，要是在街上走，我準以為你是哪個山溝裡的大老農民呢！」

鄭大媽忙著同梅英支鍋做飯，也不時插進來同他說話。

「前幾天，派出所管片的小韓還說你要教育釋放了，沒想這麼快就回來了。」

「什麼叫教育釋放呀，」大福子一勁撇嘴翻白眼，「這是反『四人幫』英雄。我們冶金局有一個小夥子就是，他去年就放回來了，是他們單位敲鑼打鼓放鞭炮接回來的，滿處做報告不說，現在又是區人大代表，又是市團委委員，一下子就出名了。志明，將來紅了可別忘了咱們。」

周志明苦笑一下，沒說話。

米飯梅英早就蒸上了，菜也大都洗好切好了，鄭大媽又是個做飯的快手，不一會兒，小屋裡便飄溢著飯菜的香味。鄭大媽用抹布把一張簇新的方桌子蹭得鋥亮，擺上碗筷，周志明問：「怎麼淑萍還不回來。」

鄭大媽嘆了口氣：「誰知道她呀，大概又跟男朋友一堆兒買東西去了。志明你說說，見面才幾個月就尋思著辦事兒，哪兒有這麼急茬兒的？我這兒呢，整天在街道上給別人家做工作，晚婚呀，晚戀呀，可自個兒的女兒倒一通著張羅，以後人家要給我一句難聽的，我不也得聽著呀！可不是嗎，女大不由娘。」她嘆了一聲，忽然想起什麼，對他又說：「你瞧，我還差點兒忘了，有件事正想和你商量呢，雖說淑萍結婚急了點兒，可到底也不老小了，這幾年又越來越瞅著老相，要結就結唄。當媽的，還不是得給她操辦哪。先前我們也不知道你要回來。你王大爺就和房管局說了一聲兒，先借了你那間外屋給淑萍辦事，你們家的東西都搬到裡屋去了，你看待會兒是不是叫大福子給你騰出來？」

周志明剛才一看到門上那對紅喜字，心裡就明白了個大概，所以就一直坐在王家，沒急著進自己的家門。現在，鄭大媽雖然主動提出叫大福子給他騰出房子，但辭色上顯然帶著試探的意思，他也是明白的。人家佈置好的新房叫人家搬出去，他斷然不會如此行事，他不願意任何人由於他的歸來而發生為難和不快，所以連忙擺著手，說：

「不用騰，不用騰，騰了，淑萍在哪兒結婚呢，我一個人總好辦。」

「那使不得，我們是看了你不在才借用的，你回來了，當然完璧歸趙嘛。」王煥德說。

梅英正往桌子上端菜，這時便插了嘴：「爸爸，您看這麼著行不，讓媽和我睡裡屋，讓志明兄弟暫時跟有福和您在這屋擠兩天，讓淑萍把事兒辦了，咱們再想辦法騰，這麼久的鄰居了，還不跟一家子似的。」

大家一齊把探詢的目光投向志明，本來就抱定了絕不打亂別人生活的宗旨，也不想和王大爺擠在一起住。鄰居好是好，可生活習慣畢竟相去較遠，況且他住進來，衣食住行，人家也會有許多不便。於是說：「我現在已經住在機關裡了，那兒有宿舍，這樣上班下班也方便，省得整天到晚疲於奔命的。今兒我就是來看看你們，順便帶一床被褥回去。我這房子淑萍就先住著，等有了地方再騰吧。」於是王大爺和鄭大媽一個勁地說了許多感激和歉疚的話。接著便皆大歡喜地開飯。晚飯吃得很慢，鄭大媽使勁往他碗裡挾菜；大福子不住地提些自己感興趣的問題，監獄裡吃什麼飯吶，幹什麼活吶，打人不打人吶，等等，王大爺更是十分高興，喝著酒，咂著京腔插科打諢，他是校場口戲院老資格的票友，一口戲韻倒也吟哦有味，只有梅英一個人不大說話。

吃罷飯，天色已晚。志明說要拿床被褥走，起身和王大爺他們一起到自己家的屋子來了。

家……這屋子，這臺階，這門，眼前的一切，在他的感情中既熟悉又曠遠。在跨進門檻的一剎那間，他的鼻子忽地酸了一下，萬端感觸繫於心頭，心裡暗暗說了句：「啊，我回來

了。」

他家的外間屋已經被收拾得一團新氣，他免不了要笑著說幾句恭賀和稱讚的話，而實際上卻沒有一點笑的心情，頗有些「半是主人半是客」的空茫。他急於想看看家裡的那些東西，去尋找一點溫暖的回憶。

裡屋本來就小，他家的東西雖然堆放得既科學又整齊，但仍然沒能給人留出多少駐足的餘地。外屋明晃晃的燈光帶著喜氣洋洋的調子，把裡屋映得半亮，相形之下，這兒更透著一股子陳舊暗淡之氣，有點悲涼。物是人非，見物思人，他一想到父親，思緒就要顫動，爸爸，你真的走了嗎？你的兒子回來了，他要你呀！他要向你訴訴委屈；他要報答你二十年含辛茹苦、一粥一粟的親子之愛，他要得到報答你的機會啊！

身邊的人太多了，他沒法讓自己的身心沉浸在回憶和感念中，鄭大媽和王大爺高腔大嗓地向他講著他家那些零碎對象所擺放的位置，他不得靜，只好拿了一床被褥、幾件衣物，打成個行李捲，告辭了出來。

他又回到了馬路上。

南州的夜晚，繁華，美麗。可這重獲自由的第一夜，哪裡是他的棲息之所呢？他原來是打算好去辦公室睡沙發的，但在出了王煥德家門後才想起手中沒有辦公室的鑰匙，一時進退不得，只好硬著頭皮漫無方向地順著大街往前走。白天興高采烈的心情這會兒竟跑得無影無蹤了，還有什

麼可以讓他高興的呢？下午紀處長那一席居高臨下的教誨剛剛在他心裡蒙上一層暗淡的陰影，嚴君轉告他的關於施肖萌家道中興的消息又使他產生了某種莫名其妙的顧慮和不快。他本來是可以立即去找她的，記得在自新河遭到田保善、鄭三炮們痛毆後被扔進反省號的那個淒厲的深夜，他是多麼瘋狂地渴望著能再見她一面，就是加十年刑，就是挨槍子兒也心甘情願。而現在，當可以自由支配雙腳去奔向她的時候，他卻不由得躊躇了。嚴君的話，似乎使施肖萌八個月沒給他來信這一懸疑有了合乎情理的解釋。她的父親當了市委政法書記，自己又上了大學，今非昔比。剛才關於房子的小插曲就說明，他還是兩年多以前的他，而別人，卻都隨著時間而變化，而前進了。人人都有了自己的新生活，肖萌會成為另一個肖萌，她也許在大學裡相知了更為般配的男朋友，而她的家，誰知道呢，誰知道會不會還像過去那樣歡迎他這個所謂「教育釋放」的勞改犯呢？不！不！雖然他想念她，在煎熬中等待著同她的重逢，嚮往著在一起互敘別情的歡樂；但是此刻，他卻高度凝聚起自己的自尊心，他不想用陳舊的往事攪擾別人的快樂，不願意看到她在自己突然出現時的尷尬，而寧願把她在自己記憶中的美好形象就那麼永久地、固定地保留下去。

坦蕩如砥的柏油馬路在腳下延伸，路燈像一串串金燦燦的流星甩向天邊，和路邊鱗次櫛比、匠氣十足的霓虹燈交相輝映，顯示著都市之夜的華美。在油漆得富麗堂皇的紅旗劇場門前，碩大的看板上赫然畫著一個穿著民警制服的姑娘，他不由得站下來看，顯然是出自一位不大高明的手筆，女民警的眼睛畫得大而無神，下面的一排黑體字寫著：「中國歌劇舞劇院來南州公演大型歌

劇──「星光啊，星光」。他繼續往前走，在劇場旁邊有個冷飲店，不大的店堂裡已經人滿為患，可仍然有人竭力想要擠進去，路邊還有幾個賣西瓜和冰棍兒的棚子，支著明晃晃的大燈泡，此起彼落的叫賣聲招徠了一族族閒逛的人群。他心緒空茫地往前走，這久違的熱鬧街景並不能叫他興奮。一手挾著行李捲，一手拎著手提包，他覺得自己活像個喪家犬一樣狼狽。

總不能在馬路上走一夜吧？他猶豫了一會兒，向火車站走去。

雖然現在不是火車班次的高峰時間，但寬敞的候車室裡仍然擁擠不堪。菸草味兒、汗味兒和西瓜的腐爛味兒混雜著充滿了整個大廳。他轉了半天，才在一排擠著大大小小的行李包袱和男男女女的候車旅客的長椅上占住了一個可以容他橫下身來的空當兒，便懷摟著手提包，頭枕著行李捲躺下來。在他的旁邊，坐著幾個農民裝束的人，旁若無人地大聲說笑，嘴裡噴出叫人發噎的旱菸味兒，不遠的地方，幾個出差的外地人圍在一隻大果皮箱邊上，正伸著脖子吃西瓜，瓜子吐了一地。有好半天，他就這麼一動不動地躺著，眼睛漫無目的地看著，腦子裡一會兒亂無頭緒，一會兒又是一片空白，時時又害怕有人對他橫躺在椅子上，占了過多的位置而不滿。又有幾個班次的火車開走了，候車的人漸漸稀落下來，也許是因為太乏了，耳邊的雜訊慢慢遙遠了，模糊了，他的眼前朦朧起來……

睡了多久？十分鐘？半小時？他突然被一陣嘈鬧驚醒，迷迷糊糊聽見有人在用無線電話筒大聲喊話，又感到身邊的人都亂哄哄地應聲而起，周圍全是雜遝的響動和呼叫，有人在粗暴地推

他。

「起來起來！」

「幹什麼？」他坐起身子，睡眼惺忪地看見一個年輕民警正衝他不耐煩地揮手，「起來，到那邊集中，聽見沒有，快一點兒！」

「集中幹什麼？」他突然想起來自己已經不是一個犯人了，不由理直氣壯地瞪了瞪疑惑的眼睛。

「這是睡覺的地方嗎？」年輕民警仍舊是那種訓戒的口吻。

「我，我等車。」因為脫口說了句謊，他頓時出了身細汗。

年輕民警稜起嘴角，「最後一班車早就出站了，你等的什麼車？」

他一看手錶，哎喲，已經十二點多了。冷不防對方又問了一句：「你是本市人嗎？哪個單位的？」

他連忙說：「我也是公安局的，是五處的。」

「五處的？怎麼跑到這兒睡覺來了？」

沒法說。

「你的工作證呢？」

拿不出。

民警冷笑了一聲，「起來吧，跟我走。」

沒辦法，只好挾著行李捲，提著手提袋跟著他往人們集中的一個屋角走去。在候車室的其他地方，一群一群的員警把人們全都往這兒轟，他心裡明白，自己頭一次在車站「刷夜」，就碰上公安局的「治安清查」了，不由得很彆扭。這年輕民警準是把他當成「刷夜」的流氓，或者當成了「盲流」進城的外地人，說不定還以為他是冒充公安人員的詐騙犯，再不就是個精神病呢。

民警把他領到人圈裡，毫不理會他的分辯，扭身走開了。他只好在人堆裡挨挨擠擠地坐下來。望望四周，大都是些髒衣垢面、其貌不揚的外地人，表情呆板地等候著一個個被叫去接受訊問審查，他們好像對這種清查早都習慣了，反正最後無非是轟走、收容、遣返三種結果而已。

他抱著行李捲坐著，等著，一肚子全是窩囊。輪到把他叫去問話的時候，窗外已經晨光熹微了。

訊問他的是個中年民警，他很注意地打量了一下周志明的相貌，帶著幾分驚奇的表情問：

「你不是外地的吧？幹什麼的，有工作嗎？」

他沒好氣地回答：「有，市公安局五處的。」

「市局五處的？」中年民警愣了片刻，恍然地壓低了聲音：「哎呀，你是不是有任務在這兒，讓我們搞誤會了？」

「不是，我就是在這兒睡覺來的。」反正也懶得多解釋了。

「哦？」中年民警不無疑惑地衝他手上的被子卷看了一眼，「那你等一下吧。」他向屋子右面的一扇小側門走去，大約過了三四分鐘，又陪著一個身材高大的民警走出來，周志明把頭扭向一邊，賭氣不理他們。

「馬隊長，就是他。」中年民警的聲音到了跟前，他才轉過臉來，目光和那個大個子碰在一起，竟砰然碰出一個火星來。

「馬三耀！大黑馬！」他驚喜地跳起來，「還認得我嗎？」

「哎呀！是你呀！」馬三耀一把抱住他，把那個民警嚇了一跳。「我正打算找你去哪，我昨天才知道你要出來。你怎麼跑到這兒睡覺來啦？怎麼搞的？」馬三耀鬆開他說。

「睡覺？讓你們圈了一夜，睡個屁。」

遠處，好幾個人在叫馬三耀，馬三耀對中年民警說：「老祁，勞駕你把我這位小兄弟領到你們派出所讓他睡一覺，拜託了。」說著又親暱地拍拍志明的背，「好好睡一覺，回頭我找你去。」他朝喊聲跑去了。

中年民警是車站派出所的，把他帶到所裡自己的宿舍，安排他睡下。那個熱情勁兒，叫他都有點兒過意不去了。

醒來的時候，已經是上午九點多鐘。他揉揉自己蓬亂的頭髮，從床上跳下來，疊好被子，又哈著腰檢查了一下是否把那位民警的白床單給弄髒了，身後突然響起了說話的聲音。

「睡夠啦?你可真能睡。」

馬三耀站在屋子裡,在他面前的桌子上,擺著一碗豆漿,上面架著幾根黃澄澄的油條。

「快吃吧,都快涼了。」

他坐在桌前,大口吃起來。在過去兩年多的時間裡,他只吃過一次油條,那是機修廠獄灶炸出來的一種可以吊死人的死麵筋。馬三耀坐在他對面,一直看著他吃完,才開口說了話。

「一粉碎『四人幫』,我就以為你要出來了,沒想到拖到現在。我去法院問過兩次,那幫人,讓你急不得惱不得。我也問過你們紀處長,上次我在市局政治部見到他,他想通過政治部到外單位請個反『四人幫』英雄去作事蹟報告。我跟他說,還請什麼?你們周志明就是,讓他出來就能作報告,差點兒給他下不來臺。」

「你真是,幹嘛老喜歡讓人下不來臺。其實,紀處長人挺好的,我出來不出來又不是他說了算。得了,別扯這些過去的事了。你怎麼樣,還在刑警隊嗎?對了,剛才人家好像喊你馬隊長,提了吧?」

「提半年了,刑警隊副隊長。昨天晚上我們抽了部分人幫助分局和派出所清查車站,最近盲流人員可多呢。哎,你還沒說說你怎麼跑到車站過夜去了呢?」

「我們家房子借給鄰居家辦喜事了,本來我想在辦公室睡覺,可又沒鑰匙,所以就到車站將就一宿,結果還讓你們給攪了。」他自嘲地笑了笑,「看我,夠慘的吧。」

馬三耀沒有笑，撓了撓頭皮，很不自然地眨巴了幾下眼睛，「呃——有件事，我想……告訴你。」

「什麼？」他從來沒有見過馬三耀有這副吞吞吐吐的口氣。

「你被捕以後，我有一次去市第六醫院辦點兒公事，辦完以後，我悄悄去看了看你爸爸……」

「是嗎？他沒問我嗎？」他的心有點兒發緊。

「那時候，他的神志倒還清醒，我沒告訴他你的事，只是說你出差了，短時間回不來，我想他當時可能預感到見不著你了……因為，因為他託我給你帶了一封信，這封信……有點兒像遺書。」

「是他親筆寫的嗎？」他的心怦怦地跳。

「是他當著我的面寫的。這信，我沒有通過預審處轉給你，因為我是悄悄去的，而且當時這封信他們也斷不會給你看，所以我把它保存著，即便是十五年吧，你總有出來的一天。」

「在哪兒？」他的聲音都變了。

馬三耀從公事包裡取出一張疊得方方正正的白紙，遞給他，「我剛才回家拿來的。」

這張粗糙的、沒有格子的白紙上，七扭八歪地寫滿了字。這的確是父親的字體，只是被劇烈的手顫弄得變形了，結尾的兩行字掙扎得幾乎連成一片，可以看出完成這封信的艱難。他的全部

神經、感覺，似乎都縮在一個小小的點兒上，爸爸，這就是你對我說的最後的話嗎？

志明：

每分鐘都在等你，也許沒有人能真正體會到一個垂死的父親盼望兒子一面的那種可憐的心情。今天，你託老馬同志來看我，我真高興。孩子，我知道你的工作重要，走不開，我不怪你，能把精力寄託到事業上是難能可貴的。我過去總說你生活能力低，性格也太軟弱，很少說你的優點，你生氣了嗎？我心裡知道，你一向是很直的孩子。正直，是做人，特別是做一個共產黨員、一個公安人員最基本的品德，這也是唯一能使我在將要離開你的時候感到寬慰和放心的地方，因為我知道，一個立身正直而無旁顧的人，他一生都會是快樂的。

有人說，太重感情的人成不了一個出色的公安人員。而你偏偏從小是一個很重感情的孩子，不過爸爸卻覺得這恰恰是你的長處，是你將來爭取成為一個出色的公安人員的性格基礎，因為公安工作是最能夠把個人對黨對國家對人民對同志的愛，直接體現在職務上的工作。孩子，重感情不是壞事，只要不失之偏頗就好。我想，對黨和人民的愛，也許就是一個公安人員責任心的魂與源吧。

有一件事，就是在我的書桌裡，在那個小木盒裡面，有幾個存摺，大概是一萬二千多元錢，我本來是準備死的時候交給組織上做黨費的，這個想法是在我第一次敲著鑼挨鬥的時候

產生的。我這一生，犯過很多錯誤，又在家閒待了這麼多年，我很想為黨做點兒事，也讓黨瞭解我。可我今天看到老馬同志，引得我是那樣想你。我想，還是把這些錢留給你吧。你知道我現在犧牲我原來多年的願望是多麼難過，可我又實在不放心你，還是留給你吧，就在第三個抽屜裡，鑰匙放在筆筒裡了。

另外，你們單位那個女同志前兩天也來看過我，給我帶來一些蘋果，我還沒吃呢。還有你的那個小朋友，萌萌，也來看過我。孩子，你要回來得早，就來，我真想見見你呀。

爸爸

周志明趴在桌子上哭了，這兩年忍下的所有淚水都一瀉無餘地放任出來。

「爸爸，爸爸，是我不好，我在這兒，是我不好⋯⋯」他也不知道自己在說些什麼。

馬三耀眼睛紅紅的，手足無措地走過來，輕輕地撫著他的背，「你，就到我家去住吧，咱們一塊擠著住。」

周志明搖搖頭，哭聲很低，可全身都劇烈地抖動著。兩年了，他本來以為自己已經是一條不會哭的漢子了，可現在，不知為什麼，簡直不能控制那悲傷的懷念把眼淚催下！

「走吧，上我家去，我今天上午休息，以後咱們倆就住我那外屋，咱們⋯⋯」

「不不。」他用手絹揉著泅紅的眼睛，推開馬三耀過來扶他的手臂，從桌邊站起來，「你別

管我了，讓我一個人待一會兒，沒事，我就是哭哭痛快，哭哭痛快……」他把父親的信疊好，放進衣服口袋裡，「我上班去。」

說完，他抱起自己的行李捲，搖晃著步子向門外走去。

三十三

一連好多天，父親丟下的垂愛；施肖萌往昔的柔眷；自己淹沒在自新河裡的時光，他都不叫自己去想，不，他不去想！這些個眼淚、悲痛、傷感和怨恨，都叫它們過去吧，他不應該再是一個多愁善感的人了。命運之路既然沒有把他引回到原來的生活裡去，那他就該給自己開闢一個新的生活，他，才二十四歲！

生活是很實際的，首先得找個睡覺的地方。開頭，他就睡在辦公室裡的桌子上。桌上短，伸不直腿，睡上一夜累得屁股痠痛，而且老睡辦公室也容易讓同組的人討厭。後來，他就去替別人值夜班，為的是可以佔領值班室的那張小床，但值班室畢竟也不是個久住之地。大陳以組長的身分把行政科的門檻都快踏破了，管房子的老萬還是那句話，「你叫我下出房子來？」段興玉也去找行政科長商量過，想叫行政科出錢在市局招待所裡包一個床位先讓他住上，行政科長倒是開誠佈公：一個床位一塊伍天，一個月不過四五十塊的數目，錢是拿得出，就是財務上沒這筆項目，上不了帳。後面還有一句難聽的，「他自己把房子送了人情，轉過臉跟單位裡找地方，這種情況，不好解決。」當然，這句話段科長自然不會告訴他，他就這麼在值班室裡湊合了將近一個月。

這天晚上下了班，行政科老萬到值班室來打長途電話，看著他一個人捧著個鋁飯盒在屋裡吃

飯，不由動了點兒惻隱之心，打完電話沒馬上走，在椅子上坐著陪他扯了會兒閒話。

「一個人，夠淒涼的啊。」老萬說。

他笑了笑，「沒轍呀。」

老萬遲疑了一下，「西邊家屬院裡，倒有一間工具房，不過，住人怕不行。」

「是嗎？」他倒有點兒動心，「明兒帶我去看看。」

第二天上午，老萬把他領到西院，打開了圍牆拐角處的那間小房子。

這是間光線很暗的房子，牆上掛滿塵土，不少地方灰皮已經剝落，曝露著牆磚的紅色，天花板的四角全被陳舊發黑的蜘蛛網封著，地上凌亂地堆了些大掃帚、鐵鍬、木箱子之類的東西，一股子雜七雜八的味道從這些什物中散發出來。

「你看，我說不能住人吧。」老萬門都不進，只把頭探進來看了一下。

他站在屋子當中四下打量了一番，「行，行，就是得收拾一下，這兒可以支個床。」

牢獄生活已經使他成為一個在物質上隨遇而安、易於滿足的人，就像那種最普通最低賤的麻雀，隨便什麼地方都可以築巢棲息一樣。下午，他就開始收拾這間屋子，掃地、掃牆；用水把門窗都沖洗乾淨；把那些亂堆一氣的東西清理整齊，碼放在屋子的一邊，在空出來的地方搭起了一張鋪板。第二天，組裡的幾個人又用舊報紙幫他糊了牆，晚上，他便正式在這裡落了戶。

房子小、潮、有怪味兒，可他卻覺得日子過得滿舒服，至少，早上用不著聽哨子起床了，用

不著排隊出操了，可以足足睡到七點多，起床後到街口的回民館子裡吃完豆漿油條，誑笑一個目光短淺的窮光蛋發誓要在發財之後天天吃油上班。他常常想起以前聽到的一則笑話，誑笑一個目光短淺的窮光蛋發誓要在發財之後天天吃油條，現在才知道這笑話並不可笑，因為他也能體會到對天天吃窩頭和雜交高粱的人來說，那剛從滾鍋裡撈出來的、黃酥酥的、絲絲作響的油條，會帶來多麼大的誘惑和滿足了。

是的，他事事感到滿足，事事覺得新鮮，生活變了，世界也不同了。他好像回到了自己智力發育的「史前時期」，總是興致勃勃地豎起耳朵聽，睜大眼睛看，每天都會有不熟悉的、沒有經驗過的事物輸入到腦袋裡去——農民在城裡開了整條街的自由市場；工人在廠裡利潤提成；廣濟路口蓋起了和外國人合資的十六層大飯店，小夥子們好像一夜的功夫全戴上了貼商標的蛤蟆鏡；在辦公室、在食堂，甚至在公共汽車上，人們什麼都敢說，時而能看到東京的高速公路、慕尼黑的大學生活。還有剛剛興起的婚姻介紹所和大家都在談論的舞會。真新鮮，連公安局這樣「正統」的、老氣橫秋的單位，也大大地發了一次舞會的票，局機關的一群姑娘們穿了平常不好意思穿的衣服大顯身手。他很喜歡舞會上年輕活潑的熱鬧勁兒，但又無奈於自己在其中的笨拙，他高高興興在那兒消磨了一個晚上，儘管沒有試著走上一套最簡單的「四三三」，因為氣氛和節奏已經使他挺快活的了，何必再去露那個怯呢。

他還去看了一次京劇，《大鬧天宮》，他不能像王大爺那樣去聽味道，看行道，只因為在色

彩和聲音都極單調的環境中待得太久了，他圖的就是那花臉、長靠的絢美、鑼鼓喧天的熱鬧，讓眼睛和耳朵過過癮罷了。

星期天，又到廣濟路禮堂看電影，局裡發的票，日本片《追捕》。電影演完後，當他雜在散場的人群中往胡同口走的時候，三年前的那個清明節，他被捕的前一天下午在這兒開會的情形又驀地浮上腦際，那天，他就是從這兒直接去了施肖萌家的……

「要不然，去看看她？」他的心又動搖起來，「不提以前的關係，只以一般朋友的身分去看看，未嘗不……」

身後，幾個姑娘在高談闊論，一個有點兒耳熟的聲音打斷了他的思緒。

「什麼呀，你瞧人家真尤美的家裡頭，一棟小樓，自個兒還有飛機，其實縣知事算什麼，頂多是個縣團級，要是在咱們國家……」

他轉過頭，身後是四五個花花綠綠的姑娘，他想不起來那個說話的到底是局辦公室的還是政治部的，反正以前在哪兒見過她。

「咱們國家，給你架飛機你往哪兒放呀，放你們家胡同裡？還不得叫人連機翅膀都偷了打傢俱去。」另一個聲音笑著說。

「油錢你就出不起。」

「還油錢呢，你會開嗎？先把自行車學會了再說吧。」

咯咯咯的笑聲。

「小李，今晚你還加班嗎？」

「算了吧，給公家省了那三毛錢夜餐費吧，那麼多資料，都說是急件，累死你也打不出來，我也不那麼傻了，慢慢幹吧。」

啊，他想起來了，這個面熟的姑娘是戶籍處的打字員，過去是全局的優秀共青團員，反腐蝕標兵，還來他們五處做過事蹟報告，講她怎樣在一些細小問題上進行無產階級思想和資產階級思想的交鋒的，公家發了毛巾，她每次都要逐個捏一捏，揀最薄的拿；發了肥皂，也要逐個比一比，揀最小的用，她的私字一閃念全都是在這些雞毛蒜皮的小問題上被狠鬥的。他還能依稀記起她做報告時那副嚴肅而神聖的樣子來。側臉再去看她，才注意到她現在幾乎變了一個人了。穿了件深紫色有點兒反光的上衣，衣服的開領處露著米黃色的厚毛衫，有點發紅的頭髮燙成無數圓圓的小卷，高高地蓬在頭上，一雙乳白色的高跟皮鞋在水泥路面上敲出怡然自得的響聲。要不是以前有過一面之緣，他大概絕不會想像出她過去的那個兩條長辮、一身布服的極土極土的形象來了。

「唉，人啊，」他在心裡嘆了一聲，「變來變去。」

出了胡同口，他忽然看見馬三耀坐在一輛摩托車的挎斗裡，沿廣濟路由北朝南馳來。

「停停！」馬三耀衝駕駛員揮揮手，沒等車停穩便從挎斗裡站起來，一身員警制服緊巴巴地

繃在魁梧的身軀上。

「找到住的地方了嗎？」他用手絹擦擦滿是灰塵的臉，匆匆忙忙地問道。

摩托車沒有熄火，顯然是不能多談的意思，他笑笑，反問道：「怎麼星期天也忙成這樣，局裡組織的電影沒來看嗎？」

「哪兒還有閒情看電影，今天早上太平街剛發了一個大案，把市政協副主席的家給偷了，市委限期破案。我這不剛從局裡回來，從早上忙到現在水米沒沾牙呢。」

「市政協副主席，誰呀？」

「江一明，九四一廠總工程師，對了，上午現場勘查的時候他對我說他認識你，直問你的問題解決了沒有。」

「啊——是江一明呀，怎麼把他家給偷了？偷得慘不慘？」

「現在只發現少了四十多塊錢，關鍵不在錢多少，老頭兒是政協副主席，著名科學家，偷到他家裡去，社會影響太大了，所以市裡很重視。」

「行了，你這新官上任三把火，算是燒起來了。」

「哈哈，」馬三耀在他肩上親暱地拍了兩下，「閒話少說，我得走了。等案子破了，我請你一頓，咱們還沒好好聊過呢。」

「那我從今天起就留肚子了啊。」他只和馬三耀才有這麼多俏皮。

摩托車帶著馬三耀哈哈哈的笑聲開走了。

他在廣濟路漫無目的地蹓了一會兒。沒有個可回的家，星期天也不那麼可愛了。鄭大媽一家的日子倒是越過越有味道，抱上了孫子，眼看又快抱外孫了，淑萍不知道辦事了沒有，該抽空兒去看看他們。對了，得給人家買件結婚的禮物呀。他在身上搜了搜，還有十幾塊錢，便就近在旁邊的玻璃器皿店裡買了一套考究的涼杯。剛剛走出商店，站在路邊，眼睛突然被人從身後蒙住了。

「誰？」他掙脫開來，回頭一看，驚訝得差點兒沒把新買的涼杯給扔了，「杜衛東！哎呀！」

「我在馬路對過兒就看著有點兒像你，果然是你，你什麼時候出來的？」

「出來快三個月了。呵呵，你可真是變了樣啦，要是迎面走過去我還未敢認呢。」

杜衛東上身穿了件棕色條絨夾克裝，下身穿著黑藍色毛料褲子，三接頭皮鞋擦得一塵不染，再加上剛剛理過髮，人顯得很精神。

「人五人六的哪。」杜衛東笑著，從口袋裡掏出一隻小電話本兒，「你現在住哪兒，有電話嗎？」

「我現在住單位，今天沒事，咱們找個地方好好聊聊吧。」

「現在不行，我不是一個人，還有個人在街對過等我呢，你先把電話和位址留給我，來日方

長，找時間咱們好好聚聚。」

「呵，現在也學得滿嘴蹦詞兒啦。唉呀，可真沒想到能見到你，」他接過小本兒，寫上自己的電話，隨口又問：「對過兒誰在等你，女朋友？」

「還女朋友哪，早過時了，我都是成家立業的人了，你不知道？」

「都結婚啦？」他驚訝地又叫起來。

「瞧你急的，喜酒一定給你補上還不成。你不知道我出來以後多想你。」杜衛東把電話本塞進兜裡，抓起他的手使勁握了握，「等著我給你打電話。」然後朝街對過兒跑過去。

他一直呆呆地看著杜衛東的背影被馬路對面的人流淹沒，才想起竟未問一句他現在是否找到了工作，住在什麼地方。他慢慢地轉身往機關裡走，路過汽車站也沒有停下來等車，路不太遠，正可以用來把剛剛興奮起來的心情慢慢梳理和回味一番。

生活真是在往前走啊，想想杜衛東當初叫田保善他們捆得那副求爺爺告奶奶的慘相，誰知道現在還能混出這麼個幸幸福福的模樣呢？真是想不到的。

他回到西院的小工具房，這兒，簡直像個陰冷的地窖。

南州的初冬，歷來多晴少雨雪，唯獨今年反常，進了十一月仍然陰雨連綿，昨天傍晚又是一場陣雨，小屋裡尚未凍僵的潮蟲趁勢氾濫起來。他過去是最怕、最膩味這些小蟲子的，上中學的時候，有一次被同學把一隻瘸腿蛐蛐塞進脖領子，竟嚇得臉白手冷，尖聲喊叫，那副嚇破膽的可

憐相讓全班男生足足學了一個多月。他呢，從那兒以後一見到這類小動物便越發如芒在背了。剛到自新河的時候，有一次中午在窰上休息，他看見鄭三炮大叉著手腳在樹蔭下睡覺，眼角和嘴岔上各聚了一大堆黑糊糊的蒼蠅在吮食上面的眼屎和口沫，他立時起了一滿身的雞皮疙瘩，那種悚然之感至今記憶猶新。「自新河，三件寶，蒼蠅、蚊子、泥黏腳」，比起蚊子來，蒼蠅簡直就不算什麼了，自新河的蚊子又肥又大，個個血紅，多得一巴掌恨不得能打死四五個，晚上在外頭看電影，要是不想法子找點兒廢紙裹在襪子裏，多厚的襪子也得給牠叮透。現在，兩年過來了，倒也好，一身的嬌氣毛病全被「生存法則」淘汰而去，他已經很習慣和各種骯髒的小生命為伍做伴了。他走到床前，揮去床單上爬著的幾個小蟲子，便安然躺了下去，順手從枕邊拿起一本《犯罪心理學》，心不在焉地翻看起來。

夕陽西下，屋子裡的光線暗弱下來，書頁上的字越來越模糊一片，其實他的心思並沒有專注在書上，讀書，已經不能夠排遣常常無端浮游於心頭的寂寞了。

忘記是聽誰說的了，有人曾經探索過產生寂寞的根源，認為寂寞是心中某種不能如願以償的追求和渴望躁動的結果。那麼他的追求和渴望是什麼呢？是父親寬愛溫暖的撫摸，還是肖萌顧盼多情的眼睛？他一想到在那個把乾土都曬出油來的酷夏，她一個弱女獨自跑到人生地疏的自新河來看他，心尖就禁不住發抖，這驚心動魄的一幕時時牽動著用無數眼淚和歡笑綴成的回憶……

不，他說過，不去想這些了，可是，在一個人靜下來的時候，又沒法兒不想，沒法兒不想。

他扔掉書，有意把思緒轉移開——前天，辦公樓裡已經燒起了暖氣，這間寒窯也該生個爐子了，要不就乾脆盤個磚灶？反正分配集體宿舍是八字沒一撇的事，看來這一冬天非得在這兒過不可了，要不然……要不然，就給她寫封信？用一般朋友問候的口吻，淡淡的，告訴她自己出來了……打磚，盤個磚灶，然後……然後呢？

「篤篤篤，」很輕的叩門聲割斷了亂紛紛的思緒，星期天，誰會來呢？

「進來，使勁兒推。」他從床上坐起來，盯住那扇關得很緊的屋門。

門開了，又關上了。一個人影背靠著門站著，他沒用半點兒遲疑便認出她來了。

「……小萌！」

驚訝、高興和一種複雜的難過心情使他的聲音都變了，他試圖讓自己做得冷漠和矜持些，可是剎那間漲滿胸間的春潮不可阻擋地把一切理性的克制都衝決而去，他衝她張開雙臂。

「萌萌！」

施肖萌一聲不響撲在他懷裡，一聲不響，兩手緊緊抓住他背上的衣服，臉貼在他的肩窩上，淚水不停地往下淌。他這是第一次擁抱她，也是第一次緊靠一個女性的身體。隔著厚厚的毛衣，他彷彿能感覺到她那柔軟的身軀在微微抽動，和自己狂烈的心跳諧振在同一節奏裡。在黑暗中，一個冰涼的，軟軟的嘴唇輕輕貼在他的臉上，唇邊的淚水沾濕了他的面頰。他把她摟得更緊，把嘴唇迎了上去。「為什麼，為什麼，不告訴我，不找我？」她在他的耳邊哽咽地問。

「你，不是在上學嗎，我不想讓你分心思。」他久久地把她抱在胸前，用力地、毫無保留地抱緊她，很久很久，才慢慢鬆開胳膊，拉著她坐在床上，「等一等，我們開開燈。」

「要不是今天江伯伯告訴我，我還不知道你回來了呢。你收到我的信了嗎？為什麼一封不回？」

「總不能拖著你……」

「你太不瞭解我了，你知道我多難受。」

他把燈拉開，「過去的事了，原諒我吧。讓我看看你。」

她低頭擦去了眼角的淚，然後對他莞爾一笑，帶著點兒心酸地說：「我沒變吧？」

小萌的樣子比三年前他們初識時顯得成熟多了，身子也比過去稍稍豐滿了一些，結實了一些。

他笑笑，「好像長大了一點兒，長高了一點兒。」

「我穿高跟鞋了。你呢，身體沒垮吧？」

「你看呢？」

他們對視著，小萌摟著他的胳膊，掛著眼淚笑了，「你呀，你真是，出來也不告訴我……」

「我去過神農街，你們不在了。」

「我們搬到太平街去了，我爸爸恢復工作了。你現在就住這兒嗎？」她皺眉環視著這間小房。

「啊，家裡房子借給鄰居結婚了，我臨時住這兒。」

她站起來，把床上的褥子往被子上一蒙，不容分說拉起他的胳膊，「走吧！」

「上哪兒？」

「到我家去住。」

「不不，那怎麼行。」

「怎麼不行？家裡現在房子很富餘。」

「不，你們不方便……至少，等以後吧。」

「這屋子怎麼能過冬呢，走吧走吧，你就聽我的吧。」

他心裡頭湧上一團熱流，酥酥地向全身擴散，眼前，好像有一片寬闊美好的天地鋪展開

來……

國家圖書館預行編目資料

便衣警察‧上 / 海岩著. -- 初版. 臺北
市 ： 泰電電業, 2007 [民96]
面; 公分. --（穀雨 ; 32）

ISBN : 978-986-6996-63-4　（平裝）

857.7　　　　　　　　　96016649

穀雨 32

便衣警察‧上

作者／海岩
總編輯／呂靜如
系列主編／王鐘銘
系列企劃／陳紅
責任編輯／楊徹
行銷企劃／王鐘銘
版面構成／米伽勒
校對／渣渣

發行人：宋勝海
出版：泰電電業股份有限公司
地址：台北市中正區博愛路76號8樓
電話：(02)2381-1180
傳真：(02)2314-3621
劃撥帳號：1942-3543 泰電電業股份有限公司
網站：馥林鮮讀網 http://book.fullon.com.tw

總經銷：時報文化出版企業股份有限公司
電話：(02)23066842
地址：台北縣中和市連城路134巷16號

印刷：普林特斯資訊有限公司

ISBN: 978-986-6996-63-4

■ 2007年10月初版
定價／260元
版權所有‧翻印必究（Print in Taiwan）
■ 本書如有缺頁、破損、裝訂錯誤，請寄回本公司更換

FO 39519

廣 告 回 郵
台 北 （ 免 ）
字第13382號
免 貼 郵 票

一〇〇 台北市博愛路七十六號八樓

泰電電業股份有限公司 收

姓 名：

地 址：□□□□□

E-mail：

**填好並寄回回函卡，即可獲得
摺疊式磁鐵書籤一個及双河彎
月刊。**

誠摯感謝您購買本書，請將回函卡填好寄回馥林文化（免附回郵），即可不定期收到最新出版資訊及優惠通知，我們將於每月抽出兩名幸運讀者贈送馥林好書。

1. 購買書名

2. 生日 ___ 年 ___ 月 ___ 日

3. 性別 ○男 ○女

4. 教育程度 ○高中及以下 ○專科與大學 ○研究所及以上

5. 職業 ○製造業 ○銷售業 ○金融業 ○資訊業 ○學生
○大眾傳播 ○服務業 ○軍警 ○公務員 ○教職 ○其他

6. 從何處得知本書
○實體書店文宣立牌：○金石堂 ○誠品 ○其他
○網路活動 ○報章雜誌 ○試讀本、文宣品 ○廣播電視 ○酷卡 ○親友推薦
○雙河彎月刊 ○公車廣告 ○其他

7. 購書方式
實體書店：○金石堂 ○誠品 ○PAGEONE ○墊腳石 ○FNAC ○其他＿＿＿＿
網路書店：○金石堂 ○誠品 ○博客來 ○其他＿＿＿＿＿＿＿
○傳真訂購 ○郵政劃撥 ○其他＿＿＿＿＿＿＿

8. 您對本書的評價 （請填代號 1.非常滿意 2.滿意 3.普通 4.再改進）
__書名 __封面設計 __版面編排 __內容 __文／譯筆 __價格

9. 您對馥林文化出版的書籍 ○經常購買 ○視主題或作者選購 ○初次購買

10. 您願意收到馥林文化電子報嗎？ ○願意 ○不願意

11. 您對我們的建議